光人社NF文庫
ノンフィクション

艦長たちの太平洋戦争

34人の艦長が語った勇者の条件

佐藤和正

光人社

艦長たちの太平洋戦争——目次

武運と幸運と〈戦艦「扶桑」艦長・鶴岡信道少将の証言〉……9
信頼の絆〈空母「瑞鶴」艦長・野元為輝少将の証言〉……20
孫子の兵法〈戦艦「大和」艦長・松田千秋少将の証言〉……37
独創と捨て身〈軽巡「那珂」艦長・今和泉喜次郎大佐の証言〉……59
門前の小僧〈空母「隼鷹」艦長・渋谷清見少将の証言〉……71
用兵の極致〈戦艦「伊勢」艦長・中瀬泝少将の証言〉……86
統率の妙〈戦艦「長門」艦長・兄部勇次少将の証言〉……99
武人の本懐〈戦艦「日向」艦長・野村留吉少将の証言〉……123
指揮官の責任〈軽巡「球磨」艦長・横山一郎少将の証言〉……134
戦史の戦訓〈重巡「利根」艦長・黛治夫大佐の証言〉……147
乱戦の中〈駆逐艦「初月」艦長・田口正一大佐の証言〉……164
暗夜の快挙〈駆逐艦「綾波」艦長・作間英邇大佐の証言〉……180
綱渡りの航跡〈駆逐艦「秋月」艦長・緒方友兄大佐の証言〉……193

海戦の原則〈駆逐艦「浜波」司令・大島一太郎少将の証言〉……209
沈着冷静〈駆逐艦「有明」艦長・吉田正一大佐の証言〉……222
空隙と盲点〈駆逐艦「時雨」艦長・西野繁中佐の証言〉……232
決死の覚悟〈潜水艦「伊一六八」艦長・田辺彌八中佐の証言〉……250
好機到来〈駆逐艦「響」艦長・森卓次中佐の証言〉……265
同士打ち〈駆逐艦「春風」艦長・古要桂次中佐の証言〉……275
武運長久〈潜水艦「伊四七」艦長・折田善次少佐の証言〉……286
人間魚雷〈潜水艦「伊五八」艦長・橋本以行中佐の証言〉……308
価値ある敵〈駆逐艦「神風」艦長・春日均中佐の証言〉……333
危機への予感〈駆逐艦「文月」艦長・長倉義春中佐の証言〉……357
判断の良否〈駆逐艦「朝風」艦長・池田徳太少佐の証言〉……368
先見の明〈潜水艦「伊四一」艦長・板倉光馬少佐の証言〉……378
獅子奮迅〈駆逐艦「皐月」艦長・杉山忠嘉少佐の証言〉……409

最後の切り札〈潜水艦「伊四〇一」艦長・南部伸清少佐の証言〉……419
油断大敵〈駆逐艦「刈萱」艦長・島田喜与三少佐の証言〉……436
指揮官の決断〈駆逐艦「梨」艦長・高田敏夫少佐の証言〉……448
戦場の錯誤〈駆逐艦「椿」艦長・田中一郎少佐の証言〉……460
押し問答〈駆逐艦「楢」艦長・本多敏治少佐の証言〉……471
攻撃の死角〈海防艦「崎戸」艦長・小林恒次少佐の証言〉……482
実戦即訓練〈海防艦「第四号」艦長・水谷勝二少佐の証言〉……492
月下の戦慄〈海防艦「第八一号」艦長・坂元正信少佐の証言〉……502
文庫版のあとがき……513

写真提供／各関係者・雑誌「丸」編集部・著者

艦長たちの太平洋戦争

——34人の艦長が語った勇者の条件

■太平洋戦争・海戦主要年表

16年	12月8日	真珠湾攻撃（米英蘭に宣戦布告）
	12月10日	マレー沖海戦
	12月25日	ホンコン占領
17年	2月15日	シンガポール陥落
	2月27日	スラバヤ沖海戦
	3月1日	バタビア沖海戦
	4月18日	ドーリットル帝都空襲
	5月7日	珊瑚海海戦（8日まで）
	6月3日	ミッドウェー海戦（5日まで）
	8月8日	第一次ソロモン海戦
	8月24日	第二次ソロモン海戦
	10月11日	サボ島沖夜戦
	10月25日	南太平洋海戦（26日まで）
	11月12日	第三次ソロモン海戦（14日まで）
	11月30日	ルンガ沖夜戦
18年	2月1日	ガダルカナルより第一次撤収
	3月3日	ビスマルク海海戦
	3月26日	アッツ島沖海戦
	4月18日	山本五十六連合艦隊司令長官戦死
	5月29日	アッツ島の日本軍玉砕
	7月5日	クラ湾夜戦
	7月12日	コロンバンガラ島沖海戦
	7月29日	キスカの撤退
	8月6日	ベラ湾海戦
	10月6日	ベラベラ沖夜戦
	11月1日	ブーゲンビル島沖海戦
	11月11日	米機動部隊、ラバウル大空襲
	11月25日	マキン、タラワの日本軍玉砕
19年	2月8日	ルオット、クエゼリン玉砕
	2月17日	米機動部隊、トラック大空襲
	3月31日	古賀峯一連合艦隊司令長官殉職
	5月27日	米軍、ビアク島に上陸
	6月19日	マリアナ沖海戦（20日まで）
	7月7日	サイパンの日本軍玉砕
	8月10日	グアムの日本軍玉砕
	10月12日	台湾沖航空戦
	10月24日	フィリピン沖海戦（26日まで）
20年	1月9日	米軍、リンガエン湾に上陸
	3月17日	硫黄島の日本軍玉砕
	4月1日	米軍、沖縄本島に上陸
	4月7日	坊ノ岬沖海戦（「大和」沈没）
	6月21日	沖縄の日本軍ほとんど全滅
	8月6日	広島に原爆投下
	8月9日	長崎に原爆投下

武運と幸運と

〈戦艦「扶桑」艦長・鶴岡信道少将の証言〉

「陸奥」爆沈の目撃者

鶴岡信道少将は、今年八十六歳（昭和五十五年）である。もうすぐ米寿だというのに、私はこんなに元気な老人を見たのははじめてだ。

「やあ、いらっしゃい。どうぞどうぞ。『扶桑』のことですか？　だいぶ古いことですが、いや、なつかしいフネですよ、ウンウン」

艶《つや》のある朗々たる声が耳にビンビン響く。終始、笑顔を絶やさず、闊達《かったつ》に談じ、ときには大声で呵々大笑する。

朝夕、愛犬をつれて、一時間ばかり散歩をしているという、氏の健康の秘密は、むしろ、ものにこだわらない円満さと、腹の底からの〝笑い〟にあると見た。

鶴岡氏が、戦艦「扶桑」の艦長に発令されたのは昭和十八年六月一日だが、実際に艦に着任したのは、六月七日であった。この日は、戦艦「陸奥」が謎の爆沈をとげた前日ということになる。当時、「扶桑」と「陸奥」は柱島沖に並んで停泊していた。したがって、鶴岡氏は「陸奥」爆沈の一部始終を目的した貴重な生き証人である。まず、その模様から聞いてみよう。

『――着任したその日に、わしは「陸奥」の艦長を表敬訪問したんですわ。艦長は三好輝彦大佐で、兵学校では、わしのクラスでね。大の仲良しだった。翌日の朝、彼が答礼にやってきてね、「扶桑」の艦長室でしばらく歓談したんだ。そして彼は、今夜はオレのところで晩メシを一緒に食おうじゃないか、と言ってくれてね。わしは二つ返事で約束したんですよ。十一時ごろ、彼は帰っていきましたよ。

そのあとです、「陸奥」の第三砲塔付近が、大爆発したのは。昼の十二時十分ということになっていますが、たしかに昼ちょっと過ぎだったね。わしは昼飯を艦長室で食い終わって一服やっておったんですがね、そのとき、ドカンだ。すぐに当直士官が飛び込んできて、「〝陸奥〟爆発です！」と叫ぶんだ。わしは跳び上がったよ。すぐに上甲板に出てみたら、「陸奥」の中央部から、黄色い煙がボコッと上がっていてね。「陸奥」はまだ、そのままの姿だったんです。

黄色い煙というのは下瀬火薬ですな。あれは、黄色い煙を上げるんです。そのうち、ケツのほうから沈んでいきましたが、くの字に折れてね。ゆっくりしたもんですよ。バウ（艦首）のほうは、しばらく残っていましたよ。「扶桑」とは二千メートル離れていましたね。そのとき柱島付近には、戦艦は「陸奥」と「扶桑」の二隻だけで、ほかには駆逐艦が四隻おりました。旗艦の「長門」は呉のドックに入っておって、ちょうどそのときは、ドックを出て、こっちに向かっている途中でしたね。

私はただちに、「救助艇用意！」と言ってね、あるだけのボートを、全部だして救助に向かわせたですよ。海上に点々と「陸奥」の乗員が、いっぱい浮いていましたからな。全艦あげて救助作業をしておったら、旗艦から、「艦長をさがせ」という命令が出ましてね。しかし、艦長の姿はみつからんでした。それから一週間後ですかな、潜水夫がもぐって艦長の遺体を上げたのは。

彼は艦長室にいたんですね。やはり、昼食を食べ終わった直後に、ドカンときたらしい。ソファーに腰かけていたというんですがね。艦長が上がったというので、わしもいそいで行ってみたんですが、後頭部をケガしていましたね。あまり水は飲んでいませんでしたよ。少量、飲んでいましたけどね。

おそらく、ドカンときたショックでひっくり返って、後頭部を強く打ったんでしょうな。だから、ほとんど即死の状態だったのではないかと思いますね。苦しまずに死んだのがせめてもの慰めですが、なにしろ、一時間前までは愉快に話しこんでいたんですからなあ。人間の無常をつくづく感じましたなあ。

あのとき「陸奥」では、乗員の中でひんぴんと窃盗事件があって、特務少佐がその日、ちょうど呉の軍法会議に、処置を相談に行ってるんですよね。どうしたもんだろうかとね。彼はそれで助かったんですがね。そこで、嫌疑をうけた者が弾庫で自決するために自爆したのでないか、という説が出てくるわけですが、この者も死んだので、永久に真相はナゾのままになっているわけですな――』（そのとき「陸奥」は、全乗員千四百七十四名のうち三百五十三名が救助された。爆発のものすごさがわかろうというものだ）

水平防御に弱点

話を戦艦「扶桑」に移そう。

日本海軍が近代的な戦艦を保有したのは大正二年から四年にかけて完成した「金剛」「比叡」「榛名」「霧島」の超弩級巡洋戦艦四隻であった。

これにつづいて、超弩級戦艦として計画されたのが、「扶桑」型である。大正四年に一番艦「扶桑」が竣工し、同六年に姉妹艦の二番艦「山城」が完成した。

いずれも、「金剛」型とおなじ三十六センチ砲をもち、連装砲塔六基十二門が艦の中心線上に配置された。副砲は十五センチ砲十六門という、完成時には世界最大、最強、しかも基準排水量も二万九千三百三十トンと、史上最大を誇る戦艦であった。

しかし、「扶桑」型の戦艦は、生まれながらに重大な欠陥があると指摘された。その一つは主砲である。

艦上に平均してならべられた六基の砲塔が一斉射撃をしたとき、全艦が猛烈な爆風につつまれ、とくに上部構造物に障害をおよぼすことがわかったのである。さらに第三、第四砲塔が罐室をはさんで前後に位置していることは、罐室を分離することになって出力に問題があるといわれた。

さらに決定的だったことは、「山城」を建造しているときに、第一次世界大戦がおこり、大正五年五月一日に発生した英独両艦隊のジュットランド沖海戦で、英海軍の超弩級巡洋艦のクイーン・メリーが装甲鈑不足で撃沈されたという事件である。

そこで、これからの戦艦は、ドレッドノートを超えた、いわゆる、超弩級タイプでは駄目で、ポスト・ジュットランド型を考えなくては近代戦艦とはいえないということになり、日本では、「陸奥」「長門」の建造へとすすむことになる。

こうした中での「扶桑」「山城」は、完成と同時に過去の戦艦になってしまった。つまり装甲鈑の貧弱さが、近代戦で悲劇を惹起する原因になるだろうとの推測がなされていたのである。

鶴岡元少将。幸運だったが武運に恵まれなかったと語る。

いわば、アキレス腱をもった戦艦に対して、鶴岡氏はどのように考えていたのか。

『──問題にされたのは三番、四番砲塔がフネの中央部にデンとのっかっているので、機関室を二つに分ける形になり、それが軍艦としての出力発揮に問題がる、と言うのですよね。

しかしね、そういうことは、実際には、たいしたことないんですよ。速力が遅いと言われていますけどね、わしが戦闘運転をやったときは二十六ノットまで出ましたからね。(公式発表は二十四・七ノット)建造時の最初の計画では、二十三ノットだったでしょう? それが改装されて、他の戦艦と同じになりましたよ。「陸奥」や「日向」などと同じ戦隊を組んで歩けましたからね。

また、主砲が一斉射撃をしたとき、艦上に六基の砲塔が平均してならべられているので、全艦が猛烈な爆風につつまれて、障害があったと言われていますが、それは、大正四年に竣工した当時の姿では、そうだったかもしれません。しかし、大正十三年から昭和十年にかけて何回も改装していますからね。じつにいいフネになりましたよ。そういう問題は、実際に乗っていて、何も感じませんでしたね。

ただね、主砲の命中率というか、斉射したときに弾丸の散布界がやや広くなる、という欠点がありましたね。あのネ、われわれは主砲を一門ずつ交互に打つ場合を一斉射撃と言ってね、二門同時に発砲するのを斉射、または斉発と言ってましたね。

しかし、弾着時の散布界が広くなるといっても、他艦のそれより、幾分、広がるということで、それほど大差がある、というわけではありませんがね。だから実戦に突入しても、きわだって劣る、というものではないんですよ。ただ、「陸奥」「長門」は、十六インチ砲でしょう。「扶桑」は十四インチだから、「陸奥」「長門」が三万メートルの遠距離目標をゆうゆうと捕捉できるのに、「扶桑」はそれができない。もちろん、三万メートル飛ばすことはできますがね、命中率がぐんと落ちる。つまり命中しないわけですな。欠点といえばそんなところですよ。

「扶桑」の舷側の装甲鈑は、三十・五センチもありましたから、魚雷にたいする恐怖感というものは、ありませんでしたね。ところが、水平甲鈑が薄かった。上甲板は三十四ミリ、下甲板は三十ミリの防御甲鈑を張っただけですからね。

これは、飛行機の六十キロ爆弾にたいしては耐えられるけれど、太平洋戦争を通じて使用された二百五十キロ爆弾にたいしては、まったく無力でしたね。だいたい、あのフネが建造されたときは、飛行機はまだ未発達だったし、大型爆弾をかかえて飛ぶことはできませんでしたから、水平防御は比較的、手を抜いていたわけですね。

ところが、大砲のほうがどんどん発達しちゃって、口径が大きくなっていった。「扶桑」型のフネの真上から砲弾が落下してきたら、たちまち貫通して、弾火薬庫が爆発するであろうことは、すでにわかっていたんですよ。この不安はたしかにありましたね。

しかし、それならもっと強固なものに改装すればよいじゃないかということになるんですが、水平防御だけを厚くすればそれで足りるというものじゃないですからね、フネは。それをやると、根本的な問題にかかわる。それよりも新しいものをつくったほうが早い、ということになるわけです。それで、「長門」「陸奥」、さらに「大和」「武蔵」へと発展したわけですね。

結果的には、「扶桑」「山城」という戦艦は、本来、太平洋戦争で使ってはならないフネだったわけですね。両艦ともスリガオ海峡からレイテ湾に突入して、結局、米軍の巡洋艦隊と戦艦隊に、T字戦法の砲戦をまともに受けて沈んだんですからね。あれは明らかに装甲鈑の薄い水平防御部分を貫通して、とくに「扶桑」は、弾火薬庫に命中したか、誘爆を起こして沈んだんだと思いますよ。

「扶桑」は二つに折れて、前と後ろが別々にはなれて沈んだと言われていますね。ちょうど「陸奥」が二つにちぎれたように、「扶桑」も、弾火薬庫が爆発したから、二つに折れたんでしょうね――』

運命のスリガオ突入

『――瀬戸内での「扶桑」は、わしが着任してから、ややしばらくは訓練ばかりしてましたわ。主砲の射撃訓練、副砲の夜戦訓練でしたな。射撃訓練のときは、機関科のほうも戦闘運転をやるわけですから、まあ、艦全体の訓練になっていましたね。一艦だけでやることもあるし、編隊でやることもありましたよ。編隊のときは甲種戦闘訓練といい、単艦のときは乙種戦闘訓練と呼んどったんですね。そのうち中部太平洋に出撃しましてね。

十八年の秋あたりから米軍の主力がマーシャルに出てくるようになったものですから、こっちも出ていったんです。トラックからブラウン環礁に出ていったんですよ。そのときは敵の機動部隊と艦隊決戦をやるという考え方があったわけです。

ところが、こっちが出て行くと、向こうはすぐ引き返していましたよ。だから戦争にならん。向こうは決戦を避けていましたね。結局、会敵することもなく、トラックに引き揚げざるを得なかったんです。

そのうち状況がぐんぐん悪くなって、マキン、タラワの玉砕、ルオット、クェゼリンの玉砕とつづいて、トラックもけっして安全な場所ではなくなってきたわけですね。で、有名な連合艦隊の総撤退をやったわけです。

このときわしは、「扶桑」を降りて軍令部出仕となり、後任に阪匡身《ばんまさみ》大佐が艦長になった。だから、わしはなんにも戦争をしとらんのですよ。阪大佐という人は、兵学校でわしの一つ上のクラスでした。お父さんは宮内省の御歌所の長官をされていました。つまり、歌人ですね。阪君が大佐になったのは、わしより、半年くらい遅かったかな。先輩、後輩が入れくっちまったんだ。これは、大尉まではみんないっしょに上がりましたがね、少佐になるときはクラスが幾つにも分かれましてね、そのせいもありますね。わしのクラスなんか三つに分かれましたからね。

わしは水雷が専攻でね、駆逐艦の水雷長なんかやっていましたよ。ところが、当時、駆逐艦乗りは、みんな潜水学校にやらされてね。潜水艦をふやさなくてはならんから、というので、潜水艦乗りにさせられちゃった。こういうことが、昇進に影響してるんですね。順序からいけば、阪君のほうが、わしより先に「扶桑」の艦長になって、わしが後任でスリガオに突入するということになるんですがね。

わしの潜水艦乗りでの経歴は、かなり長いんですよ。大正十四年から昭和十三年まで、呂号、伊号、どちらにも乗っていましたからね。はじめのころの呂号潜水艦というのは、イギリスのビッカースL型をサンプルにしてつくったもので、これは評判のいいものでしたね。それと並行して日本独自の潜水艦がつくられていました。それからドイツの潜水艦をサンプルにして、海大型という一千トン以上の巡洋潜水艦をつくったわけですが、日本には、イギリス型とドイツ型と日本型の三種の潜水艦があったわけですよ。

日中戦争がはじまっても、当時は潜水艦戦というものがなかったわけですから、比較的ノンキでした。日中戦争がはじまったころは、わしは大佐の一年目でね、一等潜水艦の司令でした。第十一潜水隊でね。おもに内地の近海を警備していましたよ。それでもときどき、北は大連から南はアモイまで行きましたね。特別な作戦行動ではなくて、いわゆる〝従軍年〟をとるためなんです。

つまり準戦地というか、遠洋航海というか、中国沿岸まで行かないと、恩給年がふえないんですよ。中国沿岸まで行けば、年数が倍になるわけです。戦地になると三倍になる。その恩給年をとるために出かけるんですが、これは艦隊の特典というか、ヤクトクといったものですね。つまり適当に回してくれるんですよ。

それから大佐の二年目になると、潜水艦の艦長としての配置がなくなるんです。二年目までは、艦長または司令の配置があるけど、二年目からは潜水艦に乗らない。潜水艦の司令官になるか、軍艦の艦長になるしかないんです。

それでわしは「五十鈴」の艦長になり、ついで「北上」の艦長、そして「扶桑」に行ったわけですよ。まあ、わしの海軍生活をふり返ってみると、武運に恵まれなかったほうでしょ

うな。人は幸運だったというけれど、どういうもんでしょうかなあ、ハハ――』（昭和五十五年十一月三十日インタビュー）

〈軍歴〉明治二十七年一月一日、名古屋市に生まる。大正元年九月、海軍兵学校に入学、同四年、卒業。四十三期。同年「吾妻」、五年「榛名」、七年「石見」に乗り組み、浦塩陸戦隊小隊長としてシベリア出兵に参加。同年十二月任中尉、水雷学校普通科学生。「榎」「桐」をへて、十年十二月任大尉。水雷学校高等科学生。十一年「竹」、十二年「磐手」に乗り組み、十三年「羽風」水雷長。同年、潜水学校乙種学生。十四年、「呂二〇」「呂二二」をへて「呂二一」艦長。昭和二年二月任少佐。同三年、潜水学校甲種学生。七月、第一潜水戦隊司令部付。「呂六三」「呂六〇」艦長。四年「伊五九」、七年「伊六六」艦長。八年任中佐、「伊六八」艦長。十三年任大佐、第十一潜水隊司令。十四年「五十鈴」艦長。十六年九月、艦政本部出仕、造船・兵監督官。十七年九月、「北上」艦長。十八年五月、スラバヤで退艦、六月、「扶桑」艦長、十一月任少将。十九年二月、軍令部出仕、海上護衛総司令部、第三護衛船団司令官をへて、十二月、第三十一戦隊（「樅」「樫」「杉」「竹」「花月」）司令官。二十年八月、呉海軍工廠潜水艦部長兼海軍技術会議会員。

信頼の絆

〈航空母艦「瑞鶴」艦長・野元為輝少将の証言〉

戦艦をふりまわす

野元為輝大佐が、空母「瑞鶴」の二代目艦長として発令されたのは、ミッドウェー海戦で機動部隊が惨敗を喫した昭和十七年六月五日であった。

野元艦長は兵学校四十四期生で、大正五年に卒業後、航海屋として、長らく海上勤務の配置にあり、重巡「鳥海」をはじめ、じつに十五艦もの航海長を経験していた。

『母艦の勤務というのは、じつに苦しいものなんですよ。とくに操艦が大事です。空襲の回避、飛行機の発着艦時の艦の態勢など、操艦の技術がモノをいうわけです。その点、航海長を長くつとめていたので、どんなフネでも操艦には自信があった。そんなところが少し買われて、「瑞鶴」の艦長を仰せつかったのでしょう』

と、野元氏は謙虚に語る。氏は、ことし八十五歳（昭和五十五年）、やや耳が遠くなりました、とは言うが、どうしてどうして、対話はまったく正常である。つやつやとした顔色は、壮者をしのぐ若さがあり、五尺八寸の体軀は堂々として老いを感じさせない。

明瞭闊達《かったつ》な語り口で、第二次ソロモン海戦、南太平洋海戦の細部を正確に語ってくれた。

ここで、野元艦長が二つの海戦に突入するまでの情況をふり返ってみよう。

昭和十七年八月七日、この日から米軍の反攻作戦がソロモンの一角ではじめられた。強力な米上陸軍が、七日早朝、ガダルカナル島の一角を占領。この日の夜、三川艦隊の突入による第一次ソロモン海戦が、ルンガ沖でくりひろげられた。

ガ島は日本軍の拠点であるラバウルから五百六十カイリ南にあり、また米軍の拠点であるニューカレドニアからも五百六十カイリ北にあり、両軍ともに等距離にあった。

米軍の上陸によってはじまったガ島の攻防戦は、日を追って激しくなり、その支援をめぐってソロモン諸島海域で日米両海軍の激闘がはじまるのである。

母艦搭乗員との間に生まれた絆の深さを語る野元元少将。

ガ島の攻防戦は、しだいに日米の戦局を左右するような決戦の様相を帯びてきた。言うまでもなく、勝敗の鍵は、ソロモン周辺の制空権であり、制海権である。そのために両軍の機動部隊が、ガ島を核として進出することになり、ここにソロモン海と南太平洋で雌雄《しゆう》をけっする海戦が展開するのは、時間の問題となっていたのである。

当時、日本海軍はミッドウェーの敗北を経験し、空母のあり方について再検討がくわえられていた。まず、この点から野元氏の証言に耳を傾けてみよう。

『——ミッドウェーの戦訓があって以来、目立った変化といえば、戦艦を空母の護衛につけるということでしょうね。それまでは、戦艦優先か空母優先かという、足踏み状態だったのだが、防空ということをもっと主に考え、戦艦も空母の護衛にすべしということに考え方が変わったわけです。

私が、「瑞鶴」に着任して間もなく、一戦隊（「長門」「陸奥」「伊勢」「日向」「扶桑」「山城」）といっしょに周防灘で演習が開始されたのですが、これは戦艦を空母の護衛に配置するという最初の訓練でしたね。私のフネの周り七〜八千メートルのところに、六隻の戦艦が囲んでいる。そこへ佐伯航空隊が、豊後水道から出てきて攻撃をする。私のフネはそれに対して目茶苦茶に回避するわけですが、それとともに周りの戦艦も、行動をともにして防空演習をするわけです。

空母に随伴して戦艦が動くということは、かつてなかったことですからね。こんなことでいいのかなあ、と思いながらやったわけですが、個人的にはきわめて痛快でしたよ。いままで、主力艦といわれてきた戦艦を、空母が引きずりまわすんですからねえ。この訓練を数回やっていたとき、ガダルカナルがやられたというとで、それから急いでトラックへ出撃したわけです——』

第二次ソロモン海戦

八月十六日、「瑞鶴」は、僚艦「翔鶴」とともに、内海西部を出撃、トラックをへて、一路、ソロモンへと向かった。任務はガ島に逆上陸する一木支隊、横須賀第五特別陸戦隊、川口支隊など増援軍の援護である。

やがて、八月二十四日、増援部隊を乗せた四隻の輸送船団と、これを直衛する田中頼三少将指揮の水雷戦隊が、ガ島へ急行していた。このとき軽空母「龍驤」が、重巡「利根」、駆逐艦「時津風」「天津風」とともに別働隊として本隊から離れ、ガ島に接近していった。この「龍驤」隊をF・フレッチャー中将の率いる第六十一機動部隊（サラトガ、エンタープライズ基幹）が発見、サラトガ隊の三十八機が攻撃に飛び立った。しかし、本隊はまだ発見されておらず、いわば「龍驤」は、オトリのような形になった。が、野元氏はこう解説する。

『――オトリという考えは、まったくありませんでしたね。むしろ敵の空母がかならず出てくるだろうから、それに備えるのが、「瑞鶴」と「翔鶴」の使命だったわけです。それで、陸上支援には八千トン級の小さな、盃のような形の「龍驤」をやったわけです。つまり、ラバウルからでは遠すぎるので、常時、ガ島支援に使えるようにと、「龍驤」が派遣されたわけです。結局、本隊は敵に発見されず、米軍は錯誤を犯して、「龍驤」を攻撃して撃沈しましたが、あのとき本隊が、「龍驤」を救援しなかったことについて批判があるようですが、これは陸軍とは違って、機動部隊には予備隊というものがありませんからね。飛行機だって一度出すと、かならず五割は消耗しますからね。それはできないものなんです。あのとき、

「龍驤」の上空付近に爆煙が見えましたよ。私の記憶では八十～九十カイリ離れていたと思いますけど、南洋の空気は澄んでおるもんだから、爆弾の煙でしょうかね、真っ黒な煙が水平線のかなたから、ボコッと上がったのが見えましたね。ああ、「龍驤」がやられたなと、悲痛でした。

「龍驤」は魚雷一本、爆弾数発の命中弾をうけて、それでもしばらくは浮いていたんですが、結局、その日の夕方、六時ごろに沈没しちゃったんですね。しかし、私たちのほうは、「龍驤」が攻撃される少し前に、索敵機から敵発見の報告をうけていましてね（十二時五分）。よし、ミッドウェーの復讐をやろうということで、攻撃隊を発進させたんです。

ここでちょっと説明しておきますと、索敵機の敵発見の報とともにただちに発進させる場合と、そうでない場合があるんです。つまり、敵方との距離が二百四十カイリになったら攻撃隊を出すんです。これは、飛行機の航続力＋戦闘する若干の時間を加えて出したギリギリの距離で、それでぶじに帰れる距離になるわけです。しかし、作戦目的やそのときの条件によって、多少ちがってきますがね――』

午前九時、機動部隊は、水偵六機からなる索敵機を発進させた。そのうちの「筑摩」二号機から、十二時五分に、「敵大部隊見ゆ、われ戦闘機の追跡をうく」という報告電があって無電は跡絶えた。

この電報だけでは、敵位置は不明であったが、機動部隊指揮官は、「筑摩」二号機の担任索敵線と発進時刻から、敵機動部隊の位置はステワート諸島付近と判定し、ただちに第一次攻撃隊を発進させた。午後十二時五十五分、「翔鶴」飛行隊長の関衛《せきまもる》少佐を指揮官とする攻撃隊は、「翔鶴」艦爆十八機、艦攻九機、艦戦九機、および「瑞鶴」艦爆九機、艦攻九機、合計五十四機である。攻撃目標は敵空母サラトガとエンタープライズで、その予定位置は「翔鶴」の百六十度三百カイリの地点であった。

まもなく第一次攻撃隊は、敵機動部隊を発見した。十四時三十八分、関少佐は、「ト連送」を発進しつつ突撃にうつった。結局、エンタープライズには三発が命中し、二発が至近弾となった。最初の一発は甲板五層を貫き、下士官室で炸裂した。ついで瞬発信管をつけた爆弾二発が飛行甲板で炸裂、同艦は火災を発した。サラトガは無傷だった。第一次攻撃隊の被害も大きく、艦戦九機は全滅、「瑞鶴」隊の艦爆、艦攻の十八機全機が未帰還となった。母艦に収容できたのは、わずかに十三機にすぎなかった。

一方、第二次攻撃隊が、「瑞鶴」飛行隊長、高橋定大尉の指揮の下に、「瑞鶴」の艦爆十八機、艦攻九機、艦戦九機、「翔鶴」の艦爆九機、艦攻九機で、第一次とまったく同数の合計五十四機が、十五時に発進した。この第二次攻撃隊は、敵の予想位置を推定して進撃したが、不運にも予定地点に敵を発見することができなかった。このとき、一つのアクシデントが起こった。野元氏はそのときの情況をこう説明する。

『――こういうことがありました。第二次攻撃隊を発進させたところ、敵空母の目標まで、推定で三百カイリあったのです。ところが、行けども行けども、米空母を発見できない。ついに四時間飛びつづけて、行動燃料のギリギリまできたので、高橋大尉は、反転帰投を命じたんですね。そのとき、艦爆隊第三中隊長の石丸豊大尉が、あやしいものを認めたんです。それが雲か煙か艦影か、確認することはできなかったんです。こういうことはパイロットにはよくあることで、とくに眼を左右に動かしたときとか、飛行機が変針したときなど一瞬、網膜にうつるんですね。それは凝視すると消えてしまう。しかし、幻影ではないんです。

石丸大尉が、これを敵発見と報じると全機が全力上昇するので、そうなると、燃料が不足して全機が母艦に帰れなくなる。そこで彼は、部下の九機だけを率いて突入したんですね。本隊には無断で、単独行動をとったんです。もちろん死を覚悟してのことでしょう。ところが、それから三十分も飛んでいったけれど、ついに敵艦隊を発見できなかった。もう燃料はない。母艦にはたどりつけないけれど、彼は「瑞鶴」の方向に、燃料のつづくかぎり飛ぼうと決心したんですね。

母艦というのは、きわめて複雑な任務があるものです。敵が空襲をかけてくるかもしれないので、艦橋の一番上にあがって見張りをしなければならない。また、自分の飛行機がどうなっているかをみて収容もしなければならない。艦長一人で、じつに苦労するものなんです。

私は「瑞鶴」の艦橋で、石丸隊が、これから帰投するという電報をうけたとき、とても燃料がもたないと判断して、万難を排してでも、石丸隊を収容しようと、全速で南下を命じたのです。

私はかつて済州島に在った木更津航空隊の副長をしていたとき、南京爆撃の中攻に便乗して、航空戦を体験したことがあったけれど、当時、南京の防空砲火はひじょうに激しくて、きわめて弾着が的確なんですね。機内にいても、高角砲弾が近くを通過する擦過音が聞こえるほどだった。その弾丸の中を、機がかいくぐっていくわけですが、搭乗員というものが、いかに決死的なものかということ、その苦労をつくづく身に滲みて悟ったことがあったんです。それ以来、私は、搭乗員に対して、精神的了解といったもの、同情というか、そういうことを知ったんですよ。

ですから、私は、どうしても石丸隊を救おうと思ったんです。結局、数十カイリ突っ走って、間一髪、ほんとにギリギリのところで彼らを収容することができましたね。しかし、三機だけが海上に不時着水して、これは搭乗員をぶじに引き上げることができましたが。あとで部下が言ってましたけれど、私は艦橋で、〝石丸大尉は敵中深く突入した、これを救わなければ艦長とはいえない〟と叫んでいたんだそうです。そんなこと、すっかり忘れていましたけれど……。もし、全速で迎えに行かなかったら、全機、途中で落ちていたでしょうね。

「翔鶴」は旗艦でしたが、こういう場合は、旗艦に報告する必要はないんです。いうなれば以心伝心でいいんですわ。戦闘中ですから。ただ海戦中の戦艦の場合は、勝手に行動するわけにはいきませんが、空母というのは、距離がたがいに二万メートルくらい離れるのは当り前なんですから、そのときの戦況に応じて、また、自分の飛行機隊の情況に応じて、相当フリーな行動ができるようになっておるんです。そこがまた、艦長としてむずかしいところなんです。しかし、このことがあってから、私と搭乗員との間に、親しみが増大したように思えますね。ひじょうに強い信頼感、絆《きずな》といったものが生まれたことは事実ですね――』

アメリカ側の資料によれば、米艦隊は、そのとき日本軍機が通過した地点の西方五十カイリに、日本軍機の編隊をレーダーで探知していたが、日本機がやがて南方に変針したため攻撃をうけなかったと記録されている。かくて第二次ソロモン海戦は龍頭蛇尾に終わったが、エンタープライズは少なくともそれから二ヵ月間は、修理のため実戦に参加できなかった。

南太平洋海戦

ソロモン群島の一小島、ガダルカナルで発生した攻防戦は、もはや抜きさしならぬ重大戦局にまで発展した。この島を確保するか奪われるかで、太平洋戦争の雌雄が決定するほど、事態は重大性を帯びてきた。

海軍では、十月上旬から外南洋部隊を動員し、数回にわたって陸軍の輸送を反復し、第十七軍司令部および第二師団の主力を上陸させた結果、ガ島の陸軍兵力は二万二千名に達し、反撃の機は熟しつつあった。

こうした情況の中で、十月十二日、サボ島沖夜戦が行なわれ、十三日、戦艦「金剛」と「榛名」が、ガ島の沖合いを行きつもどりつしながら、三十六センチ砲を全開して艦砲射撃を行ない、敵の飛行場を火の海と化した。さらに二日後の十五日、こんどは重巡「鳥海」「衣笠」の二隻に、第二水雷戦隊がくわわり、ふたたびガ島の飛行場を砲撃した。

この間に日本軍の輸送はつづいた。さらに十七日、十九日と、巡洋艦、駆逐艦による輸送を終えた第十七軍は、準備がととのったので、いよいよ十月二十二日に総攻撃を実施することに決定した。

これに呼応して海軍では、第一、第二航空戦隊の空母「翔鶴」「瑞鶴」「瑞鳳」「隼鷹」の四隻を主力とする、戦艦四、重巡八、軽巡二、駆逐艦二十一という大部隊が、二十日、ガ島から約六百カイリはなれた東方海面で洋上補給をすませ、二十一日から待機、ガ島付近海面に向かって南進を開始した。陸上部隊の総攻撃に合わせて、ガ島を砲爆撃する作戦であった。ところが、そこへ「Y日を二十三日に延期する」との総攻撃延期の通報があった。

機動部隊は、やむなく反転北上し、さらに補給をやり直して、二十二日夕刻からふたたび南下を開始した。すると、「地形険悪にして部隊の展開遅る……Y日をさらに一日延期す」との電報が入った。ジャングル内での陸軍の進撃は、想像を絶する難行軍であった。とはいえ、これで艦隊は、同一海面を行ったり来たりである。こんなにウロウロしていたら、いつ敵に発見されるかわからない。機動部隊は焦慮した。

この総攻撃の再三にわたる延期によって、機動部隊の作戦行動が変貌した。むしろ、敵機動部隊との決戦の機をつかもうとの方向に傾いたのである。こうして南太平洋海戦が起こることになる。野元氏の話をつづけよう。

『――第二次ソロモン海戦で、練達の搭乗員多数を失っ

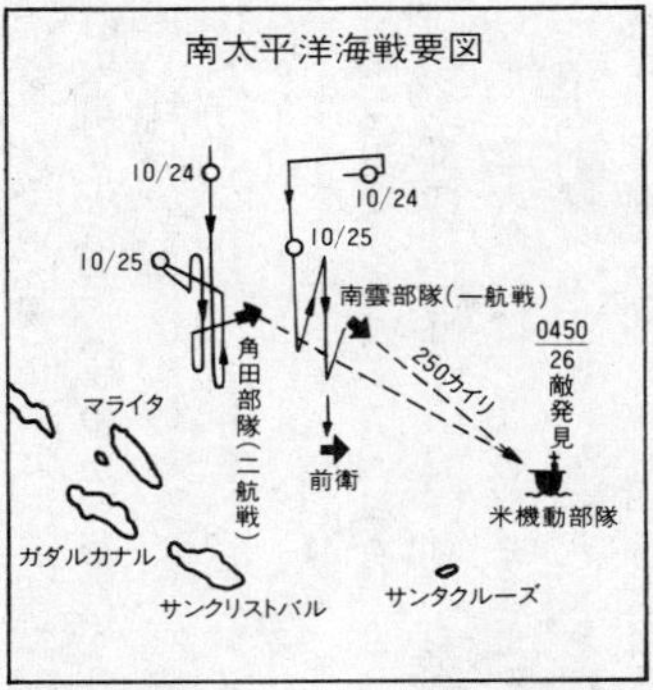

南太平洋海戦要図

たことは辛いことでした。日本は精鋭主義だったから、交代要員がいない。搭乗員は、じつに大事な大事なトラの子でした。そのあとトラック島に帰り、新しい搭乗員を補充して訓練し、気心がすっかりわかるような編成をして、また出かけたわけです。こんどこそはと、十月十一日に出撃したんです。ミッドウェーのことがあるから、こっちは主目標の側面を行動していたところ、敵もさるもので、同じように側面行動をとってきたものだから、またもやガップリと会敵することになった。これが南太平洋海戦ですわ――』

機動部隊は、二十五日早朝から補給をすませ、「第一接敵序列」の隊形を組んで南進していた。この隊形は、開戦以来まだ敵に見せたことのない配備であった。それは「前衛・本隊・前進部隊」の三群に分かれたものである。「前衛」は近藤信竹中将の第二艦隊が当たり、戦艦、重巡、駆逐艦が東西線上百五十カイリの幅に散開して進撃。このあとを二百カイリ離れて、南雲忠一中将麾下の「本隊」がつづいた。また、「隼鷹」を中心とする「前進部隊」が、本隊の西方百カイリの地点を、離れて進撃するという陣容である。

このように、広大な海域に散開して進撃していると、敵の索敵機が「前衛」を発見した場合、空母も前衛と同一海面に存在するだろうとの誤判断をあたえることがありうる。そうでなくても、全部隊を発見把握することはきわめて困難だ。

しかし、日本軍は、この時点でも米軍の情況をまったくつかめていなかった。ところが、キンケイド少将が指揮する空母エンタープライズ、ホーネットと、戦艦一、重巡一、防空巡三、駆逐艦十四からなる機動部隊が、日本艦隊を求めて北上しつつあった。

『――十月二十五日の夜中の十二時ごろでした。こっちは二十ノットで走っていたところ、いきなり「瑞鶴」と「翔鶴」の中間に、投下爆弾の水柱が立ったんです。それではじめて敵に発見されたことがわかった。それまで敵の索敵機が、直上にいたことも知らなかったんですからね。これはいかん、ということになって、全部隊がいちじ北へ反転したんです。そして日の出の四時ごろまで、二十五ノットで北上した。これで百マイル移動したわけだ。これが翌日の海戦に大きくものをいうことになるわけです。

敵はこっちが反転したことを知らないものだから、翌朝、私たちの空母部隊が南下しているであろう予想地点に向けて攻撃機を発進させたんですね。ところが、そこには、ちょうど前衛の二艦隊が進んでいたんです。

逆にこっちは、敵が前衛に攻撃をかけてきたので、米空母がどのへんにいるか、だいたい判断がついた。そのため、索敵機の米軍発見が少し早かったわけです。米軍もやがてこっちを発見したんだが、敵の索敵機が、帰りの駄賃で爆弾を落としていったところ、それが運悪く「瑞鳳」の飛行甲板に穴を開けちゃった。幸い攻撃隊を出したあとだったので、大事にはいたらず、艦そのものはなんでもなかったですがね。

当時「翔鶴」にだけ電探がとりつけられていたので、敵編隊がやってくるのが、「翔鶴」にはわかった。それで第二次攻撃隊を早く出せ、早く出せと矢のさいそくでね。

このときは、各艦二千メートル間隔の単縦陣で、「翔鶴」「瑞鶴」「瑞鳳」の順で走っていたんです。「翔鶴」は発進を終えて、どんどん南下する。私のフネはようやく準備がととのったので、東南東の風に向かって走り出したので、「翔鶴」とは、どんどん距離が離れだした。自然に二万メートルほど離れましたな。

そのとき敵機が殺到してきたわけです。しかも南からきた敵は、手近にいる「翔鶴」めがけて攻撃をはじめ、私のフネにはぜんぜんこない。みな「翔鶴」が吸収することになってしまった。見ていると、たちまち三発か四発、「翔鶴」に爆弾が命中したんです。ダイダイ色の火の玉がフワーッと出るんです。しかし、私は「翔鶴」が沈むとは、まったく考えもしませんでしたね。ミッドウェーの戦訓から、艦内の可燃物はすべて排除してあるし、格納庫には飛行機や爆弾はないんですから、大事にはいたらないと確信していましたから。

敵機もわずかばかり「瑞鶴」の上空に来たけれど、上空直衛の戦闘機が迎え撃ってね。ヒラヒラ墜ちる敵機をみて、兵隊たちは大喜びでしたね。結局、発進が少し遅れたために、「翔鶴」と離れることになり、敵機の攻撃をうけずにすんだわけです。

それに敵は、艦攻が来なかったので、魚雷の攻撃をうけなかった。ぜんぶ艦爆です。それで「瑞鳳」は爆弾一発で甲板に穴があいたし、「翔鶴」も飛行甲板が使えなくなって、健在なのは私のところだけになってしまった。帰ってきた飛行機の収容は、ぜんぶ「瑞鶴」がひきうけることになりましてね。そのうえ燃料がなくなって、着水するのがいる。格納庫は一杯になってしまうものだから、まだ使える飛行機は残すけれど、すぐに使えない傷ついたものは、みんな海の中に捨てちゃうんですよ。

内地では、飛行機をつくるのに大騒ぎしているのに、惜しいことだと思いましたね。ちょっと修理すれば使えるんだけど、ぜんぶを収容することができないものだから、やむを得ない処置だったわけです。飛行機が着く、飛行甲板に制動用のワイヤが六本張ってある。それにひっかける。ワイヤをはずして搭乗員を降ろし、飛行機をエレベーターで下ろす、または海に捨てる。つぎの飛行機を着艦させるまで、どうしても二〜三分はかかるわけです。その間に着水してしまうわけです。周りの駆逐艦がひろいに行くんだけれど、なかなか搭乗員が出てこないのがあるんです。負傷しているんですね。まことに痛ましいというか……。その間に、第三次攻撃隊を発進させなくてはならんのです。

前にもいった石丸大尉ですが、辛うじて帰ってきたんだが、燃料がつきて着水したんですね。すぐに駆逐艦が助け上げたんですが、負傷しておった。艦にあげられたとき一言だけ、「ズイカク……」と言って息が絶えたというんです。おそらく「〃瑞鶴〃はぶじか」と言いたかったんだと思うんです。「瑞鶴」の搭乗員だということは、飛行機の番号をみればわかるし、胸にもしるしがついているからわかるわけです。

それからもう一人、艦攻隊指揮官の今宿滋一郎大尉も忘れられない人です。第二次攻撃隊の発進のとき、艦橋最上部の防空指揮所にいる私を甲板から仰ぎみて、長いこと敬礼しているんです。

早く発進してもらいたいので、挨拶なら帰ってきてからゆっくりすればいいのに、と思いましたが、彼は、〃これが最後のお別れになる〃と直感していたのでしょうね。今宿機からは、「敵戦艦一隻轟沈」という電報がとどいただけで、ついに帰ってきませんでした。実際には戦艦ではなく、駆逐艦を見誤ったもののようですけれど――』

この海戦で日本軍は、空母ホーネットと駆逐艦ポーターを海没させ、米機七十四機を撃墜した。日本側には沈没艦はなかったが、百機にのぼる損失機を出したうえ、多くの練達のパイロットを失ったことは大きな損害であった。

義経の戦法

多くの海戦の中で、日本海軍がしばしば見せた一過性の攻撃戦法について、野元氏はきわめて示唆に富んだ解説をしている。南太平洋海戦での第三艦隊（機動部隊）参謀長は、草鹿龍之介少将であった。ハワイ作戦のときの参謀長でもある。いわゆる草鹿流の戦法が、この南太平洋海戦にも見られるのだ。連合艦隊司令部からは、機動部隊の即時南進を矢のように催促してきていた。つまり、ガ島を行ったり来たりしていないで、急速南下して敵機動部隊を捕捉攻撃せよというのである。しかし、草鹿参謀長は、敵情不明を理由に腰を上げようとはしなかった。そのへんの事情を野元氏はこう語る。

『――草鹿さんのやり方には、いろいろと意見のあるところですね。たとえば、ハワイ空襲では敵の空母がいなかったからしようがないけれど、二回目のとき、飛行場ばかりやらないで、燃料タンクや工作関係の工場などをやればよかったという批判があります。しかし、草鹿さんは日本流の戦訓をくわしく研究している人でね、たとえば義経の戦法の教訓をもっているんですね。頼朝と義経がケンカして義経が北へ逃げていった。頼朝は、みずから兵を率いてそれをやっつけに行く。すると義経は、北の方から夜襲をかけて頼朝の軍勢に損害を与えるんですね。義経は一撃を与えてさっさと逃げるんです。そこで頼朝の部下の武将が、また来るかもしれないから備えを厳にしましょうと言ったら、頼朝は、「いや、一回やってから、また夜襲をかけるということは、二の二の戦法であって、義経は利口だから、それはやらんだろう」と言ったんですね。果たして義経は二度の攻撃をしなかった、という故事があるんです。急襲というものは、一回しかやるものではないんです。同じことを二度やると、かならず失敗するんですね。草鹿さんは、その教訓を生かして、執拗にはやらなかったんです。それは、あとから考えて、いろいろな批判となって現われるものなんですよ。

ガ島沖で往復行動をとっていたのは、あれはしようのない面があったんです。なにしろ陸上の戦闘はジャングルの中を進むわけだから、総攻撃の日がどんどん変更になる。そのために往復せざるを得ないということ。それに敵のほうの偵察は綿密だから、往復行動はわかっていたと思う。だから、非常に危なかったんですよ。そう単純に南下できるものではなかった。それに陸上との関連で、だいたい敵の意図が察知できるんですよ。向こうの動きを見ていると、そろそろ空母部隊が出てくるぞということがね。だから、あまり北にばかり逃げているわけにもいかない。そこで南に行くときに第一接敵序列の隊形で、ちょっとズラして行ったんです。二艦隊にはお気の毒だったけれど、これが図に当たったわけで、草鹿さんのヒットといっていいでしょうね。

それから海戦の思想というのは、主力をやっつければ、自然に海上権はやっつけたほうに帰するというのが、一般的な常識なんです。ところが、アメリカはフネがやたらに多いもんだから、敵の重巡の四、五隻をやっつけたって、とても間に合うもんじゃないんだね。第一次ソロモン海戦のとき、三川艦隊が、敵の主力をやっつけたから海上権を得たと思って帰ってきたけど、いずくんぞ知らん、そうじゃなかった。そこにはやはり、義経の戦法といった思想があったのかもしれませんね。

これは、最後まで日本海軍にあった思想でしょうね。栗田艦隊のレイテ沖海戦も、その例にもれないものでしょうね。海上決戦をやるために日本海軍はあるのだという考え方が、牢固としてあったと思う。海上決戦で、敵の主力をやっつければ、自然に勝ちはこっちに入るのだという思想ですね。ですから、太平洋戦争の末期になっても、まだ海上決戦に備えろ備えろと叫ぶものだから、つい行動が不徹底になってしまう。レイテ沖海戦で、栗田さんがレイテ湾の輸送船団をつかまえることができなかったのもそれだと思う。結局、海上決戦というものは起こらずに、最後は「大和」が沖縄に突っ込む、ということになってしまったんだね——』（昭和五十五年二月三日インタビュー）

〈軍歴〉明治二十七年、東京に生まる。大正五年、海軍兵学校卒。四十四期。昭和二年、海軍大学校入校。卒業後は航海長や幕僚を歴任。十年、艦政本部に出仕、「大和」「武蔵」の設計にたずさわる。十二年、木更津航空隊副長。十三年、第三戦隊参謀、十四年、第四艦隊参謀をへて「千歳」艦長、筑波航空隊司令を歴任。十七年六月、「瑞鶴」艦長。十八年六月、練習航空総隊参謀長、任少将。二十年、第九〇三航空隊司令（大湊）で終戦を迎える。戦後は郷友連盟の理事、副会長をつとめ、五十二年に退任。

孫子の兵法

〈戦艦「大和」艦長・松田千秋少将の証言〉

海軍人事の失敗が敗因

「山本長官のやった戦さは、あれは素人の戦さですよ」

のっけから、ズバリと断言する元少将・松田千秋氏は、八十四歳（昭和五十五年）の高齢とは思われぬシャープな口調だ。

現在、東京・田園調布の一角、環状八号線の裏通りに事務機器の工場をもつ「マツダカルテックス株式会社」の社長。一基百万円を越す電子装置つきの「カルテラック」（書類のランダム自動抽出装置）をみずから発明考案し、その製造販売を行なっている。海軍で得た戦略技術を、ビジネス社会の戦略に転換応用した新兵器といえよう。需要も多いとか。

松田氏の山本長官作戦素人説を聞いてみよう。

『――山本さんは海軍大臣になるべき人だったんですよ。山本さん自身、戦さをやるよりも軍政のほうをやりたいと言ってましたからね。海戦直前、連合艦隊司令長官にだれをもってくるか、海軍ではひじょうに悩んでいた。どう見回しても、山本さん以外に人物がいない。そこで、嶋田繁太郎さん（当時海相）と同期の人が山本さんを口説いたけれど断わられた。しかし、他に人がいないので再三お願いしたところ、オレの思うような戦さをやらしてくれるのなら長官をやってもいい、と言う。すると海軍大臣から、お前の思うとおりの戦さをやれ、と言われたもんだから、それならとGF長官を受諾されたんです。だから、軍令部の作戦計画なんかそっちのけで、ああいう戦さをやったんだな。

山本さんは、かつてアメリカの大使館付武官をやっていて、アメリカを熟知している。アメリカのことをよく知っていると、作戦を立てる場合、かえっていい手が出ないんです。だから、何かうまい手はないかと考えたのが真珠湾攻撃、それから南太平洋方面の占領なんですね。

山本さんはね、これは、うまくいくかどうかわからんけれど、これ以外に手はないという信念からきたんだろうと思うんだ。というのはね、山本さんは博打《ばくち》がひじょうに上手な人だったんだね。これはあまりにも有名な話ですけどね。だから山本さん自身、この戦さは博打だと。オレは博打に勝つ自信があるから、この博打で戦さをはじめようと。うまくいけばオレの思う通りに行くんだと。うまくういくかどうかオレの博才《ばくさい》に賭けるしかしようがない、という考え方ではなかったかと思いますね。事実、あの作戦は山本さんの博打作戦でしたからね。

結局、真珠湾攻撃はうまくいったけれど、あれがキッカケとなって、航空戦という思わぬ方向に戦さが展開しちゃったことと、アメリカ国民に異常なまでの敵愾心《てきがいしん》をあおって、日本より先にアメリカのほうが総力戦に突入しちゃった。とどのつまりは、山本さんの博打作戦は大失敗に終わったわけです。

私はね、GF長官は、むしろ嶋田さんのほうがよかったと思いますね。そして、山本さんを海軍大臣にすべきだった、と思う。そうすれば、もっとましな戦さになっていたでしょうね。嶋田さんなら、ああいう奇襲作戦は絶対にやりませんからね。軍令部が、永年にわたってつくり上げてきた艦隊決戦にもちこんだはずです。そうすれば、日本にも光明が見えたと思う。つまり、人事の失敗が、あのようなみじめな戦さにしたと言ってもいいでしょうね。

松田元少将。〝栗田艦隊ナゾの反転〟の新事実を語った。

私は、開戦の前年の昭和十五年に、ヨーロッパとアメリカを視察に行ったことがあるんです。ちょうど、ドイツ軍が、オランダ、ベルギー、フランスに怒濤の勢いで進撃していたときです。そのとき私は、ヨーロッパからアメリカに渡り、ニューヨークに着いたけれど、彼らと話をして感じたことは、アメリカのジャーナリズムは、日米戦争に反対だということでしたね。日本とは戦争をしたくないと、はっきり言っとったね。

それから日本に帰ってきたら、総力戦研究所というものをつくって、米英と戦争したとき、日本はどこまでやれるか研究してくれと言われたんです。これは、陸海軍協同の研究所で、十五年九月に創設したんです。所員は、各省の課長クラスの人が十人くらいと、やはり各省の若手で優れた人材二十人くらいを集めて研究をはじめました。その中には、後の日銀総裁になった佐々木直さん、東芝社長の玉置敬三さんなど多士済々でしたね。

このときは、米英との戦争は避けられないことがはっきりしていましたからね。そこで、今後の戦争形態とその対策を研究したわけなんだが、私は理屈だけ言うのは嫌いでね。具体的に演習をやってみようじゃないかと提案したんだよ。そして対米英同時開戦、ついでソ連参戦という想定のもとに、日本の総力戦能力を具体的に検討したんです。すると、約二年間はなんとかなるが、しかし、国内の情況は食糧はなくなるは、物資はなくなるは、ソ連が参戦したら大動員をやらなくてはならん。まあ、非常に苦しい状態、実際にこんどの戦争で起こったような惨憺たる情況になることがわかったんだね。ただ海軍だけは、どうにか勝つような格好なんだが、それも三年目に入ると、どうにもならなくなる、つまり負けるという結果なんだな。

その結論を十六年七月に、各省の大臣を集めて発表したんです。まさか負けるというわけにはいかんので、二年間はどうにか戦争をもちこたえることができるが、それから先はどうなるかわからんと結論を示したわけです。ところがね、それを聞いていた陸軍大臣の東條英機が、「けしからんことを言うじゃないか、お前たちは！」とえらく怒って、会議場から出ていってしまった。近衛首相は、何も言わずに謹聴していましたがね。

この発表の成果といえば、海軍の人たちに、非常によかったと喜んでもらえたけれど、陸軍関係には、あまり喜ばれませんでしたね。こういう具合に、戦う前に、対米英同時開戦は無謀であると力説したんですが、時すでに遅かったわけです。政府や軍当局の廟議決定をひるがえすことができなかったのは、いまだに残念でならないねえ……。

このような背景もあり、また山本さんも、アメリカと開戦することはきわめて不利だということを、次官当時にさかんに説いていたわけです。したがって、山本長官としては、短期決戦で日本が優位に立つことで、活路を見出そうとしたところから、ハワイの奇襲という博打作戦を考え出したんでしょうな。

真珠湾攻撃そのものはうまくいったね。しかし、この奇襲は、かえって逆の目になってしまったんです。アメリカ人の性格というのは、鼻っ柱の強い、なにかをやるときはどんどん押してくるという性格がある。世界でアメリカが一番強くて、利口で、なんでもやれるんだという、そういう国民性ですからね。だから、真珠湾攻撃でやられても、何をこしゃくな、ジャップなんか叩きのめしてしまえ、という敵愾心が国民の中に盛り上がって、アメリカのほうが日本より先に総力戦にうつってしまったんだ——』

必勝の軍令部作戦計画

ここで、日本海軍の対米作戦構想がどういうものであったのか。そして、それがくつがえされて真珠湾奇襲作戦となった現実が、なぜ敗戦の端緒となったのかを語ってもらおう。

『――まず開戦になった場合、米海軍の作戦方針というものは、優勢な艦隊の援護のもとに沖縄攻略を目的とする渡洋進攻作戦であるということがすでにわかっていたんだね。これに対して日本海軍は、敵艦隊が進攻してくる途上において、潜水艦や基地飛行機をもって波状攻撃をかけながら、敵の主力艦や空母勢力を減殺していこうと。いわゆる漸減作戦をもって彼我の戦力に均衡をもたせ、日本近海でわが艦隊の全力をあげてこれを迎撃、いっきょに撃滅することで有利な講和の緒口をつかもうというのが基本的な考え方だったんだ。

この作戦方針というのは、日露戦争のときに、まず敵の東洋艦隊を撃破し、ついで来攻したバルチック艦隊を対等以上の勢力で対馬海峡に迎撃撃滅した東郷長官の作戦構想を継承したものなんです。そして、これは軍令部当事者の一貫した信条でもあったんだね。しかし、ただ一つ条件があった。それは、大正十年の海軍軍縮条約に関連して日英同盟が廃棄されていたけれど、少なくとも大海軍国である英国を友好的中立国として、日米戦争のラチ外におくことを前提要件としていたことだ。この軍令部の作戦計画に基づいて、軍備や訓練が実施されていたわけで、とくに艦隊行動用の燃料も、毎年の訓練用燃料を節約して、二ヵ年の作戦に耐えられる程度に備蓄されていたことは、見逃せないところでしょうね。

ところが、実際に行なわれた連合艦隊の作戦構想はどうだったか。私たちが永年にわたって営々努力して築きあげてきた軍令部の作戦計画を、ひっくり返してしまった。

開戦劈頭、真珠湾空襲、ついでミッドウェー、ハワイ、アリューシャン、ソロモン攻略、最後に米本土に上陸した陸軍をもって米国の死命を制し、一方、フィリピン、マレー半島、インドネシア攻略、ついでインド大陸を征服しようという陸軍作戦を援護することであったんですからね。

地球の半面にまたがる、こんな、大規模な攻勢作戦がですよ、たとえ英海軍の勢力の一部が対伊作戦に拘束されたとしても、日本海軍は米英にたいして絶対劣勢であるということ、それに数と質において、きわめて貧弱な商船隊をもってする輸送や補給能力の劣弱なこと、そしてなお、米英海軍の戦力、とくに飛行機や潜水艦の、建造能力の巨大さ、これらによるわが補給路の破壊など、作戦実施上不可欠の諸データを厳正に比較検討すれば、こんな途方もない作戦構想は、絶対に成算がないくらい、即座にわかるはずなんだ。

二千年前、孫子が、「彼を知らず、已れを知らずして戦う者は百戦百敗す」と教えた不動の大原則を無視した痴人の空想か、さもなければ、何万分の一かの成算を願望する大博打作戦と断定しても過言ではないでしょうね。

私はかねてから、真珠湾攻撃は日本の敗戦の端緒であると主張してきたんだが、その理由はこういうことなんだ。

まず開戦のとき、真珠湾を奇襲して敵の戦艦多数を沈座させたことが、大戦果であるかのように宣伝されていますね。あれは、あくまで沈座であって撃沈ではないということです。大戦果どころか、事実はまったくこれに反し、予想されていた太平洋戦争の様相を一変させて、日本の敗戦の最大原因となったんだな。その理由を逐一、あげてみましょうか。

まず第一は、宣戦なき奇襲によって米海軍のトラの子戦艦の多数が大破されたことは、全アメリカ国民を憤激させて、「リメンバー・パールハーバー」という標語のもとに、ただちに総力戦体制に立ち上がらせたことです。これに反して日本国民ならびに戦争当事者は、この見かけだけの大戦果と、南方海域での若干の戦果に酔って、「米英くみしやすし」という安易な気持になったことだね。そして総力戦体制にうつったのは、戦況がようやく厳しさを増してきた一年以後だったということです。

第二は、沈座したアメリカの戦艦は、まもなく浮上修理され、戦力を回復して戦線で活躍できたこと。

第三は、日本海軍が、もっとも重視しなければならなかった敵空母に、一指も触れなかったということ。

第四は、飛行機では戦艦に致命傷をあたえることができない、とする米海軍伝統の思想を一変させ、「航空戦で海上作戦は決定できる」ことをアメリカ側に教えてやったことだね。このことは、民間航空機の生産能力と、民間パイロットの数が日本の十倍もある米国の思うツボにはまったものになったわけだよ。民間パイロットは、短期間の軍事訓練で、ただちに軍用機パイロットに転化できるからね。

以上の結果、太平洋戦争を航空戦としたのは、じつに真珠湾攻撃に、その原因があるといわねばならんのだ。したがって、「大和」以下主力艦を中核として、砲水雷航空の総合戦力により、制空権下の艦隊決戦を企図していた日本海軍伝統の作戦計画が、一朝のうちに瓦解してしまったんだな。しかも、これに基づいて永年にわたって巨額の国費を投じ、苦心して整備してきた必勝軍備も、連年の猛訓練で鍛えあげた戦闘術も、まったく発揮することができなくなってしまったわけですよ。

「大和」以下の強力な戦艦は無用の長物と化したし、新鋭空母は敵機の餌食に終わったし、水雷戦力を誇る駆逐艦は局地戦用の砲艦となったり、潜水艦もまったくその活動を封じられて、輸送船による海上輸送、とくに南方と内地との間の戦争必需物資が完全に途絶してしまったのも、元といえば、真珠湾攻撃が根本的な原因であったといえるわけだ。

それから、もっと大事な問題として国家間の戦争が、総力戦、つまり国力戦によって決定されることが、第一次世界大戦で実証されていたことだね。戦争の勝敗は、昔のように陸海軍の武力間の戦闘——いわゆる武力戦だけでは片づかないということなんだ。

さらに経済戦。敵国の経済力、とくに軍需生産力の破壊が必要であり、反対に、わが国の生産力の増強保全が必要なんだ。また、思想戦。敵国民の戦意を破砕し、わが国民の戦意を高揚すること。さらには外交戦。つまり、わが国に対する友好国、協力国を獲得拡充すること。そして、敵側友好国や同盟国を離反させ、敵を孤立化させる外交戦も大事です。そしてまた、兵力となる国民の動員力の問題など、これらの総合によって戦争の勝敗が決定されるというわけなんだ。

ところが、実際はどうか。いずれは、強大なソ連の参戦を予期しなければならない太平洋戦争が、日・独・伊の三国同盟の効果を過信して、二大強国である米英を同時に敵として開戦したことは、総力戦の要素のいずれから見ても日本に勝算のないことは、総力戦研究の結果をみなくても明白なんだよ。

ただ、海軍作戦だけは、軍令部伝統の作戦計画を実施するかぎり、一時的には米艦隊を撃破することは可能であったと考えられるけれど、日露戦争の場合のように、これによって講和の端緒を求めるということは、とうてい望めなかったですね。なぜかというと、かつての日本海海戦での大戦果は、当時の友好大国であったアメリカの仲裁を可能にしたけれど、今次の対米英、そしてソ連を敵にまわす戦争では、仲裁に出る友好大国はなかったからだね。したがって、太平洋戦争はとうぜんのことながら、長期の総力戦と国力戦となることを覚悟しなければならなかったわけだ。

それからもう一つ、戦争が大義名分に基づく正義の戦さでなければ、勝利を得がたいということです。これは多くの史実が証明しているところだね。たとえば日露戦争が、露軍の南進を阻止して日本の存立を確保するため、やむにやまれず立ち上がった正義の戦争だったからこそ、全国民は奮起したし、列国の同情を得て勝利に結びつけることができたんだ。ところが、太平洋戦争は、日本の中国侵略を阻止するために米英がとった対日輸出制限に対抗して、日本が武力行使したものであって、大義名分は、むしろ米英側にあるわけだ。

しかも、このような成算なき戦争を回避する方策はあったんだよ。きめて簡単なことなんだ。つまり、成算と名文の立たない中国侵略から、手を引くことだったんだ。しかし、当時の軍当局や為政者が、断固この措置に出なかったのは、かえすがえすも遺憾にたえませんね――』

「大和」誕生の背景

松田氏は、昭和六年七月に二年間の駐米大使館付武官補佐官の任務を終えてアメリカから帰朝、軍令部作戦課長として対米作戦の構想を練り、その結果として「大和」型戦艦の建造を主張、九年十月に軍令部から正式に新戦艦建造の要求が出された。その間のいきさつを松田氏はつぎのように語っている。

『――ワシントン条約およびロンドン条約などによる軍縮条約があって、主力艦である戦艦保有量が米・英の十にたいして、日本は六という比率におさえられましたね。その当時は、戦艦による海戦で勝敗が決まるというのが一般の思想だったわけです。そこで、さまざまな戦闘場面を想定して兵棋演習をやってみますとね、十対六の場合は、こっちが全滅するまでやっても、向こうはまだ半分は残るという感じになるんです。

これでは海軍としては責任がもてない。それではどうするかと。これは一つ、大きな大砲をもって、向こうがまだ射程距離に入らないうちにこっちが撃って、向こうの何隻かに一撃をあたえておき、こっちに勝ち目が出てきたような勢力の比率になったところで、全戦艦が砲門をひらいて向こうを全滅させると。そういうことでもしなければダメじゃないか、と言い出したわけです。

これは兵棋研究をやってみると、ごくふつうの考え方として出てくるものなんで、私がそれを言い出しても、べつに私の手柄でもなんでもないんだ。すぐみんなが賛成してくれましたよ。それはいいと。

そこで、どんな戦艦をつくったらいいかと研究をはじめましてね。主砲の大きさなど、砲術のエキスパートだった黛治夫さんに聞いたりして、十八インチに決めたんです。しかし、当時は十八インチ砲が世界でも最大だったので、技術関係に聞いてみたところ、それまでに一度試作したことがあるし、なんとかしてやろうという返事だったので、そこではじめて軍令部のみんなが一致して「大和」型の戦艦をつくろうという気になったわけです。昭和八、九年にかけてだったと思いますよ。そのときはもちろん、軍縮条約に縛られていたわけですから、要するに条約違反をやったわけです。そうやらなくては、日本は生きていく道がなかったわけです。

ですから、秘密保持にはじつに神経をつかったものです。青写真を何百枚も何千枚もつくるでしょう。それが一枚でもアメリカの手に渡れば、どういう艦かすぐにわかってしまうから、スケールを変えたんです。たとえば、長さが百メートルなら七十メートルで記入しておくとかね。これは青写真を見る人だけが本当の尺度を知っていて、造船所の人にも知らせてない。もちろん、海軍の関係者にも知らせないという徹底した秘密保持をやったんです。

新戦艦に対する私の要求としては、十八インチ砲を十門以上、速力は三十ノットというものだったんです。アメリカの戦艦は二十ノットくらいですから、それより十ノットふやしておけば、戦闘のとき、見込みがあるとなれば押していけますからね。負けるとなればすぐ下がるというように、カケヒキが自由にできるように、とのことからなんです。ところがね、速力を増すには長さを増し、船腹を小さくしなければならん。長さを増すと、防御がひじょうに大きくなってとてもできない。結局、二十七・五ノットになってしまったわけです。はじめに出した軍令部の要求は三十二ノットになっていますが、これはね、私の後任で来た人が、もう二ノットくらいいかんかということでね。大きな船はね、三十ノットが最大速力とすれば、多少、波があっても三十ノットで、ちゃんと走るんだ。小さな駆逐艦のような船になると、波があると三十五ノット出しても、実際は三十ノットくらいでしか走れないもんなんですね。ですから私は、三十ノットでいいと思っていたんだが、それでもダメだったんです。

主砲については、要求の段階では連装とも三連装とも言わなかったはずです。とにかく十門以上ということだった。二連装にすると五基の砲塔が必要になり、ますます大きくなってしまう。技術屋さんが三連装の研究をやって、どうにかできるけれど、九門でがまんしてくれということになったんです。そこで、日本でははじめての三連装の主砲がつくられたんですね。

ところが、この砲の発射速度が四十秒です。アメリカの十六インチ砲は三十秒なんだね。そうなると、「大和」は二分で三発、アメリカは二分で四発となる。十分間の砲戦で十五対二十となり、向こうが約一・三倍の弾丸を送りこむことになる。そうなると、実戦ではどうなりますかねえ。命中率の問題もあるけれど、この発射速度は、いまなお疑問が残るかもしれませんね——』

知らなかった栗田艦隊の突入

世紀の大海戦といわれているフィリピン沖海戦に、松田氏は第四航空戦隊の司令官として「日向」に乗艦、小沢機動部隊の傘下でエンガノ岬沖海戦を戦っている。この作戦は、フィリピンのレイテ島に上陸したマッカーサーの大軍を撃破するため、栗田艦隊をレイテ湾に突入させ、湾内の艦船を撃滅するのが主たる目的であった。このため小沢機動部隊は、フィリピン東方海上にあるハルゼー提督麾下の機動部隊群を北方に吊り上げる、いわゆるオトリ艦隊として内海から出撃した。

結果的には、オトリ艦隊は成功したのだが、肝心の栗田艦隊はレイテに突入せず、長蛇を逸した不発の海戦となってしまった。なぜ栗田艦隊は、レイテ湾を目前に見ながら反転したのか。今日、それは永遠の謎といわれているが、その謎を解くカギが、松田氏の口から飛び出したのである。十九年十月二十五日のエンガノ岬沖海戦をひもといてもらおう。

『――私は「日向」の艦長を一年たらずつとめて、十七年十二月に「大和」の艦長をやり、翌年九月に「大和」を下りて軍令部に呼ばれたんです。そのとき第一部長（作戦部長）の中沢佑さんが、オレ一人ではこの戦さはやれないから、松田くん来てオレを助けてくれ、と言ったわけだ。私は第一部長付ということで、中沢さんとさし向かいの机で、毎日作戦を考えていたけれど、とてもこれは勝ち目はないと判断せざるを得ないんだ。そこで、どうせ負ける戦さなら、私を第一線部隊の艦長にしてくれとムリに頼んだわけ。しかし、艦長の配置はもう卒業しているもんだから、それじゃ、司令官になってくれと言われてね。ちょうど航空戦艦というものができたばかりだったので、四航戦の司令官になっていったわけです。

フィリピン沖海戦では、私は「日向」に乗艦して「伊勢」を率いて出撃したんだが、二十四日に栗田部隊がシブヤン海で苦闘して、いちじ西方に避退したんだが、これが小沢機動部隊とひじょうに関係があるんだ。

栗田さんが避退する前にね、フィリピン基地航空隊が敵艦をやっつけて、われわれの前方に傷ついた敵の戦艦が三隻残っているから、「伊勢」「日向」は残敵を追いかけて、大砲でこれを撃破すべしという命令が出たんだ。そこで私は駆逐艦四隻をともなって、前衛部隊として、「瑞鶴」など空母部隊の本隊から離れて南進したんだ。私はね、これは命がけだけれど、いい機会だと思ったんだ。栗田部隊も出る。「伊勢」「日向」も北から出るとなると、米機動部隊を南北からはさみ打ちにすることになり、ますます成功の公算が強くなるわけです。

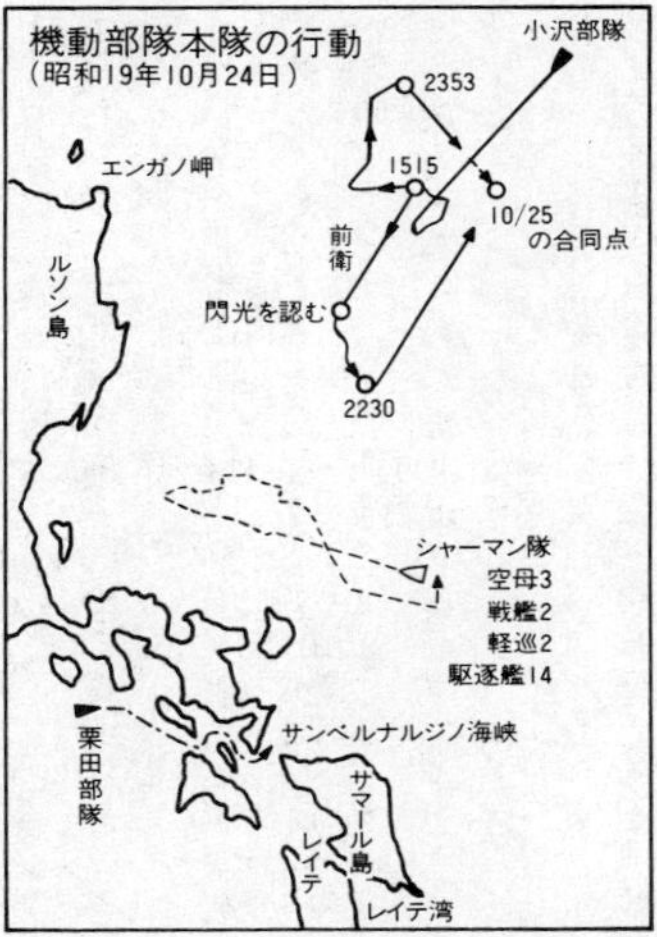

それでどんどん南下していくと、水平線上に盛んに光芒がひらめいているんだ。これは友軍機が夜間攻撃をやっているものだ

と、私は考えたんですよ。しかし、このまま突っこんでいくと、夜中ですから、友軍機と同士打ちをやる可能性があるので、夜明けを待とうと思い、南進から東進に針路を変えたんです。

ところが、栗田さんは、こっちが突撃の態勢をとっているとき、反転の電報を打ってきたんだね。それで小沢長官は、栗田部隊が反転したのに、松田部隊だけが進撃しても意味がないということで、私の部隊に反転して、主隊に合同せよと命令を出されたんです。それで私は、突入をあきらめて北進するわけです。

ところが、まもなく栗田部隊は、シブヤン海で再反転して進撃を再開したでしょ。この再反転という電報を小沢部隊はうけてないんだ。それをうけていたら、また話が違ってきたんだ。この戦いが終わったあとで小沢長官は、栗田部隊が再反転してレイテ湾に向かって突撃していることを知らなった、と言ってましたよ——』

これは重大な証言である。

栗田部隊がシブヤン海で大空襲をうけ、戦艦「武蔵」が撃沈されるほどの猛襲に耐えかねて、進撃路とは反対の針路をとって反転したのは十五時三十分だった。そして、反転したことを大本営や連合艦隊司令部、機動部隊などに通報電を打ったのが十六時である。小沢機動部隊本隊が、この反転電をうけとったのが二十時であった。

このとき小沢長官は迷った。栗田部隊が反転してから、すでに四時間を経過している。それなのに、それ以後なんの連絡もない。そのまま退却したのか、それとも再反転するのか、そ情報はまったくない。ところが、その間に、連合艦隊司令部が十八時十三分発電で、「天佑を確信し全軍突撃せよ」という電令を下している。とすると、栗田長官は、この電令をうけて再反転し、再突撃するかもしれない。米軍にしても、栗田部隊は脅威のはずだ。かりにそのまま退却したとしても、明二十五日には、米軍は総力をあげて栗田部隊を追撃することが予想される。それなら機動部隊本隊としては、たとえ自隊の存亡を賭しても、あくまで牽制作戦に出るべきであろう。

小沢長官はそう判断した。そして、栗田部隊の再反転を期待していたが、いつまで待っても、栗田長官から再反転を知らせる電報が届かない。そこで小沢長官は、栗田部隊は退却したものと判断せざるを得なかった。それなら自隊と栗田部隊とは相当の距離を逆方向に進んでいることになり、機動部隊本隊がこのまま進撃をつづけるなら孤立することになる。そこで小沢長官は、艦隊をいちじ反転北上させることにし、二十一時二十七分、松田部隊にたいして、「前衛は速やかに北方に離脱せよ」と電令したのである。この電令を松田司令官が、「日向」の艦橋でうけとったのが二十二時十六分であった。

松田司令官はこの電令をうけて、ちょっととまどったが、栗田部隊が突入を断念してすでに反転しつつあることでもあり、作戦は米軍の反撃によって阻止されたとみなさざるを得ない。おそらく機動部隊としては、明日の戦闘に備えるために態勢を立てなおすのであろうと判断、二十二時三十分に進撃を中止、針路を北へ向けたのであった。

まさにちょうどその頃、米機動部隊のシャーマン隊（空母レキシントン、エセックス基幹、軽空母二、戦艦二、軽巡三、駆逐艦十六、このうち軽空母プリンストンは特攻機の命中で沈没)が、松田部隊の南方、至近距離にたっしていた。しかし、両軍とも、これにまったく気がつかなかった。

『——おたがいにまったく知らなかったわけで、もしあのまま突っ込んでいたら、私の周りは敵だらけで、おそらく全滅していたでしょうね。戦後、米軍側は、松田隊が、なぜ東進したか理由がわからない、と戦史に書いていますけど、友軍機の夜間攻撃だと思った光は、じつはイナズマだったんですね。これは私の判断が誤ったものだったんです。そういう事件が米軍側ではわからないから、私の行動がナゾに思えたんでしょうね。

北上しはじめて間もなく、夜が明けたんですが、水平線上で、敵機が空母に着艦しているのが見えましたよ、眼鏡で。だから、すぐそばにいたんですよね。ですから、栗田さんが反転の電報を打たなければ、私はそのまま突っ込んでいたわけです。これは私としては悪運ですよ。だから戦さというものは、ほんとうに面白いものだと思いますね——』

こうして、小沢部隊は、栗田部隊が反転した以上、単独で戦闘することの愚を避け、戦場から避退しはじめたわけである。ところが、事実は、栗田部隊は十七時十四分に、シブヤン海上で再反転、ふたたび進撃を開始していたのであった。

この栗田部隊の再反転を知らせる電報は、なぜか打たれていなかった。なぜ栗田長官は再反転したことを、連合艦隊司令部および関係部隊に知らせなかったのか。これは重大なミスといわねばなるまい。この作戦は、栗田部隊と小沢部隊との連携作戦であった。しかも、松田部隊が本隊から先行して進撃していることを、栗田長官は知っていたはずだ。この松田部隊突撃の知らせは、「大和」に十七時十五分に着電している。それならなおさらのこと、再反転したことを、栗田長官は知らせるべきではなかったか。大きなナゾの部分であるといえよう。

栗田長官が、進撃を再開したことを知らせる電報を打ったのは十九時三十九分、ミンドロ島サンホセ基地に派遣してあった自隊の水上偵察機の指揮官に、「第一遊撃部隊進撃中、レガスピー東方およびレイテ湾総合敵情速報せよ」と打った電報である。この電文で再反転したことがわかるが、連合艦隊司令部にも、小沢機動部隊にも到達しなかった。それがはじめてわかったのは、二十一時四十五分に、スリガオ海峡に向かっている西村部隊に発電された命令文である。

「第一遊撃部隊主力は二十五日〇一〇〇サンベルナルジノ海峡進出、サマール島東方接岸南下、同日一一〇〇頃レイテ泊地突入の予定……」

この電報は、連合艦隊司令部では受信されたが、小沢部隊では受信されなかった。したがって、いぜんとして小沢長官は、栗田部隊の行動を把握できないまま、二十五日の敵空襲をうけることになったのである。

今日、問題とされていることは、小沢部隊がハルゼーの機動部隊を北方に吊り上げることに成功し、その報告電を打ったにもかかわらず、栗田長官座乗の「大和」に無電が届かなった、ということである。小沢長官は、二十五日の午前七時三十二分に、米軍機の触接を打電し、つづいて八時十五分に、「敵艦上機約八十機来襲……」と第二報を打電した。以後、「瑞鶴」は被弾したため送信不能となったが、この二つの電報は、ともに栗田長官のところには届いていない。

電報の不達原因は、今日なお、不明で問題になるところだが、しかし、小沢長官にとっては、栗田部隊はすでに退却したと思っているのだから、積極的に、敵部隊の吸収を報ずる必要がなかったといえる。したがって、電文もきわめて短いものだし、二報しか打電していない。第一報から第二報まで四十三分もの間がある。もし、栗田部隊に敵誘致成功を知らせるのなら、もっと多くの情報を打電してしかるべきだろう。自艦が通信不能になったのなら、「大淀」や「日向」に、送信を代行させるのがオトリとしての責務であろう。そうしなかったところをみても、小沢長官が、栗田部隊の再反転を知らなかったことの信憑《しんぴょう》性がうかがわれる。

栗田長官が、敵情を得られぬまま、暗中模索の進撃をし、レイテ湾を指呼の間に見ながら反転し、幻の敵機動部隊を追って北上するという錯誤をおかしたのも、原因はシブヤン海での再反転を通報しなかったという、作戦要務の処理上のミスにかかっていると考えられる。これは、ひとり栗田長官だけでなく、第二艦隊司令部の不手際といわねばならない。

さて、松田部隊は二十五日午前七時、主隊と合同した。小沢機動部隊は、針路を零度にとった。このまま小沢部隊も敵情を得られなかったら、内地へ帰還するコースである。ところが、まもなく敵機に捕捉され、熾烈な海戦が展開されることになった。

『――四航戦は主隊に合同したんだが、「日向」は最後尾で「千代田」「千歳」を護衛していたせいか、敵機は「日向」には、ほとんど来ませんでしたね。みんなが空母を狙っていました。そのうち「千歳」が沈没し、つづいて「千代田」が航行不能になった。そこで私は野村留吉艦長に、「千代田」を引っ張っていけと命令を出したんだ。いくら特設空母だからといってもね、なにしろ、とっときの空母ですからね。艦長は弱ったらしいんですよ。この戦さの最中に曳航するなんてことは、むずかしいことですからね。結局「五十鈴」に曳かせることにしたけど、これも殺到する敵機のために不可能となった。とにかく敵は近いからね。敵機はピストン行動で爆弾を積んではやってくるんだ。

「瑞鶴」を護衛していた「伊勢」には、ずいぶん敵機が攻撃してきましたけれど、中瀬泝艦長のみごとな操艦で、爆弾も魚雷もすべて回避している。これはすごいことですよ。

じつは私は、「日向」の艦長になる前に標的艦の「摂津」の艦長をやったんです。これは飛行機が演習用の小さな模擬爆弾を、実際に投弾して当てるんです。このとき、私は回避運動を実地で研究して、飛行機による爆弾は、すべて回避できるという結論を得たんだ。そこで私の体験から、爆撃回避運動の成否は、海戦の勝敗を決める重大な要素である、としてこれに関する所見をレポートにまとめて、教育局長に、ご参考までにと言ってあげたんです。そうしたら、すぐこれを印刷して各艦に配ったんです。

この私のパンフレットを、中瀬艦長が、じつによく研究して、実戦に役立ててくれたんです。しかし、実際に戦闘をして、うまく敵機を回避した艦長は、あまりたくさんいないんですね。私の知っているのでは、「利根」艦長の黛さんと中瀬さんくらいですね。しかし、開戦後、約三年をへたフィリピン沖海戦当時には、艦長の多くは交代していますし、作戦の様相も変貌していて、爆撃回避にたいする艦長の関心が薄らいでいたのも事実でしょうね。そのころでは、艦上機の降下爆弾はとうてい回避できない、というのが、一般艦長の通念だったと思います。結局、この研究不足が、海戦で敗れた大きな原因にもなっていると思うんですがね――』（昭和五十五年七月三十日インタビュー）

〈軍歴〉明治二十九年九月二十九日、熊本県七城町に生まる。大正五年、海軍兵学校卒業。四十四期。以後、大正十五年までの十年間は主として艦隊勤務。昭和二年、海軍大学校甲種学生。四年、駐米大使館付武官補佐官。六年、海軍軍令部作戦課長として、対米必勝軍備の基本構想を策定、「大和」型戦艦の建造を発想、新軍備計画を実施する。十年、海軍大学校教官。十二年、上海事変勃発とともに中支派遣軍（陸軍）の参謀として南京攻略戦に参加。十三年、「神威」艦長として、漢口攻略遡江作戦に参加。十五年、軍令部勤務、情報連絡のため欧米各国出張（四ヵ月）。同九月、総力戦研究所所員。十六年九月、「摂津」艦長。十七年二月、「日向」艦長、ミッドウェー作戦に参加。同十二月、「大和」艦長。十八年五月、任少将。同九月、軍令部一部長補佐。十九年五月、四航戦司令官。二十年三月、横須賀海軍航空隊司令を最後に終戦。

独創と捨て身

〈軽巡洋艦「那珂」艦長・今和泉喜次郎大佐の証言〉

襲ってきた敵編隊

今和泉氏は、太平洋戦争開戦時には第二潜水隊の司令として「伊一九潜」に乗艦し、「伊二一潜」「伊二三潜」とともにハワイ作戦に従事し、機動部隊の前哨となって進撃航路の索敵と哨戒の任についた。

真珠湾奇襲作戦の成功後、さらにアメリカ本土西岸まで足を延ばしてロサンゼルス港に潜入したが、敵を得ず、ふたたびハワイに引き返してこれを偵察し、帰途につく。

つづいて、第一潜水隊司令として「伊二〇潜」に着任。昭和十七年二月十八日に僚艦「伊一八潜」「伊一六潜」とともに、特殊潜航艇を搭載して、インド洋のマダガスカル島攻撃のため出撃。さらにアフリカ東岸作戦では、砲雷撃で敵船舶六隻を撃沈するという戦果をあげている。

その後、同年十一月二十三日に、かつて南米航路の貨客船だった「さんとす丸」に着任して、同船を旗艦とし、新造潜水艦の乗員訓練を指揮した。

翌十八年三月に、この任務が解かれ、ふたたび実戦部隊にもどり、軽巡「那珂」の艦長に着任した。「那珂」艦長のときに、今和泉氏は独創的な対空戦闘を展開し、みごとな成果をあげている。いわば、虎穴に踏み込んだ捨て身の戦法で、戦訓としても、きわめて示唆に富んだものだ。そのいきさつを聞いてみよう。

『──大正十四年十一月に竣工したときの「那珂」は、常備排水量が、五千五百九十五トンということになっていましたが、その後、改装されて、全長も長くなり、装備も近代化されて、私が乗ったときは、満載排水量が、じつに一万トンを超えるという堂々たる巡洋艦になっていましたね。

着任したときは、このフネなら、おおいに働き甲斐があるなと思いましたよ。しかし、残念ながら私が艦長をしていた約十ヵ月というのは、もっぱら輸送任務ばかりでね、はなばなしい海戦の経験はないんですが、それでも何回か敵機との交戦はやっています。ご存知のとおり、太平洋戦争は飛行機の戦いになったわけで、「那珂」も私が着任したときは、対空火器を装備したばかりでしたね。艦の片舷に二十五ミリ連装機銃一基、三連装機銃一基ずつ増備してありました。ですから、両舷合計四基、十門の機銃で、やや不十分ですが、一応、対空戦闘にも、ある程度の期待がもてるようにはなっていましたね。

はじめて対空戦闘をやったのは十八年の十一月三日です。その日は明治節でしてね。そのとき、「那珂」は第十四戦隊の旗艦で、「五十鈴」と二隻で戦隊を編成していたわけです。

これに駆逐艦「磯風」が参加していましたね。

上海で第十七師団の陸兵を輸送船に搭載して、ラバウルへ護送するのが任務でしてね。途中、トラック島に寄って、十一月一日にトラックを出撃、ラバウルへ向かったのです。輸送船は、清澄丸、日枝丸、護国丸の三隻でしたね。

三日は朝から快晴で、空には一点の雲もありませんでしたよ。五時半ごろ、一機の敵機を発見したんです。哨戒機ですね。

まあ、これでこっちの船団が発見されたわけです。それから六時すぎにはまた一機、さらに八時半ごろまた一機、つまり三回、敵機に発見されたわけで、こうなると、いやでも敵の空襲があるだろうと、覚悟してたんですよ。そうしたら十一時半ごろ、とうとうやってきましてね。はじめは前方遠距離の水平線上に小さな粒が二つ三つ見えましたが、だんだん近づくにつれて数がふえてくる。結局、B26十九機の編隊でしたがね。なにぶん遠距離からずっと見ているので、近寄るまで時間がかかって、間が抜けたような感じでしたね。こちらも散開して対空戦闘の態勢にあるわけです——』

今和泉元大佐は独創的な対空戦闘を展開、成果をあげた。

修羅場と化した艦橋

『——「那珂」としては初めての対空戦でしたが、

このときのために連日、訓練してきたんですからね。私が「那珂」に就任してから毎日、朝と夕方の二回、徹底的に対空訓練をやりましたから。主として射手の照準訓練ですけどね。このほか黎明砲戦訓練、探照灯照射訓練、見張り、防火防水の応急訓練、手先信号の教練、これは戦闘中には射撃音で声が聞こえませんから視覚通信をやるわけです。それから対潜、対魚雷、対空見張りならびに回避法など、主として艦橋員の訓練をやるわけです。こういう訓練を毎日やってきたわけです。ですからイザとなっても、平時の訓練の気持より少し緊張した程度で敵を待つことができましたね。十分に訓練をつんでおれば、自信をもって対応できますし、案外、落ち着いたものですよ。

敵の攻撃は、定石どおり旗艦「那珂」に指向しましてね、きちんとした横幅のある一列横隊の編隊でやってきましたよ。これに対して私は、艦を敵針路から、やや外側に向けて反航していったのです。そして、速力を少しずつ上げていくわけです。一定の速力ですと、敵も照準しやすいのですが、こちらが速力を少しずつ上げていくと、敵は投弾の時期の計算がしにくいわけですね。

そのうえ、敵機が近づくにつれて、外側に向けていた艦首を、敵の針路側に少しずつ変針してやったんです。ふつうなら外側へ外側へと避退するわけですが、外側へ逃げると、これを追いかけるのはわけないんです。ところが、私は逆に敵のふところに入るように変針したから、彼らは、きっとまごついたろうと思いますよ。

そのうち、爆弾を落としはじめた。各機二、三発ずつの一斉投下です。左三十度、高度千五百メートルくらいでしたかね。そのとき、「攻撃はじめ」の号令を下したんです。機銃がいっせいに火を吐く、と同時に一気に最大戦速に増速すると、ググーッと左に大回避したんですよ。敵機の内ふところから、背後に出るように舵をとったんです。

その直後、艦の左後方百～二百メートル付近に、ドドドーッと、爆弾の水柱のかたまりが立ち昇りましたね。まんまと敵攻撃のウラをかくことに成功しましてね。そのとき、「五十鈴」では、水柱のために、いちじ「那珂」の姿が見えなくなって、てっきりやられたと思ったらしいですね。

私は、艦橋で指揮をとっていたんですが、「那珂」の艦橋は、弾片防御のために、外側をさらに鉄板でおおってあったんです。そのために、窓は見えるスペースが極端に小さくなっていたので、外がよくわからないんです。それで出撃する前に私は特別注文を出してね、天蓋に穴を開けてもらったんです。そして、一メートルほどの高さの踏み台を置いて、それに乗って天蓋の穴から上半身を乗り出して、敵機を見ながら操艦戦闘の指揮をやったんです。まあ、作戦が成功したんで、ホッとして踏み台から下りてみると、艦橋の中で、ばたばたやられておるんだ。

まず先任参謀の藤田勇中佐が倒れているのが目についた。これは、と思って見ると、ほかにも三、四人、戦死している。水雷長の小野沢義忠中尉、掌航海長の矢島幸雄少尉、工作長の中村吉十郎少尉が重傷でうめいている。そのほかほとんど傷を負ってるんですよ。結局、戦死五人、重傷七人、軽傷十一人と、艦橋要員のほとんどがやられちゃった。

私だけがなんでもないんだ。カスリ傷一つ負っていない。とにかく、あまりの損害に、艦橋の連中は茫然としているんだね。戦傷者の処置も、血に染まった艦橋の清掃などにも、手をつけてないんだ。みんな、ボーとしている。それで私は、「はやく下に連れていけ」「消防用水を出して甲板を洗え」「あとの始末を急げ」と矢つぎ早に号令すると、やっと動き出した。よほどショックだったんですなあ。

これは爆弾が命中したものでもなく、至近弾の破片がとびこんできたのでもない。敵機の機銃掃射をうけたんですね。爆弾投下の直前、右舷側の近くに、艦と平行して水面に帯のように小さな水煙があがったんですが、艦の頭上を航過していった敵機が、後部機銃座から撃ったものではないかと思うんです。艦橋を防御している鉄板は、後方についていませんでしたから、そのスキを突かれた形になったんですね。

死傷者が出たのは残念でした。なにしろ、いままで手塩にかけて、訓練最高度にたっした見張員をはじめ、艦橋の主要配員が根こそぎやられたのはこたえましたよ。健在だった見張士の中村利夫少尉に、急速、艦橋見張員の補充編成を命じ、艦橋陣容の建てなおしをして、戦力の低下を防いだわけですが、日没までに第二波、第三波の空襲も予期しなければならず、さらに潜水艦の襲撃にも気をくばらなければなりません。困りましたねえ——』

顔青ざめる射撃指揮官

『——艦橋が全滅状態になったからといって、士気に影響するということはありませんでしたね。その点、兵たちは強靱な精神力をもっていましたね。ただ、機銃掃射をした敵機の行動が判然としないので、さては「那珂」の変針の具合で、敵機がいちじ艦の左舷から右舷にうつったとき、射撃に夢中になっていた艦尾の機銃が、銃身を移動するとき、艦橋を掃射してしまったのではないかという、同士打ちの疑問が出ましてねえ。射撃指揮官の砲術長が、私のところへ真っ青な顔で飛んできて、なんとも申しわけありませんというから、

「いや、艦橋右側の空中線や掲旗線が切断されているじゃないか。第一、本艦の機銃は左舷しか使用していないし、前方から左旋回して後方へ向けて射撃しているから、艦橋を撃つわけがない。それより艦橋にある弾片を見れば、敵機のものだということが証明されるだろう」

と言ってね、さっそく、艦橋に突き刺さっている銃弾を調べてみたところ、明らかに敵機のものでしたよ。それで砲術長も、ほっと胸をなでおろしていましたがね。まあ、とかく急迫時というのは、個々の敵情確認のものがほとんどないということを痛感しましたね。冷静なつもりでも、案外、気が動転しているものなんですね。

私も、南洋の強い光線にたいして、目を保護するために、日ごろ、サングラスをかけていたんですが、当日も、そのまま戦闘に終始しちゃったんですね。戦いがすんで踏み台から艦橋に降りるとき、はじめてそれと気がつき、ハッとしたんです。

もし何かの破片でも、サングラスに当たってレンズの破片で目をやられでもしたら、それこそ不覚、申しわけないことです。それ以来、私は、対空戦闘では、かならずサングラスを

とって指揮することにしましたがね。そういう小さなミスが、大事を招くことになりかねないということを一つの教訓として学んだわけです。それから、気力が充実していると、ケガなんかしないものですよ。

護衛艦は、みな、ぶじでしたね。ただ、輸送船の清澄丸が、至近弾をうけて浸水しましてね、エンジンもストップしちゃった。至近弾の爆発で、船腹のリベットがゆるんだんでしょう。左舷に約十度くらい傾いていましたね。しかし、死傷者は一人も出なかったようです。

結局「五十鈴」が曳航することになって、近くのニューアイルランド島北端のカビエンまで護送することになったんです。「那珂」はこれを護衛するため、曳航している「五十鈴」の前方から、その左右の斜め前方までの範囲を、十八ノットで右往、左往のジグザグ針路というか、横ばい運動をしながら対潜見張りをやったんです。

それに、敵機の低高度による反跳爆撃にも備えて、艦の後部にも爆音監視員を配したり、機銃や高角砲の対空砲火は、即刻、使用できるように配置をとったり、また、艦内でもの音をたてないように、音響を極度に静めて敵潜に備えたりしたわけです。

「五十鈴」の曳航速力は五ノットくらいでしたから、ほとんど一昼夜というもの、そうした警戒配備を厳重に敷いてカビエンまで行ったんですよ。カビエンに着いたのは、翌四日、朝の五時半で、入港できたときは、ほんとに肩の荷をおろした、という感じでしたねえ——』

この時期は、米軍のブーゲンビル島進攻の真っ最中であった。十一月一日、米軍は第三海兵師団をもって、ブーゲンビル島中西部のタロキナに上陸した。狙いは、この地点に飛行場をつくり、タロキナを足がかりとして、ラバウルを攻撃、日本軍の航空基地やシンプソン湾の泊地を無力化することにあった。

米軍の上陸にたいして、南東方面部隊は、その夜、第五戦隊（「妙高」「羽黒」）、第十戦隊（「阿賀野」駆三）、第三水雷戦隊（「川内」駆三）をもって敵艦船の襲撃にむかわせたが、結果は、「川内」と「初風」が沈没し、襲撃は不成功に終わった。この海戦をブーゲンビル島沖海戦と呼ぶが、米軍は、軽巡一、駆逐艦二が砲火と雷撃によって損害をうけただけで、沈没艦はなかった。

こうして米軍は、翌十一月二日夕刻までに、タロキナに橋頭堡を築き、ただちに、滑走路の構築にとりかかったのである。

一方、古賀連合艦隊司令長官は、トラック在泊の栗田健男中将麾下の第二艦隊に、ラバウル進出を命じた。第二艦隊がラバウルに向かっているとき、「那珂」もまた、カビエンを出港、ラバウルへと向かった。そのときの模様を、今和泉氏はこう語る。

『――われわれがカビエンに入港する前に空襲があって、そのとき、港内に磁気機雷を投下しているんですよ。そのために入港のとき「五十鈴」が触雷してしまった。被害は軽微で、行動不能にならなかったのが、不幸中の幸いでした。ここで清澄丸の陸軍部隊、これは工兵二百六十人ですが、それに物件を「那珂」に移載して、十六時十五分にカビエンを出港したわけです。

しかし、敵機によって機雷を投下されているわけで、それがどこにあるかわからない。とにかく入港したときの針路に乗って出れば大丈夫だろうということで、出港のときは、港口とほとんど逆の方に向いていた艦を、浅い港内で、しかもその場で回頭したんです。これはなかなかむずかしいんですよ。

航海長に、陸上目標の方位をねらってもらいながら、少しも前後左右に偏位しないようにして、ともかく反転、入港時の逆の針路をとったときは、ヤレヤレといったところでした。こうしてゆっくり進んでいるうちに、少し右寄りですぐ前方二百メートルを進んでいた「磯風」の艦尾の下で、〝ドカン〟と一発爆発しましてね、艦尾が少し持ち上がった。「那珂」としては救助作業というわけにもいかず、すぐ左に転舵、航路を少し左に寄せて、すれすれに「磯風」をかわし、また、すぐ右へ転舵、正しく入港針路上に乗って、ようやく港外に出たときは、ホッと胸をなでおろしたものです。「磯風」も被害は軽微でしたね。

外海に出て、夜間警戒航行中に、われわれの南方一万五千メートルくらいのところを、ほとんど併行してラバウルに向かっている二艦隊の第四戦隊（「愛宕」「高雄」「摩耶」）を認めたんですが、敵機の完全触接をうけていましたね。

陣列の上空には、つぎつぎと照明弾が落とされていて、まるで真昼のようでしたよ。この調子だと、明日のラバウル入港後はきっと大変なことになるぞと、私は艦橋の中でそう予感しとったですよ。

ラバウルに着いたのは、五日の六時五十五分でした。重巡戦隊は、六時には着いていたようです。大いそぎで、兵員と物資を揚陸しましてね、九時には全部終了したんです。その直後ですよ。九時十八分ですね、戦爆約四十機が来襲したのは。敵機が目標にしたのは、先着の重巡戦隊でしたね。勇敢に急降下爆撃をしていました。「那珂」は、すぐに錨をあげて、狭い錨地付近を適宜に操艦しながら、対空戦闘をやりましたよ。

このときの戦闘で、「那珂」の発射弾数は、主砲二十一、高角砲三十六、機銃二十五ミリ九百十、十三ミリ三百発という弾数でした。

ともかく、第一次戦闘が終わって、ヤレヤレと思う間もなく、第二次の空襲です。九時五十五分です。来襲敵機はP38四十、爆撃機二十八です。すぐに港外に出て、対空戦闘です。直接近づく敵機に主砲二十、高角砲八十四、機銃二十五ミリ千四百三十発を撃ちましたが、直接「那珂」に向かってきた敵機はなかったので、被害は皆無でしたが、湾内にいた二艦隊の巡洋艦に、小火災、大火災が起きていましたね。ラバウルに到着してヤレヤレ安心と、油断していたのではないでしょうか――』

このときの空襲で、ラバウルに進出した第二艦隊の損害はつぎのとおりである。

「愛宕」＝至近弾三、戦死十八、重傷二十。「高雄」＝被爆十一、右前部の水線に大破口、戦死二十三、重軽傷二十二。「摩耶」＝被爆一、左舷機械室火災、戦死七十、負傷六十。「筑摩」＝至近弾一、船体、兵器、機関の一部を損傷、負傷三。「最上」＝被爆一、中火災、船体、兵器、機関損傷、戦死十九、負傷四十一。「阿賀野」＝高角砲使用不能、重軽傷十一。「能代」＝重軽傷十四。「藤波」＝重軽傷十三。

これは、一海戦に匹敵する大損害である。栗田長官は、なんら南東方面に対して増援の実効をあげることなく、即日、トラックに引き揚げざるを得ない結果となったのである。

『──これは、私の長い戦争経験から感じたことなんだけれど、人間は一生懸命にやっていると、いい方向に進むようになるんですね。これはなんでもそうだと思うけど、一生懸命やっていると、どんな困難な問題にぶつかっていても、かならずいい考えが浮かんでくるものだと思う。それが私の結論だなあ──』（昭和五十六年一月八日インタビュー）

〈軍歴〉明治二十八年九月、鹿児島市に生まる。大正五年、海軍兵学校卒業、四十四期。「山城」をはじめ巡洋艦、駆逐艦などに乗り組み、同十三年、潜水学校乙種学生卒。昭和二年、潜水学校の甲種学生卒。その後、各潜水艦長をへて、潜水学校教官、特務艦「鶴見」副長、警備戦隊参謀、横須賀鎮守府人事部員、海軍省教育局員、潜水隊司令、特務艦「尻矢」艦長を歴任。太平洋戦争開戦時には、第二潜水隊司令として「伊一九潜」に乗艦しハワイ作戦に出撃。第一潜水隊司令。第十四戦隊旗艦「那珂」艦長。運輸通信省海務課長をへて、横須賀潜水艦基地隊司令兼第十六潜水隊司令で終戦。海軍大佐。著書に『鎮魂の海──特殊潜航艇決戦全記』『たゆみなき進撃──潜水艦と巡洋艦』がある。

門前の小僧

〈航空母艦「隼鷹」艦長・渋谷清見少将の証言〉

商船から空母へ

航空母艦「隼鷹《じゅんよう》」は日本郵船の豪華客船となるはずだった橿原丸を、建造途中で海軍が買い上げ、空母に改造したものである。商船を空母に改造するということは、本来はありえないことである。商船の速力は、高速船でも二十ノット前後だ。一方、空母は飛行機を発着艦させる必要上、少なくとも二十四ノット以上の速力がいる。それにもかかわらず、橿原丸が空母に改造されたのには、それなりの理由があった。

大正十年のワシントン軍縮条約、昭和五年のロンドン軍縮条約と、二度にわたる軍縮で、日本海軍は必要とする軍艦の建造ができなくなっていた。

そこで貨客船を、有事のさいに軍艦に改造する方法が考えられていた。このことは世界の海軍国でも同様に考えていたことで、アメリカでは早くから一万トン級の高速客船を多数建造していた。これらはイザというとき、兵員の輸送などに用いる特務艦として活用するハラであった。

同じことを日本でもやったのである。日本政府は昭和十二年に、優秀船の建造には助成金を出すことにした。明らかに将来の軍備を目的としたものである。

そのころ日本では、昭和十五年に開かれる予定の東京オリンピックの前景気でにぎわっていた。オリンピックが開かれれば、外国から大勢の客がくる。これを目当てに、日本郵船では、わが国最大の豪華客船として、総トン数二万七千トン、二十四ノットの出雲丸と橿原丸の二隻を計画した。

これに飛びついたのが海軍である。建造費の六割を補助するかわりに、有事の際には徴用し、空母に改造するという条件をつけた。着工するまでには紆余曲折があったが、結局、基本的な設計は海軍が関与し、予定より大幅におくれた昭和十四年に起工した。このときは、東京オリンピックの開催は絶望的になっていた。

この両船は、商船としてははじめてのバルバス・バウ（球状船首）が採用された。もともと商船としてつくるので、海軍が要求する特殊構造は考慮されたが、防御力はほとんど持たず、わずかに機関室の舷側防御として、外鈑に厚さ二十五ミリの特殊鋼鈑を二重張りにした程度であった。

こうして、両船とも順調に工事が進められていたが、昭和十五年になって、ヨーロッパの戦火は次第に苛烈となり、第二次世界大戦の様相を帯びてきた。そうした中でアメリカは、大型空母十一隻、軽空母九隻の改造を決めた。この時点では、軍縮条約は破棄されていて、無条約時代になっていたこともあり、日本海軍は対抗上、空母の隻数を確保するために、予定していた新造中の空母適格商船をすべて買い上げ、緊急改造することを決めたのである。

昭和十五年十月、海軍が買収を決定した未成船は出雲丸、橿原丸、春日丸の三隻であったが、その後、さらに小型同型船の新田丸と八幡丸も買い上げられた。いずれも日本郵船の所属であった。

船台で空母に改造されることになった出雲丸は「飛鷹《ひよう》」と改名し、橿原丸は、「隼鷹」と名づけられた。また、春日丸「大鷹《たいよう》」（一万五千六百トン）、新田丸は「沖鷹《ちゅうよう》」（一万四千五百トン）、八幡丸は「雲鷹《うんよう》」（同）となった。

改造工事に切りかえられたときの出雲丸と橿原丸は、いずれも船体の上甲板までほぼ完成していたので、そのまま空母への工事が進められた。完成後は、商船のおもかげはあまり残っていない。しいて言えば、うしろから眺めた艦尾の乾舷の高いことと、お尻の丸さが商船らしさを感じさせる程度である。

「飛鷹」「隼鷹」となった両艦とも、艦橋と煙突を一体化して、右舷やや前方に配置した島型空母で、とくに煙突を斜め外方へ二十六度かたむけた傾斜直立煙突としたことが大きな特徴である。

渋谷元少将。海軍訓練の利点は門前の小僧にあるという。

飛行機は、戦闘機二十一、艦爆十八、艦攻九の合計四十八機を常用とし、ほかに補用機五を搭載していた。

初陣から大活躍

「隼鷹」が完成したのは、昭和十七年五月三日である。初代艦長は石井芸江大佐で、就航とほぼ同時に、ミッドウェー作戦に投入され、北方部隊としてアリューシャンの牽制作戦に出撃し、ダッチハーバーを攻撃したのち、アッツ島とキスカ島の攻略作戦を支援して成功をおさめた。

つづいて「飛鷹」が七月三十一日に竣工、就役するのを待って、両艦で第二航空戦隊を編成、二代艦長岡田為次大佐が着任し、十月、ガダルカナル島の攻撃支援に出撃した。このとき「飛鷹」は、主機械室の火災事故で故障を起こし、内地へ帰投。その直後、空母対空母が激突する南太平洋海戦（十七年十月二十六日）が起こり、「隼鷹」は「翔鶴」「瑞鶴」「瑞鳳」の機動部隊に呼応して攻撃を行ない、米空母エンタープライズに「隼鷹」機が一機、体当たりを敢行して損傷を負わせた。また、戦艦サウスダコタと、軽巡サン・ジュアンにそれぞれ爆弾一発を命中させた。ついで、日本軍機の攻撃で大火災となり、停止状態にあった空母ホーネットに、最後のとどめを刺して、撃沈に追いこんだのも「隼鷹」機であった。

昭和十八年にはいって、三代目の艦長、長井満大佐が着任した時期は、もっぱら物件輸送に従事していたが、十一月五日、沖ノ島沖で米潜水艦の雷撃をうけて損傷、「利根」に曳航されて、呉海軍工廠に入渠、修理した。ドックで修理しているときに、四代目艦長として、大藤正直大佐が着任している。このへんのところから、五代目艦長となった渋谷清見氏に語ってもらおう。

『——前任艦長の長井は、ぼくのクラスですけどね。彼はフネが動かなくなったので、大分の航空隊司令に転出していったんです。それで修理が完了するまでの間、呉の工務長だった大藤大佐が、臨時の処置として艦長を兼務したわけだ。修理が終わったところで、ぼくが着任したわけだが、十九年二月二十一日というのは発令された日で、じっさいに艦に着任したのは二十四日だったと思うね。

じつはその前、「隼鷹」へ行く三週間前に、水路部の測量科長から、海軍航海学校の教頭に赴任していたんですよ。いくら戦争中だからといっても、航海学校の教頭になったら、少なくとも半年や一年はいるだろうと思っていたところが、着任わずか二十一日目にして「隼鷹」の艦長に行けという。当時はそれだけ海軍の上級幹部の人事というのは、行きづまっていたんですねえ。

私はそれまで、空母と潜水艦には乗ったことがなくて、まったくの未経験だったわけですが、いきなり「隼鷹」に乗艦しても、とまどうということはありませんでしたね。海軍の訓練というのは、たとえば一つの艦隊で訓練しますね。そうすると、そこには戦艦もいるし巡洋艦もいるし、駆逐艦も潜水艦も空母もいる。つまり、まのあたりで、しょっちゅう、お互いを見ながら行動しているわけでしょ。それから、戦技といった訓練、演習をやるわけですから、そうすると、いろんな作業の研究会というものをやる。自分が一介の航海長でも、水雷のことだって、大砲のことだって、研究会の席上であらゆることを聞いているわけです。そうすると、門前の小僧で、航空母艦は知らないけれども、耳から聞いて、おおよそのことは知っているから、いきなり空母に行けといわれても、ちゃんとやれるんですよ。

それに飛行長とかいろんな人がいるし、旗艦になれば司令官に幕僚がいますからね。そういう人たちの助言で、勤まるということです。これは、だれでもそうですよ。

私は連合艦隊旗艦の「陸奥」の航海長をやっていますからね。「陸奥」の操艦をやっているから、フネの大きさについては少しも問題はなかったですね。ただね、艦橋が真ん中にないでしょ。右舷に寄っている。それではじめはね、ヘンなフネだなあ、と思いましたよ。しかし、艦橋が右に寄っていても、中心から何十メートルも離れているわけではないですからね。それにすぐ気がついたわけ。

フネの中心線上はどこか、という感覚を選んでおいて、それをちょっと横にずらしたという感じをもてば、なんともないわけですね。しかし、はじめて呉を出航したとき、夜になるとね、どえらい大きなものを左にかかえているといった感じでヘンでしたね。とくに暗い夜にそれを感じましたが、それも慣れですね。一回出動すると、なんでもなくなる。いわば〝人馬一体〟というか、フネと自分とが一体になってくるわけです。

「隼鷹」の最大速力は、二十五・五ノットといわれていますが、じっさいには二十四ノットでしたね。無風状態では、二十四ノットというと、秒速十二メートルです。これでは重量のある彗星や天山などの発着艦は無理ですね。零戦や九九艦爆ならまだいいですが。しかし海上では風がありますから、合計速力で発着艦は可能でしたね。

商船の改造で、よかったと思われる点は一つありました。商船というのは経済速力が高いんですよ。「隼鷹」の場合は十六ノットが経済速力でしたからね。ふつうの軍艦は十二ノットです。ですから、ふつうに航行する場合、十六ノットという高速で走れることは、いろんな面で有利ですね。とくに潜水艦対策にはじつにいいわけです。

それから機械は三菱製だったが、ひじょうによくできていましたね。それに汽罐の圧力が高かった。一平方センチ当たり四十キロでしたね。これは、当時としては最大の高圧だったはずですよ。その点がとくに優秀でしたね――』

ちなみに、艦型別の蒸気圧力と蒸気温度を列記すると、つぎのようになる。

「大和」型＝二十五kg／㎠、三百二十五度C。「翔鶴」型＝三十kg／㎠、三百五十度C。「蒼龍」型＝二十二kg／㎠、三百度C。「陽炎」型＝三十kg／㎠、三百五十度C。「島風」型＝四十kg／㎠、四百度C。「隼鷹」型＝四十kg／㎠、四百二十度C。

「隼鷹」と「飛鷹」は、日本海軍の艦艇の中で、もっとも大きな高温圧罐をもっていたわけで、これを上まわるものは終戦まで出現していない。

マリアナ沖海戦に出撃

新任の艦長を迎えた「隼鷹」は、南方作戦に従事した後、十九年六月のマリアナ沖海戦、つまり「あ」号作戦に参加することとなる。

この作戦は、サイパン、グアムなどマリアナ諸島が、六月十一日に米機動部隊の艦載機に大空襲されたことからはじまったものである。米軍の進攻目標がマリアナであると判明した連合艦隊が、当時、持てるすべての空母を動員し、「大和」「武蔵」以下の強力な艦隊を投入して、米艦隊との決戦を企図した大作戦である。

空母九隻、戦艦五隻、巡洋艦十五隻、駆逐艦三十隻が、ボルネオ北東部のタウイタウイ泊地から出撃、一路、北上してサイパン沖へと進撃していった。

米機動部隊の勢力は、サイパン上空で撃墜して捕虜とした米軍のパイロットを尋問した結果、米空母は、正規空母が七隻、軽空母が八隻であることが判明した。アメリカの正規空母の搭載機数は、平均して九十二機である。軽空母は約三十二機、したがって総機数は約九百機ということになる。

一方、日本軍の九隻の空母の機数は約四百四十機である。つまり半分の戦力しかない。これでは勝負にならないことは歴然としていた。まともな戦法ではかなわないから、なんらかの奇襲戦法をとらなくてはならない。

そこで考え出されたのが、日本軍機の航続距離の長さを採用したアウトレンジ戦法と呼ばれる〝遠距離先制攻撃〟である。この攻撃法は、七百〜八百キロという遠距離から飛行機を飛び立たせることにある。この距離では、米軍機はこちらまで到達できない距離なので、敵の攻撃態勢はまだとれていない状況にある。

この一瞬の油断をついて、有利に攻撃をしかけようというのだ。しかも、艦隊は敵機に攻撃されない遠距離にあるから安全だし、味方飛行機が戦果をあげて敵が混乱しだしたころを見はからって、いっきょに艦隊が突撃し、戦艦群の巨砲をもって敵艦隊を殲滅してしまうおうという作戦である。

米軍機よりも長大な航続距離をもつ日本の彗星艦爆や、天山艦攻の性能をもってすれば、戦局は絶対に有利に展開するはずであった。

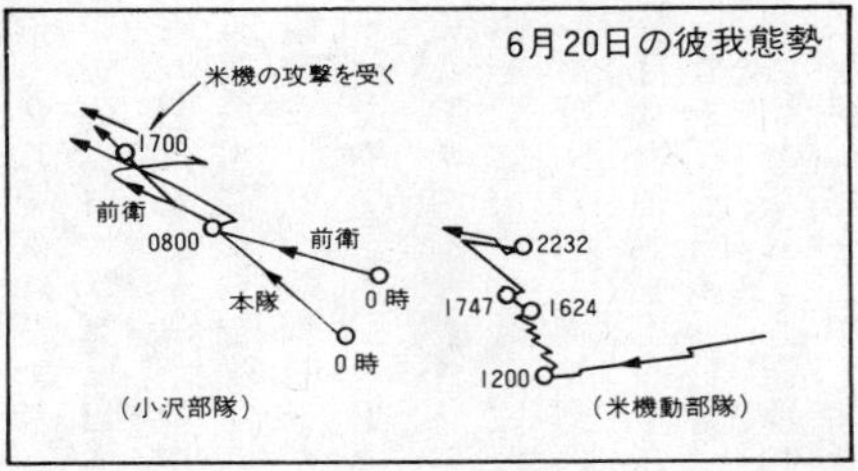

六月十九日、ついに決戦の火蓋が切られた。各空母からいっせいに攻撃機が飛び立ち、サイパン沖の米機動部隊へと殺到していく。だが、不吉な前兆が日本軍を襲った。不沈空母の異名をもつ最新鋭の「大鳳」が、待ち伏せていた米潜水艦の魚雷攻撃をうけて、あえなく沈没してしまったのである。つづいて「翔鶴」が被雷、これまた海の藻くずとなった。

二大空母を緒戦で失ったことは、その後の日本軍の作戦を大きく狂わせることになる。さらにまた、絶対の自信をもって放ったアウトレンジ戦法が、まったくの不発に終わってしまったのである。

攻撃機が敵地にたどりついたとき、そこには、米軍戦闘機の大群が待ちかまえていたのだ。米軍の索敵レーダーの勝利であった。日本軍機は、カスミ網にかかったスズメと同様だった。

その夜、作戦が失敗に終わったことを悟った小沢治三郎司令長官は、再攻を胸に秘めながら、機動部隊の針路を西にとった。

翌二十日、米軍は日本艦隊をまだ発見していなかった。彼らが躍起になって索敵機を飛ばして捜索した結果、午後四時ごろ、日本軍をようやく発見することができた。ただちに攻撃機が各母艦から発進する。距離は米機動部隊の地点から西北西四百五十キロの地点だった。艦戦八十五、艦爆七十七、艦攻五十四が、つぎつぎと舞い上がった。

日没の少し前、米軍機は日本軍の機動部隊の上空にたっした。そこには七隻の無傷の空母が、広い飛行甲板をみせていた。米軍機は、機動部隊をぐるりと迂回すると、西に傾いた太陽を背に、いっせいに攻撃を開始してきた。

「隼鷹」では、渋谷艦長が上空の敵機の行動を監視しながら、巧みな操艦で、つぎつぎと急降下爆撃を回避していく。

全速二十四ノットで、「隼鷹」は右へ左へ体をかわしていた。正規空母と違って、商船改造の艦だから、回避運動は小回りがきいて敏捷だった。

だが、舵をとって回避するつど、至近弾が舷側の海中に落ち、破片を浴びていた。その破片が、装甲のない舷側の鋼鈑をぶち抜いて飛行甲板を下から上へ突き抜けていく。たちまち甲板はササクレたっていった。一機の艦爆が、かなり強引に低空まで急降下してきた。渋谷艦長は取り舵をとった。一瞬、回避できたかに思えた爆弾が、艦橋の背中に直立している煙突に命中した。このときの模様を、渋谷氏はこう語る。

『――記録には爆弾二発命中とありますが、ぼくの感じでは一発だね。二百五十キロの瞬発爆弾だね。ご存知のとおり、「隼鷹」の煙突は艦橋と一体になった傾斜直立煙突ですが、この煙突のまわりにたくさんの兵員がいたんですよ。見張員とか信号員とか、そういう人たちがみなやられてしまった。一瞬のうちに、五十三人が戦死してしまいましたからねえ。ところが、瞬発なので、艦橋の中には貫通しなかったからよかったんです。艦橋には司令官や幕僚たちがいたし、その上の戦闘艦橋にはぼくがいたんだ。艦橋ではうしろから破片が飛んできて、若干名の負傷者が出たけど、ぼくはまったくなんでもなかったね。この爆弾命中は、煙突をあとかたもなく吹き突ばし、多数の戦死者を出したけど、船体の致命傷になるというものではなかった。

そのとき「飛鷹」が、爆弾と魚雷一本が命中して運転不能になったんだ。あのときは「隼鷹」の右前方に「長門」がいて、右後方に「飛鷹」がいるという梯形陣だったわけだ。米機は、太陽を背にしてこっちに降ってくるわけですがね、各艦それぞれ、単艦運動みたいに、自由に回避運動をしていましたよ。べつに、ノタウチまわるというほどのことではなかったね。ぼくが見たときは、「飛鷹」はそれほど火災は発生していなくて、司令官が、「長門」に曳航しろと命令したんだけど、曳航にかかる前に大火災が発生して、結局、沈んだんですね。その模様は、ぼくは見ていないんだ。

「隼鷹」には、かなり至近弾があって、煙突に被弾したよりも、至近弾による被害のほうが母艦として問題があったね。至近弾は艦の運命には関係ないが、母艦としての性能を失うんだ。つまり舷側から破片が突き上がってきて、飛行甲板を突き抜けるんですよ。そのために飛行甲板にササクレができて、飛行機は飛べないし、着艦もできなくなることに、着艦時の制動装置のワイヤが上がらなくなってしまったんです。装置が破壊されてしまったんですね。飛行長が、「取れません」というものだから、上空で待機している飛行機を着艦させることができなくなってしまった。上から見ると、飛行甲板はなんでもないように見えるんだろうけれど、いくらたっても収容態勢をしめさないものだから、困ったろうと思うね。そのうちみんな、駆逐艦のそばに不時着水して助けあげられましたがね。ですから、撃墜された機は別として、パイロットの人員は、おそらく、みんな助かっていると思いますね。飛行甲板の傷というのは、すぐ簡単になおせるものではありませんからね。

あの戦闘で、味方の艦がほとんどぶじだったというのは、こっちの搭載機の練度も、開戦当時とくらべたらかなり下がっていましたけど、米軍側も同じことがいえたんではないですかなあ。おたがいにそうだったと思いますよ。あのとき、もしアメリカの飛行機に、開戦当時の日本のパイロットぐらいの腕があったら、おそらくこっちは完全に参っとったろうね。彼らの攻撃のしかたを見ても、ああ練度が低いな、という感じでしたから――』

事実、攻撃を終えて帰還した米軍機は、自軍の上空にたっしたとき夜になっていたということもあったが、着艦ミスが頻発して、じつに百機もが母艦に激突したり、飛行甲板をオーバーランして海中に突っ込むなど、戦闘時の損耗二十機をはるかに上まわる損害を出したのであった。

片肺航行で帰還

「あ」号作戦のあと、「隼鷹」の飛行機は、すべて十月十二日に起こった台湾沖航空戦に投入され、搭載機なしという状況におかれてしまい、やむなく軍需品の輸送という、もったいない使われ方をされた。

十一月にマニラへ物資を輸送した「隼鷹」は、十二月一日、マニラを出港して佐世保への帰路についた。途中、台湾の馬公によって、明朝には佐世保に着くという九日の夜中、ついに米潜水艦の攻撃をうけてしまった。渋谷氏はこう証言している。

『──夜中の一時半ごろですから、あと数時間で、佐世保に着くというときでした。艦の前方にソーナー室があるんですが、「右舷、魚雷近い」という報告があったのとほとんど同時に、ボカンときましたね。

はじめの一発は艦首の先端に命中したけれど、これは損害としてはたいしたことはなかったですね。ところが、二発目のやつが、右舷の機械室に当たってしまった。真ん中へんですが、機械室が満水になってしまいましたね。しかし、右舷の機械室だけで浸水が止まったから、よかったんですよ。あれが隔壁を破って、左舷の機械室まで浸水したら、たいへんだったね。その点では、防水区画の構造が、「隼鷹」の場合はじつによくできていたと思う。

それでも、右に十八度、傾いたね。しばらくようすをみておったが、それ以上傾斜しないし、左舷の機械室も罐室も、「異常なし」といってくるもんだから、これなら大丈夫だと思って、それからぼくは艦内に放送してやったんだ。「本艦は沈まないから安心せよ」とね。

右舷の機械は完全に止まったわけですから、左だけで航行したわけです。いわば片肺飛行みたいなものですけれど、フネの操艦としては、そう厄介でもなかったですねえ。左だけまわしていると、右へ曲がろうとしますからね。少し左へ左へと、舵をとっておれば、真っすぐ行くわけですよ。罐室はぜんぶ健在ですからね。だから、「いっぱいまわせ」といったんだ。片方だけでも十三ノットは出ましたね。

そのときの護衛は一隻だけで、小さな駆逐艦で「槇」だったと思う。けれど、敵の潜水艦は、「槇」の外側から魚雷を打ちこんできたらしいんです。そのとき「槇」の艦長が、「オレが引きうけてやる」といって、身を挺して魚雷をうけちゃったんですね。

それは機関室に当たって、しかし、あまり大した被害でなく、沈みませんでしたね。

結局、長崎に入港して修理しましたけれど、とにかく、潜水艦というヤツはイヤでしたねえ。飛行機なら見えるからいいけど、潜水艦は見えないし、いつ襲撃してくるかわからないから、あいつだけはイヤでしたねえ。

そのあと、二度ばかり連続攻撃をうけたんです。二時ごろと、三時半ごろの二回ですね。見張員が、「魚雷、魚雷」とワンワンいうから、見ると、両舷を魚雷が走っていくんですね。平行してうしろから走ってきた。これは怖くないわけです。しかし、ちょっと逆らうと、うしろからやられるところでしたね。暗くてわからなかったけれど、おそらく何本かの射線にはさまれた形になっていたんだと思いますね。

あのときのアメリカの潜水艦は、一隻だけではなかったと思いますね。二隻か、ひょっとすると、三隻いたかもしれませんね。

佐世保に入港したのは朝の八時ごろだと思います。とにかくこんな状態だから、ブイが取れないかもしれんと思い、工務長に電報を打っといたんだが、着いてみても、キャッチャーボートも来ていないんだね。しかし、傾いたままかなり走ってきて、こっちも慣れていたから、自分で係留しましたけどね。これが、永かりし航海歴の最後ですわ。係留したときに、「機械ヨロシ、舵ヨロシ、罐消火！」

という号令をかけるんです。つまり停泊状態にせよという命令なんです。その号令をかけたのが、ぼくの操艦号令の最後だったね――』

渋谷艦長の最後の操艦は、また同時に「隼鷹」の最後の航海でもあった。二十年三月末までに修理されたが、行動する油もなく、飛行機もなく、佐世保で終戦を迎えることとなったのである。（昭和五十五年十一月二日インタビュー）

〈軍歴〉明治二十八年九月二十七日、高知市に生まれる。大正六年、海軍兵学校卒、四十五期。「磐手」、初代「利根」に乗り組む。七年任少尉。水雷学校普通科学生。九年、「不知火」「霰」に乗り組む。任中尉。十年、「扶桑」、十一年、「勢多」に乗り組む。十二年、海軍大学校航海科学生となる。任大尉。十三年、「沢風」航海長を皮切りに、十四年、「夕凪」「大泊」、十五年「安宅」、昭和二年「鶴見」、三年「迅鯨」、四年「川内」、六年「由良」、七年「青葉」、八年「磐手」の各航海長。九年、航海学校教官。十一年、「陸奥」航海長、任中佐。十二年、ふたたび航海学校教官。十四年、「愛宕」副長。十五年、「佐多」艦長、任大佐。十六年、「球磨」艦長。十八年、水路部測量科長。十九年一月、航海学校教頭。同年二月、「隼鷹」艦長。同十二月、「長門」艦長。二十年五月、任少将、第三特攻戦隊司令を最後に終戦。

用兵の極致

〈戦艦「伊勢」艦長・中瀬泝少将の証言〉

実戦に役立った戦訓

かつての勇猛果敢な「伊勢」艦長、中瀬泝《のぼる》氏も、八十五歳（昭和五十六年）の老齢をかさねてすっかり好々爺になっている。とはいえ、往時のエンガノ岬沖での戦闘談になると、瞳は輝きを増し、声は張りを帯びて、艦長号令の一喝を聞く思いだった。

中瀬氏の経歴をみると、海上勤務よりもむしろ陸上勤務が主になっている。平時なら赤レンガ組（海軍省）で、軍政に手腕を発揮したであろうことがうかがわれる。

こういう話がある。海軍省で人事課長だったとき、名古屋出身の某士官の母親が陳情にきた。一人息子なので、できるだけ故郷の近くに配置してくれると有難いのだが、と頼んだ。

そのとき中瀬氏は、その母親に、

「あなたは非常にまずいことをおっしゃいましたね。それを言わなければ配置ができたのですが」

といって、母親の希望を断わったという。結局、中瀬氏はその士官を、シンガポールへ転出させたという。中瀬氏は、

「気の毒だったが、海軍は泣き落としで陳情したらどうにかなるところだ、ということにでもなったら大変ですからね」と語っている。私情をさしはさまず、厳正公明な態度を一貫していた人物であった。

この赤レンガのエリート士官が、いきなり実戦部隊の「伊勢」艦長に着任し、しかも、オトリ部隊となった小沢機動部隊の一員として、フィリピン沖に決死の出撃をしたのである。開戦以来、実戦の経験のない人が、この大作戦の中で、未曾有の激戦を展開し、しかも敵機の集中攻撃をうけながら、一発の被弾もなかったということは、奇跡的なことである。無数ともいえる雷爆撃をことごとくかわし、逆に敵機を五十機以上も撃墜している。敵将ハルゼー提督をして、「老練の艦長にしてやられた」と嘆息させた秘密は、どのへんにあったのか。その奮闘ぶりを語ってもらおう。

老練な艦長にしてやられたと
敵を嘆息させた中瀬元少将。

『――いや、それがね、「瑞鶴」「瑞鳳」を護衛して第五群の後方に位置していたんですが、第一次空襲がはじまって、いよいよ敵機が上空に現われたとき、「伊勢」も、すさまじい対空射撃をやったんですよ。ところが、見ていると、ちっとも当たらんの

です。米機は編隊でやってきてるんです。その編隊に向けて撃つんだけど、ぜんぜん当たらない。

その空襲が終わってしずかになったとき、ぼくは大声で叱ったんですよ。「何だ、その撃ち方は、もっと腰をすえて冷静に撃て!」と怒鳴りつけましてねェ。そうしたら、第二次空襲のときから、敵機をばたばたと気持のいいほど撃ち落とすようになったんです。

叱りつけたのが功を奏したんですね。これはね、同じような戦訓があるんです。日清戦争における黄海海戦のとき、主砲を撃つんだが当たらない。艦長が怒って、「お前たち、フンドシがはずれてるんじゃないのか。よく締めなおせッ」と怒鳴りつけたら、それから命中しだしたというんです。

これを思い出したんですよ。敵機の姿を見て、みんな気が動転しちゃってるんですね。そういうときは、いくら撃ちまくっても当たらんのです。腰がフワフワ浮いてるから。

それから、こういうことがありました。やはり第二次空襲のときでしたかね。艦橋にいたぼくの背後から、何か申告する声を耳にして振り返ったら、二人の下士官が、「機銃員二名が、爆弾の水柱を浴びて海中に転落しました。なんとかして救助して頂けませんか」と言うんですよ。それを聞いてぼくは言下に、「ダメだ、諦めろ」と言ったんです。二人の下士官は情けない顔をして、すごすごと艦橋から出ていきましたが、ぼくは内心、〝ああ、すまない〟と思っていましたよ。

なにしろそのときは「伊勢」は、二十五ノットでたえず回避運動をくり返していたときだし、フネを止めるなんてことはできない情況でしたからね。それに浮くものを投げてやるにしても、彼らが申告しにきたときは、もう転落位置もわからないところまで航過していましたから、それを探しに行くなんてことも、できない相談だったわけです。みすみす見殺しにしてしまったわけです。

ですが、そのときも、瞬間的に日本海海戦の戦訓が頭にひらめいたんですよ。それは兵学校の生徒のとき、日本海海戦に参加した教官の話なんですが、当時、教官は巡洋艦の分隊長だったんですね。そのフネの属する戦隊が、主力艦戦隊に遅れぬよう高波の中を戦場に急行中、たまたま、六インチ砲の砲員が、砲口栓を取りはずすために舷外に身を乗りだしたところ、誤って転落しちゃったんですね。艦長はそれを見ていながら、艦の戦闘加入時期を失することをおそれて、彼を見殺しにせざるを得なかった、という話なんです。

こうした判断というのは、戦闘中にはなかなか考えおよばないもんなんです。そのために過去の戦訓というものは大切なんですね。瞬間的な判断を助けてくれるものなんです。

戦闘がはじまると、見張りの声なんか、ぜんぜん聞こえません。主砲は撃つ、高角砲は撃つ、機銃はバリバリ絶え間なく撃っているので、全艦が発砲の轟音でつつまれていますからね。だからぼくは、右へ飛んでいって空を見上げ、左へ飛んでいって敵機を見上げ、という具合で、艦橋の中を右へ左へ飛び回っては、転舵の号令をかけていたんです。

艦橋の中は、みんな防弾チョッキに鉄帽をかぶって着ぶくれしていますから、歩けないほどです。だから、ぼくは棒で相手の鉄帽を叩いては、道をあけさせ、動きまわっていたもんです。だからぼくは、飛びまわりやすいように、防弾チョッキも鉄帽もかぶっていませんでしたね。

ただ一度だけ、見張員の大声でフネが助かったことがあるんです。見張員の中に、とび抜けた大声の持ち主がいましてね。訓練のときは、あまりの大声なので、うるさくてしようがなかったんです。で、お前の声はうるさいから静かにしてろ、と叱ったことがあったんですよ。それ以来、大声を出さなかったんですが、ちょうど第四次空襲が一段落して静かになったとき、その男が配置を離れて、艦橋のうしろで一服してたんですね。そのとき、艦尾からくる魚雷を発見したんです。

「ライセーキ、艦尾より雷跡ッ!」

と、まるで天が裂けるような、びっくりするような大音声で、叫んだんです。ぼくは高い台の上に乗っていたんだが、そこから滑り落ちるようにして後方へ行って見たら、魚雷が三本、こっちに向かっているんです。

「トリカージ一杯、急げッ!」

と号令したんですが、なかなか、舵がきいてくれないんです。魚雷は、ぐんぐん近づいてくる。気が気ではなかったんですが、ようやく舵がきいて、ググッと回頭したとたん、艦尾すれすれに魚雷が通過したんです。そのときは、今度こそ当たる、と観念しましたね。その男の発見がちょっとでも遅れていたら、命中していたでしょうな。ところが、艦橋の上のほうに見張員がいたんですが、それは発見していないんですよ。見逃していたんだ。あれは潜水艦の魚雷でしたね。まったく間一髪でした――』

対空砲で五十機を撃墜

全戦闘を通じて「伊勢」は、至近弾四十六発をうけている。遠弾を含めると、「伊勢」を襲った敵機は百五十機を超えていることは確実だ。それらをことごとく回避した中瀬艦長の腕の冴えは、みごとというほかない。敵機が投弾したとき、中瀬艦長は、ちゅうちょなく〝取り舵〟をとったという。つまり、つねに左回頭をすることによって、敵機を振り切ることに成功しているのだが、この操艦方法は、よほどの胆力が備わっていなければできないものだろう。対空戦闘の実際とはどういうものなのかをうかがってみよう。

『――米軍機は、単機で急降下するということが、ほとんどなくて、数機、またはそれ以上の密集編隊が急降下してくるんですよ。当日はまったくの快晴で雲ひとつない状態だったので、急降下するとき、太陽の反射でキラキラするのですぐわかるんです。

この瞬間に急速転舵して回避にうつり、弾着と同時に、急速、舵をもどして旧針路に復したわけです。つまり敵編隊が急降下に入ったとき、こっちが転舵すると、それに即応して侵入針路を修正することができないんですね。編隊を組んでいるから、修正すると、たがいに接触する危険があるわけです。やむなくそのまま突っ込んで爆弾を落とすんですが、まるで命中しないわけです。

敵機は、高度八千メートルくらいから下がりはじめて、四千メートルくらいで投弾していましたね。ちょっと高いですね。しかし、三千メートル以下に降下すると、こっちの機銃弾が確実に当たりますからね。敵もこわいから、あまり下がりませんよ。

回避運動で、取り舵ばかりとっていたのは、とくに理由なんかありません。あれは、むしろ私のクセですね。〝トリカージ〟と言ったほうが、言いやすかったからです。しかし、毎回、取り舵をとったのは、多少のご利益があったかもしれませんね。つまり、敵の後続編隊が、先頭隊の投弾によって取り舵に回避するのを見て、こんどはオモカジにとるだろうと考えて、急降下に入る寸前、先頭隊とは、やや反対側を狙ってきたのがありましたよ。ところが、同じように取り舵をとるもんだから、弾着位置が右舷遠方になってしまった、ということがありましたからね。敵のウラのウラをかく結果になったわけです。

急降下爆撃に対しては、毎回、取り舵の転舵に終始したのですが、魚雷回避については、時間的余裕もありましたので、面舵転舵も、もちろん採用しましたけれどね。

急降下爆撃はほとんど艦首前方から攻撃してきたけれど、艦尾から来たのが、一度ありました。敵も考えたんでしょうね。前方からいくらやってもうまくかわされるもんだから、後方からやろうと、約二十機ぐらいの編隊で来たんです。それにたいして、艦尾の飛行甲板下に備えつけた新兵器の噴進砲を、いっせいに発射したんです。あれは射程が四千メートルしかありませんけれど、降下してきた鼻ヅラで、ポカンポカン花火みたいに炸裂したものだから、すっかり驚いて、みんな右へ左へ回避して逃げ出しちゃったんですね。あれはじつに愉快でしたよ。

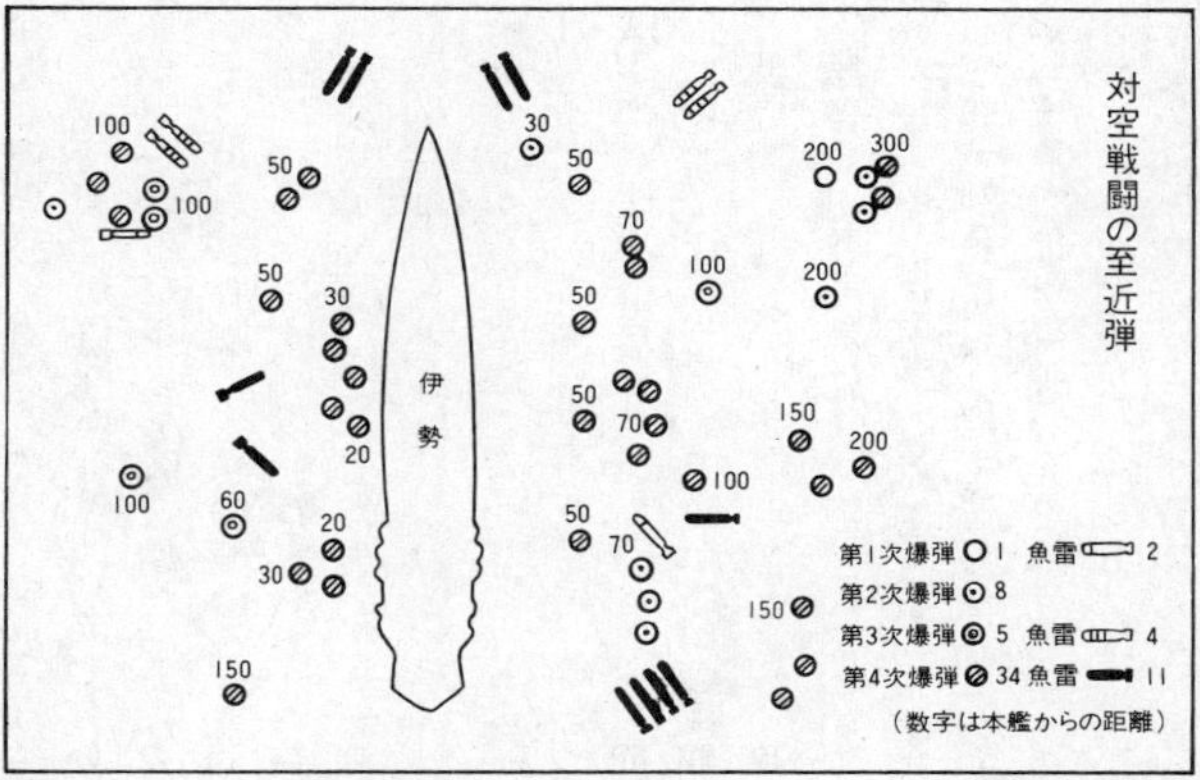

担当の記録係によれば、六十七機撃墜しているんですね。しかし、その中には、僚艦によるものが重複していることも考えられるので、戦闘報告には約五十機としましたがね。

至近弾でもっとも近いのは舷側すれすれです。それこそ、一メートルと離れていないものもありましたね。私が見たのでも、煙突すれすれに、斜めにかすめていった爆弾もありましたよ。ヒヤッとしましたねえ。

それから、撃墜した敵機のうち、二機が、やはり舷側すれすれに落ちてきましてね。その破片が、上甲板にばらまかれたりしました。冗談ですけど、「おい、そのへんをさがしたら、米兵の肉片が飛んできてるんじゃないか、あったらひろってきて、焼き鳥にして食おうじゃないか」なんて言ったりしてね。

ですからバルジをやられました。最初は左舷の至近弾で破壊されて、バルジが満水になったので、艦が左に傾いちゃったんです。艦橋では立っておれないくらいでしたからね。そのとき僚艦では、「伊勢」が危ないと思ったようです。ところが、まもなく、こんどは右舷に落ちた至近弾が、右舷のバルジを破壊したものだから、かえってトリムが保たれましてね。それ以後、水平に復したわけです。両舷のバルジが満水になっても、速力には、まったく影響しませんでしたね。あれはいいものですよ。

戦闘中は大声で号令をかけたりするので、ノドが乾くんです。それに当日は快晴で、すごく暑かったですからね。このとき、日射病で五人倒れているんです。艦橋でね、ぼくの後ろを通りながら、兵隊たちが、「今日は、艦長にすっかり水を飲まれちゃった」「オレもやられたよ」なんて、ヒソヒソ声でしゃべってるんです。壁に水筒をぶら下げてあるんですが、ぼくの水筒は用意してなかったんですね。それで勝手に飲んだり、肩からかけている兵隊に「水をよこせ」と言って飲んだりね。ずいぶん水を飲みましたねえ――」

艦停止、救助急げ！

第一次空襲のとき、たちまち空母「瑞鳳」が被弾して、左にわずか傾いた。その直後、「瑞鶴」が魚雷をうけて速力が急に落ちた。この被雷のため「瑞鶴」は送信不能となる。軽巡「大淀」は直撃弾一発をうけたが、被害は軽微だった。悲劇は駆逐艦「秋月」と空母「千歳」にふりかかった。「秋月」は突然、もうもうたる白煙をあげたとみる間に、艦の中央部で大爆発をおこし、真っ二つに折れて瞬時に轟沈した。また「千歳」も被弾、左に大傾斜していき、そのまま沈んでいった。

第一次空襲が終わって第二次がくるまで約一時間の空白があった。この間に小沢長官は、将旗を「大淀」にうつした。その直後、第二次空襲がはじまる。新手の敵機は軽巡「多摩」を襲い、空母「千代田」に火災を起こさせた。

第三次空襲は十三時すぎにやってきた。この空襲で、「瑞鶴」「瑞鳳」「千代田」の三隻の空母は全滅した。

『──「瑞鶴」が沈没したあと、駆逐艦「初月」が、けんめいに海面に浮いている兵隊を救おうとするんですが、速力を落とすと、どこからともなく敵機が急降下してきて「初月」を機銃掃射するんですね。やむなく「初月」は避退する、という具合だったんです。

これを見て、「大淀」にうつった小沢長官が、ぼくのところに信令してきたんです。「駆逐艦〃初月〃を貴官の直接指揮下に入れる。対空砲火をもって同艦の溺者救助を援護せよ」という命令なんです。

ところが、「伊勢」がいくら援護射撃をしても、うまくいかないんです。こうなったら、好機をつかんで「伊勢」も救助作業をやらねば、と思っていたんです。

第三次空襲は、十三時十分ごろからはじまって、十五時十分ごろ終わったわけですが、それから約一時間後に、友軍が浮かんでいる問題の海面に接近していったんです。

すると前方で、「瑞鳳」が傾いている。軍艦旗が降ろされて総員退去のようすなんです。そのとき突然、艦首を上にして、「瑞鳳」は波間に沈んでいきましたね。あとには将兵がたくさん浮かんでいるのが見えるんです。ちょうど敵機もいないので、微速で近づいていったら、約百人くらい、かたまって海面に浮いているんです。そこで私は、

「停止は五分間、この間に全力をあげて生存者を救出せよ」

と命じたわけです。乗員たちは、いっせいに甲板からロープを投げて引き上げにかかったのですが、なにしろ戦艦の乾舷は高いから、ロープにつかまっても、途中でずり落ちてしまう者がいる始末です。みんな疲れていますからね。それを励まし励まし、どんどん救助していったんです。

その中に、両手を負傷してロープをつかまえられない兵隊がいましてね。彼は口でロープをくわえて、ぶら下がったんです。甲板からみんなが声援を送ってね。彼は必死になってロープをくわえているんです。ようやく甲板上に上がったときは、人事不省でね。顔をなぐりつけたら、息を吹き返したということは聞きましたが、その兵はその後、どうなったか知りません。生きようとする人間の意欲には、すさまじいものがありますね。

結局、九十八名を救出したんですが、その間、十分以上停止していましたね。ところが、電探が、敵機の編隊を捕捉したので、やむなく救助作業を打ちきらざるを得なくなったんです。まだ海面には人影が残っていましたが、彼らに拡声器で、

「駆逐艦が、まもなく救助に当たるから、それまで頑張りとおせ」

と放送して、増速していったんです。

「前進全速、急げ」

と令して走り出したんですが、艦隊が最大速力にたっするまで相当、時間がかかるものなんです。ようやく、約二十分後に全速にたっしたのですが、そのときは、もう敵機が上空にいましたね。それから第四次空襲がはじまったのですが、このときは空母はみんないないものですから、「伊勢」が集中攻撃をうけるハメになったのです。

約八十五機くらいが、つぎからつぎへと「伊勢」を襲ってくる。たてつづけに上がる水柱と砲煙で、外がまるで見えない。艦橋の中が真っ暗になるほどでしたよ。とにかく凄い戦闘でした。

中城湾に帰ったとき、「大淀」に報告にいったところ、小沢長官が、わざわざ舷門まで出迎えに出てこられてね。

「〝伊勢〟を遠望していたが、じつに壮絶だった。長時間にわたり、何回も艦体が見えなくなって、もうダメかと思ったが、まことにみごとな回避だった。君は以前、回避運動の経験があったのかね」

と聞くから、「今回がはじめてです」と言ったら、驚いていましたよ。

ハルゼーも、『老練なる艦長の回避運動により、ついに一発の命中弾を得ず』と言って残念がっていますけれど、ぼくは老練な艦長どころか、新前艦長だったんですがね――』

こうして、エンガノ岬沖で、オトリ艦隊の任務は果たされたが、さらに軽巡「多摩」と駆逐艦「初月」を失った。しかし、全滅を覚悟して出撃した小沢部隊が、戦艦二、軽巡二、駆逐艦六の生存艦を擁して帰還できたことは、むしろ、戦術的大成功であったし、その成功をささえたのは、「伊勢」の比類なき働きに負うところが、きわめて大きかったといえよう。

（昭和五十六年七月五日インタビュー）

〈軍歴〉明治二十九年三月六日、宮崎県西臼杵郡椎葉村に生まる。大正六年、海軍兵学校卒、四十五期。「金剛」「三笠」「摂津」に乗り組む。水雷学校普通科学生から東京外語に聴講生として派遣され、ロシア語を学ぶ。大正十二年、ポーランドに駐在し、ソ連研究に没頭。大正十四年、「伊勢」の田岡勝太郎艦長付から、「長門」の主砲分隊長をへて海軍大学へ。卒業後、「島風」艦長、「妙高」副長、佐伯航空隊司令官を歴任して、昭和十六年十月、海軍省人事局第一課長。十八年十二月、「伊勢」艦長として比島沖海戦に参加。海軍少将。

統率の妙

〈戦艦「長門」艦長・兄部勇次少将の証言〉

大艦隊の決戦準備

鎌倉時代に、周防の国の豪族だった先祖を持つ兄部《こうべ》氏は、七百数十年の家系を今日まで連綿と継承している由緒ある血筋である。在住地の防府市最古の家柄といえよう。

いかにも古武士の雰囲気と気品を備えた老人で、八十六歳（昭和五十六年）とはとても思えない壮健さである。戦後、地元の防長交通の役員を、しばらく務めていたが、請われて系列会社の社長となり、その大任をようやく解放してくれたのが、八十一歳になってからだという。

「この老人をいつまでも放してくれないので困りましたよ」

張りのある声で、呵々《かか》大笑する。人徳もさることながら、やはり、海軍での統率の経験と死中に活を見出していった実戦体験がおおいに役に立っていたからであろうし、それだけ信頼と人を魅きつける魅力ある人物だったからに違いない。

兄部氏は、昭和十五年三月に機雷学校設立首席委員に任命されたが、そのころ対潜兵員の養成が叫ばれだし、急遽、機雷学校(のちの対潜学校)が設立されることとなったのである。この学校建設に奔走して、翌十六年四月に久里浜に校舎を完成させ、教頭として赴任していたときに開戦となった。

破竹の進撃で日本軍がシンガポールに殺到しているとき、陥落を予測してシンガポールの海面防備関係兵器施設調査を命じられ、即日出張。陥落翌日の二月十六日に到着した。敏速な調査活動だった。まだ市内には黒煙がもうもうと上がっていた。英・豪軍はなす術もない状態だった。そのせいか、重要な軍紀書類を多数、押収することができた。

敵の司令部の庭の溝に破り捨ててあった紙をひろってみると、なんとセレター軍港の入口防備のくわしい図面だった。防御施設、水中聴音所、その陸上管制室などを発見。当時の日本のものよりはるかに発達した機器類を、無傷のまま手に入れることができたという。

その後、ミッドウェー海戦から帰ってきた重巡「利根」の艦長に着任し、第二次ソロモン海戦、南太平洋海戦を戦ったが、兄部氏にとっての自慢は「利根」時代の約一年半の間、一人の戦死者も出さなかったことだ。これはきわめて稀有なことといえる。そして、戦艦「長門」の二十八代目の艦長として、昭和十八年十二月十五日に、トラック島泊地で早川幹夫大佐(四十四期)から引き継ぐ。

このとき「長門」は、第一艦隊の旗艦だったので、司令長官の南雲忠一中将と艦隊司令部の幕僚が同乗していた。艦内はにぎやかだった。

しかし、このころから、いままで比較的安全だったトラック泊地も、米軍の空襲にさらされる危険が迫ってきた。すでに十一月二十五日にはギルバート諸島のマキン、タワラ両島が玉砕、奪取されていた。

翌十九年二月十日、艦隊主力は、泊地を脱出してパラオ方面へ避退、ついで、シンガポール南方のリンガ泊地へと転進してゆく。予期したとおり、トラックは艦隊が脱出したすぐあと、二月十七日に、米機動部隊による大空襲をうけ、五十隻にのぼる船舶艦艇が海底に葬られ、大損害をこうむった。これは〝海軍丁事件〟として、その損害の大規模さにおいて問題になったものである。

リンガ泊地は、マラッカ海峡入り口の南側にあり、西にスマトラ、北にリンガ諸島、南にバンカ島などでとり巻かれ、海底まで三十メートルという浅海である。したがって、敵潜水艦の行動が制約されるので、きわめて、安全な泊地である。しかも、スマトラのパレンバンから、無限に燃料の重油の供給をうけることができるので、艦隊にとっては絶好の泊地である。トラック泊地を引きはらった連合艦隊は、リンガにぞくぞくと終結してきた。

乗員の不屈の闘志が幸運をもたらしたと語る兄部元少将。

十九年にはいってから日本側は、マーシャル諸島のルオット、クェゼリン、ブラウン環礁のエニウエトク、さらに、アドミラルティ諸島をつぎつぎと失い、パラオは大空襲をうけた。

こうした中で、三月三十一日、連合艦隊司令長官の古賀峯一大将が殉職するという悲劇が追い打ちをかけてきた。いわゆる〝海軍乙事件〟である。

南から東から、強大な圧力で圧迫された連合艦隊は、いわばリンガという袋小路に追いつめられたようなものだった。このへんで敵の圧力をはねかえし、戦局に突破口をひらかねばならなかった。しかし、ヤミクモに出撃するわけにもいかない。問題は米機動部隊が、つぎにどこを狙って、大挙して押しかけてくるかだ。そこを狙いすまして一撃をくわえ、戦局を有利に転換しなければならない。

『そろそろ日本軍も、あやしくなってきたころですが、「大和」「武蔵」をはじめ、連合艦隊の艦艇の大部分は健在でしたからね。とても負けるなんて気はしませんでしたよ』

と兄部氏は語っている。リンガに終結した連合艦隊の威容を見るかぎり、これで日本軍が敗北に傾いているなどと感じるほうがおかしかったという。

空母は新鋭艦「大鳳」をはじめとして、「翔鶴」「瑞鶴」「隼鷹」「飛鷹」「龍鳳」「瑞鳳」「千歳」「千代田」の九隻（ただし、一部は内海にいた）。戦艦は「大和」「武蔵」「長門」「金剛」「榛名」の五隻。重巡は「愛宕」「高雄」「摩耶」「鳥海」「熊野」「鈴谷」「利根」「筑摩」「妙高」「羽黒」「最上」の十一隻。そして、軽巡「能代」「矢矧」にひきいられた水雷戦隊の駆逐艦二十五隻がこれにしたがっていた。

数からいっても、質からみても、これだけの大艦隊はそうザラにあるものではない。この艦隊が、リンガで日夜、陣形運動、昼夜間射撃、防雷航行、対空射撃、魚雷発射、飛行機回避運動、機関応急など、決戦に備えてさまざまな猛訓練を実施していた。

ズサンだった図上演習

米軍の機動部隊が、この時期にやってくるのは、おそらくフィリピンのルソン島東部海岸であろう、というのが大方の見方だった。しかし、フィリピン進攻にさいして、米軍にとって目の上のコブは、日本軍の基地航空兵力のあるパラオ、ヤップ、サイパンであるはずだ。この方面へ米軍が来攻することも当然考えられる。そこで艦隊では、図上演習をやって、米軍の進攻経路と、これに対する応戦の研究を行なうことになった。兄部氏が米軍の長官となって図演が実施されたが、このときの模様を、兄部氏はこう述懐する。

『――四月二十六、七の両日にわたって、「大鳳」の司令部で図演をやりましてね。私が赤軍(米軍)の長官を命じられたんです。幕僚には、一戦隊の参謀を二人つけてくれましてね、そこで私は、米軍ならどうするか、と考えましたよ。一般の空気はフィリピン奪回が主作戦で、中部太平洋の島の攻略は支作戦だと考えていましたし、その線に沿って、日本軍は防備態勢をすすめていたことはたしかです。

しかし、そうだろうか。米軍のこれまでの作戦のやり方からみると、つねに日本軍の防備稀薄で、取りやすい島を狙っている。こんどもその手でくるのではないか。そう考えて攻略目標をさがしてみると、取りやすい島があった。サイパンです。日本軍の防備はまだ手薄だし、しかも、島そのものが単独の島なので攻略しやすい。使用できる飛行場もある。日本の本土に対しても、フィリピンに対しても、ここを基地として攻撃するのに、じつに手頃だ。そこで赤軍は、サイパン攻略の目標をたてて、すでに占領してあるマーシャル諸島から機動部隊を出撃させたわけです。

私も、まさか図演どおり、米軍がサイパンにくるとは思いませんでしたがね。しかし、マリアナを奪取してくるという考え方は十分に成り立つわけだし、こういう考え方を、艦隊司令部のお偉方に提示するのも無意味ではないし、警告にもなると思って、思いきってやってみたんですよ。

ところが、図演をやってみると、青軍(日本軍)は、太平洋上に散在する基地航空隊から、さかんに索敵機を放ち、警戒厳重をきわめてくるんです。そしてついに赤軍は、マリアナのはるか東方海上で発見され、間髪を入れず、青軍は基地航空隊を出撃させて航空攻撃をかける。つづいて機動部隊の航空兵力が波状攻撃をかけ、とうとう赤軍を撃滅、遁走させてしまうという結果になってしまったんです。

じつにムシのいい図演でしてね。なにしろ、青軍のほうは現職の艦隊幕僚がやるわけで、こっちは一艦長でしかないですからね。青軍に都合のいいようにやってもらっては困る、と言うわけにもいかず、苦笑いで終わったわけです。

この私の案は、艦隊幕僚たちの意表を突いたもので、こういう違った案を出せば、彼らも真剣に考えるのではないかと思ったんですがね。私はマリアナ沖海戦のあとで、このときの図演を思いだして、もっと強硬に、口うるさくワーワー言って注意を喚起すべきだったと後悔したものです。じつは、この図演をそばで見学していた一戦隊司令官の宇垣纏中将が、「この審判は、日本軍にかなりヒイキしすぎるよ。米軍はそんなに簡単にやられんよ」と言ってね、笑っておられたんだけどね――』

宇垣纏は、『戦藻録』四月二十七日の項に、この日の図演について、つぎのように記述している。

『午後大鳳に於て図演研究会あり。出席聴講す。意見もある事ながら当分傍観的態度なり。生死の岐るる本図演に於て、徒らに青軍に有利なる経過あるは指導部として注意すべき点なり。決戦決戦と称して勝ち易き敵の分力を撃つ考慮足らざるはこれ如何。苦しみ抜きて自信を失い、而うして達する結論にあらざれば、この際に於て採用すべき方策にあらず……』

かなり手厳しい批判を指導部に下しているが、宇垣中将個人の意見だけで、艦隊司令部の空気を変えるまでにはいたっていない。

訓練計画の大誤算

戦況がしだいに逼迫して、どうやら米軍の活動が活発になってきたので、艦隊は、敵の進攻に即応できる位置に進出しておく必要が出てきた。

『――米軍がマリアナに来るかもしれない、フィリピンに来るかもしれない。そのどちらに来ても、すぐに対応できるようにと、ボルネオの北東部、タウイタウイ泊地が選ばれましてね、五月十一日に艦隊はリンガを出撃して、十四日にタウイタウイに進出したんです。これを追って、米軍の潜水艦も移動したんでしょうね。新しい泊地の周辺は、敵潜の巣になってしまいましてねえ。さすがに、泊地の中には入ってきませんでしたが、泊地の湾口付近は敵潜がうようよいて、各艦は外部に出て訓練することができなくなった。これが第一の問題でしたね。

とくに空母は、泊地に入ったまま一歩も出られない。そのために、搭乗員の訓練がまったくできない。あのころの搭乗員の練度は低いもので、発着艦がようやくといった程度のものが多かったですからね。空母はタウイタウイの広い海域で訓練するつもりだったけど、危険で出港できないんだ。付近では、駆逐艦がポカポカ沈められていたからね。せめて十五日間でも飛ぶことができれば、練度は相当ちがっていたはずです。リンガより広い海域で、十二分に搭乗員を訓練する予定だったのが狂ってしまったわけです――』

その結果が、〝マリアナの七面鳥撃ち〟と米軍に言われたように、無残な敗北を喫することになったのだと兄部氏は言う。訓練というものは、たとえ一週間でも実施すると、格段の違いがあらわれるものだという。結局、日本軍のわずかなスケジュールの齟齬が、必殺であるはずのアウトレンジ戦法を空振りに終わらせる要因になったと兄部氏は指摘する。

艦隊がタウイタウイに封じこめられる形になったいきさつを見ると、まず、艦隊が泊地に到着した五月十四日の夜、駆逐艦「電」が、泊地ちかくのセレベス海で、米潜ボーンフレッシュに雷撃されて沈没した。ついで二十二日、港外に出動して訓練を開始した空母「千歳」

が、米潜ブファーに狙われて雷撃されたが、幸いにも命中しなかった。「千歳」は、訓練を中止して避退せざるを得なかった。また二十四日には、艦隊用タンカー建川丸が、米潜ガーナードに撃沈された。

さらに六月七日、駆逐艦「早波」が、シブツ海峡で米潜ハーダーの餌食となり、八日には駆逐艦「風雲」が、ミンダナオ沖で米潜ヘイクに雷撃されて沈没、つづいて九日、駆逐艦「谷風」が、タウイタウイの湾口で、またしても米潜ハーダーに雷撃されて沈没した。

うちつづく駆逐艦の喪失は、あまりにも手痛かった。ただでさえ艦隊護衛の駆逐艦が不足しているときである。艦隊は決戦を前に、四隻の駆逐艦を失って、完全にバランスを崩していた。

米軍の、この一連の攻撃は、オーストラリアのフリーマントルに基地をかまえる米潜水艦部隊から出動した潜水艦隊群によるものであった。指揮官ロックウッド中将の命令は、「敵の駆逐艦を狙え」というものだった。この作戦命令は、きわめて賢明なものだったといえよう。巨大な戦艦や空母がどんなにいても、駆逐艦がいなければ裸同然である。艦隊同士の決戦でも、駆逐艦の劣勢は、そのまま敗北につながる。ロックウッド提督の下した指令は、日本軍のアキレス腱をついたものだった。このために、警戒態勢の薄くなった機動部隊は、やがて空母「大鳳」「翔鶴」の二隻を、瞬時にして失う結果となるのである。

外海での訓練は危険でできないまま、いたずらに日が過ぎていった。そして六月十一日、米軍は、兄部氏が予測したとおりマリアナに来襲し、サイパン、テニアン、グアムを猛爆撃した。これによって米軍の決戦方面がマリアナであることが判明したが、大本営は単なる機動空襲ではないかと考え、「あ」号作戦の発動に同意せず、そのため連合艦隊司令部では、十三日まで決戦用意の発令をすることができなかった。その間、タウイタウイでは慎重に作戦が練られていた。

『――タウイタウイで、作戦会議がたびたびありましてね。その席上で小沢長官から、「日本には非常に長距離の槍の長い飛行機ができた。だから敵を先に発見すれば、かならずやれる。向こうは槍が短いから来れん」と、よく聞かされましてね。

それならこっちが先に発見すれば、先制攻撃をかけられる。勝てるぞ、と思いましたね。ですから実際、六月十九日にマリアナ沖で敵を先に発見して飛行機が出撃したときは、「勝った」と思いましたものね。ところが、いつまで待っても味方機は帰ってこない。「大鳳」「翔鶴」は沈没する。ガッカリしましたね。

出撃した飛行機隊は、いくつかの群に分かれていったんですが、訓練が未熟なもんですから、各群はナビゲーションが不完全で、てんでんばらばらになってしまったんですね。これでは、攻撃は散発的になって効果はありませんし、戦闘機群と攻撃機群が遠く離れてしまったので、各個撃破をうけるハメになったようです。攻撃は完全に失敗でした――』

攻撃の失敗を悟った艦隊は、いったん西方に避退していった。「長門」は、重巡「最上」と九隻の駆逐艦をひきいて二航戦の空母「隼鷹」「飛鷹」「龍鳳」を護衛する乙部隊であった。左舷十キロには、「瑞鶴」を中心に西進する甲部隊がいた。ここには、「大鳳」から

「羽黒」に移乗した小沢長官が全軍の指揮をとっていた。

乙部隊のはるか右舷方向に、「大和」「武蔵」を主力とする第二艦隊が、三航戦の空母「千代田」「千歳」「瑞鳳」を護衛して同航西進していた。艦隊は西進しながら、帰還してくる飛行機を収容していたが、その数は極端に少なかった。

一夜明けた二十日、米軍は西進する日本軍を追跡して攻撃機を発進させてきた。こんどは逆の立場となった。

「長門」の初砲撃

「長門」は空母「隼鷹」を護衛していた。夕方の五時半ごろ、東方から約二百機の米軍機が艦隊めがけて殺到してきた。乙部隊には、そのうち約四十機が襲いかかってきた。「長門」は最大戦速二十五ノットで突っ走った。

『――そのとき、左舷方向から敵の雷撃機が五機、明らかに「隼鷹」を狙って、低空でやってくるのが見えたんです。距離は一万五千メートルほどでしたかね。この敵機に対して、私は主砲射撃を命じたんです。発砲弾は三式弾です。敵の雷撃機は、一団となって飛んできたので、狙いやすかったせいもあるんですが、主砲をほとんど水平にして、一斉射撃したんです。いやァ、みごとでしたよ。一瞬のうちに、敵の雷撃機、全機を撃ち落としちゃった。あらためて三式弾の威力に感心したもんです――』

三式弾とは、日本海軍が開発した秘密兵器である。「長門」の四十センチ砲弾の中には、二十五ミリ機銃弾の焼夷弾子が七百三十五個と、非焼夷弾子が三百七十五個つめこまれていた。これが設定された距離まで飛んで着弾すると、自動的に爆発して弾子をまき散らし、同時に弾筒自体も、千九百二十二個の破片弾丸となって目標に襲いかかるという破壊力に富んだ砲弾である。

一弾の危害直径は四百二十六メートル。したがって、「長門」の八門の主砲が一斉射撃すると、その危害範囲は左右千七百メートル、上下八百五十メートルの弾幕ができることになる。この空間に入った敵機は、機体が蜂の巣となって撃墜されてしまうという恐るべき威力があった。

この敵機撃墜の砲撃こそ、「長門」が誕生して二十七年目に、はじめて敵に向けて発砲した初弾であった。本来は、ポスト・ジュットランドの戦艦として建造され、四十センチの巨砲はアメリカの戦艦に向けて発砲されるべきものだった。それが飛行機相手の対空用に使われなければならないほど、海戦それ自体が大きく変貌し、サマ変わりしたのである。

ほどなく、爆撃機が「長門」の上空にたっし、乱舞しはじめた。こうなると、さしもの四十センチ砲も役に立たない。主役は機銃群にとってかわられた。艦上に配置された二十五ミリ機銃三十門が、銃身を真っ赤に焼きただらせて発砲しつづけた。

『――機銃でも何機か落としたようですけれど、速力の早い飛行機には、なかなか当たらんもんですなあ。こっちは装甲の厚い戦艦ですから、爆弾の一つや二つ命中してもビクともしないという自負があったので、比較的、余裕をもって戦うことができましたよ。この戦闘では、「長門」はまったく被害がなく、一兵の損害も出さずにすみました。「長門」は強いフネだと、つくづく思いましたねえ――』

しかし、乙部隊に属する空母「飛鷹」が、雷撃を避けることができず、ついに魚雷一本が右舷機械室に命中、大火災となる。「飛鷹」の曳航救助策が練られたが、夜になってついに沈没。また「隼鷹」は爆弾一発を煙突にうけたが、大事にいたらなかった。

こうして戦闘は終わりをつげ、「長門」は沖縄の中城湾を経由して、呉に帰投した。しかし、休む間もなく、わずか一週間ここにいただけで、七月二日、ふたたびリンガへ向けて出港した。「長門」の前途には、マリアナ沖海戦よりも、さらに苛酷な戦闘が待ちかまえているのであった。

きたるべき大作戦

「長門」が、ふたたびリンガ泊地に投錨したのは、七月二十日の夕方であった。薄暮とはいえ、海上にはムンとした暑熱がふくらんで、甲板に出ても、じっとりと汗が出てくる。リンガ諸島の一帯は一年中おだやかで、嵐の来ることがない。海上はつねに凪《な》いでいる。いわゆる赤道無風帯である。

『――リンガ泊地というのは、ちょうど青森の陸奥湾くらいの広さですね。ですから、艦艇は比較的自由に、高速で走り回ることができるんです。「長門」は、着いた翌日から訓練をはじめましたね。訓練に入る前に私は、乗員の士気を鼓舞する意味で訓示をしたんです。わが第二艦隊は、きたるべき大作戦にそなえて、夜を日につぐ猛訓練をするために、ぞくぞくとこの基地に集まってくるから、『長門』の乗員として、他に劣ることのないよう、いっそうの努力を期待する、というようなことを言いましたよ。きたるべき大作戦が、いつ、どこで、どんなふうに起こるのかは、だれにもわかっちゃいませんでしたけれどね、しかし、ごく近い将来、それが確実に迫っていることだけは、一水兵にいたるまで本能的に感じとっていましたねえ――』

リンガ泊地で「長門」は、三ヵ月間、連日訓練に励んでいた。その間、八月下旬と十月上旬の二回、シンガポールに入港した。兵員は上陸し、命の洗濯をすることができた。この間にマリアナではサイパンが玉砕し、テニアン、グアムがつづいて玉砕。マリアナ沖海戦の失敗によるツケは、大きな犠牲となってはね返ってきていた。

米軍の反攻が、こんどはフィリピンに迫ることを予期した連合艦隊司令部は、その対応策として、「捷一号作戦」を立案、各部隊に作戦の遂行次第を徹底させた。しかし、この時期でも、米軍がフィリピンのどこに上陸してくるか、判然としていなかった。米軍が反攻の口火を切ったのは、十月十七日の朝である。レイテ湾口の沖に浮かぶ小さな島、スルアン島の海軍見張所から、「敵空母二、戦艦二、駆逐機六、接近中」との緊急電が伝えられ、つづいて、「敵はスルアン島に上陸を開始せり」と打電して、見張所は消息を絶った。

この時点で、米軍が、レイテに指向していることが判明した。豊田連合艦隊司令長官は、ただちに「捷一号作戦警戒」を発令、これを受けたリンガ泊地の栗田健男中将麾下の第二艦隊は、時をうつさずボルネオの北端、ブルネイ泊地に向けて移動を開始した。「長門」は十八日午前一時三十分、リンガを出撃した。ブルネイに着いたのは二十日の正午である。

『――ブルネイ湾というのは、かなり大きな湾でしてね、艦隊の錨地を三つはらくにとれるほどです。ここで全艦艇に燃料の補給が行なわれたんですが、まる一日かかりましたねえ。その翌日、二十一日の午後五時から、艦隊旗艦「愛岩」に各級指揮官が集合させられましてね、作戦の打ち合わせです。米軍が昨日の二十日にレイテに上陸を開始したということはわかっていたわけです。そこでレイテ湾には輸送船がたくさんいるし、敵艦隊も出てくるだろうと。しかし、主目的は輸送船の撃破である、ということでしたね。敵の上陸地点は彼我入り乱れて戦闘しているから、陸上の砲撃はしないでほしいと、この会議に来ていた陸軍の参謀が言ってきましたなあ。

とにかく細部まで打ち合わせをしたのですが、行きの航路は決まっていたけれど、帰路は話に出なかった。それにフィリピンには二つの航空艦隊があるけれど、とても艦隊の上空を支援することはできない。飛行機なしだ、とにかく突っ込んでやっつけるだけだ、という説明なんです。それで、ああこれは特攻だな、と思いましたねえ。

そこで二十二日の朝、出撃するとき、私は訓示したんですよ。この作戦では上空を護衛してくれる飛行機の傘はない。雨が降っても傘をささずに行くしかない。目的地のレイテ湾に向かうあいだ、そうとう爆撃されるだろう。だが、敵をやっつけるまでは、私は絶対にこのフネを沈めないから安心せよ。敵をやっつけたあとは、どうなるかわからんから、諸君の命は、艦長のこの私がもらったぞ、と言ったんですよ。だから、ぶじに帰れるということは、だれひとり考えていなかったはずです。兵隊たちもみんなそのつもりでしたよ――』

「長門」を襲った米軍特攻機

ブルネイを出撃した栗田艦隊は、全軍悲愴な覚悟だった。艦隊同士の砲雷戦なら、たとえ味方の艦隊が劣勢でも勝つ自信はある。しかし、敵が飛行機となると、勝手がかなり違ってくる。フネは飛行機に弱いのだ。

『――私は対空射撃に自信がもてなかったですね。「長門」には機銃は百門ぐらいあったけれど、まず駄目だと思っていました。爆弾が一つでも命中して、それが当たりどころが悪いと、こっちの砲弾が誘爆する。そうなると、百発の爆弾が命中したのと同じですからね。だから、敵機がきたら、爆弾が命中しないように回避するのが一番ということになるんです。問題はその回避の仕方です。駆逐艦とちがって、大艦の「長門」は動きが緩慢ですからね。敏捷性に欠ける戦艦を、敵機に攻撃されながら操艦して回避するということは、きわめて困難なものなんです。

そこで私なりに考案をしたんです。たいてい敵機は後ろからきて、艦の中心線上に爆弾を投下していく。したがって、そこに命中誤差をつけるためには、艦を横にして、予定弾着幅を小さくすればいいことになる。問題は見張員との連携です。見張りが敵機を早く発見して知らせてくれることが大事なので、この点を厳重に強調したんです。敵機が「長門」を狙ってきたら、ただちに艦橋に報告するよう、やかましく言ったのです。そして、敵機が爆弾を落とす瞬間には、艦が横になっているように操艦しようと計画を立てたわけです。これはシブヤン海で実際にやりましたが、効果は大きかったですね。報告が入ると、すぐ〝オモカージ〟とやる。これはトリカジでもいいんです。そうして、敵機がいよいよ投下態勢に入って急降下しはじめたところで、すかさず〝オモカジ一杯ッ！〟と号令するんです。はじめのうちは、のろのろ回頭していますが、舵がきき出したら、回頭するのが早かったですね。ぐんぐん回りはじめる。そうなると、敵機は一直線に降下しているから、修正できない。結局、投下した爆弾は至近弾となって海中にドボンです。

シブヤン海での戦闘は二十四日の十時四十分ごろからはじまったんですね。あのときは左から「武蔵」「大和」「長門」と横に並んでいたんですが、とくに「武蔵」が狙われたというわけでもないと思いますよ。みな同じように攻撃されたんです。ただ最初の空襲のとき、「武蔵」は魚雷を一発うけちゃったけれど、そのせいか艦首の波が非常に大きくなりましたね。それが上空から、あるいは目立ったのかもしれませんね。第三次空襲から、「武蔵」に集中するようになりましたからね。

「長門」は、この日だけで約二十五機以上の敵機に襲われたんです。つぎつぎと急降下してくる敵の艦爆は、それぞれ二百五十キロの爆弾を二発ずつかかえていますからね。したがって、五十発以上の爆弾を浴びせられたわけです。そのたびに右へ左へ回避運動をする。なにしろ、二十五ノットの高速で突っ走っていますから、急旋回すると、とたんにツンのめるようなブレーキがかかる。しかも横向きになるので、投下された爆弾は、舷側の海中に落下して爆発するわけです。その至近弾の破片が、舷側に霰のようにはじけ返って、ぶつかるんです。あとで調べてみたら、水線上の舷側に五百箇所ほど穴があいていましたよ。幸い、水線上なので、水が入る心配はありませんでしたが。

よく部下から、艦長の操艦がうまかったから、と言われましたが、そんなもんじゃないんですよ。運ですね。ただ艦長と見張りとの間の関係がうまく連携されていたかどうか、訓練が十分だったかどうか、ということはあるでしょうね。

シブヤン海で、空襲も終わりごろでした。突然、前方から飛来した一機が急降下してきましてね。そのときは後方や側面に注意を奪われていたため、一瞬、見張員がこの敵機を発見するのに遅れをとったんです。ですから、舵はまったく取っていなかったですね。

私も敵機が、前方から侵入してくるのを見落としていたんです。見つけたときは、もう遅かったですね。「オモカジ一杯ッ！」と叫びましたが、すぐには舵はきかない。敵機はぐんぐん近寄ってくる。敵も必殺を期しているのか、なかなか投弾しないんです。敵ながら天晴れなヤツでした。爆弾を命中させるために、ギリギリのところまで降下したんです。ようやく舵がききだして艦首がちょっと右にふられたとき、敵機は、檣楼すれすれに迫って爆弾二発を投弾したんです。ところが、敵機は、投弾したときの姿勢のままで海中に突っ込んで自爆してしまいました。あれは日本の特攻機のように、はじめから「長門」に突っ込むつもりだったのかもしれません。そういう気魄が、あの敵機にはありましたね。

一発は一番砲塔の横に命中して、砲側にある機銃は、旋回止めを破壊されてぐるぐる回っていました。そして、甲板を突き抜けた爆弾は、その下にある二番副砲を破壊して、弾薬庫通路に猛烈な勢いで火炎を吹きこんだんです。危うく弾薬庫が誘爆するところだったんですが、弾薬庫内にいた揚弾兵が、用心のために通路に水を張ったオスタップ（洗濯桶）をずらりと置いてあったんですね。この水を揚弾兵が、とっさの機転で弾薬にぶっかけたため、間一髪で誘爆を起こさずにすんだんです。

もう一発は艦橋後部に命中して、艦内の上部電信室で爆発したもんですから、一瞬のうちに三十名ほどの電信員が戦死してしまいました。この爆弾は命中したとき、二番高角砲をえぐって砲員一名に負傷を負わせたんですが、このとき近くに吊ってあった救助艇が破壊されましてね。この救助艇は、戦闘時には主砲射撃の爆風のショックで外板が痛まぬように水を入れておくんですが、中に張ってあった約一トンの水がザーとこぼれて、これが消火の役目を果たしてくれたんです。しかし、この爆弾は、消防主管を破って、烹炊所の飯釜をぜんぶひっくり返し、さらに第一罐室に火炎を突入させたんです。そのために、いちじ罐の火が消されたほどでしたよ――』

三つの奇跡

「長門」は幸運な艦である。シブヤン海では〝不沈戦艦〟といわれていた「武蔵」が、魚雷二十本以上、直撃弾十七発以上をうけて、ついに沈んでしまった。だが、「長門」はカスリ傷程度でことなきを得た。これも乗員の不屈の闘志のおかげだと、兄部氏は言う。

『――シブヤン海で、はじめて敵機群が前方に現われたとき、戦闘艦橋で見張りについていたまだ十八、九歳の少年水兵が、この敵機を見つめながらニコッと笑ったんです。私は彼の微笑を見たとき、この戦さは勝てる、と思いましたよ。人間は、真に危急のときは、生死の観念がなくなり、澄みきった心境になれるんです。これが一番大事なところですね――』

翌二十五日、栗田艦隊は、最大の難関と思われていたサンベルナルジノ海峡を、深夜に突破して外海にとび出した。海峡の出口に、敵潜が網を張っているものと考え、緊張していたが、杞憂だった。艦長はレイテ湾に向かって一路、南進しているとき、突然、予期せぬ敵の空母部隊に遭遇した。ここに海戦史上有名なレイテ沖海戦が展開されることになる。

「長門」は、真っ先に四十センチ砲八門で斉射の第一弾を放った。二十秒、三十秒……。弾着計測係が時計を見ながら、「弾着」と叫ぶ。と同時に、敵空母の甲板に大爆煙が上がった。「初弾命中!」艦長はマイクに向かって叫び、艦内の将兵に戦況を伝えた。全乗員は躍り上がって喜んだ。だが、このとき「大和」でも、ほとんど同時に四十六センチ砲を発砲しており、やはり初弾命中と叫んで勇みたっていた。

栗田艦隊は追撃戦にうつり、やがて、全軍突撃の命令が、栗田長官から発せられた。しかし、敵の反撃もすさまじいものがあり、遁走する空母群から飛び立った敵機が、死にもの狂いで頭上に殺到してきた。

この戦闘で「長門」は、三つの奇跡に遭っている。命中するはずの魚雷が、魚雷のほうで

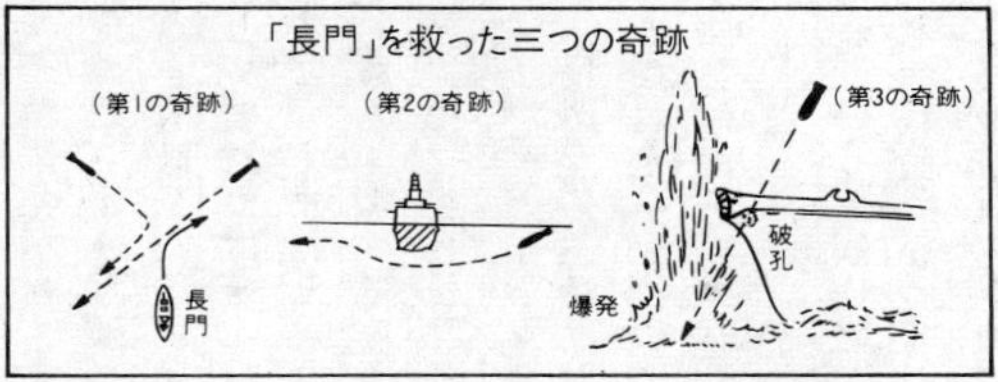

「長門」を救った三つの奇跡

「長門」を避けて走り抜けたり、直撃弾をうけながら、被害皆無という幸運である。以下は三つの奇跡の模様だが、戦争には、こうした不思議なこともあるということだ。

『――奇跡の第一は、敵の雷撃機二機が「長門」の前方で左右から交叉して魚雷を放ったのです。どんなに操艦して回避しても、いずれか一本は命中するわけですが、一方の魚雷が左前方五百メートルくらいのところで、急に水面に飛び出したんです。操舵装置に変調が起こったものか、急に進路が曲がりはじめた。そこで、もう一方の魚雷を回避するように操艦したのです。つまり、左から放たれた魚雷が、直進をやめて右へ向きを変えたんですね。そこで艦を右へ回頭して、右方から突っ込んでくる魚雷と平行になるようにして、二弾とも回避することに成功したというわけです。いま考えてみますと、左方からの魚雷は、頭部を波がしらに叩かれて向きを変えたのではないかと思うんです。

奇跡の第二は、まったく突然、右舷の至近距離に雷撃機一機が現われて、魚雷を投下したんです。あまりに近いので、操艦でこれを避けるひまがないんです。いまに命中爆発するかと、観念して固唾をのんでいたが、爆発しないんです。よく見ると、反対側に去って行く雷跡がある。つまり、射点があまりに近すぎたので、沈度のため艦底をすれすれで通り抜けたんですね。これには本当にホッとしました。

奇跡の第三は、敵機の急降下爆撃で、「長門」の艦首にキーンという鋭い金属音がして、同時に、大水柱が檣楼よりも高く上がりましてね。爆弾が艦首に命中したんです。これは艦首を大破したのではないかと思って、愕然としたんです。ところが、水煙がおさまってみると、艦首にはぜんぜん異常がないんです。たしかに艦首に命中したはずなのに、まるでキツネにつままれた感じでしたね。

あとで調べてみると、命中した爆弾は、艦首と、巻きあげた錨との中間で、甲板から左舷へ斜めに突き抜けていたんです。この部分は装甲が薄いので、爆弾は爆発するひまがなかったわけですね。もし艦首を大破していたら、速力や操艦に影響して、それ以後の戦闘で、「長門」の運命はどんなことになっていたかわかりませんでしたね——』

これが「長門」の三つの奇跡だが、いわばツキともいえる幸運に支えられて、「長門」はぶじに海戦を乗り切ることができた。

ところで、レイテ湾突入に関して、小沢機動部隊が、ハルゼーの第三艦隊を北方に誘致するという共同作戦だった。しかし、誘致成功の電報が、「大和」の司令部に届かなかったことが戦後になって指摘され、論議を呼ぶ結果となり、さらに栗田長官がレイテ湾突入を放棄して反転北上したことに非難の声があがっている。はたして小沢部隊の作戦の成否は、栗田艦隊にとって、どの程度、影響があったのだろうか。

『——小沢部隊が引きつけようが引きつけまいが、栗田艦隊にはまったく関係がなかったんですよ。とにかく、レイテ湾に突っ込むだけでしたからね。ただ私は、敵の機動部隊は一隊だけでなく、数隊、少なくとも三隊はいると思っていました。問題は、小沢部隊が何隊、引きつけるかということぐらいで、敵機動部隊の攻撃は、最初から覚悟していたんです。ですから、サマール島沖の敵空母部隊の追撃戦のときも、近くに機動部隊の一群が、かならずいると判断していたんです。つまりわれわれは、敵のまっただ中にいると考えていたわけです。

そうしたところへ、味方から敵機動部隊の位置を知らせる誤電が入ってきたりしたので、レイテ突入をやめて北上する結果になった。あのときはレイテ湾の敵輸送船は、入港してすでに四、五日たっているわけですから、当然、空船だろうと思っていましたからね。ところが、実際には満載状態だったわけで、もし、突入していたら、相当の損害をあたえることができたんですね。レイテ突入をやめたことについて、栗田長官は戦後、疲れていて判断を誤った、と言ったといわれていますが、疲労からの誤断ということは、ありませんよ。疲れて判断が鈍るということは、戦闘中には絶対にないものです。作戦の遂行という重大な責任の前では、三晩や四晩、眠っていなくても平気なもんです。それほど緊張しているものです。結果として、誤判断になったけれど、あのときの反転、北上は正解なんです。敵の手の内がまったくわからず、情報が何もない状態での戦闘なんですから、やむを得ない判断だったと思いますね――』

と兄部氏は、栗田長官の〝錯誤〟に理解を示している。しかし、結局、新たな敵を求めて北上した栗田艦隊は、二度とレイテに突入することができなくなった。ふたたび艦隊は、シブヤン海を通過してブルネイへ向かった。

戦艦「長門」の艦上では、戦死した五十二名の水葬が行なわれた。そして三日ぶりに米のカユが全将兵に供されたのであった。（昭和五十六年十二月十七日インタビュー）

〈軍歴〉明治二十八年十月八日、山口県防府市に生まる。大正三年九月、海軍兵学校に入学。同六年十一月卒。四十五期。七年、「扶桑」乗り組み、任少尉。八年、「吹雪」航海長、通信長、砲術長を勤める。九年、「千歳」、任中尉。十一年、「樅」。十二年、「迅鯨」、任大尉。十三年、「蕨」「沼風」水雷長。十五年、「文月」艤装員、同水雷長。同年十二月、海軍大学校甲種学生、昭和三年卒。同年、「桃」艦長。四年、任少佐、「菱」艦長。五年、呉鎮守府参謀。八年、軍令部第二部（軍備）出仕。九年、任中佐。十年、第十一戦隊参謀。十一年、軍令部部員（第一課・作戦）。十三年、第一水雷戦隊司令、上海―漢口の警備。十四年、任大佐、「室戸」艦長。十五年三月、水雷学校長承命、機雷学校設立首席委員。十六年四月、機雷学校教頭。十七年二月、シンガポール出張、海面防備関係兵器施設の調査。十七年七月、「利根」艦長。十八年十二月、「長門」艦長。十九年十月、任少将。二十年二月、第二海軍技術廠総務部長兼工員養成所所長で終戦。

武人の本懐

〈戦艦「日向」艦長・野村留吉少将の証言〉

柔和で純朴な人

戦艦「日向」の艦長として、小沢治三郎中将麾下のオトリ機動部隊に参加し、フィリピンのエンガノ岬沖で激烈な対空戦闘を展開した元少将、野村留吉氏のお宅を訪問したのは、初冬の陽ざしの柔らかい午後であった。

野村邸は、井の頭線東松原駅から二百メートルほど線路沿いに下った閑静な住宅地の一角にあった。「午前中は運動のために、ほとんど散歩をしているから」と電話での応対だったので、お昼ごろを見はからって門を叩いた。

応接間に通されて待つ間もなく、小柄で、ひょうひょうとした老人が、するりと入ってきた。人なつっこい笑顔のなかに、落ち着いた目が光っている。かつて、史上最大の大海戦の中をくぐってきた提督とは、とても思えない柔和なムードがただよっていた。

「私は艦長の経験はあまりないので、ご期待にそえるような話ができるかどうか……」

いかにも困ったというような表情である。謙虚というより純朴な感じであった。まず、艦長として最初に乗艦したフネの話が話題になった。

『――そう、あれは昭和十四年でしたか、「間宮」という給糧艦でした。もっともその前に副長としていろいろな艦に乗りましたけれど、艦長としては「間宮」が最初です。「間宮」は大正十三年に完成した一本煙突の艦でね。食糧を搭載して各艦に供給するだけでなく、艦内で羊羹《ようかん》、最中《もなか》、豆腐《とうふ》、こんにゃくの製造室があったり、間宮製アイスクリームは絶品だったし、とにかく、よくできたフネでしたよ。一年ほど「間宮」にいて、それから青島《チンタオ》の根拠地隊に移り、副長兼参謀をやっていたんです。青島には一年三ヵ月いました。そして、昭和十六年に佐世保鎮守府に移り、ここで約二年間ご奉公したわけですが、その間に太平洋戦争がはじまったわけです。

佐世鎮のあと、軽巡「北上」の艦長を命じられましてね。ご承知のとおり、あのフネは「大井」とともに、大変な雷装をもった艦で、片舷に二十射線、両舷で四十射線。艦橋からうしろを眺めると、じつに壮観でしたね。四連装の発射管が上甲板にズラッと並んでいるんですからね。

いわゆる「球磨」型の軽巡の中から、「北上」と「大井」の二艦だけを、昭和十六年に秘密裏に重雷装艦として改装したわけですが、改装したあと、四十射線もの水雷発射訓練は一度もやっていないんですよ。内海でもやっていないし、外洋に出てもやっていない。なにしろあのフネには、次発装塡装置がありませんから、一度発射したら、母港にもどって魚雷のつめなおしをしなけりゃならん。もう戦争ははじまっていましたからね。だから訓練をやらずに、いつでも発射できるように、つめっぱなしになっている発射管を、たえず整備していたんです。そのかわり、水雷長には優秀な人を選んできてもらっていましたよ。

当初は、日米の艦隊決戦のおりに、まず、二隻で八十射線の魚雷を放って、いっきょに敵艦隊群を撃破しておき、そのあと主力艦が砲戦で敵をたたく、という目的で改装したフネですからね。残念ながら、そういう機会はまったくなかったので、終戦まで一度も魚雷を放つことなく終わってしまいましたね。

だから、ぼくが乗ったときは、もっぱら、西太平洋におって、ベトナム、東南アジアのほうにまわされて、主として陸兵の輸送任務についていましたよ。ニューギニアからインド洋のカーニコバル諸島などに、陸兵を乗せてよく輸送したものです。シンガポール、ペナン、あの方面が出動範囲でしたね。「北上」と「大井」がいっしょになって、第十六戦隊を構成していました。そんな仕事を約半年ほどやって、それから中央に呼びもどされ、「日向」の艦長として行けと言われたんです――』

大海戦を戦ってきた野村元少将は柔和で純朴な人だった。

噴進砲の威力

『――私が「日向」に着任したのは昭和十八年十二

月五日で、場所は呉でした。すでに航空戦艦としての改装が終わって、艤装もすんでいました。公試運転をやった直後に着任したわけです。なにしろ世界最初の航空戦艦で、飛行機を二十二機も搭載できるんですからね。戦艦と空母の両方の能力をもっているわけですから、まったく新しい戦術が可能になるわけで、それへの期待感が大きかったですね。しかし、ぼくの見るところでは対空装備が不備に思えたので、飛行甲板の両舷に、さらに三連装の機銃座を設置するように要求しましたし、二番と四番砲塔の天蓋に、単装機銃をのせさせたんです。これは主砲が撃てないとき、砲塔員が飛び出して射撃するようにした。また、飛行甲板にも、九門の単装機銃をおけるようにして、これは整備員が射撃するようにした。機銃の増加は、ぼくが行ってからやったものです。これで二十五ミリ機銃は、三連装二十七基、単装十一基で合計九十二門になったわけです。

これらの工事は十九年六月のはじめにやったので、その月の「あ」号作戦には出撃できなかったわけです。「伊勢」も同じです。

それから、あまり知られていないんだが、十月のはじめに飛行甲板の両舷に噴進砲を装備したんですよ。これは、「瑞鶴」のものと同じで、十二センチの対空ロケット弾で、二十八連装六基、合計百六十八門というやつです。

これは大砲というよりも、箱といったほうがいいでしょうね。ケースの中に弾が入っている。射手がハンドルをぐるっと回すと、パッパッパッと出るんです。射程は二千メートルと三千メートルの二段になっていて、撃つときに調節することができるわけです。

砲側には弾丸を入れた箱を並べておいて、対空戦闘がはじまったら、砲の箱の中に上からどんどんこめていくんです。ロケットですが、射距離の短い高角砲と理解すればいいでしょう。弾着地点で炸裂して、弾片を四散させるわけです。

敵の爆撃機は、艦尾から急降下してきますからね。だから飛行甲板の下に装備した。あのロケット弾には、米軍機は困ったろうと思いますね。火を吹いて飛んできて目前で炸裂するんですから、照準は狂うし、精神的に恐怖感をあたえますからね。目つぶしになる。実戦では高角砲よりも、むしろ噴進砲のほうがよく当たったと思いますよ――』

比島沖海戦のミステリー

十月十八日、米軍はレイテに上陸し、ここに世紀の決戦ともいうべき捷一号作戦発動が下令された。栗田艦隊のレイテ湾突入作戦を成功させるため、ハルゼー提督麾下の高速機動部隊を北方へ吊り上げる任務が、小沢機動部隊に課せられていた。いわゆる、オトリ作戦である。このオトリに挺身する艦は、空母＝「瑞鶴」「瑞鳳」「千代田」「千歳」。戦艦＝「日向」「伊勢」。軽巡＝「大淀」「五十鈴」「多摩」。駆逐艦＝「秋月」「若月」「初月」「霜月」「桑」「槇」「杉」「桐」以上の十七隻であった。オトリ艦隊は十月二十日、豊後水道を出撃して南下した。迂回路をとりながら敵方に進出、そして二十四日、戦雲はいよいよ急を告げている。

『――二十四日の夕方から、「日向」「伊勢」「秋月」「若月」「初月」「霜月」の前衛部隊は、本隊から離れて敵方に南下しましたが、接敵の気配は感じましたね。十八時ごろから速力二十二ノットに増速して進撃していったところ、前方に閃光が見える。あれは基地航空隊の攻撃によるものだろうと考えて、その方向に進撃したんだけれど、いくら走っても閃光の位置が変わらんのです。それで、松田千秋司令官に、「あれは、空電ではないでしょうか」と言ったら、「そうだね、ぼくも空電だと思うよ」と言っておられた。スコールによる電光という結論にたっしたわけです。

ところが、夜中に、索敵機らしい電波がどんどん入ってくるので、どうも敵は近くにいるんじゃないか、と思っていたところ、本隊から合同せよという命令がきて、引き返していったんだ。

戦後に知ったんだけれど、そのときシャーマン少将の率いる機動部隊とすれ違っていたんだね。しかも昼間だったら、視界に入っていたほどの近距離だったらしい。

両者ともわからなかったのだが、まさに比島沖海戦でのミステリーの一つでしたね。

翌朝、つまり二十五日の早朝から敵機の空襲をうけるわけですが、そのとき主砲射撃はかなりやったものです。

第一次空襲は、〇八二〇（午前八時二十分）にはじまったのですが、約百機の艦載機がきて、そのうち、艦爆六十、雷撃機数機が、第六群に来襲して、主として空母を攻撃してきましたね。

はじめ、敵編隊が二十キロぐらいに近づいたとき、三式弾を主砲で撃ったんですが、「日向」の主砲は三十六センチ砲ですから、三式弾は炸裂したとき一発の直径が六百メートルにひろがるといわれていましたね。あれを八門で斉射すると、相当範囲をカバーできるわけです。

編隊の前面に撃つと、敵機はさっと方向を変えましたね。そのまま突っこむと、弾片が拡散している中に飛びこむことになるから入ってこれない。びっくりしたように針路を変えましたよ。

敵機は、もっぱら後方から急降下爆撃をしてきましたね。そのとき回避運動をするのですが、まず艦橋の見張員が報告したら、艦長は敵機のようすを見て操艦するわけです。だいたい見張員が、「突っこんできますッ！」と叫んだ瞬間に、「オモ舵一杯ッ！」と叫ぶわけです。敵機を見ている暇がないときは、ほとんどカンで操縦しますね。ぼくの場合は、たいていオモ舵一杯と言ってました。

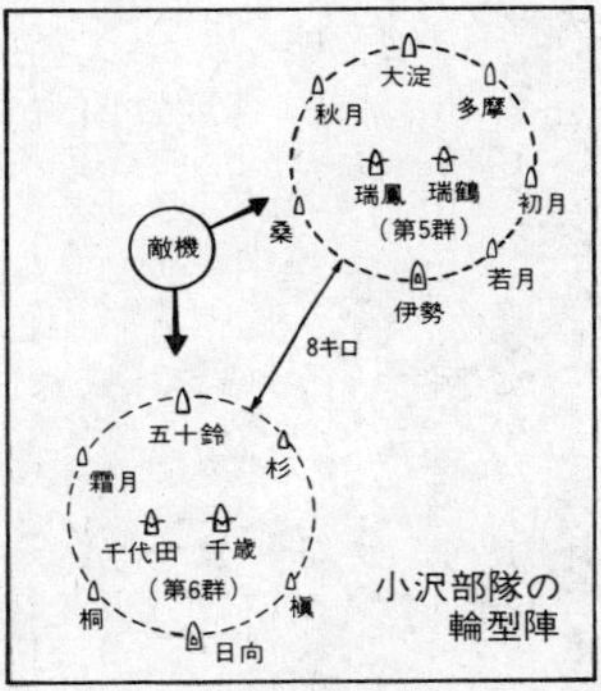

爆撃に対しては、オモ舵でも、トリ舵でも、どっちかにとればいいんです。とっさの場合だし、それが言いやすかったから、ぼくは、オモ舵一本でやったわけです。「伊勢」の中瀬艦長は、もっぱらトリ舵で回避していたと言ってましたね。

戦闘中は最大戦速で走っていますからね。「日向」は二十五ノットですが、そのスピードでいきなりオモ舵一杯をとると、急激にブレーキがかかって回頭します。戦闘艦橋がぐーっと傾いて海の上に出ますよ。体が傾きますしね、あまり気持のいいものではないですよ。そのとき、約五ノットくらいにスピードが落ちます。そうすると急降下の態勢に入った飛行機は、目標が後落してゆくので、機首をどんどん下げて前のめりの格好になる。とうぜん照準が狂ってくるというわけです。投弾しても、なかなか艦には命中しない。だから、どっちに舵をとってもいいんです。

ところが、魚雷の場合はそういうわけにはいきません。低空でくる角度や、雷跡などを見て操縦していましたがね。アメリカの魚雷は、泡をはっきり出して疾走してくるから、角度がよくわかるんですよ。それに雷撃機の場合、魚雷を発射するとき、弾倉を開けるのですぐにわかる。

「雷撃機、弾倉を開けましたッ！」

と見張員が叫ぶんです。ですから、発射する前に舵をとることができましたね。魚雷に対しては、主として航海長が操舵の号令を下していました――』

不達だった重大電報

『――比島沖海戦のナゾとして、小沢長官が「瑞鶴」から発信したという「機動部隊本隊、敵艦上機の触接をうけつつあり、地点ヘンホ41〇七一三」の電報が、栗田艦隊の「大和」に届かなかったという問題がありますが、あの電報は、敵機動部隊を吊り上げたという報告電でもあり、きわめて重大な電報ですが、「日向」では、これをはっきりと受信していますし、「日向」の戦闘詳報にも記載されて残っています。「大和」に電波が届かなかったということは、考えられないのですがねえ。距離だって、そんなに遠いわけじゃないし。

時間的には、ちょうどそのころ、「大和」はサマール島沖で、敵空母群に攻撃をかけているときですしね。やはりあれは、電報を艦橋に持って行かなかったのではないかと思うんですがね。

しかし、戦闘速報は「瑞鶴」からは打っていません。これがはじめて打たれたのは、小沢長官が「大淀」に移乗されてから、昼ごろ打っています。この第一報は「大和」でも受信されているようですね。戦闘速報というのは、戦闘が一段落したときに、まとめて報告するものので、戦闘中に打電することはないものです。なにしろ戦闘で手一杯ですからね。せいぜい無線電話で、艦隊内の連絡をとるくらいです。

それから、「瑞鶴」の艦長、貝塚武男中将は、ぼくと同期で非常に縁の深い艦長でね。ぼくが「鳥海」の副長をやっているとき、貝塚艦長は同じ戦隊の「摩耶」の副長でね、いっしょに一年間やったんです。そしてまた紀元二六〇〇年（昭和十五年）のとき、内南洋方面防備部隊として第四艦隊ができたんです。その第四艦隊の参謀を、貝塚とぼくとがやったんです。彼が砲術参謀で、ぼくが通信参謀でね。中佐時代でした。

「瑞鶴」が沈んだときの模様を、戦闘終了後に艦長付の中尉に聞いたんですがね。貝塚は戦闘艦橋から出ようとしなかったんだね。それで航海長や砲術長が、「艦長、退艦してください」と懇願したらしいんだが、どうしても退艦しようとしない。そのうち艦長は、戦闘艦橋から艦長休憩室に入ってしまったというんだね。中尉が、「艦長、私もお供します」と言ったところ、艦長は中から鍵をかけてしまったというんだ。結局、艦が沈んだあと、艦長と航海長は上がってこなかったと言ってました。まことに傷ましいことです。

「日向」は、オトリ作戦という大変な任務を、よくまっとうして、艦も兵員も、ぶじに帰投したわけだから、艦長として水上戦闘に対する自信といったものが持てただろうと聞かれることがありますけれどね、いやいやとんでもない。正直いって呉に帰ったときは、ぼく自身ホッとしたというか、ひじょうに嬉しかったですね。あんな戦闘はもうゴメンだと思いましたよ。それに兵員たちの士気も、生きて帰って、かえって低調になりましたね。生死の境をさまようと、人間はやはり違ったものになりますねえ。

しかし、思い起こすと、小沢司令長官が攻撃隊発進にあたって、旗艦「瑞鶴」の檣頭高くZ旗をかかげ、全軍にその決意を示された心中には、思わず武者ぶるいを感じ、私のうしろに立っていた艦長付の進藤一大尉に命じて、この情況を艦内各部署に通報させたのを思い出します。しかし、比島沖海戦は、全般的にみて戦運はなく、全空母と数隻の艦と数千の将兵を失うという悲憤の結末になってしまいました。

私の現在の心境は、小沢司令長官にたいする申しわけなさと、この戦さで戦没された将兵の靖国の霊にぬかずくばかりです。また、生存者に対しては、私の命令一筋に、よく働いてくれたことへの感謝を、生あるかぎり捧げるということです――』

〝歴戦の勇士〟という表現があるが、真に生死を賭した戦いを体験したものには、この表現ほど空虚に感じられるものはないのかもしれない。（昭和五十四年十二月二日インタビュー）

〈軍歴〉明治二十九年五月十日、山口県玖珂郡和木町に生まる。大正四年九月、海軍兵学校生徒、同七年十一月卒、四十六期。「常磐」「比叡」「八雲」「周防」に乗り組む。九年、水雷学校普通科学生。十年十二月、任中尉。「日向」分隊長心得。十三年、水雷学校高等科学生。任大尉。同年、「夕張」通信長。十四年、「多摩」通信長兼分隊長。同年十一月、「那珂」通信長兼分隊長。十五年、水雷学校専攻科学生。昭和二年、第六戦隊司令部付兼参謀。同四年、水雷学校教官、任少佐。五年六月、通信学校教官。同十二月、砲術学校教官。六年、練習艦隊司令部付「磐手」乗り組み。七年八月、アメリカ出張。九年、任中佐。十年三月、帰朝。六月、軍令部出仕。十三年、「鳥海」副長。十四年、任大佐、「間宮」艦長。十五年十月、青島根拠地隊副長兼参謀。十六年五月、佐世保鎮守府付。十八年四月、連合艦隊司令部付。五月、「北上」艦長。十二月、「日向」艦長。十九年十月、任少将。二十年三月、軍令部第四部長兼第一連合通信隊司令官、特務班長を兼務で終戦を迎える。

指揮官の責任

〈軽巡洋艦「球磨」艦長・横山一郎少将の証言〉

艦長は海軍将校の目標

横山氏は駐米大使館付武官としてワシントンにいたとき開戦となり、抑留生活を余儀なくされ、翌十七年七月、交換船で帰国した直後、十一月十七日に軽巡「球磨」の艦長としてセレベスのマカッサルで着任した。

それまで横山氏は、艦長としての経験がなくて、しかも戦時にいきなり第一線の艦長になったのは、きわめて珍しいケースである。しかし、ご本人は、いささかの躊躇もなく、任務に即応できたという。

『――私は中佐時代の昭和十一年に、第五水雷戦隊の参謀として「夕張」に乗艦して日中戦争を経験しているし、十四年には第二遣支艦隊の首席参謀として、第十五戦隊の旗艦「鳥海」で、もっぱら南支方面の作戦に任じておったからね。だから、すでに実戦の経験はもっておったんだ。それに大佐になって二年目だからね、艦長になったのは。

いわば「球磨」というのは、私の場合、艦長としての稽古台だったんだね。軽巡で扱いやすい艦だから。だから戦争のはげしくないインドネシアで、稽古してたというわけだ。じつは、そのつぎは一万トン級の「妙高」の艦長になるように予定されておったんだよ。マカッサルで、前艦長の渋谷清見大佐から引き継ぎをうけたときは、スコールが沛然として降っていた午後だったね。そのとき渋谷さんから、

「〝球磨〟は運の強い艦でね。比島攻略作戦で行動中、マニラ湾口で、アメリカの魚雷艇に襲撃されて艦首に魚雷が命中したんだが、その魚雷が、なぜか爆発せず、ポキッと折れて沈んでしまったんだ。まったく、なんの損害もなかったんだ」

というお話を聞いたのを覚えていますよ。

艦長着任の翌日、軍艦旗掲げ方は、艦長として最初のものだっただけに、感慨無量でしたね。そして檣上に、艦長の指揮権を示す長旗一旒へんぽんたるのを見て、非常に愉快でしたよ。私が兵学校の生徒だったとき、ときの校長、鈴木貫太郎中将から、海軍将校の目標は艦長となることだ、との訓示をいただいたのですが、いまや、その目標に到達したのだという自覚が湧いてきて、うれしかったですね。

横山元少将。艦長は常に艦橋にいることが大事だという。

しかし、着任早々、最初の仕事が、地味な輸送作

戦でしたよ。ガダルカナルが危ないというんでね、輸送船で兵力を送っていたのでは間に合わないからと、「北上」「大井」といっしょに、マニラからラバウルまで輸送したんだ。兵力は一個旅団で軽装備の部隊だったね。「球磨」は真野兵団長と約一個大隊を乗せて、十一月二十七日にマニラを出撃、シブヤン海を横切ってサンベルナルジノ海峡を突破していったんだ。

三十日の夜だったかな、副長と交代して艦長室で休んでおったら、まもなく、砲声が聞こえたので、急いで艦橋に出て見ると、「北上」が探照灯を照射して、さかんに砲撃してるんだね。

ところが、よく見ると、ラバウルへむかう味方の哨戒艇と駆潜艇なんだよ。私の艦に砲撃を命令しなかったからよかったようなものの、見張術の拙劣さを思い知らされたわけだ。というのはね、哨戒艇とか駆潜艇という小さなフネは、あまり訓練がゆきとどいていないんですよ。それから眼鏡だってろくスッポいいものをそなえていないしね。だから夜中に、こっちから味方識別の信号をやっても、返事の信号があやしいものだったわけだ。それで同士打ちをやってしまったんだね。海上では、そういうことがままあるんですよ。

十二月三日の朝六時にラバウルに着いたんだ。そうしたら「秋津洲」の艦長をやっておったクラスの黛治夫大佐から、在ラバウルの級友数名が参集してクラス会をやろうという提案があったんだ。しかしねェ、ラバウル港には多数の艦艇が集結しているし、いつ空襲をうけるかわからない。クラス会で酒を飲んでいるとき空襲にあったんじゃ、とんでもないことになるからね。それに、はじめて来たところなので、ようすがよくわからない。だから、日没までに出港したいからといってね、心を鬼にしてクラス会を断わったんだよ。

帰路は、北部ニューギニアの沖を西進してセレベス海に入り、マカッサル海峡を南下してボルネオのバリクパパンに入港する予定だったんです。そのとき、北部ニューギニアの沖を航過しているとき、海面に、やたら流木が流れているんですね。

そのうち前方に、椰子の木の密生した小島がある。海図を点検したって、そんなところに島なんかないんですよ。よくよく見ると、その小島は流れているんだ。浮き島なんだね。どうやら、椰子林の島の一部が、ちぎれて流れだしてきたものらしいんだ。これには驚いたねえ。島が洪水にでもなって、土地がちぎれたのかもしれない。珍しい光景でしたよ。

やがて、マカッサル海峡の北口にさしかかったころ、夜の九時半ごろ、はげしいスコールがありましてね、航海長が之字運動をやめ、明朝、掃海水道入口の到着が早すぎるので十六ノットに減速したらどうか、という意見だったので同意したんだ。

そこへ副長が交代にきたので、私は、艦長室におりて夜食をたべ、ちょっと横になっていたら、伝声管で航海長が、

「艦長、魚雷ッ！」

と叫ぶんだ。すぐ艦橋へ飛び上がっていったら、哨戒長の水雷長が、すでに面舵一杯をとっていた。見ると、左舷後方から雷跡がスルスルと伸びてきて前方を通過していくんだ。敵潜の魚雷は一本だけだったね。

ふつう潜水艦は襲撃するとき、目標の前方から魚雷を発射するものなんだが、このころの米潜の練度も、あまりたいしたものじゃなかったんだね。それにアメリカの魚雷は、速力も遅いし気泡が多いので、すぐ発見することができるんだ。

とはいえ、こっちは相手の位置もわからないし、ぐずぐずしていると、第二撃をくうおそれがあるので、威嚇の意味で爆雷を二発投射して、二十四ノットで之字運動をしながら逃げちゃったんだ――』

司令官も驚いた執念

『――いつ攻撃をうけるかわからないわけですから、艦長はオチオチ艦橋から離れることができません。この出来事があって以来、航行中は用便以外、艦橋から絶対に離れないことにしたんです。副長の交代も断わって、折りたたみ椅子を羅針儀の横に据え、眠るときは雨衣を頭からかぶって、その場で寝たもんです。もし何かコトが起こったら、哨戒長は私の頭を上からなぐって起こすことに決めたんですよ。

だから、食事もその場に腰かけたまま、小さな机に膳をのせ、前方を見張りながら食べたもんです。その後、十二月二十八日に、「鬼怒」から「球磨」に旗艦が変更になって、志摩清英司令官が乗艦してきたんですが、そのときもこのやり方を変えなかったので、こんな艦長は、はじめて見た、といわれたものです。

艦長の勤務というのは、かなり厳しいものなんだ。ゆっくり休んだり、あと願いますわ、なんてことをやっておったんでは、ダメなんだよ。やられたフネは、みんなそれをやってお るんだな。艦長が艦橋にがんばっているとね、艦橋配置の連中はおのずから緊張しますから ね。見張員も、ちゃんとやっておる。ところが、艦長がいないとなると、みんな気がゆるむ わけだ。

哨戒長というのは、特務士官もやりますからね。フネを操ったことのない人が、当直にな ったりするわけだ。そういう場合は怖いですよ。舵のとり方が悪くて、魚雷が当たったりし ますからね。それでオダブツだ。

「名取」が、昭和十八年一月九日に、アンボン湾外で敵潜の雷撃をうけ、一本、後部に命中 して、大破したことがあったんだ。このときなど、艦長が艦橋の下の艦長休憩室に行っとっ て、軍令部から送られてきた本を読んでおったときなんだな。だから艦長というのは、つね に艦橋におらんといかんのだ。

艦長が自分で操艦して、それで当たったんなら、しかたがないけど、ほかの人が操艦して 当たったんでは、あきらめがつかないですからね。だから私は、絶対に艦橋から離れなかっ た。とにかく艦長は、艦橋にいるということ、そのこと自体が大事なんだ。艦長が目の前に いるかいないかで、ずいぶん違うもんなんだよ。おるだけで、まわりのみんながキチッとや るんだね。そのために私がいる間は、ちっとも損害をこうむらなかったものね――』

横山艦長が「球磨」を退艦したのは十八年八月十六日である。それから五ヵ月後の十九年 一月十一日、ペナン沖で訓練中の「球磨」に、英潜水艦タリー・ホーの発射した魚雷が命中し、沈没した。

『——ボクの後任になった艦長は杉野修一大佐でね、彼は日露戦争のとき、旅順閉塞隊で広瀬中佐とともに有名になった杉野兵曹長の長男なんだよ。昭南（シンガポール）で退艦する前夜だったかね。副長の村井中佐が艦長室に来て、

「乗員一同の願いを持ってきましたが、新艦長と交代されても、横山艦長の運の強いことにすがりたく、ペナンまでの航海にはぜひ乗艦し、ペナンで退艦することにしていただきたいのですが」

といってきたんだ。ボクはちょっと困っちゃったけど、

「一同の希望とあれば聞き入れてあげたいが、新艦長が指揮をとることになれば、私がそばにいても口を出すことはできないし、また私がいたら、新艦長はやりにくいことと思う。みなの願いはよくわかるが、私は新艦長が自分の思いどおりに指揮することが大切だと思うから、交代行事が終わった時点で退艦する」

と答えたんだよ。やはりそのとき、副長以下、乗員みんなの胸に、悪い予感が走って、こういう申し出になったんだろうね。

私はいつも哨戒長に、怪しい影を発見したら、そのままの態勢で見定めることをするな。ただちに舵をとって、その怪しい影が正横後になるような態勢をつくれ、それから熟視するようにせよ、そうすれば万一魚雷を射たれても、かならず回避することができる、と教えていたんですよ。

ところが、ペナンでの「球磨」沈没時の話を聞くと、哨戒長がこの注意を忘れ、直立する竹ザオを発見したので、なんであろうかと見定めているうちに、潜望鏡を竹ザオに擬装したイギリス潜水艦の発射した魚雷が命中したというんですね――』

その日、「球磨」は、第五一一、七三二航空隊の雷撃実射訓練の目標艦となって、駆逐艦「浦波」とともにペナンを出港し、訓練地点に向かって之字運動を行ないながら航行していた。上空には零式水偵と陸攻がそれぞれ一機、対潜警戒についていた。

午前十一時四十五分、ペナン沖十七カイリの地点にたっしたとき、竹ザオらしい浮流物を右舷前方に発見した。

潜望鏡ではないか、と確認しようとしているとき、艦橋後部の見張員が、

「右八十五度、千三百メートル、雷跡!」

と報告。ただちに「取り舵一杯」が指示された。

敵潜から発射された魚雷は三本だった。そのうち二本が後部右舷に命中。ただちに「防水」が下令されたが、後甲板はすでに水面まで沈下、船体は右に十三度傾斜した。「右舷重油すて、左舷注水」「後部弾薬庫注水」と、つぎつぎに指示が出されたが、「球磨」の両舷機械は停止し、電源、舵も故障して航行不能となった。被雷後七分、右傾斜二十五度でいったん止まったが、後部に搭載していた爆雷が誘爆して被害が増大、ついに十一時五十七分、横転して艦尾から沈没していった。

このとき、艦長杉野修一大佐以下、生存者は「浦波」に救助されたが、百三十八名が艦と

運命をともにしたのだった。

ハワイ作戦はバカの骨頂

開戦時にアメリカにいた横山氏は、太平洋戦争をもっとも客観的に眺めることのできた数少ない日本人といえよう。その横山氏が、十七年八月に日本に帰ってきたとき、戦争への取り組み姿勢に疑問を感じたという。

『――帰朝したときの私の感想は、日本海軍も日本国民も、絶体絶命の窮地に立って、死にもの狂いの戦争を遂行しようという自覚と決意が果たしてあるのだろうかという疑問でしたね。むしろ、アメリカのほうが日本よりずっと真剣で、本格的戦争の総動員体制が完成していましたよ。ことに日本海軍はひどかったと思いますよ。ミッドウェーで大敗を経験したにもかかわらず、まだ緒戦の成功の余韻が残っていて、慢心気味でしたものね。

私が一番気にいらなかったことは、〝大東亜戦争〟という呼び方でした。大東亜共栄圏の建設ということは、戦争に勝ってからのことであって、日本はまず、自存自立のために一生懸命、戦うのが第一であるはずなんです。そして戦争の主目標は、アメリカの打倒にあるわけなんですから、この戦争は、〝太平洋戦争〟と呼ぶべきなんですね。

つまり、日本は全力を集中して、太平洋で戦勝をかちとるために戦うべきであり、中国とか、ビルマとか、インドとかは、捨てて振り向くべきものではなかったんです。日本は徹底して日米戦争を戦い抜くべきであって、アメリカ以外の国は、第二、第三、第四目標にすぎないものだったんです。イギリスの場合は英米不可分ですから、アメリカに関連して第一目標にふくまれますが、といって、英国打倒の戦いを考えるべきではなかったと思いますね。したがって、日本の敗戦は、主目標認識の不徹底から生じたものであって、とぼしいエネルギーの分散が原因の一つになったものと私は考えています――』

こうした目から、日本海軍がとった作戦について、横山氏は鋭く批判する。

『――日本にとって一番得手の悪い、大量生産ができない飛行機の戦争をはじめたことが間違いなんだね。これはむしろアメリカのほうが得手なんだ。だから、山本五十六連合艦隊司令長官のハワイ奇襲作戦というのは、よさそうに思えるけれど、あとのことを考えたらバカの骨頂ですよ。

日本はもともと大艦巨砲でやってきたんだから、これが使えるような戦さをしなくてはいかんのです。真珠湾でフネを沈めてみても、浅いからフネはすぐ着底してしまう。あとで引き揚げてなおすことができるんだ。結局、なんにもならなかったわけですよ。

日本の主力艦が、対米比六割という制限をうけたり、空母や巡洋艦など、艦艇の制限をうけていたので、どうしても緒戦に、敵艦艇の数を減少しておこうということだったと、今では説明されていますけど、これはおかしい考え方なんです。

軍縮会議で、日本の艦艇保有量を六割だ、七割だということで議論したわけだけれど、そんなことバカなことなんだ。六割で結構なんですよ。それが七割なければ戦さができないなんてことはないんですよ。

ロンドン会議のときは、補助艦の制限でケンカしたわけですが、補助艦同士で戦さをするということはないんですよ。潜水艦同士で戦さをするとか、駆逐艦同士で戦さするということはない。艦隊同士で戦さをするもんなんですよ。

だから、バランスのとれた艦隊を整備すれば、それでいいんだ。数の問題ではないんですよ。バランスがとれないと困る。資源のない日本が、資源のあるアメリカにたいして六割もつということは、安全きわまりない比率だということが、いえるんですよ。問題はその六割の艦艇を、いかに有効に使うかという戦術にかかっていたわけですね。

日本としては、南洋群島に飛行場をたくさんつくって、そこへアメリカの艦隊をおびき寄せ、まず飛行機でたたき、ついで艦隊が決戦をいどむ、そういうやり方をとるべきだったんです。軍令部としては、昭和初年からそういう研究をすすめて、それで対米戦に勝算ありと踏んでいたんだ。ところが、最初からそれをやらなかった。飛行場の整備もやらなかった。これがいかんのだよ。

山本長官のハワイ奇襲は、かなり考えたものではあるけれど、やり方が悪かったんだ。山本長官自身が行くべきだったんだ。そして、自分の思うとおり作戦を展開すればよかったんですよ。自分は柱島におって、南雲忠一に、お前、行けといってやらせた。人にやらせるから、思うとおり動いてくれなかったんですよ。一撃をくわえただけで帰ってきてしまった。もし自分で行っとったら、敵空母がいないとなると、山本さんのことだから、きっと索敵しただろうと思うね。

　それから、南方に手を伸ばしすぎて兵力が分散してしまったということも言われていますが、問題はフィリピンなんですよ。あそこを日本が占領したのはバカな作戦なんです。フィリピンは、そのまま置いておけばよかったんですよ。あそこの航空兵力を撃滅し、水上部隊を撃滅したら、あとは封鎖しておけばよかったんです。そうすると、米国民はフィリピンを助けろと叫ぶにきまっている。そうしたら、米艦隊の出動ということになるはずだ。それを、こっちは待ちうけておればよかったんですよ。ところが、向こうが来れる根拠地をぜんぶ潰しておいて、おいでおいでしたって来るわけがない。フィリピンをオトリにすればよかったんですよ。そうすれば、ハワイまでわざわざ出かけて行くこともないんだ。

　それから山本長官は、東京空襲ということを非常に心配していたけど、それにたいして何をやったかといえば、漁船を徴用して日本の東方海上に配置した。これは駆逐艦が一隻くれば、みんな撃沈されるシロモノですよ。ちゃんと哨戒艇というものをつくって配備すべきなんだ。そういうものがあることが、バランスト・ネービーなんだ。

　ところが、当時の日本にはそういうものが、なにもなかったし、護衛艦というものもなかったんだからね。そういう戦争準備というものが、あらゆる点でなされていなかったんだ。あとで、速力の遅い海防艦をつくったけど、間に合わなかった。

　それに、「大和」「武蔵」という巨艦は、艦隊決戦用の戦艦ですからね。これが使えるような戦さをしなければいけなかったんですよ。それができなければ、せめてガダルカナルの砲撃に使ってみせるべきだったでしょう。「金剛」や「榛名」の砲撃より、はるかに威力が

あったはずだし、そうすれば、ガ島もどうなったかわかりませんね――』（昭和五十六年五月十三日インタビュー）

〈軍歴〉明治三十三年三月一日、横須賀市に生まる。大正五年、海軍兵学校生徒、八年、卒業、四十七期。「常磐」乗り組み。九年、「日向」乗り組み、任少尉。同年十二月、海軍砲術学校普通科学生。十年、海軍水雷学校普通科学生。「吹雪」乗り組み。十一年、「出雲」乗り組み、任中尉。十二年、「陸奥」乗り組み。十三年、任大尉。同年、海軍砲術学校高等科学生。十四年、「山城」分隊長。十五年、「松風」砲術長。昭和三年、横鎮副官兼参謀。同十二月、海軍大学校甲種学生。五年、任少佐、軍令部出仕兼海軍省軍務局出仕。六年、米国駐在。七年、駐米大使館付武官補佐官。八年、軍令部出仕兼海軍省出仕。九年、海軍省軍務局局員。十年、任中佐。十一年、第五水雷戦隊参謀。十二年、海軍省副官。十四年、第二遣支艦隊参謀。十五年、駐米大使館付武官。任大佐。十七年、軍令部出仕。同年十一月、「球磨」艦長。十八年、海軍省副官。十九年、兼補東京警備隊司令。二十年、任少将、軍令部出仕兼海軍省出仕。同年八月、在マニラ連合国最高司令官に対し派遣する全権委員随員拝命。九月二日、「ミズーリ」艦上における降伏調印式に全権随員として参加。

戦史の戦訓

〈重巡洋艦「利根」艦長・黛治夫大佐の証言〉

大艦巨砲こそ生きる道だった

レイテ沖海戦で、栗田艦隊の先頭に立って米空母部隊を追撃した重巡「利根」の艦長、黛治夫大佐のこの談話は、有史以来の大海戦の貴重な戦訓であり、日本海軍の側面をかたる、示唆に富んだ証言である。すでに八十一歳（昭和五十五年）の高齢であり、白内障で両眼が不自由なのにもかかわらず、横浜駅前までご足労くださった熱意には頭が下がった。戦史の真実を求め、日本海軍をこよなく愛する黛氏の情熱が、言葉のはしばしにひしひしと感じられた。

昭和十九年十月十七日、米軍が、レイテに進攻してきたとき、これを阻止すべく捷一号作戦が発令され、リンガ泊地から第二艦隊（栗田艦隊）が、内海から第三艦隊（小沢機動部隊）が、そして馬公から第五艦隊（志摩艦隊）が出撃、フィリピン沖に史上最大の大海戦が展開されたが、この作戦は果たして、有効かつ必要不可欠のものとかんがえられていたのだろうか。この点を黛氏はこう証言する。

『――二艦隊の司令部ではね、この作戦については、極めて消極的でしたね。私もそうでしたよ。すでに米軍はレイテに上陸しているし、こっちが行っても、船は陸揚げが終わって、みんな東のほうへ引き揚げてるんじゃないかと思った。かりにいても空船かもしれん。空船をいくらたたいても、戦術的にはまったく価値がありませんからね。むしろ当時のわれわれの見解では、二艦隊を十分にはたらかせるためには、基地をタウイタウイにおくとか、沖縄に出せるように手を打っておく必要があると考えていたね。それから内海にいる小沢艦隊を太平洋に出すのではなくて、ルソン島より西の南シナ海に出す。そして飛行機をルソンの基地において、二艦隊が出るのを援護するというのがわれわれの研究だったんだ。

そういう研究を二艦隊の司令部では、オレが戦闘するんだから、こうやってくれと、GF司令部や軍令部に強く言うだけの力がなかった。司令長官でも参謀長でも、強い性格の人とか、我を通すような強烈な人がいなかったね。おとなしい人ばっかりだったからね――』

実戦部隊の戦局の判断は、沖縄近海を決戦場にするということだったようだ。つまり敵を内ぶところに引きこんで、有利な地点で海空一体の決戦をいどむということであった。すでに飛行機の欠乏した状態である。日本海軍にまだ残されている戦力は大艦巨砲であった。これを最大限に活用するためには、連合艦隊は戦争の初期、けっして遠出をしてはいけなかったのだ、と黛氏は指摘する。では、大艦巨砲による勝算は、日本海軍全力決戦ではあったのか。黛氏は、シブヤン海の海戦の例をひいてこう説明する。

『――十月二十四日のシブヤン海で、米軍機の戦闘技術をトクと拝見しましたがね。特別に優れたものでもなかったね。まあ、ふつうだね。日本と違うのは、あの時点ではアメリカが勝ちつつあるときだから、あまり真面目じゃない。急降下爆撃機を見ていると、三百メートルまで降下して投弾するのは三分の一、五百メートルで上昇するのが三分の一、あとの三分の一は要領のいい卑怯者で、一千メートルぐらいで投弾してさっさと逃げちゃうんだ。

雷撃機なんかも、二千五百メートル前方に弾幕を張ると、入って来ないですよ。あのときは、「武蔵」が集中攻撃されて落伍したんだが、なにしろこっちは飛行機の傘がない、護衛する駆逐艦はソロモンで消耗して数が少ない、巡洋艦は前の日に潜水艦で三隻やられて、対空砲火も少ない。それにもかかわらず、戦艦は、「武蔵」一隻が落伍したにすぎない。これを見ても、大艦巨砲の戦艦がいかに強大で、有効な兵器かということがわかると思うんだ。

黛元大佐。大艦巨砲こそが日本の生きる道だったと語る。

だから、艦隊同士の決戦になれば、たとえ飛行機が少なくても、大艦巨砲がモノをいって勝ったと思う。そういう戦争をするべきだったと思うね。飛行機の大量生産ができない日本が、あえて飛行機の戦争にもちこんだ山本五十六大将は、大きな誤りを犯したといってもいいと思う。

日本海軍の砲戦に対する自信というものは、われわれ砲術のものにとっては、かなり大きなものがあったね。昭和八年に、後の「日向」の艦長になった野村留吉さんが米国戦艦の主砲戦闘射撃に関する無線を傍受してね、私がそれを研究した結果、日本の命中率はアメリカの三倍だということが判明したんだ。

射撃速度が同じで命中率が三倍だから、戦艦の保有数が対米比六割だけれども、命中率からみると、十対十八と日本がはるかに優勢になるんだ。さらに零戦で制空権を得ると、こっちは六割増しになり、さらに日本が開発した平頭弾の九一式徹甲弾の水中弾性能を加味すると、十対六の劣勢がじつに十対五十という、五倍の優勢になるんですよ。

こうなると、いかに山本五十六といえども五倍あれば勝つと思うべきなんだ。それを参謀長も、作戦参謀も、砲術参謀も、みな知らなかった。知らなかったというより、信じようとしなかったんだな。結局、フネの保有隻数と、大砲の合計門数の差しか考えなかった……。彼らエリートというのは、海軍省や軍令部に入りこんでいて、汗水流しての猛訓練というのをほとんどやっていない。だから猛訓練というものの価値とか、砲の命中率ということを親身に考えないんですよ。実戦部隊のわれわれとはセンスが違うんだ。

シブヤン海で「武蔵」が証明したように、飛行機の爆弾がいくら当たっても、戦艦は致命傷にはならない。そういうことを考えないで、戦艦はもうモノをいわなくなった、飾り物にすぎないと言っていたのは大間違いなんだ。そう言いながらハワイで、価値がないと言っていた戦艦を攻撃してるんだからね。アリゾナだけでしょう、完全に撃沈できたのは。あとは浸水着底で引き揚げられて、みな復活している。

飛行機をどんどんつくれないのに、それを無視して、飛行機の戦争にしてしまったのはおかしい。大艦巨砲でやれば、こっちを優勢にすることが可能だったんだよ――』

「武蔵」は不沈戦艦にできた

シブヤン海で、「武蔵」が落伍したとき、「利根」は、第二部隊全部で「武蔵」を掩護するよう意見を信号したが、命令により「利根」だけが掩護にあたった。

『――栗田主力に合同するため「武蔵」と別れるとき、猪口敏平艦長に、「ザイドリッツの戦例にかんがみ、艦首浮力の保持に努められよ」と信号させ、「〝武蔵〟信号了解」と耳にした。私が十一月に舞鶴海軍病院に入院中、副長が戦闘詳報の案を見せにきたので、私が「武蔵」艦長にあてた信号を書き入れるようにいったんだ。すると副長は、「兵学校の上級生で少将の猪口艦長に、こんな信号をしたことを戦闘詳報に書くのは変ではないですか」というから、「変なことあるもんか。おれと親しい友だちなんだよ。鉄砲仲間だ。同じ艦長で少将も大佐もない。信号はそのまま入れるんだよ」といっておいた。それなのに、戦後の「戦史叢書」には載っていない。戦場においても、ジュットランド海戦の戦訓が頭に閃いた事実は、戦史に書いておくべきなんだ。副長には、こんなことがよくわかっていなかったんだよ。「武蔵」は艦首の浸水が増加し、日没後まもなく沈没したんだ。爆発の赤い火のかたまりが、「利根」から艦尾方向に見えたな。

（注＝第一次大戦のジュットランド沖海戦で、ドイツの巡洋戦艦ザイドリッツが艦首に被弾、大量の浸水によって艦首を海中に没したが、第一砲塔下の弾庫が密閉され、辛うじて浮力を保ち、ドイツのヤーデ泊地に避退、泊地の入口に座礁して沈没をまぬがれた）

私は「武蔵」の姉妹艦「大和」の艤装副長だった。一番砲塔から前の非装甲部の兵員室などがむやみに長く、砲弾、飛行機魚雷の命中する機会が大きい。そこで私は、造船実験部長に、兵員室にスポンジ・ゴムをつめて不沈戦艦とする意見を述べたんだが、矢ヶ崎部長は、資材がないからできないと反対した。スポンジ・ゴムの代わりに、古い桐材を充塡し、潰した兵員室の兵員は、訓練と作戦出動以外の居住は徴用商船を改装した戦艦用母艦ですることにすれば、不沈戦艦となしえたんだ。「大和」「武蔵」ばかりでなく、「長門」以下「金剛」型まで、全部の戦艦を不沈化するのだが、そのため速力は一、二ノットは低くなったろう。しかし、戦艦の全主砲力は米国の五倍にもなっているんだから、戦術行動のための二、三ノットの優速なんか、大決戦にはまったく必要としない。それがわからん輩も多かった。保守性の強い中央では、私の意見を通すことなんかなかったんだね。

それから、シブヤン海で栗田艦隊は西方へ反転避退しましたね。あれは、そのままブルネイに帰るつもりだったと思った。あの反転は、しかし、私は当然だと思うね。ところが、途中で、再度反転して進撃を続行した。そのあと、ＧＦから、「天佑を確信し全軍突撃せよ」という電報がきた。それを見たときね、「なんだ、天佑なんかあるもんか、確信なんかあるか」と私は思ったね——』

サマール島沖海戦

シブヤン海で「武蔵」を失った栗田艦隊が、サンベルナルジノ海峡を抜け出してサマール島沖を南下し、レイテ湾に向かって進撃の隊形をとっていたときである。六時四十分、旗艦「大和」が三十五キロ南方に数本のマストを発見した。つづいて各艦も、同方向にしだいにマストを発見しはじめた。

他の艦より背の高い「大和」の檣楼から、まもなく空母らしい飛行甲板が見えはじめ、その飛行甲板からは、さかんに飛行機の発進しているようすが望見された。栗田艦隊は、いっせいにこの敵部隊に向かって増速、進撃を開始する。そして六時五十九分、「大和」は米空母群に距離三十二キロをもって前部砲塔から四十六センチ砲弾を発砲した。砲戦開始と同時に栗田長官は、足の速い巡洋艦戦隊に、「近迫、敵空母を攻撃せよ」と下命した。第五戦隊の「羽黒」「鳥海」、第七戦隊の「熊野」「鈴谷」「筑摩」「利根」の六艦が、猛然と追撃にうつった。

戦艦をふくむ水上部隊が、空母群と視界内で遭遇するということは、近代戦ではほとんどありえないことだ。それだけに、栗田艦隊には思ってもみないタナボタであった。敵に向かって真っ先に飛び出したのが第七戦隊の「熊野」「鈴谷」「筑摩」「利根」であった。さらに二千メートル後方を「羽黒」「鳥海」の順で後続していた。

栗田艦隊は、この敵を正規空母部隊で、ハルゼー機動部隊の一群だと考えていた。ところが、じつはタンカー改造の足の遅い軽空母六隻で、いわば海域哨戒と飛行機輸送が主な任務の〝ジープ空母〟であった。したがって、速力もせいぜい十八ノットくらいしか出ない弱敵だった。とはいえ、これを護衛していた駆逐艦は、優れた新鋭艦であった。味方空母危うしとばかり、彼らは追撃してくる日本軍の前面におどり出てきた。黛氏は、このときの模様をこう語る。

『――私は軽巡だと思ったね。距離六千メートルで撃ちましたよ。これは一発一発、破片が飛ぶのが見えましたね。私はアメリカのフネの模型をつくらせて、艦型をよく研究しておったんだが、あれが駆逐艦だったんだねえ。大きく見えたがなあ。敵の飛行機も猛然と反撃してきたね。あのときは、空母一隻に約三十機搭載していたというから、少なくとも百五十機は飛んできたんだねえ。なにしろ被害艦が続出してね。「熊野」や「鈴谷」は行動不能になるし、もちろん「利根」も目標になったよ。

八時三十分ごろ、敵機の空襲にあってね、艦橋を機銃掃射された。そのとき十三ミリ機銃弾が艦橋のコンパスにはね返って、立っている私の太股のつけ根を切り裂くようにえぐっていったんだなあ。痛かったねえ。焼け火箸を刺す、という表現があるが、そんなもんじゃない。ひどい痛みでね。骨には当たらなかったが、掌大、深さが八十ミリあったね。

私はユルフンだったらしくて、フンドシの布に弾が通った穴が二つ、おそらく、私自身の砲身から五～六ミリのところを通過したらしいんだよ。おかげでわが砲身自体はぶじだったがね。

それから砲弾チョッキの胸に、小豆大の破片が鋼をえぐって内側に入っていたけど、これは爆弾の至近弾の破片らしかった。防弾チョッキは、一艦に十着か十五着しかないんだが、部下に着せられてね。私だけが着るのはどうかと思って躊躇したけど、死んだら艦の指揮にさしつかえるからと思いなおし、ちょっと変な気持だったけど着たんだ。それで助かった。それに左手の指を破片がかすめて、これはたいしたことなかったけどね。

そのままつづけて艦橋で指揮していたけど、太股の傷があまり痛くて、一割ぐらい指揮能力が落ちたんじゃないかと思うね。動けないからね。魚雷をよけるにしても、艦橋の窓まで歩いて行けないし、外を見ることができないしね――』

降ってくる爆弾をよけ、雷撃を回避しながら、「利根」は高速で突っ走った。「利根」の最大速力は三十四・七ノットである。しかし、最大速力を出すと、艦体に激しい振動が起こり、主砲射撃に支障が生ずる。そのために「利根」は、三十ノットにおさえて走っていた。そして、ついに空母群の最後尾を走っていたガンビアベイをとらえた。

『――あの空母を最初に砲撃でとらえたのは「筑摩」だったね。しかし、「筑摩」は被弾してまもなく左へ回頭して、反対方向へ行ってしまったから、それで「利根」が先頭を切る形になったんだ。そのとき各巡洋艦の戦術運動を見て、「おう、いいところやっとるわい」と思ったね。そういうときでも戦術教官の目で情況を見てしまうんだねえ。長年の訓練で。

ガンビアベイには、「利根」もさかんに撃ったが、いちばん近づいたのが七千メートルだったね。そのときは弾が命中して人が跳ねたり、縄梯子を上から降りてきたやつが、早く降りろと下のやつの肩を蹴とばしているところや、海面に飛びこんでいるところなんかが、眼鏡ではっきりと見えたね。

私はてっきり、制式空母だと思っていたんだ。船体が大きいしね。しかし、じつはタンカー改造の空母だったんだね。そのせいなんだね。二十センチの徹甲弾が命中しても、突き抜けて船体内で爆発しないんだな。だから、高角砲の通常弾を別にすると、火災も派手に起こらないんだ。主砲も通常弾なら、もっと効果があったろうと思うね。

しかし、「利根」は、一万トン級の装甲した敵艦と対戦するフネだから、徹甲弾を専門に持っているわけだ。ただ対空用に通常弾を約二割もっているけどね。しかし、タンカー改造の軽空母を砲撃するとは考えてもいなかったからねえ。

そのあと、「利根」は、さらに追撃して、空母群にかなり接近したんだ。その間、百七斉射、四百八発の主砲弾を撃っているんだが、命中弾はおよそ二十発ぐらいはあったろうと思うね。防衛庁の戦史叢書の記録によると、得られた命中弾が七発となっているが、この記録は眼鏡観測ですからね。実際には、もっとあると思います。おそらく、その三倍以上は確実にあるね。突き抜けた弾丸や水線下の命中は、眼鏡ではまったくわからないからね。

それから平時の訓練の点取り射撃より、戦争のときは精神状態がもっと緊張するうえに、クソ度胸が湧いてくる。それで、精度がぐんと向上するものなんですよ。あれくらい訓練していると、落ち着いたもんです。アワ食わない。「利根」の砲術長は酒も酒豪だったが、戦闘にも豪の者で、ひじょうに落ち着いていましたね。彼の眼では見えないところに、かなりの命中弾が得られているはずです――』

追撃戦がはじまって、二時間が経過した。「利根」は、このとき敵空母群を、約十三キロのところまで追いつめていた。この接近状況から、米空母の性能を察知することができなかったのであろうか。相手が制式空母なら、優に三十ノット以上の速力をもっているはずだから、追いつけないことになる。

『――それはわからないものですよ。相手は煙幕を展張しているからね。姿が現われても、新手の空母かと思うし、スコールがあったりして、確認は困難でした。それに、たとえ相手が劣速だとしても、激しい敵機の妨害で、たえず回避運動をしていたから、なかなか追いつけないんですよ。

煙幕の向こうはわからんけれど、煙幕の五千メートル手前まで近寄ったんだ。すると通信長の野田大尉が、「煙幕の中に駆逐艦がいるから危なくないですか」と言う。「いや危なくない。煙幕から出てきたら撃ちゃあいいんだ」と言ったんだが、私はね、そういう兵棋演習の経験数が多いんだ。砲術学校の高等科学生のとき十回、一回が一日か二日かかってやるんですがね。それから海軍大学のときは三十五回経験しているんだ。それから海大を出てからも、学生相手の訓練を数十回もやっておるからね。だから煙幕を張っても、その中で敵がどういう行動をとっているかということは、だいたい見当がつくんだね。煙幕を張られても、そのために追撃が遅れたとか、下手な行動をとったという艦は一つもなかったですね。学生なら、満点をやりたいような上出来でしたよ。

そのあと、「利根」は後続の「羽黒」の後ろについたんだが、これはね、「羽黒」は五戦隊の旗艦で、「利根」には直接の指揮系統はなかったんだが、ひょいと後ろを見ると、敵弾が「羽黒」に集中してるんだね。そのとき一瞬、第一次大戦のジュットランド沖海戦のドイツの巡洋戦艦デルフリンゲルの砲術長、フォン・ハーゼ中佐の故事を思い出したんだ。

そのとき、イギリス艦隊は、二番艦のデルフリンゲルを撃たないで、一番艦と三番艦を砲撃していたらしい。それで中佐は、「本艦は撃たれてないぞ」と自艦の乗員に通報すると、乗員が喜んで大歓声をあげたというんだ。ドイツ海軍は射撃が上手で、勇敢なのに、自分が撃たれてないことを喜んだということを私は軽蔑したんですよ。それを思い出してね。仲間の「羽黒」だけが撃たれているのは、これはいかん、敵の砲火を、「利根」にも向けさせ、砲撃を分散させようと考えたんだ。オレのフネは敵に撃たれたってこわくはないんだぞ、ということがひらめいてね。どっちみち水雷戦をやるなら、一隻じゃうまくいかないから、ということもあったわけだ。しかし、フォン・ハーゼの回想を思い出したことが、「羽黒」につづく決心を大きく左右したのは事実ですね。それで五戦隊司令官橋本信太郎少将の指揮をうけようと「羽黒」の後方六百メートルにつけたんですよ――』

「利根」が、「羽黒」の後尾にしたがった直後、栗田長官は九時十一分に、全軍に〝集マレ〟の命令を下した。このまま各隊、各艦の思いのままに追撃を続行させていると、部隊の分散は拡大するばかりで、あとの集合に困難をきたすからと、判断されたからである。しかし、この集合命令は「利根」にとっては長蛇を逸した痛恨の命令だった。

このころ「利根」は、右方約十三キロの地点に、さかんに発砲している敵駆逐艦を発見、黛艦長はこの敵艦に砲撃を指向した。約二分間にわたって砲撃しているうちに、前方の空母群をおおっていた煙幕が薄らいで、四隻の空母が遁走しているのを明確に視認できた。そこで黛艦長は、現在の彼我の態勢で統制魚雷戦を行なうべきであると判断して、「羽黒」の橋本司令官に、「ワレ右舷ニ魚雷三本アリ、統制魚雷戦ニ参加ス」と進言した。

しかし、司令官からは何の返事もかえってこない。さらに「敵空母四隻ニ対シ共同魚雷戦ヲ行ナイタシ」と、ふたたび進言したが、「羽黒」は、またもこの進言を無視して左に舵をとり、反転にうつっていった。これを見て黛艦長はムカッときたようだ。

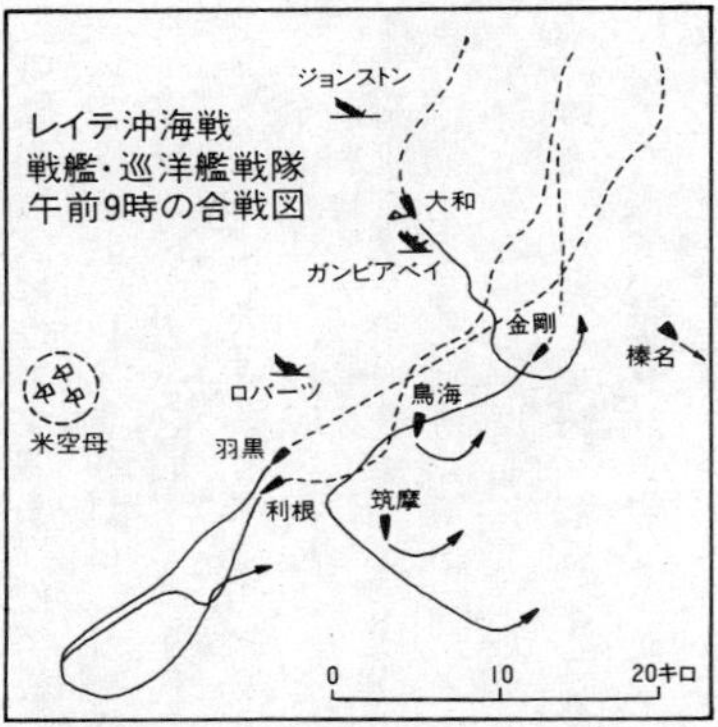

レイテ沖海戦
戦艦・巡洋艦戦隊
午前9時の合戦図

『――このときね、一八〇一年にイギリス艦隊がデンマークのコペンハーゲンを攻撃したとき、司令長官がネルソンに引き返せという信号を出したんだね。ところが、ネルソンは、つぶれたほうの目にわざと眼鏡を当ててね、なにやら信号が上がっているなといった顔をして司令長官を侮辱した。そのあと突っ込んで大手柄を立てたんだが、私は、ああ、これはネルソンの場面だな、と思った。

そこで、ここまで敵空母群を追いつめたんだから殲滅するのにまたとない好機だと思って、「アクマデ追撃戦ヲ続行スルヲ有利ト認ム」と信号用紙に書いて、五戦隊司令官に信号するよう航海長に渡したんだ。ところが、航海長は、主力が新しい敵と決戦を企図しているとすれば、味方重巡で健在なのは「利根」と「羽黒」の二隻しかないから、反転して主力と合同するのが兵理上、当然じゃないか、と言う。それは兵理上、正しいと考えなおし、信号発信をとりやめて反転することにしたんだ。

そういう具合にね、怪我しようと何しようと、戦闘で興奮しとってもね、ふだん勉強した戦史の戦訓が一つとして忘れずに思い出されるんですね。これから日本も、相手国と同じような国防力をもつようになれば、そういう戦訓を生かすときがくるんではないかな。

それはともかく、反転して見わたすと、「筑摩」が一万メートルほど前方で対空戦闘をやっているのが見えたね。敵機が急降下爆撃をしているのが見えた。それから、「鳥海」が動けなくなって火災を起こしていたな。しばらく行くと、こんどは「鈴谷」が止まっていて、右舷の発射管室から、炎がベロロ、ベロロと出ておったですよ。

それで二千メートルくらいまで接近すると、「鈴谷」から、横づけしろと信号してきた。しかし、そのまま近づくと、いつ魚雷が誘爆するかわからないので、ちょっと離れたところから短艇を下ろして派遣したんだ。

「鈴谷」には、七戦隊司令官の白石萬隆中将がおった。「熊野」が旗艦だったんだが、被雷したので、旗艦を変更したんだね。で、白石司令官と司令部要員が「利根」に移乗したところで、私は司令官に、「鈴谷」を曳航しましょうかと言ったんだ。そうしたら、「いや、もうダメだから引っ張っても無駄だろう」と言われた。私は危険でも曳航する気だった。

司令官が、移乗してくる十分ぐらい前、ドカーンとやったね。魚雷の誘爆ですね。桜島の爆発のような、グリーンに灰色がかった噴煙がもくもくと吹き出してね。煙突のところにあった高角砲や機銃の弾丸が、ポンポンと花火のようにハゼとったね。もしそのまま近寄っていたら、「利根」の魚雷も誘爆し、とばっちりをうけとったですね。

そのあとで「利根」は、敵機の攻撃をうけて二百五十キロ爆弾が後部右舷に命中してね。艦橋で、体が宙に浮くほどの衝撃をうけた。

これにはおどろいて、「いやあ、ひどいですなあ」と言ったら、司令官は、「こんなもんじゃないよ、〝鈴谷〟のときはこの十倍もひどかったよ」と言ってたねえ――』

結局、「鈴谷」は、二度にわたる魚雷誘爆のために艦の中央部が大破し、つづいて各部の誘爆によって、ついに沈没してしまった。また、「鳥海」「筑摩」も、致命的な打撃をうけて、それぞれサマール島沖に沈没した。

「利根」は、敵空母群を追跡して、いま一歩というところで、〝集マレ〟の命令がくだり、長蛇を逸したが、栗田長官は、「利根」の追撃状況を把握することができず、戦闘中止の命令を出すことになってしまった。

ここに、艦隊内の通信の脆弱さが露呈されたといってよいだろう。もし後方にいる「大和」が、最先頭の重巡戦隊の動向を知っていたなら、あるいは栗田艦隊の行動が一変していたかもしれない。

部隊を集結した栗田艦隊は、陣容をととのえ、輪型陣をつくって、ふたたびレイテ湾へ進撃を開始した。しかし、栗田長官は、レイテ湾に突入したところで、どの程度の成果があがるかに疑問を抱いていた。それよりも南西方面艦隊から入電していた敵情報告によれば、栗田艦隊の北方至近に敵機動部隊がいるという。

これはあとで誤報だとわかったのだが、そのときは、無理にレイテ湾に突入しても、輸送船は、すでに避退しているだろうし、いたとしても空船ではないか。それに栗田艦隊の突入を阻止しようと、湾口には敵の戦艦や巡洋艦がいるだろう。それに、背後から迫ってくる敵機動部隊の空襲もある。確算のないレイテ湾突入より、むしろ北方至近の敵機動部隊と決戦したほうが、これ以後の作戦上有利ではないか。

そう考えた栗田長官は、レイテ突入を中止することに決断し、北方の敵機動部隊に向けて反転、北上を下令したのであった。

『――敵の主力北方にあり、決戦せんとす、と言ってきたんで、私はこれはいいと思ったんだ。ところが、反転したところ、敵はいなかった。何もしないで、オメオメと帰ってきたんで、あとで栗田さんのことをいろいろ言うものがあるが、あれはいうなれば、バルチック艦隊の第三戦艦隊司令官ネボガトフ少将の心境だったと思うんだ。（注、日本海海戦で、いったん戦場を脱出した少将は、翌日、ウラジオストークに向かっているとき日本艦隊に包囲され、兵員を救出するために戦艦一隻、海防艦三隻で日本軍に降伏した）

情況はちょっと違うけど、あれだけの兵力をもってしても駄目だったということ、無理に突入しても、いたずらに標的になるだけだから引き返そうと、無益なことをするより、将来の日本のために優秀な部下を残しておこうという考えではなかったかなあと、私はそう理解してるんだがね――』（昭和五十五年三月五日インタビュー）

〈軍歴〉明治三十二年十月二日、群馬県富岡町に生まる。大正五年八月、海軍兵学校生徒。八年十月卒業、四十七期。十四年、砲術学校高等科学生。十五年、「伊勢」測的長。同年秋、砲術学校教官。昭和五年、海軍大学校甲種学生を卒業。同年、「日向」副砲長。七年、砲術学校の戦術教官。九年、アメリカ駐在武官。十一年、海軍省軍務局勤務。十二年、砲術学校教官、防空を研究。その後、「古鷹」副長をへて、十六年、「大和」艤装副長兼初代砲術長。同年、北支艦隊先任参謀で太平洋戦争に突入。十七年、「秋津洲」艦長。横須賀海軍砲術学校教頭。十八年十二月四日、「利根」艦長。マリアナ沖海戦、比島沖海戦に参加。その後、横須賀鎮守府参謀副長。海軍化兵戦部長を最後に終戦。海軍大佐。著書に、『海軍砲戦史談』『艦砲射撃の歴史』など多数。

乱戦の中

〈駆逐艦「初月」艦長・田口正一大佐の証言〉

米軍が驚愕した〝月型〟

防空駆逐艦「初月」の初代艦長としてマリアナ沖海戦に参加した田口氏は、今年の春、生死の境をさまようほどの大病をしたにしては、かくしゃくたる姿である。

とても八十二歳(昭和五十五年)とは見えぬ顔色で、その若々しい張りのある声には驚かされる。どう見ても十歳は確実に若い。

逗子駅から歩いて五分ほどの、閑静な住宅地の一隅で、邸内をはしゃぎ回る活発なお孫さんに目を細めながら悠々自適である。

田口氏が、昭和十七年秋に舞鶴工廠で建造された「初月」の艤装員長を拝命したとき、すでに〝月型〟の一番艦「秋月」が六月十三日に竣工して、ソロモン戦線に投入されていた。

その「秋月」の活躍ぶりは、目ざましいものがあった。九月、トラックを出撃した「秋月」は、B17爆撃機三機の攻撃をうけたが、前部二基の砲塔と、後部二基の砲塔をべつべつの敵機にむけて、一撃のもとに二機を撃墜してしまった。

このあと九月二十九日、「秋月」はブーゲンビル島沖に作戦中、米軍偵察機がはじめて写真撮影した。はじめ「秋月」を軽巡とみていたが、写真判定の結果、強力な新型の防空超駆逐艦であることを知り、米軍は、ただちにソロモン海域に作戦中の全米軍機にたいし、「秋月」型を発見したら、不用意に近づかぬよう警報を発したといわれている。

米軍が恐れた〝月型〟駆逐艦の特長は、きわめて精度の高い「長十センチ高角砲」にあったわけだが、じっさいに操艦した田口氏に、実感としての〝月型〟を語っていただいた。

『――いままでの駆逐艦は、もっぱら魚雷戦を専門とした艦隊決戦用のもので、しかも、夜戦用につくられたフネでしたが、「翔鶴」型のような空母を護衛するのには、従来の駆逐艦では、空母に随伴するだけの航続力がないし、空襲にたいしても、対空射撃能力がまるでダメです。そこで、空母護衛用の駆逐艦として、「秋月」がまずつくられたわけですね。

これを試験的に実戦に使ってみたところ、まことに性能のいいことが実証されたので、つづいて「照月」以下、量産されることになったわけです。量産といっても、終戦までに十二隻建造されただけですがね。

私が「初月」の艤装員長として舞鶴で工事を担当していたとき、ほとんど同時に佐世保では「涼月」が進行していて、両艦ともに十七年の十二月二十九日に竣工したわけです。

この艦は、空母の航続力、約一万カイリに随伴できるようにと、十八ノット八千カイリの航続力がありましたね。従来の駆逐艦は油を四百～五百トンしかつめませんが、「秋月」型は、千百トンつめたのです。そのために、満載状態で排水量が四千百トンくらいになりましたからね。軽巡の「夕張」より大きいわけです。

それから、なんといっても対空砲火がすぐれていることですね。通称「長十センチ砲」と呼ばれた六十五口径十センチ砲は、大型艦に搭載されている四十口径十二・七センチ砲よりも威力がありましたね。最大射程高度は、一万五千メートルですが、有効なのは一万二〜三千メートルで、これならひじょうに命中精度も高かったですね。

砲塔の天蓋がまるくなっているのが、従来の駆逐艦とくらべて異様な形ですが、あれは砲の操作上、機構としてああなったんですね。砲身は九十度の仰角がつけられましたから。それに、主として南方で作戦しますから、暑さに対する防熱の意味で、天蓋を高くしたことも考えられますね。しかし、やっぱり機構上の問題でしょうね。一分間に十九発という発射速度も、なかなか魅力的でしたね。

速力が速くて対空能力が抜群、それに航続力が大きいとなると、〝月型〟の活用範囲は大きいわけですね。ですから、「大和」や「武蔵」などがトラックに進出したり、トラックから横須賀へ帰るときなど、敵機が来れなくなる三百五十マイル圏まで護衛して往復するということによく使われましたね。それから水雷戦隊の旗艦は、軽巡ときまっていたんですが、軽巡の対空砲火はまるでダメですから、まっ先にやられてしまう。それで、〝月型〟に臨時の旗艦をやらせるようになりましたね。これは連合艦隊司令部で考えたのか、水雷戦隊司令部でそうしたのか知りませんけれど、その作戦だけに限って旗艦にするわけです。そのときは軽巡は邪魔になるだけなので、連れていかないのです――』

駆逐艦の洋上補給

十九年六月の「あ」号作戦の直前に、完成したばかりの空母「大鳳」を、「初月」は、僚艦「若月」と二隻だけで護衛して、呉からシンガポールへ出撃した。もちろん、リンガ泊地での訓練が目的である。

『――リンガで訓練をしていたとき、アメリカの機動部隊がマリアナに進出してきそうだというので、リンガからボルネオ東部のタウイタウイに行って、約一ヵ月ばかりそこで待機したわけです。

そこでの訓練はもっぱら対空訓練で、レーダーで敵機を測的して大砲を撃つという訓練なんですが、これがまたひじょうに性能が悪くてね。あるときはよかったり、つぎの場合はぜんぜんダメだったり、ひじょうにムラがあるから、信頼性がまるでなくてね。

レーダーは二基ついていました。一つは格子状の大きいやつで、艦橋の後ろの三脚マストにデッキを張ってつけていましたよ。もう一つは丸型のもので後檣にとりつけましたね。

レーダーで測的した結果を、電気計算器の射撃盤に入れるわけです。そして射撃の諸元を計算したものが、信管秒時になって砲側に伝わる。だから、弾丸が装塡されるときに、信管が自動的に回転されて調節されるわけです。測的をやるとたえず諸元が変わりますが、それがすべて自動的になっていて、信管調整装置もたえず回転しているわけです。

だから発射速度も速く、しかも命中精度がいい。つまり、一種の機関砲と考えたらわかりやすいでしょう。世界の海軍で、この長十センチ砲の性能を越す高角砲は、戦後八年を経過して、ようやく、アメリカで出現したといわれていますから、当時としては破天荒の最優秀兵器だったわけですね。

ただ、レーダーと砲側とは連動していませんでしたから、まだよかったわけですよ。信頼性のないレーダーの測的が直接入っていたのでは、実戦でまったく役に立たない砲になっていたでしょうからね。

米軍がマリアナに来たというんで、「あ」号作戦が発令されましてね。艦隊は、タウイタウイを六月十三日に出撃してフィリピン中部のギマラス島で燃料を補給し、その脚でサンベルナルジノ海峡を通過して太平洋に出たんです。あの海峡を出るとき、敵潜の待ち伏せを予測していたので、とうぜん警戒しましたね。ですから先頭は駆逐艦が行くわけです。駆逐艦が高速で海峡を突っ切って、外海に出ると、その周辺をかき回すわけですよ。そういうふうにこっちが警戒するわけですから、敵潜にしても、同じように海峡で網を張っているのは危険なわけです。だから、ぜんぜんいませんでしたね。

フィリピン東方海上で、艦隊はもう一度、燃料の補給をやりました。補給というのは、たとえば五百トンつむ艦が百トン減っただけでも補給するわけです。つまり、戦闘状態にあるときは、在庫量に関係なく、補給できるときに満タンにしておくのです。そうでなければ、燃料切れのときに戦闘がはじまったら大変ですからね。

洋上補給というのは、走りながらやるわけです。これは慣れないと難しいものだといわれていましたがね。平時では、原速十二ノットでは高速だから危ないといって、八〜九ノットで補給していたものです。タンカーは大きいですからね。平行して走っていると、横波の関係で、小さな駆逐艦などは吸い寄せられて衝突しちゃうんです。それから、縦波が三〜四メートルあると、グーッと下がって、モヤイが切れたりする場合がある。それで八ノットが適当だとされていたんですが、それでも舵がなかなかきかなくて、難しいものでした。

ところが、戦争になると、八ノットなどでやっていたのでは、潜水艦に狙い撃ちされるおそれがある。それで十四ノットでやることになったのですが、やってみると、なんてことないんですよ。はじめは経験がないから大変だといってましたが、かえって舵はよくきくし、艦も安定してよかったですね。ですから戦争がはじまってからは、必要があろうとなかろうと、十四ノットで補給をやってましたよ――』

「大鳳」雷撃される

新鋭空母「大鳳」は、これまでの空母のタイプを一変させた画期的な空母である。日本海軍が世界で最初に建造した「鳳翔」以来、追求しつづけた造艦技術と用兵の粋を結集した、近代空母の極致であった。

ミッドウェー海戦で、日本の空母四隻が、いずれも急降下爆撃の直撃によって沈没したのは、飛行甲板の防御の脆弱さにあった。そこで「大鳳」の場合は、飛行甲板に爆弾防御のぶあつい装甲をほどこしたのが大きな特徴となっていた。じつに五百キロ爆弾による急降下爆撃に耐えられる飛行甲板としたのだ。また船体の横腹は、いちばん外側の舷側甲鈑が、上部の厚さ百八十五ミリで、下方に下がるにつれてクサビ型に薄くなり、最下部で七十ミリの厚さになっていた。

上からの爆弾にも、横からの魚雷にも耐えられる、ほとんど完璧な防御態勢にあったにもかかわらず、「大鳳」は、たった一発の潜水艦の雷撃で沈没したのであった。原因は、魚雷命中の衝撃で、艦内の前部ガソリン・タンクの隔壁がゆるみ、ガソリンが洩れて気化し、それが艦内に充満して、何かの引火で大爆発を起こしたものであった。

一本の魚雷命中による損傷は、実際にはとるにたらないものだった。舷側防御は、明らかに威力を発揮したのである。しかし、間接的な内部設備の対策を軽視したところに、重大な技術的過失があった。

「大鳳」が被雷したとき、「初月」は、直衛艦として至近距離を航走していた。そのときの模様を、田口氏はつぎのように語る。

『——あのとき私の艦は、左舷後方百三十五度、一千五百メートルの位置にいたわけです。ちょうど飛行機が発艦しているときで、私は艦橋から、その模様を見つめていたところ、一機の彗星が右旋回して、海中に突っ込んだんです。「ヤーッ、落ちた、落ちた」と艦橋で、みんな叫んでいたところ、「大鳳」の右舷のほうで、ブーッと白い蒸気が上がるのが見えたんですよ。

　まさかそれが魚雷命中の爆煙だったとは、思いもよりませんでしたね。その魚雷にむかって、小松咲雄兵曹が身をもって阻止しようと自爆したことなど知るよしもありません。しかも、「大鳳」は三十ノットで走っているんですから、吹き出た白煙は風向きを見るための蒸気だろうと思って、墜落した飛行機にばかり気をとられていたんです。

　すると間もなく、潜水艦を制圧せよという命令をうけたんです。それではじめて、あの白煙は魚雷命中だったんじゃないか、という疑惑が生まれたんですよ。私の艦だけ現場に残ったわけですが、なにしろ三十ノットでしばらく走ったあとの命令ですから、高速で引き返したところで、十分や十五分かかる。もどったところで、敵潜はどこへ逃げたかわかりませんよ。

　そこで私は、敵潜がこちらの情況を通信するために、無線を打てる状態まで浮き上がるのを防ごうと、海面を走り回って、適当に爆雷を投下していたんです。駆逐艦がいるぞ、ということを相手に知らせていたわけですよ。制圧は十二時ごろまでやりましたか。魚雷攻撃が八時ごろでしたから、約四時間ですね。それから主隊に合同しようとあとを追ったのですが、さて主隊がどこへ行ったかわからんわけです。南東方向に走っていったのはわかっているけど、その先、どっちへ針路を変えているか

乗員は勇敢で機敏、よく戦ってくれたと語る田口元大佐。

わからない。

平時なら、「位置知らせ」と無電を打てばいいのですが、そんなことやると、敵側にこっちの位置を教えることになってしまう。あのひろい海面を、どうやってさがすかです。心細かったですね。とにかく、南東方向へ行けばなんらかの兆候がつかめるだろうと、主隊が先行した方向へどんどん走ったわけです。

そのうち、水平線の彼方に、真っ暗い煙の塊が上がっているのを見つけたんです。なんだか縁起の悪い煙だな、と思って近づくと、駆逐艦が一隻残っていて、さかんに救助作業をやっている。聞いてみると、「翔鶴」が沈没したというんですね。こちらは、なにがなんだかわからないまま救助作業を手伝って、さらに前進したわけです――』

「大鳳」は、第一次攻撃隊発進直後の午前八時十分に、米潜アルバコーアの雷撃をうけ、十四時三十二分に大爆発、そして沈没したのは十六時二十八分である。雷撃されて沈没するまで約八時間、ゆうゆうと白波を立てて作戦行動を行なっていた。一方、「翔鶴」は十一時二十分、米潜ガバラの攻撃をうけ、魚雷四本が命中、十四時十分に沈没している。

『――主隊に合同しようと跡を追いかけていましたら、四時ごろでしたかね、突然、「旗艦を〝羽黒〟に変更す」という無電を傍受したわけです。こりゃあ、混乱しとるなとおもいましたね。この電報で「大鳳」が沈んだなということがわかったわけです。しかし、この時間には攻撃隊から戦果の報告電がどんどん入ってくるころなので、「もうまもなくバンザイだぞ」と言ってたんですが、入ってくる電報がつぎからつぎへと芳《かんば》しくないでしょ。しょんぼりしてしまいましたね。

主隊に追いついたのは夕方で、「瑞鶴」の直衛につこうと考えていると、帰艦してきた飛行機が、私の艦の周りを旋回しては近くに着水するんですね。やむなく搭乗員を収容してやると、また着水してくる。それからというもの、つぎつぎと「初月」めがけて着水してくるんですよ。ずいぶん収容しましたね。真っ暗になっても、艦の航跡をたよりに着水してきましたね。そのころは、収容しているのは私の艦ただ一隻だけで、またまた主隊とはぐれてしまったわけです。ようやく主隊と合同できたのは、翌二十日の夜明けごろでしたよ。

翌日は、おおざっぱに西方に避退していたわけですが、午後おそくなってから、夜戦部隊を編成して、敵の機動部隊をやっつけようという案が出て、燃料の補給をしたわけです。私のフネは、十戦隊（「矢矧」「満潮」「磯風」「秋月」「初月」）ですが、水雷戦隊だけで、魚雷戦をやろうとしたんです。ところが、夕方五時半ごろから、米軍機の反撃の空襲です。じつは、かつて「若月」がラバウルにいたとき、敵の大編隊に発砲して二十四機撃墜したという話を聞いていましたからね。うまくやれば、精度の高い大砲だから、そうとう落とせるぞ、しっかりやれ、と激励したんですがね。「よーし、落としてやる」と、兵隊たちは張り切ってましたよ。

空襲がはじまって、「初月」もそうとう撃ちましたが、乱戦模様なのでなかなか命中しない。それに敵機はどうしても「瑞鶴」を狙ってきますからね。結局、あとで砲術長に聞いてみると、落としたのは二機という返事でしたね。「瑞鶴」は艦橋後部に一発、直撃弾をうけていましたが、火災もすぐ鎮火して軽傷程度でした。が、「飛鷹」が全艦火だるまとなってぐるぐる回っていましたね。

この空襲が終わったあとでも、まだ夜戦をするつもりだったんですが、結局、米機動部隊がどこにいるか発見できなかったものですから、夜遅くなってから夜戦は中止ということになったんです。このあと、沖縄の中城湾に避退したわけですが、そのとき前代未聞のコッケイなことがありましてね。「瑞鶴」から舷側に横づけせよといってきたんです。なんだろうと思って横づけすると、燃料をよこせというんですよ。何百トンだか抜き取られちゃった。「駆逐艦から油を取るなんて、ずいぶんひどい親方だなァ」

とボヤいたもんです。

燃料がないわけじゃないんでしょうけれど、呉にかえるまで高速を出すようなことがあると、ちょっと心細かったんでしょうね。それにしても、駆逐艦が空母に給油したなんてことは、おそらくほかに記録はないと思いますよ――』

燃える「大淀」

「あ」号作戦終了直後、田口氏は、航海学校の教育主任として陸上勤務となったが、翌二十年五月一日、軽巡「大淀」の艦長に着任した。このときの「大淀」は、三月十九日に呉で米空母機の空襲をうけ大破、応急修理後、江田島内湾の飛渡瀬に疎開、呉練習戦隊の付属艦として、江田島兵学校の実習艦兼呉鎮守府警備の防空砲台代わりになっていた。

すでに「大和」は、沖縄特攻に出撃して撃沈されたあとである。国内では燃料の重油も欠乏しており、「大淀」もまた動くに動けない末期的情況だった。そうした中で、七月二十四日と二十八日に「大淀」は大空襲をうけた。そのときの情況を聞いてみよう。

『——二十四日のときは、午前七時ごろ、レーダーが敵機の大編隊をキャッチしましてね、ただちに対空戦闘を準備していたんです。数分後ですね、南方上空にポツリと敵機が見えたと思うまもなく、たちまち大編隊が現われましたよ。もうそのときは、呉軍港を取り囲んで配置されてあるあちこちの砲台から、砲撃が開始されていました。「大淀」では、距離二万メートルのとき主砲を発砲したんです。しかし、命中しませんでしたね。ついで第二斉射、これも当たらんです。

主砲の十五・五センチ砲というやつは、対空用ではないので、精度は駄目でしたね。水上射撃にはいいんでしょうけどね。敵機を測定して発砲していたのでは間に合わんので、ヤマカンで撃つわけですから、当たらないのが当然ですよ。それに発射速度も遅いですし、主砲の対空射撃は、ほとんど威力を発揮しませんでしたね。その点、高角砲のほうが精度はよかったですね。

米軍パイロットの技量は、あまりよくありませんでした。むしろ下手でしたね。そのおかげで私は助かったようなもんです。「大淀」の前と後ろに錨を打って停泊しているのに、なかなか当たらんのですから。米機は一機で六発の爆弾をもっていました。大小二種類を三発ずつ落とすんです。何百発となく落とされたのに、二十四日と二十八日の両日で、合計十一発しか当たっていないんですから、ともかく下手でしたよ。

爆弾は小さいのが六十キロ、大きいのが二百五十キロだと思いますが、小さいのでも当るとすごいですよ。吹っ飛びますからね。二十四日のときは、午後になってからの第何波目ですかね、はじめて被弾したのは後部主計科倉庫でした。機銃員と、その下の烹炊員が吹き飛ばされましたね。つづいて、中部右舷、機械室付近、四番高角砲付近が直撃されて戦死者続出です。

そのあとで、艦橋のすぐ後ろに命中して、これは二百五十キロだと思いますけど、電信室をぶち抜いて、上甲板を貫通し、中甲板で爆発したんです。このために電信室がぜんぶ吹っ飛んじゃって、そこにいた二十名ほどの電信員が、全員ひとり残らず飛散して、消滅しちゃったですね。肉片も残らない。蒸発ですよ。この被弾を最後に空襲は終わりましたが、艦内は火災が猛威をふるいだしましてね。こんどは火災との戦いです。

しかし、なかなか鎮火しませんでね、破壊箇所が多いから密閉消火ができんのです。そのうちに、火が上甲板に上がってきて、機銃弾を火があぶり出す。弾丸がポンポン自爆しだして、危なくてしようがない。そのうち水線下の被爆孔からの浸水が多くなって、艦がだんだん傾斜してくるんです。そこで反対舷に注水して復元する。

艦では、てんやわんやで、それもまだ戦死者が倒れている中での作業です。ありがたかったのは、そのうち、飛渡瀬の村の人たちが、小舟に手押しポンプやバケツなどをつんで消火の救援にきてくれたことです。艦の火災に、手押しポンプでは役に立ちません。しかし、いつまた敵機がくるかわからないとき、こうして命がけで救援にかけつけてくれたんですからね、感激でしたよ。

そこで、この小舟に死傷者をのせて陸上に移送してもらったんですが、とても助かりましたねえ。夜になって、村の婦人会が炊き出しをしてくれましてね、やっと朝食以来の握り飯を食べることができました。燃える「大淀」の火を見ながらの握り飯でした。

被害はかなりのものでしたが、戦闘能力はまだ失っていませんでしたから、士気はすこぶる高かったですね。また来るだろうというんで、準備していたら、四日目の二十八日にまたも大空襲です。

私は艦橋の一番上の防空指揮所にいましてね。ここは露天ですよ。飛行機相手ですから、天蓋があると見えませんからね。ここに見張りや伝令など十五人くらいいるわけです。

敵機は、「大淀」を取り囲むように、包囲隊形をとって、水平爆撃と急降下爆撃を併用した同時攻撃でしかけてきましたね。江田島の山の稜線すれすれに姿を見せた敵機は、「大淀」に突っこんでくると、艦上を機銃掃射して急上昇して行くんです。これは、甲板上の機銃員を掃射するのが狙いのようでした。

こうして集中攻撃をうけて、艦の周囲は爆弾の雨です。前後左右に高々と水柱が立って、敵機の姿が見えなくなるほどです。撃墜の戦果などまったくわからんです。連続して水ぶすまですからねえ。まったくの乱戦です。

そうこうしているうち、ついに防空指揮所に爆弾が命中しましてね。私は指揮所の甲板にたたきつけられたんですが、不思議に負傷もしなかった。幸運というんでしょうかねえ。このとき、十人くらいやられて、即死したのは四、五人でした。無傷だったのは、私をふくめて五人だけです。

つづいて射撃指揮所がやられて、砲術長は重傷、機銃員もあいついで倒れましてねえ。もう、動ける者、目の見える者ならだれでもいい、倒れた機銃員にかわって弾丸を運び、射撃をつづけるという戦闘です。さらに爆弾をうける。とうとう撃ちつづけている機銃は一、二梃というところまでいきましてね、まさに満身創痍でした。

この日の戦闘では、火災は起きませんでしたね。もう燃えるものもなかったんでしょう。しかし、破孔がひどくて、艦がだんだん傾斜してくるんです。射撃している機銃員が滑り落ちるほど傾斜してしまいましてね。左舷のキングストン弁をひらいて注水するんですが、傾斜はなおらんです。キングストン弁は直径が三十センチぐらいの穴ですが、爆撃されてできた破孔はもっと大きいですからね。海水がどんどん流入して艦はますます右傾してくる。とても復元の見込みがないので、「総員上甲板」を令して、総員退去です。もうこのときは、空襲は終わっていましたので、乗員はみんな海に飛びこんで、海岸へ泳いでいきましたよ。まるで水泳訓練のような光景でしたね。

命中弾十一発は、軽巡にとっては致命的なものです。この二回の空襲で、戦死者は二百二十三名、重軽傷者は約百五十名という多数でした。これも「大淀」に行動力がなかったことが、多数の死傷者を出した決定的な要因だったと思います。それにしても、乗員はみな勇敢で、じつに機敏でした。みんな「大淀」の艤装のときからの乗員で、フィリピン沖海戦を経験している戦闘のベテランでしたね。私の命令一下、じつによく戦ってくれました――』

（昭和五十五年七月五日インタビュー）

〈軍歴〉明治三十一年三月二十四日、高崎市に生まる。大正十年七月、海軍兵学校卒、四十九期。同年、候補生として「霧島」に乗り組む。十一年、任少尉。「日向」分隊長。昭和二年、「白雲」艤装員。十一年、掃海艇「一七号」艤装員長から同艇長。同年、「疾風」艦長、任少佐。十二年、「三日月」艦長、日中戦争により揚子江作戦に従事。十四年、「那智」水雷長、任中佐。同年八月、「雪風」艤装員長、同艦初代艦長。十六年九月、「多摩」副長。十七年十月、「初月」艤装員長、同艦初代艦長。十八年、任大佐。十九年、「あ」号作戦に参加。同年九月、航海学校教育主任。二十年五月、「大淀」艦長。七月二十八日、江田島内湾、飛渡瀬村海岸で米機の空襲をうけ横転。八月、横須賀鎮守府付で終戦。

暗夜の快挙

〈駆逐艦「綾波」艦長・作間英邇大佐の証言〉

開戦劈頭の砲撃第一号

太平洋戦争開戦時に、作間氏は「綾波」の艦長として、マレー作戦に参加、陸軍の上陸部隊を護衛してシャム湾に出撃した。開戦劈頭の情況を、作間氏はこう語る。

『――あのときは陸軍の侘美部隊をのせた輸送船団を、「綾波」「敷波」「磯波」「浦波」の四隻が護衛してコタバル沖まで行ったんです。そして、十二月八日午前零時を期して上陸作戦を展開したわけですね。

ですから、ハワイ攻撃よりも、時間的には早かったわけですよ。この日は海が荒れましてね。波が高かった。朝になって明るくなったら、艦の近くの海上に、陸兵がたくさん浮かんで泳いでるんですよ。高波のために大発がひっくり返ったんですね。これは大変だというんで、私の艦が救助活動をはじめましてね。ずいぶん助けました。何百人となく拾いあげて、艦が陸兵でいっぱいになりましたよ。

そのとき、敵機がやってきたんです。一機ですが、これが複葉機でね。見張員が、「魚雷を持ってまーす」という。見ると、なるほど魚雷をもってるんですね。それが「綾波」を狙って突っこんでくるんです。

航空魚雷なんて、たかだか二千五百メートルも走れば力つきて沈んでいきますからね。「落としましたァ」という見張員の声と同時に舵を切って、走ってくる魚雷と平行になるように操艦してやりすごしましたがね。

ところが、もう一機やってきたんです。やはり複葉機でした。これが回りこんで、こっちに向いたとき、主砲射撃をしたんですよ。三十発ぐらい撃ちましたかね。おそらく軍艦の中で、開戦後、最初に砲撃したのは「綾波」じゃないかと思いますよ。

しかし、いくら撃っても当たらんのですよ。飛行機というやつは、なかなか当たらんもんですね。結局、これも操舵で魚雷をかわしたんですが、敵機を撃墜することはできませんでした。

敵の潜水艦は開戦後、一ヵ月ほどたってから来ましたね。輸送船を狙って、ジャワから出撃してきたようです。もちろん、われわれも警戒しとったんだが、敵潜がさかんに無線電話で話してるのが入ってくる。どうも二隻ぐらい近くにいるらしい。これは「浦波」から聞いたんだが、やはり無線電話を傍受したので、夜になったら浮上するだろうから、それを待って攻撃しようと、待機しとったというんだ。すると案の定、敵潜が浮上してきた。

そこで機を見て、いきなり探照燈を照射したところ、敵潜は大あわてで潜航した。ところが、甲板に出てきていた乗員をそのままにしたもんだから、取り残されて、海面をアップアップで泳いでいる始末なんだ。二十人くらい捕虜にしたらしい。敵潜はオランダの潜水艦だったということです。このことは意外に知られていないんです――』

ガ島沖の遭遇戦

駆逐艦「綾波」といえば、第三次ソロモン海戦で、大武勲をたてた艦である。この海戦は二度にわたるもので、最初は十七年十一月十二日に、ガダルカナルの米軍飛行場を砲撃する目的で、阿部弘毅中将の率いる戦艦二、巡洋艦一、駆逐艦十一の合計十四隻が突入したところ、連合軍の艦隊とサボ島付近で遭遇、熾烈な夜戦を展開したのである。

連合軍はダニエル・キャラハン少将の率いる巡洋艦五、駆逐艦八の合計十三隻であった。突然の会敵のため、両軍は大混戦となったが、結局、敵の巡洋艦二隻、駆逐艦四隻を撃沈し、他の六隻を大・中破するという戦果をあげた。しかし、日本側もまた、駆逐艦「暁」「夕立」の二隻を失い、戦艦「比叡」が行動不能となって翌日、自沈した。

山本五十六連合艦隊司令長官は、戦艦を失うという犠牲をはらいながらも、ガ島敵飛行場を戦艦の巨砲で砲撃、壊滅するという執念に燃えていた。そこで一日おいて十四日に、こんどは近藤信竹中将麾下の艦隊が出撃することとなる。二回目の出撃に、「綾波」が参加、ここに日本海軍史上初の大戦果をあげることとなるのである。作間氏の証言を聞いてみよう。

『――その前の十三日に、三川軍一中将の「鳥海」「衣笠」「五十鈴」などの第八艦隊が、ガ島砲撃に成功したけど、重巡隊の砲撃では、十分な効果があげられないわけで、そこで「霧島」以下「愛宕」「高雄」などで、もう一度砲撃しようというわけです。このとき、「川内」を旗艦とする「浦波」「敷波」「綾波」の四隻が〝掃討隊〟ということで、艦隊の先頭に立って先行しましてね。つまり索敵ですよ。掃討隊という名前がついていますけど、敵を発見して後続の主隊に知らせるのが任務で、敵を掃討するという意味のものではなかったんです。

ガ島の手前に、サボ島という小さなお椀《わん》を伏せたような島がありますが、この島の手前で三番艦の私の「綾波」だけが戦隊から分かれて、サボ島を右から左回りに索敵する。他の艦は左から右回りに索敵して、島の向こう側で合同するという行動をとったわけです。掃討隊の後ろに、〝前衛隊〟と称して「長良」以下四隻の駆逐艦が続航していますが、これとの距離は十五キロ離れていました。前衛隊の後ろに、ちょっと離れて「霧島」以下の主隊がいるわけです。サボ島は、ちょうどまんじゅうのような、かざりモチのような丸い島で、高さが二百メートルほどですかね。頂点がちょっととがった形の無人島ですよ。その島から千メートルほど離れた沿岸をぐるっと回って、向こう側に出ていったわけです。そして、合同するようにガ島とサボ島の間の水路から

一艦で敵四艦を仕とめた史上希有の快挙を語る作間元大佐。

顔を出すと、向こう側から、「浦波」と「敷波」がやってくるのが見えました。「川内」は、ずっと離れていたとみえて見えませんでしたね――』

戦史の記述によると、『「綾波」を分離した掃討隊は「浦波」を先頭に、「敷波」「川内」が、これにつづく単縦陣で進撃していた』ということになっている。つまり、三艦が一本棒で進撃していたというのだが、ここに作間氏の証言との食い違いがみられる。たしかに戦史の記述どおりだとしても、水雷戦隊の旗艦である「川内」が殿艦《しんがり》になっているのはおかしい。当然、先頭を切って進むべきところだ。やはり作間氏の証言どおり、「川内」はずっと後方にいたのであろう。

「綾波」がサボ島を迂回してガ島との間の水道を出ようとしたとき、米艦隊の戦艦二、駆逐艦四が、単縦陣で「綾波」に向かって反航してくるところだった。この米艦隊は、ウィルス・リー少将の率いる部隊で、四隻の駆逐艦を前衛に配し、サウスダコタ、ワシントンの二戦艦がこれにつづいていた。

ソロモン水道に到達したのは、リー艦隊のほうが一歩早かった。リー艦隊は、ガ島の南側から進入してサボ島の北側を右回りに迂回していた。このころ近藤艦隊は、まだサボ島にたっしていない。水道外側の外海にいた。

この夜は月もなく、空は雲におおわれ、海上は暗黒の闇であった。やがて掃討隊は、サボ島の北方からガ島へ艦首を向けた。このとき、はるか前方にリー艦隊が、同じ針路で先行していたのである。だが、両軍とも、まだ、たがいに相手を発見していなかった。掃討隊は、サボ島の北側から進入すると同時に、「綾波」が分派されて、サボ島を左回りに単艦進撃したのである。

リー艦隊は、ガ島の正面にたっしたとき、右へ転舵した。そして西方へ進んだとき、右舷方向に日本軍の駆逐艦二隻を発見した。この時点では、まだ「綾波」を発見していない。作間氏の話を聞いてみよう。

『――ちょうどそのとき、「浦波」にたいして、敵艦が星弾を撃ったんですよ。それから砲撃をはじめた。そこで私は、ただちに主隊に電話で報告したんです。最初に敵駆逐艦が二隻はっきりと見えた。つづいてもう二隻確認したので、「敵駆逐艦四隻」と報告したんです。ところが、その後ろに大きいのがかすかに見えた。それを私は重巡と判断したんです。なにしろ、月のない真っ暗な闇夜だったうえに、敵艦隊の背景が真っ黒のガ島だったのでよくわからなかったんです。それで「重巡一隻」と報告した。実際には戦艦が二隻いたんですね。戦艦とは思わなかった。

「綾波」は、まだ発見されていなかったわけです。こっちも、サボ島が背景になっていたので、敵は気づかなかったようです。彼我の距離は約八千メートルぐらいでしたかね。二十八ノットで走っていたんですが、ただちに増速して三十ノットに上げたんです。

砲撃された「浦波」は、ただちにくるりと反転すると、どんどん逃げ出しちゃった。ま、避退していくわけです。それでこっちは、単艦で攻撃するハメになったんです。主砲が敵艦に照準しているとき、ようやく敵も、こっちに気がついたとみえて、星弾を送ってきたんです。そこで一斉射撃したんです。そのときは距離五千メートルぐらいでしたね。
砲撃は、初弾から命中したんですよ。たちまち敵艦に大火災。つづいて撃った一斉射撃もこれまた命中、もう一隻が火達磨《だるま》です。とにかく、二隻の駆逐艦が火を吹いている。ところが、お返しがひどかった。こっちの前後左右に、ドカドカ敵弾が落下して、水柱の中を突き進む形になりましてねえ——』

海軍史上最高の〝快挙〟

『——戦艦の主砲射撃はなかったと思いますよ。吹き上がる水柱を見るかぎり、大口径の弾は撃たれていませんでしたね。戦艦が撃ったとしても副砲でしょう。そのうち、こっちも被弾しはじめましてね。最初の被弾は、艦橋前方の応急員が待機している兵員室でした。これは右舷側から弾が飛びこんできましてね。舷側に直径一メートルほどの穴があいてしまいました。つづいて第一煙突に一発命中。このときの破片が、艦橋の左舷に吊ってあった内火艇のガソリンタンクに当たってボンボン燃え出したんです。油が下にたれて、艦橋の下が火の海になってしまった。これでこっちは、敵にまる見えになったわけです。それでますます被弾する。
ところが、困ったことに、第一煙突と第二煙突の中間に三連装の一番発射管があって、これが命中弾の破片を浴びて動かなくなってしまったんです。魚雷は装塡されたままで、発射管はまだ海側に向けてなかったんです。その下にガソリンが流れてきて火の海。魚雷三本が火であぶられている。いつ爆発するか気が気でない。

そうした中で、残りの二番、三番発射管から、魚雷をいっせいに発射したんです。六本の魚雷をぶっ放して、さらに主砲もどんどん撃ちまくった。そうしたらね、痛快でしたよ、突然、グォーンという大音響がとどろいて、暗闇の中に真っ黒な煙の大きな塊がボコッと吹き上がった。水雷長が、「当たった、当たった」と大喜びでね、艦上では「万歳、万歳」の大歓声でした。轟沈という言葉がありますけど、まさに轟沈なんですよ。しかも二隻、確実に撃沈したのをこの目で見たんですからね。そうしたら、とたんに弾が飛んでこなくなったんです――』

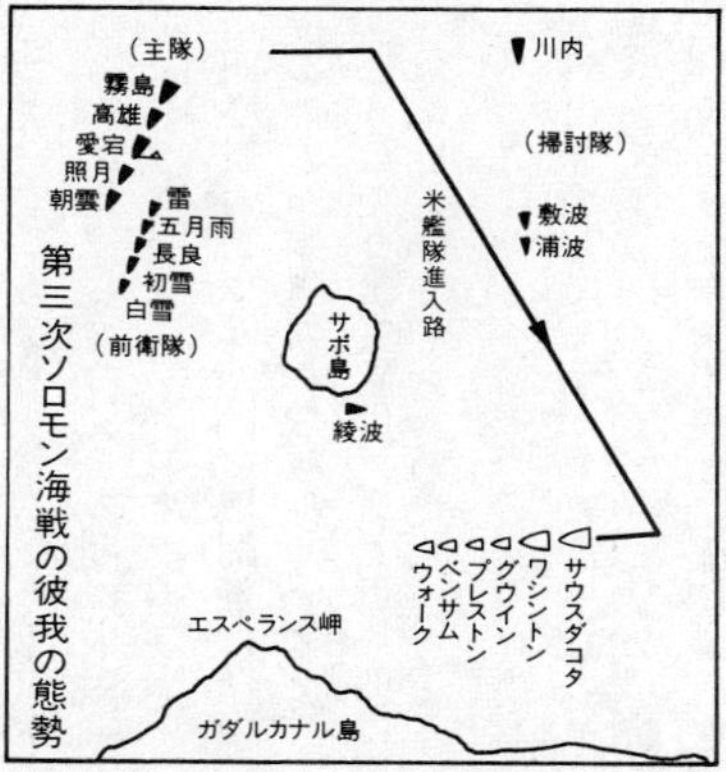

第三次ソロモン海戦の彼我の態勢

魚雷が命中したのは、まず一番艦の駆逐艦ウォークの前部だった。これが、弾火薬庫に命中したとみえて大爆発を起こし、二番砲塔がグォーンとうなりをあげて、そっくり返りながら、三十メートルも空中に飛び上がった。艦は真っ二つに折れ、大火柱とともに、急速に沈んでゆく。さらに、ウォークに悲劇が追い打ちをかけた。安全装置が不完全だった爆雷が、海中にこぼれ落ち、それがつぎつぎに水中爆発を起こし、かろうじて海に飛びこんだ乗組員を圧殺したのである。

つづいて二番艦ベンサムにも魚雷が命中した。艦首部が粉砕され、行動不能となり、じょじょに沈みはじめた。その間に大火災を起こしてよろめいていた三番艦のプレストンが、波間にその姿を没していった。

四番艦のグウインは、機関部に命中弾をうけ、火災を起こしながら、酔っぱらいのようによろめきつつ隊列から離れていった。

こうしてリー艦隊は、またたく間に四隻の駆逐艦すべてを、「綾波」一艦にしとめられてしまったのである。

『――このとき「綾波」の被弾は、私の感じでは五、六発の命中だったと思いますね。二番砲塔に命中して、砲が撃てなくなりましたね。それから、機関室に二発命中して、前後の交通ができなくなってしまいました。舵は動かなくなるし、機関は止まってしまうし、とうとう、艦も停止しちゃった。罐室に命中した弾も、舷側から飛びこんできたやつでね、ずいぶん、命中弾をうけたけれど、これが不幸中の幸いで、みんな水線から上なんです。だから浸水しない。

それだけ命中弾をうけたのに、戦死者は意外に少なかったですよ。その時点で乗員の一割ぐらいでした。三十人ぐらいじゃないでしょうか。退艦したあと、さらに十人ほどの戦死者が出まして、結局、ぜんぶで四十二人の戦死者を出してしまいました。

とにかく艦は完全に止まってしまうし、上甲板は火の海でね。消火不能でした。一番発射管の魚雷が誘爆するのは時間の問題でしたので、私は総員退去を命令したのです。そのまえに、艦尾につんである爆雷は、すべて安全装置をつけて海中に投棄させたんです。それから全員、海の中に飛びこんだんですよ。

そのときは、敵艦隊も通り過ぎて、海上は静かなものでした。艦上ではみんな、軍歌を唱っていたほどです。なにしろ敵艦をやっつけた喜びのほうが大きくて、みんな浮き浮きしていましたね。海の中に浮かぶものをどんどん放りこんで、それから飛びこんだんです。まもなく「浦波」が救助に来てくれて、全員、ぶじ救助されたんです。

ただ、一つだけカッターがぶじだったので、これに重傷者を乗せて、私もこれに乗ってガ島の友軍基地まで漕いでいったんです。カミンボに海軍の警備隊がおりましたので、そこまでみんな漕いでいったわけです。カッターには三十人ほど乗りましたね。

「浦波」が生存者をぜんぶ救出したあとで、ついに魚雷が誘爆しましてね。二度爆発して「綾波」は沈んでいきました。その光景を、私はカッターのうえから眺めていたんです。ですから私たちは、「綾波」の最期を見とどけたうえで、戦場を去ったわけです。なにしろ、二隻撃沈したわけだし、そのうちの一隻は重巡をやっつけたと思っていましたから、悲壮感というものはありませんよ。みんな、じつに意気軒昂《けんこう》でしたね。

「綾波」が被弾して動きがとれなくなったころ、後続の「長良」隊が追いついて、敵艦隊を攻撃したといわれていますけど、来ませんでしたね。私は何度かうしろを見たんですが、味方は一隻も来ませんでした。敵発見の報告を聞いて、反転したんじゃないですかね。結局、私のフネ一艦だけの戦闘だったんですよ。

このあと、本隊が敵戦艦のサウスダコタとワシントンと砲戦して、「霧島」が致命傷をうけるわけですが、このようすは目撃していないんです。退艦するとき、サボ島ごしにパァパァ光っているのが見えましたので、なんかやってるな、とは思っていましたけどね。あれ、どんな戦闘をやったんですかね。どうもまずかったようですねえ……。

連合軍のフネも沈んだわけですから、敵兵も、かなり海面を泳いでいたんでしょうが、彼らと会うことはなかったですね。あとでガ島に泳ぎついた米兵が、何人か日本軍に捕らえられましてね。カミンボについて間もなく、捕虜の口から、三隻の駆逐艦が沈んだということを知ったわけです。こっちは二隻だと思っていたから、ますます、気をよくしましてねえ……。さらにもう一隻が、大破したそうですね。とにかく、「綾波」一艦で、敵の四隻をやっつけたということは、日本海軍の歴史の中でも稀有《けう》のことだと思いますね。

ガ島には、二週間ほどいて、食糧を運んできた潜水艦に便乗して引き揚げてきたんです。ショートランド、トラックをへて、内地に帰ってきたわけですが、もし潜水艦に便乗できなかったら、とんでもないことになっていたでしょうね。そう考えると、私は運がよかったのかもしれません――』

一方、「綾波」の攻撃からまぬがれた米戦艦二隻は、全速で西方に進んでいった。その先には前衛隊と主力が全速で南下していた。まず前衛の「長良」隊が、この二艦に砲雷戦を敢行したが、米艦はヤミクモの回避運動をしながら、攻撃を振り切っていく。

つづいて、「霧島」以下の主隊が追撃にうつり、先頭のサウスダコタに探照燈をあてて照射砲撃した。初弾から敵の艦橋に命中した。このため、射撃指揮系統を断ち切られたとみえて、日本艦隊に向けようとしていた主砲が、ピタリと旋回を止めた。

主隊の全艦が、サウスダコタに集中砲火を浴びせていた。敵艦は重傷を負った。しかし、撃たれっぱなしではなかった。主砲は発砲不能だが、高角砲、中口径砲、それに機銃までもが応戦してきた。そのうちサウスダコタは、急速に南方へ変針し戦場から避退していった。

ところが、日本軍は、もう一隻のワシントンを見逃していた。突然、「霧島」は、右舷後方から飛んでくる砲弾の光を発見した。だが、すでに遅かった。ワシントンの四十センチ砲弾六発が、初弾から「霧島」に命中した。艦の各部ですさまじい爆発が起こった。そして舵故障。「霧島」は行動不能に陥り、前回海戦の「比叡」と同様、ついに自沈せざるを得なかった。「綾波」の奮戦にくらべて、「霧島」はあまりにもあっけない最期であった。

『――それから、運といえるかどうか分かりませんが、「大和」の沖縄特攻のとき、私は第四十三駆逐隊の司令で「桐」に乗艦しておりましてね。僚艦の「槇」とともに、「大和」に随伴して出撃したんです。

「大和」の直衛ということだったんですが、豊後水道を出たとき、中央から指令がきましてね、「桐」と「槇」はただちに引き返せという。本土防衛のために温存しようということだったのでしょうね。

あのまま出撃していたら、どうなっていたか、分かりません。やはり、私は運の強い方なのかもしれませんね。

それからもう一つ。「桐」に乗る前に、十九年の六月でしたか、そのとき私は、竣工したばかりの「冬月」の艦長をしていましたが、連合艦隊の旗艦だった「大淀」が、GFが陸上にあがったので横須賀から呉へ回航されることになって、その直衛についたんです。

東京湾を出て、遠州灘を航行しているとき、敵潜に狙われて魚雷攻撃をうけましてね。「冬月」の艦首に命中しちゃった。危ないところでしたよ。ちょうど、錨鎖庫のところに当たって、艦首が前方に折れ曲がっただけで、コトなきを得ましたけれど、これも運のいいほうだったといえるでしょうねえ――』（昭和五十六年三月八日インタビュー）

〈軍歴〉明治三十三年七月十三日、山口県吉敷郡秋穂町に生まる。大正十一年六月、海軍兵学校卒業、五十期。「浅間」「八雲」「山城」「榛名」などに乗り組む。昭和三年十二月、任大尉。四年、「浜風」航海長兼分隊長。六年十二月、水雷学校高等科学生。七年十二月、「太刀風」水雷長兼分隊長。九年十一月、「暁」水雷長。十年十月、掃海艇「第一三号」艇長。十一年十二月、任少佐。十三年、「夕月」、十四年、「弥生」、十五年、「卯月」「睦月」「菊月」の各艦長をへて、十六年九月、「綾波」艦長。十六年十月、任中佐。第三次ソロモン海戦に参加後、十七年十二月、呉鎮守府付。十八年二月、「玉波」艤装員長、同艦長。十九年五月、「冬月」艤装員長、同艦長。同年十月、任大佐。二十年三月、第四十三駆逐隊司令として「桐」に着任、護衛作戦に任じ、終戦時、無傷のまま瀬戸内海に残存。

綱渡りの航跡

〈駆逐艦「秋月」艦長・緒方友兄大佐の証言〉

緒戦時の苦闘

熊本駅から車で約二十分、熊本市の郊外にある北部町四方寄《よもぎ》に、百数十年をへた木造家屋が、陰影を深めてひっそりと建っている。最近の新建築の家屋と対照的に重厚なたたずまいだ。「秋月」艦長の緒方友兄氏の邸宅である。広い庭の植え込みに真夏の陽光がきらめいていてまぶしい。庭に面してあけひろげた縁側から座敷に通される。こういう懐かしい雰囲気は都会にはもうない。

緒方氏は今年（昭和五十五年）で七十八歳。しかし、さすがに海軍で鍛えただけあって、年はとっても体ぜんたいに張りがある。声も艶やかだ。海軍が好きで好きでたまらないといった風情で、開戦時からの壮烈な体験を語ってくれた。この体験は、〝車引き〟と呼ばれた駆逐艦乗りの、生死の境の綱渡りが如実に現われたものである。

『——開戦のときは「霰」の艦長で、ハワイ作戦に同型艦の「霞」といっしょに参加したんです。両艦は、いわゆる「朝潮」型駆逐艦で、航続力は十八ノットで五千四十カイリ、足が長いということで選ばれたのですが、実際にはヒヤヒヤものでしたよ。同行する巡洋艦や戦艦からくらべると、三十～四十パーセントは足が短いですからね。それで油をつめた十八リットル罐を積めるだけ積めというわけで、空いているところに山積みしましてね。居住甲板にも積んだものです。だから、恐ろしくてタバコも吸えんというわけですね。

毎日、洋上補給はやりますけど、十八リットル罐は最後の最後まで使うなということでした。しかし、空襲でもあったらボカンといくんじゃないかと、まさに薄氷をふむ思いでしたよ。「霰」は昭和十四年にできた新しい駆逐艦でしたが、ハワイまでは航続力の点でちょっと心配がありましたね。

このときは空母の護衛で、ハワイの五百マイル北まで行ったところ、そこから反転して、それまでついてきたタンカーを護衛して内地へ引き上げろという命令がきましてね。ガッカリして帰ってきたわけです。他の駆逐艦は、ハワイの二百マイルまで近づきましたからね。ところが、帰りが恐ろしくてねえ、命がちぢまる思いでしたよ。逆コースで北緯三十度から四十度の間を日本に向けて帰ることになっていたんですが、二日ばかりたったところで、手荒い荒天になったんです。四十度付近です。あの時期の四十度付近は暴風雨で、船舶の航行には適さないんです。冬の期間は通れないところなんです。

私は五隻のタンカーを率いていたんですが、みんなチリヂリバラバラです。ボートは潰れるし、艦はまるで潜水艦みたいに波の中に突っ込みっぱなしでね。あの波は、ひどいですなあ。何十年も海軍にいましたけど、あんな暴風に遭ったのははじめてでしたよ。高い波に突っ込んで、艦首から落ちるとバターンと音がします。下に寝ていた連中が、「機雷にかかったか」と言って飛び起きてきてね、そのくらいひどいもんです。帰ってから調べてみると、艦体のあちこちがベコベコにへこんでいましたね。

あまりひどいので、独断で南へ針路を変えたんです。各船に電話で連絡をとって南下させましてね。一日ぐらい走ったらずっと静かになって、各船もようやく集まってきたので、それからまとまって帰ってきたわけです。ですから、ハワイ作戦に参加といっても、行って帰ってきただけですよ。

「霰」は、出発して帰るまで三十日間、走りつづけたわけですけど、その間、機械は回しっぱなしですからね。あんなに回したら、羽が飛びやせんかと思ったけど、国産タービンの優秀性を実証した航海でしたね。

駆逐艦乗りの生死の境の綱渡り体験を語った緒方元大佐。

そのあとインド洋作戦、ミッドウェー作戦に参加してね。ミッドウェーのときは船団護衛でして、母艦が燃えているのを横目で見て、結局、敵影を見ずということで引き返してきたんです。横須賀にかえってきたら、水上機母艦の「春日」が、キスカに水上基地を設定するというので、「霞」「不知火《しらぬい》」「霰」の三隻が護衛して出かけたんです。

キスカに到着したのが、十七年七月四日の夕方ですが、そのときは霧が深くて、島がぜんぜん見えんのです。たぶん、このへんが湾口だろうと、音響測深機で計ってみると、海底がだんだん浅くなってくる。入港時なので、先頭に「春日」がいて、そのあとに司令駆逐艦の「霞」、そして「不知火」「霰」と、一本棒になってゆっくり入っていったんです。

水深が八十メートルになったとき、先頭艦から、「投錨して霧の晴れるのを待つ」といってきたんです。八十メートルのところで投錨したって流されるだけじゃないかと思って、あまり投錨したくなかったんです。駆逐艦だけだったら、ゴソゴソ歩いて岩をひっかきながら入りこむところですが、先頭に水上機母艦の大きいのがおるですからね、やむなく命令どおり錨を下ろしたんです。

翌五日、夜が明けたとき私は艦橋に上がってみると、「春日」が入港しはじめているんです。島影が霧のあいまから、ちょっと見えましたね。霧が、晴れはじめたんです。そこで「見張りを厳にせよ」と命令して、司令駆逐艦からの通報を待っていたら、突然、左舷にドシンと魚雷が命中しちゃった。すぐ振り返って見たら、発射管が吹っ飛んでいてなかったですね。つづいて、すぐまえにいる二番艦の「不知火」にも魚雷命中です。

霧というやつは、上のほうが濃くても水面はすけて見えることがあるんです。それで狙われたんですね。五百メートルぐらいの至近距離から発射された。なにしろ、こっちは錨を下ろして停泊しているところですから逃げようがない。艦の真ん中をやられたから、これは沈没するなと思いましたね。どうせ沈むんなら、少しでも反撃してやれと、ただちに砲撃させたんです。大砲を俯角一杯かけても、敵潜の頭の上を飛びこすぐらいの近くでしたけど、とにかく撃てェ、というわけでね。大砲を撃ったら、ただでさえ艦がガタガタ震動します。横腹に大穴があいているので、撃ったら駄目だと思いましたけど、他艦に知らせる意味もあって、どんどん撃ったんですよ。シャクにさわったしね。爆雷を落とすわけにもいかんしね。だいたい、水中におるやつに大砲はきかんというのは常識ですが、潜望鏡でもヘシ折ってやれというわけでね。あのまま黙っていたら、また態勢を立てなおして攻撃してこないともかぎりませんから。

そのうち艦が沈みだしたですよ。総員退去を命じて、私は艦橋に残っていたら、航海長と信号長が、「お供します」と言って動かないんです。何を言うか、と叱りつけて、艦橋から押し出したんです。そのとき、艦がV字状に折れて急速に沈み出したんです。

私は艦橋の窓に体を押しつけられて、そのまま沈んだんです。奈落の底に引きずりこまれるようでした。別に苦しいという感じはしませんでしたがね。そのうち渦が起こって、巻きこまれたと思ったとき、大きな空気のかたまりの中に入って、その空気といっしょに海面に跳ね上げられたんです。急に周りが明るくなって気がついてみると、フネから百メートルほど離れたところに、ポコッと浮かび上がってました。

そのうち私は、気を失ってしまったんです。なにせ七月とはいえ、アリューシャンの海の温度は一度か二度ですからとても冷たい。冷たさで気を失ったんでしょうね。フッと気がついたときは駆潜艇の船室でした。湾内から駆潜艇が出てきて、救助作業をやったんでしょうね。なんだか、頭の中がグルグルして、明るくなってきて、アッと気がついたんです。そしたら、いままで人工呼吸をやっていたんでしょうね。「あーよかった、よかった」と声が上がって、「バンザイ」というのが聞こえたですね。ですから、駆潜艇の看護兵曹かにお世話になったわけですなあ。そのときは意識がないときに救い上げられたので、肩身の狭い思いはあまりしなかったですね。一度は艦と運命を共にしたんですからね。

冷たい海面に浮いていて、死んだ人もだいぶ、いたようです。掌機長がやはり拾い上げられて、「大丈夫だ」と言って甲板で暴れ回っていたところ、その直後、意識を失ってそのままになったと聞きました。機関長も、浮いているところを見つけてボートを寄せて竹竿を出したら、そのままスルスルと沈んでいったという話でしたね。

そのころは戦争も前半ですからね、艦と運命を共にしなけりゃいかんということが、人事局あたりでもあったんでしょうね。ケガもせずに生きているということがわかったので、こいつはラバウルの駆潜艇にでも追いやれ、ということですかねえ、ちっとも休ませずに、すぐに追いやられてしまったですよ。こっちは恐縮して、すんません、すんませんと言ってたものだから、人事局でも、使いやすかったんでしょうな。いっぺん戦闘したから、ちょっと休ませてやろうなんてことはなくて、こいつは生きて帰ってきたからまた使ってやろうと。ひがみですかねえ。しかし、五十期というのは使いどころでしたからね。だから、私の期の駆逐艦長も、潜水艦長も、ほとんどみな戦死しましたねえ――』

このとき同時に被雷した「不知火」は、艦橋と第一煙突の間の右舷に魚雷が命中、大損害をうけたが、どうにか沈没だけはまぬがれた。破損した艦橋やマストを撤去し、さらに被雷した部分から船体を爆破切断するといった思い切った処置をとったうえ、艦の後ろ半分だけを後進曳航して、ぶじに舞鶴へ帰投することに成功している。

長十センチ高角砲の威力

ラバウルで、駆潜隊を指揮して、いわゆる〝冷や飯〟を食わされていた緒方氏は、戦争の進展にともなって駆逐艦長が不足してきたこともあって、ふたたびカムバックすることになる。乗艦は最新鋭の防空駆逐艦「秋月」であった。

「秋月」は、いわゆる「月型」十二隻の一番艦で、昭和十七年六月に〝舞鶴工廠〟で竣工した。排水量三千五百トン、最大速力三十三ノット、主砲は長十センチ高角砲八門、発射管は六十一センチ四門という要目で、ちょうど「夕張」級の軽巡に近い超駆逐艦である。

十七年九月にガダルカナル増援輸送作戦に参加した後、十月、南太平洋海戦で爆弾一発をうけて中破。

十八年一月にショートランド沖で米潜水艦の雷撃を艦橋直下にうけ、トラックで応急修理した後、サイパン経由で回航の途中、とつぜん艦橋下のキールが切断したため、サイパンで船体前部を切断し、後部のみ長崎へ曳航して復旧作業にかかった。

『――私が「秋月」の艦長として着任したのは、昭和十八年十月八日ですが、このとき「秋月」の修理はかなり進捗していて、ほとんど完了していましたね。私はその前に「木曾」の副長で、キスカの撤退作戦に参加しておりましてね。あの作戦はまんまと成功して、「木曾」は五百名ほど陸兵を乗せてぶじに帰ってきたわけです。その直後ですよ、「秋月」の艦長に任命されたのは。ですから私は、北海道から日本海側をへて長崎に行ったことを覚えています。

「秋月」の船体が、後ろ半分曳航されてきたとき、同型艦の「霜月」が進水を終えて艤装にかかりはじめたところでね。ところが、軍令部はつぎの作戦があるので急げ急げとせき立てたものですから、「霜月」の艦首を切り取って、「秋月」にくっつけたわけです。その作業が、私が着任したころには終わっていて、ほとんど完全な形になっていましたね。別々の船体をもってきて、まん中でドッキングさせたわけですが、ぜんぜん不都合な面はなかったですね。うまく継いだものだと感心しましたよ。強度の面もまったく心配なかったです。

「秋月」は、当初から戦果をあげている武勇艦ですが、私がこのフネに乗って最初に戦闘したのは、カビエン沖の対空戦闘ですね。これは「秋月」の誇るにたる戦闘でした。十八年の十二月三十日に、トラックで陸兵を二個大隊、乗せましてね、ニューアイルランドのカビエンに輸送したんです。このときは「能代」「大淀」「谷風」「秋月」の四隻でした。

トラックから中一日おいて着くわけですから、そうとうな距離がありますよ。カビエンに着いたのは、一月一日の朝です。各艦が交代で見張りをやりながら、揚陸をつづけたわけですが、ちょうど最後の艦が揚げ終わらないうちに、電探が敵大編隊を発見したんです。

そこで、急速抜錨して外海に出まして、増速しながら梯形の戦闘隊形をとったわけです。

まだ全速にならないうちに、百機ほどの敵編隊が前方に現われましてね、こちらの陣容をたしかめるように前を横切るんです。それから、四つの編隊に分かれて突っこんでくる態勢になったとき、距離一万メートルぐらいから、「秋月」が発砲を開始したんです。

なにしろ、四隻の中で「秋月」が一番防空兵力が強いんですからね。発砲と同時に、二、三機が火を吹いて、真っ赤になって墜落していきましたね。ところが、米機もなかなか勇敢で、各艦に突っこんできましたよ。「秋月」には十七、八機が一団となって襲撃してきたんですが、これが一本棒になって正面から来たので、やりやすかったんです。これを迎え撃って打ちまくりましてね。途中でつぎつぎと火を吹くやつが出る。先頭の一番機が、「秋月」の千メートル前方に突っこんできたとき、爆弾を投下して左へ急旋回したんですよ。

すると二番機以下も、みんな同じことをやる。ところが、爆弾はみな「秋月」の前方、五百～六百メートルのところに落ちて、いたずらに水柱を上げるばかりでね。一発も命中しない。逃げるとき機銃掃射をやっているらしいけれど、機銃弾も一発もとどかんのですよ。艦上機でしたけど、このときの米機はあまり訓練ができとらんようでしたなァ。こっちは旋回していくやつを追い撃ちすると、面白いように命中して、火を吹くやつ、黒煙の尾を引くやつ、墜落するやつといて、とにかく艦上ではバンザイ、バンザイで、じつに痛快でしたよ。結局、アッという間に十三機以上撃墜しましたからね。

他艦では先頭を行く「能代」が、艦橋の前から白煙を上げていましてね。爆弾が一発、当たったんですね。いちじ速力が落ちましたけど、すぐ回復しましたから、損害は軽微だったと思います。もう一隻、駆逐艦の「谷風」だった、と思いますが、大火災を起こして後落していったですね。しかし、そのフネも、あとで鎮火して隊列に復帰してきましたよ。第二波が来やせんかと思っていたけど、日が暮れたのでそのままになりましたがね。

「月型」駆逐艦の長十センチ高角砲というのは、命中率がひじょうによかったですね。砲身は九十度真上に向けられますし、それに旋回が自由自在でしたからね。砲術長がたいへん熱心な人で、しょっちゅう訓練をやっとったんですよ。朝でも海軍で決められていた総員起床を、三十分早めて砲戦訓練をやるという具合でね。私もよく砲術科の訓練に引っ張り出されて、指揮系統の演練をやらされましたからねえ——』

魚雷命中説のウソ

十九年十月二十五日、いわゆる、〃捷一号作戦〃によるフィリピン沖海戦で、小沢機動部隊がオトリ艦隊としてエンガノ岬沖に出撃したとき、「秋月」は護衛艦としてこの作戦に参加した。

当時、第一次空襲をうけたとき、「秋月」は最初の犠牲艦となって爆沈したが、このときの沈没状況が、戦後さまざまにとりざたされ、いまだに定説がないままになっている。一般には、「秋月」は、空母「瑞鳳」に向かって発射された敵潜水艦の魚雷を、身を挺して阻止し、艦腹に被雷して沈没したという勇壮な美談となって伝えられている。

これに対してもう一つの説は、いや、敵機の爆弾が命中して、搭載魚雷の誘爆を起こし爆沈したんだ、というものである。しかし、緒方氏はこの両説とも否定して、真相をつぎのように語ってくれた。この証言は、戦史の記述をくつがえす重要な証言である。

『――空襲がはじまるときは、「瑞鶴」「瑞鳳」を縦列にしての輪型陣をとりましてね。「秋月」は、「瑞鶴」の左前方二千メートルの位置で直衛してたんです。ですから、「瑞鳳」にまつわる話は何かの間違いでしょうな。それからものの本によると、米潜のハリバッドが「秋月」を撃沈したと書いてありますけど、あれもなにかの間違いだと思いますよ。アメリカの潜水艦長が証言しているという話ですけど、それもちょっと……。

爆発が起きたときは、戦闘中で高速で走っているわけですから、潜水艦が水中速力三ノットぐらいで狙い撃ち、というのも妙な話でまず不可能ですね。それに私らは、ああいう戦闘のときは潜水艦はちっとも怖くないんですよ。潜水艦が狙うのは大艦ですからね、空母とか戦艦とか。そのときの魚雷の調整深度は六メートルです。商船や駆逐艦を狙うときは三メートルですがね。だから、かりに敵潜が魚雷を発射したとしても、駆逐艦はその上を突っ切ることができるんですよ。

ドカンときたとき、私は後ろを振り返って見たんですよ。すると、発射管付近が盛り上がっているんですね、べつに穴もあいてないし、水柱も上がっていない。ただ、ものすごい蒸気の雲が吹きだしているんです。そのとき第一罐室にいた機関科の少尉が、辛うじて這い上がってきましてね、見ると熱蒸気で焼けただれて、まるで海坊主が出てきたような悲惨な姿でしたよ。そして、「機関運転不能、機関長以下ほとんど全員戦死しました」と言うわけです。この少尉が、いまはすっかり火傷も治って、秋月会に顔を出して言ってましたけどね。あれは魚雷の命中ではありませんよ、とはっきり証言していましたね。魚雷命中の情況ではないと言うんです。

ただ、「秋月」の惰力がなくなって完全にストップしたあと、艦尾のほうを雷跡が通っていったのを、後尾にいた兵二人が見ているんですね。私は確認していませんけど。艦がストップしたところを、たまたま近くにいた米艦が、魚雷を発射したということはあり得ることだと思いますが、これは当たっていないんです。

それに敵機の爆弾投下ということが考えられますが、爆発を起こしたのは八時五十分と記録されていますね。つまり第一次空襲の終わりごろです。ところが、「秋月」には一機も襲ってきていないんですよ。みんな「瑞鶴」めがけて突っこんで行くばかりでね。「秋月」はあくまで「瑞鶴」のボディガードとして随動しているわけですから、私はつねに「瑞鶴」の動きを見て、同じように転舵しているわけですから、前方と横はつねに注視していたわけです。「秋月」の前と横から、敵機は一機も来ていないことは確認しているんです。

ただ、あとから聞いたところによると、後ろから二機ばかり来よったというんですが、これは爆弾を落としていない。機銃掃射しただけですね。かりに爆弾が命中したんなら、大穴が開くんじゃないですかなあ。なにしろ、後ろを見たときは発射管はそのままで、少し盛り上がっているだけで、形はそのままでしたからねえ――』

沈没原因は味方の弾？

魚雷でもない、爆弾でもないとなると、爆発した原因はなにか。あとは搭載していた魚雷が、なんらかのはずみで誘爆したということになる。では、誘爆の直接原因は何か。

『――それなんですなァ。あのときは輪型陣ですからね、たがいに反対側から中心点に向かって、どんどん撃つから、味方の高角砲の弾片やら機銃弾が、雨しぶきのように降ってくるんですよ。こっちの位置が、ちょうど弾着点になっているんです。私はこれまで、防弾頭巾というのをかぶったことがなかったですがね。とにかくひどい状態で、思わずかぶってしまいしたね。まわりの海面は弾着のしぶきが上がっていて、まさに弾丸雨飛の中を突っ切っていたわけです。輪型陣での戦闘というのは、こっちが勝手に動けないだけに、ちょっと違いますね――』

と、緒方氏は説明しながら言いよどむ。味方の機銃弾や高角砲の弾片が、魚雷発射管を直撃して爆発させたのであろうか。しかし、これも緒方氏は否定する。

『――発射管に装塡してあるのは、覆いがかなり厚いからそういうことはないのでしょうけど、予備魚雷の格納庫は、あまり強固じゃありませんからね。貫くと思いますね。予備魚雷は、発射管のそばに格納されています。ちょうど爆発した位置の上甲板にあるわけですね。ですから、爆発の原因は、味方の弾片が予備魚雷に命中して誘爆させたと、いまではそうとしか思えませんなあ。爆弾が当たったという気がせんですもんねえ。あのときも、ふとそう考えたんですが、しかし、味方の弾の破片にやられた、なんて言うと怒られるから、黙っちやったんだけど、それが真実のように思えますなあ。みなさん、いろいろ言ってくれていますけど、まあ「秋月」の不名誉にさえならなければいいと思って、いままであえて反論しなかったわけですよ。

公表されている戦史では、「秋月」は二つに折れて瞬時にして沈没した、となっていますが、実際はかなり浮いていたんです。停止して、少しずつ傾きかけていましたけど、それでも、敵機にたいしては撃ってたわけです。そのうち左傾が大きくなって、高角砲が撃てなくなりましてね。そのときボートが一隻あったので、負傷者をボートに乗せて退艦させようとしたんです。

ところが、ボートが右舷にあったものだから、舷側にひっかかって下ろせない。そのうちガクッとさらに傾斜が大きくなったので、私は総員退去を命じたわけです。みんな舷側からどんどん海の中へ入っていったんですよ。そうですね、その間、十五分か二十分ぐらいあったと思いますね。ですから健在な人は、全員、ぶじに退去することができたわけです。私は最後まで艦橋におりましたがね。艦と運命を共にしようと、一応はね。これは儀式ですからね。航海長とか信号長とかおりましたけど、なかなか彼らも動かんのです。それで怒って、「お前たちも出ろ」と押し出したですよ。そして私一人が残っていたら、坂本利秀航海長と通信士の阿久根少尉の二人が、「艦長、出ましょう、出ましょう」と、ぐいぐい引っ張ってね。そのうちバアッと海水が押し寄せてきて、このまま三人で押し問答していたら、航海長も通信士も殺してしまうと思ってね、「それじゃ出よう」と言って、艦橋から出たんですよ。

そのときは、艦は真横の状態になっとったんですね。だから舷側を歩いて出ましたよ。見ると艦の近くに乗員がいっぱい浮かんでいたので、早く艦から離れろ、と叫んでね。ウズに巻きこまれますからね。早く離れろと怒鳴りながら、それでも艦長がフネから出たというのをみんなが見ているし、こりゃ困ったもんだなあと思ったけど、あとのことはあとで考えればいいと思ってね。

結局、海の中に飛びこんで浮いていたら、「槇」が救助に来てくれました。敵機のくる危ない合い間を縫って、フネを止めて拾ってくれたんです。ちょうど私のそばに来たとき、私も考えてね。こりゃあ上がっていいもんだか、どうしようかと考えとったら、フネの上から「グズグズするな！」と怒鳴られてね。こりゃあ、グズグズしてると、かえって、「槇」に迷惑をかけると思って、投げてくれたロープにつかまって後甲板に上がったですよ。そして艦長室につれていかれたけど、どうにもこうにもやりきれん思いでしたねえ。

私が浮いていたとき、二回、水中爆発がありましてね。ギュッと胸がつまりました。これはいかんと思ってね。水中爆発のときは、体を横に寝かせておれ、といわれていたんですがね。立っていると水圧で危ないわけです。二度目の爆発のときは、苦しくて息がつまりましたね。これでおしまいだと思いましたよ。もう一回きたら圧死していたでしょうね。

この爆発は、いろいろ説があるんですが、艦につんであった爆雷が沈下したとき、水圧で爆発したんではないかと。しかし、私はそうじゃないと思うんです。爆雷は投下するとき安全栓を抜くんですが、それを抜かないと爆発せんですもんね。何かの拍子で安全栓が抜けたとするなら、つんであったやつが、みんなボカンボカン爆発するはずですからね。だから多分、「槇」が近づいてくるとき、付近にいると思われる敵潜水艦に、オドシをかける意味で爆雷を投下したんじゃないかと思うんです。これは「槇」の艦長に聞いてみないとわからんですがね。もし私が救助するとしても、そうやったろうと思います――』

この戦闘で、「秋月」は約百五十人の戦死者を出してしまったという。（昭和五十五年八月二十五日インタビュー）

〈軍歴〉明治三十五年四月一日、熊本県菊池郡清泉村に生まる。大正十一年六月、海軍兵学校卒、五十期。同年、「出雲」乗り組み。十二年九月、任少尉、「鳳翔」乗り組み。十四年、任中尉、「長良」乗り組み。昭和二年、「加古」乗り組み。三年、任大尉。五年、「蓮」、六年、「卯月」。十一年、任少佐、「葦」艦長。十四年三月、「有明」艦長。同年十一月、「磯波」艦長。十六年九月、「霰」艦長、十月、任中佐で開戦を迎える。十七年七月、呉鎮守府付。八月、第五十六駆潜隊司令としてラバウル方面に出撃。十八年四月、「木曽」副長、キスカの撤収作戦に参加。同年十月、「秋月」艦長。十九年七月、任大佐、捷一号作戦に参加。同年十一月、佐世保鎮守府付。十二月、基隆防備司令で終戦。

海戦の原則

〈駆逐艦「浜波」司令・大島一太郎少将の証言〉

陰の貢献者たち

大島一太郎氏は現在、山形県米沢市の、まだ田園風景の残っている住宅地に悠々自適の生活を送っておられる。古い家で、屋根は珍しい萱ぶき、約百五十年前の建築だというから、天保年間に建てたことになる。米沢市でもひときわ古い旧家である。

開戦時、中佐だった大島氏は、山本五十六連合艦隊司令長官の命をうけて、特設監視艇隊を編成、小型漁船約百二十隻を指揮して太平洋東方海上に哨戒線を張った。これが後に、東京空襲を敢行した米空母群を発見、いちはやく通報することとなる。そのとき米空母ホーネットでは、ドーリットル中佐の指揮下、十六機のB25爆撃機が、東京、名古屋、大阪、神戸を爆撃すべく、エンジンの始動を開始していた。

十七年四月十八日、午前六時半、特設監視艇の「第二十三日東丸」が、東京から千百十キロ海上に米機動部隊を発見、平文の電文で「敵空母三隻発見」を打電した。打電後、この監視艇は砲撃されて沈没した。

この報をうけた連合艦隊は、その発見位置から、敵機は翌朝来襲するものと判断した。というのは、米空母の艦載機の攻撃距離は、四百五十キロ以内と考えていたからである。ところが、予想に反して長距離爆撃機の来襲となり、日本側の意表を衝く結果となった。このため、来襲機は一機も撃墜できなかった。

しかし、特設監視艇に発見された米軍は、そのために計画を変更、予定を早めて攻撃隊を発進させたので、攻撃隊の中国飛行場到着に齟齬をきたし、ほとんどが途中で不時着、一部の搭乗員は日本軍の捕虜となった。結局、特設監視艇の発見で計画が崩れたことになり、これは第二十二戦隊の功績といえよう。大島氏は、この漁船監視艇についてこう語っている。

『――開戦前のことです。私は山本五十六長官から呼ばれてね、日本海軍がいままでやらなかったことをやってくれ、と頼まれたんだ。日本の東方海面はあけっぴろげで、監視態勢ができていないというんだな。といって、そのために派遣するフネは海軍には一隻もないというんだ。そこで漁船でも何でもいいから、監視艇を至急編成して監視線を張ってくれというわけさ。そこで苦労して漁船をかき集めてね、百二十隻ぐらい集めたかな。これに十センチ砲や十五センチ砲をつんで、無線機を備えてね、乗員は漁師と兵隊の混合なんだよ。

それから日本郵船の一万トン級三隻と、あちこちから集めた三千五百トンから五千トンのフネを監視艇隊の母船にして哨戒線を張ったんだ。三十隻から四十隻を一隊として三直交代で哨戒したわけさ。漁師には、暇なときは魚を獲ってもいいが、監視の目だけはおろそかにするなと言ってね。あの漁師たちは、じつによくやってくれましたよ。ずいぶん戦死もしています。こんどの戦争で、この漁師たちが勇戦奮闘したということも、一般の人はほとんど知らないんだ。陰の貢献者だったと思うね。この監視艇隊は、終戦までずっとつづけられたんだ——』

井上成美大将の決断

ドーリットル空襲の直後、大島氏は、第六水雷戦隊の先任参謀として、軽巡「夕張」に乗り組んだが、間もなく七月、第六水雷戦隊は解隊された。つづいて、第三水雷戦隊の先任参謀に発令され、軽巡「川内」に乗り組む。このころから、ガダルカナルの攻防戦が激しくなり、三水戦は、ガ島への輸送任務に狂奔することとなる。

『——そのときの三水戦は、日本海軍の駆逐艦をぜんぶ集めたようなもので、駆逐艦による強行輸送を、連日、くり返し行なっていましたね。米軍から〝東京急行〟という有難くないニックネームまで頂戴したが、オレなんか寝る間がなくて、一日に二時間ぐらいしか睡眠をとれなかったですよ。その状態が三十日もつづいたから、すっかり体が衰弱しちゃってね。

ある日、輸送作戦を終了してショートランドの泊地に帰ったとき、夜、ひさしぶりに艦内で入浴したんだ。風呂から出て上甲板に出たとき、艦橋の横にある主砲塔の繋止索に足をひっかけて転んじゃった。真っ暗だったし、戦時には繋止索は用いないのに、たまたま砲を固定するために使用したんだね。

転んだとき打ちどころが悪かったらしく、脳震盪を起こしてぶっ倒れちゃったんだ。しばらく意識不明だったね。それで大騒ぎになって、先任参謀が倒れたということを、トラックの連合艦隊司令部にまで報告しちゃったんだな。山本長官がえらく心配したらしくて、すぐに交代要員を派遣しろということになったらしい。

あのころは戦《いく》さをしてるのは三水戦だけだったからね。山本長官は、これはキツイ戦さだし、いつ、だれが倒れるかわからないし、人事局を通していたんでは間に合わないから交代要員を準備しておけ、といってあったらしいんだ。それで、砲術参謀の渡辺安次(五十一期)が即日飛んできたんだね。

翌朝、目をさましたら渡辺が来ておるんですよ。お前、何しに来たんだ、と聞いたら、いや貴様が倒れたというんで、長官から言われて飛行機で来たんだぜ、というわけですよ。それで、むりやりラバウルに帰されて、あとは島伝いに内地に帰ってきたんですよ。しかし、体がすっかり消耗していましたからね、軍令部のほうから、とにかく静養しろといわれて、海軍が借り切っていた熱海の岡田屋という旅館で、一ヵ月ぐらい静養したんですよ。山本長官には、そういう細かく配慮するところがあったねえ。

オレは、水雷屋だから、いずれまた水雷戦隊にやられるだろうと思っていたら、兵学校の教官をやれというんだ。とんでもないところにやらされたと思ったね。なにしろ一番嫌いなところなんでね。しかし、発令されちゃったから、行かなくちゃならないしね。先任教官ということで、水雷科長なんかやらされてねえ。

大島元少将。知られざる〝漁師〟隊の勇戦奮闘を語った。

兵学校に行ったら、七十三期の主任指導官をやれということでね。そのとき七十三期は二号生徒だったかな。結局、それが卒業する十九年三月まで置かれたんです。ま、教官としての思い出といえば、七十三期が卒業するときだ。このままだと、彼らは親の顔も見ずに第一線に出て死んでしまうかもしれん、と思ってね。オレは校長にかけあって、伊勢神宮の参拝と陛下の拝閲、その間にいちじ帰省というスケジュールを許可してもらったんだ。ふつうならとてもダメだよ、そんなこと。

ところが、そのときの校長が井上成美さんだったからできたんだ。米内さんの懐刀《ふところがたな》と言われた人だけあって大人物だよ。ところが、生徒の中には親が樺太、満州、朝鮮、台湾にいるのがいた。そこでオレは岩国に中攻三機を準備しておいて、伊勢神宮を参拝したあと、外地行きの生徒を岩国に直行させたんだ。

彼らはぶじに親の顔を見て、帰りもその飛行機に乗って、指定された日までに、東京に舞いもどってきたね。一人や二人、間に合わんのじゃないかと思っとったけど、みんな時間どおりきちんと帰ってきたね。えらいもんだと思ったねえ。それから兵学校の卒業生と、機関学校、経理学校の卒業生らもいっしょに宮城へ行って陛下にお会いしたんだ。そのとき陛下は何も言わなかったな。無言だったよ。

とにかく、手塩にかけて育てた若者たちに、オレは、最後に何かしてやりたかったんだ。それができて満足だったがね——』

レイテへの出撃

七十三期の生徒を送り出したあと、大島氏は念願の実戦部隊に復帰した。それも第三十二駆逐隊の司令である。これまでの幕僚とはちがって、直接命令を下して駆逐隊を指揮し、戦闘をリードすることのできる指揮官である。七月、リンガ泊地にいた司令駆逐艦「浜波」に着任。やがて捷一号作戦が下令され、栗田艦隊の一員としてレイテ突入に出撃する。

『——元来、駆逐隊というのは、駆逐艦が四隻で編成されるんだけど、そのときは駆逐艦がたりなくて、あっちこっちに引っ張られて、結局、オレの隊は「藤波」と二隻だけさ。その「藤波」もレイテ沖の後、避退中にシブヤン海でやられて、結局、一隻だけになってねえ。栗田艦隊では、「浜波」は「大和」の直衛だった。ブルネイを出撃してパラワン水道を通っているときに、「愛宕」が敵潜にやられたでしょう。あのときは、びっくりしたね。「愛宕」の艦長の荒木伝大佐は、兵学校教官時代の先任参謀でね、前の晩、ブルネイに停泊しているとき、「愛宕」で会合があったんだが、そのあと荒木と艦長室で飲んだ仲なんだ。それだけに心配してたんだが、「愛宕」はしばらく浮いてたね。

それからすぐ「高雄」がやられ、つづいて「摩耶」が、目の前であっという間に沈んでしまった。「摩耶」とは約二千メートルぐらいしか離れていなかったんだ。たてつづけに重巡三隻がやられたのには、さすがに驚いたねえ……。

　その翌日、十月二十四日は、シブヤン海で手ひどい攻撃をうけましてね。あのときは大きな艦ばかり狙われたからね。「武蔵」「大和」「長門」「妙高」といった大型艦ばかり狙われて、こっちには一機もこなかったよ。だけど「大和」の直衛だから、ぴったり横にくっついて、やってくる敵機に猛烈な対空射撃をやったもんだよ。機銃の弾丸がなくなるほど盛んに撃ちまくったからね。しかし、当たらんものだよ。

　あのシブヤン海というのは、そんなに大きいところじゃないから、艦隊行動がとりにくいんだな。じれったい感じだったね。やはりあれだけの艦隊は、広い外海に出ないと、思う存分の仕事ができないね。

　結局、「武蔵」が沈み、「妙高」が落伍するという傷手をうけたんだけれど、サンベルナルジノ海峡を突破してね。あの海峡は幅が二千メートルぐらいだと思うね。艦隊の通過には狭いところだったから、一本棒になって行ったが、外海に出たのは朝だったね。そのときは雨が降っていたよ。南下して間もなく雨が上がったんだが、そのとき、前方水平線に敵の空母部隊が見えたんだよ。

　敵発見と同時に、七戦隊（「熊野」「鈴谷」「利根」「筑摩」）が速力を上げて、どんどん突っ走っていくんだ。こっちも負けじとばかり速力を上げて走っていると、「大和」から電話がかかって、「前路をあけよ」と言ってきたんだ。なにを言ってるんだ、と、こっちは憤慨したもんさ。海戦になったら、駆逐艦が先頭に飛び出していって魚雷攻撃をするのが原則じゃないか。前をのけとは何事だ、長官、おかしいんじゃないか、と怒っちゃってね。しかし、とにかく道をあけて、そのままどんどん走っていったんだ。

その間、「大和」は、盛んに砲撃していたけどね。結局、「浜波」は敵に一万メートルぐらいまで近づいたと思うよ。そして、魚雷攻撃をやったんだ。八射線全部、同時に発射してね。水雷長が時間を計っていて、「ジカーン」と叫んだとたん、ドカーンと当たったんだ。そのとき三発ぐらい命中したんじゃないかな。水柱が上がって、それが消えたときは、敵艦の姿はなかったものね。あれは巡洋艦だと思ってたが、駆逐艦だったようだね。

あとでブルネイに帰ったとき、栗田長官に聞いたんだ。あのとき前をのけと言ったのは、どういうことですか、とね。そうしたら、「おかしいと思ったか？　そうだろうな」とニヤニヤしながら言うんだね。つまり「大和」が最初、主砲で斉射したところ、初弾命中で、水柱が消えたら敵艦がなくなっていた。だから駆逐艦を出さなくても、「大和」の主砲でほとんど潰せると思ったから、と言うんだ。

そのあとですよ、米機が、さかんに妨害攻撃に飛んできてね。ありったけの機銃弾を撃ちつくしちゃった。結局、レイテ湾には突入しないで反転したんだけれど、その帰りに「浜波」は、海上で友軍機の搭乗員を二人ひろってるんだよ。あれは、戦艦や巡洋艦から射出した水上機だね。ひろい歩いてるうちに、艦隊から離れちゃってね。こっちは燃料はなくなるし、機銃の弾丸は底をついてるし、それを「大和」の司令部に言ってやったら、「那智」から補給をうけろというんだ。「那智」はそのとき、志摩清英中将の第五艦隊の旗艦で、スル海からスリガオ海峡を通って南からレイテ湾に突入することになっていたんだよ。その「那智」が「最上」と衝突して、結局、レイテ湾に突入しないでコロンに引き揚げた。なんてことは、こっちはぜんぜん知らないわけだ。

とにかく、ヤミクモにふたたびシブヤン海に入って引き揚げていくと、追撃してきた敵機に、「能代」がやられてね。たまたまちかくにいた「秋霜」といっしょに、「能代」の乗員を救出したんだが、そのとき艦長の梶原季義大佐が、御真影を背負って泳いできてねえ。それに、早川幹夫二水戦司令官をはじめ三百人ぐらい救出したんだ。シブヤン海は波が静かだから、ほとんど助かったはずだよ。

ようやく、ミンドロ島の南のコロン島で「那智」をみつけて、重油を六百トンと機銃弾をもらって、単艦でブルネイに帰ったんだ。あとで調べてみたら、「浜波」の船体に二百七十三ヵ所も弾痕があったんだ。爆弾の至近弾の破片によるやつだな、あれは。穴があいた部分は、艦内工作でなおしちゃったけどね――』

無謀なる輸送作戦のはてに

「浜波」の被害はきわめて軽微だった。この作戦終了後、「大和」をはじめ、ほとんどの艦が損傷をうけており、内地での修理を必要とされた。「浜波」は内地に帰らず、マニラに呼び寄せられ、レイテへの輸送作戦に投入されることになった。

『――海軍のレイテ湾突入作戦が不発に終わって、レイテの陸軍部隊は、強力な米軍に押されて悲鳴を上げてるんだ。そこで十一月一日に、第一師団がレイテ島西側のオルモックに上陸したんだが、それの後続部隊や、軍需品を送りこまなくてはならん。オレが出かけて行ったのは第三次輸送部隊というやつで、マニラを十一月九日、夜中の三時に出撃したんだ。

低速の輸送船が五隻（せれべす丸、泰山丸、三笠丸、谷豊丸、天照丸）で、護衛に、「島風」「浜波」「掃海三〇号」「駆潜四六号」「初春」「竹」の六隻で、途中から「長波」「若月」「朝霜」がくわわることになっていたんだ。

このとき、上空護衛の飛行機が一機もないというので、どうなってんだ、と方面艦隊司令部の先任参謀に聞いたら、航空参謀が、いま内地へ取りにいってるというんだ。それじゃ飛行機がきてから出かけようや、と言ったんだが、どうしても行ってくれと言う。飛行機なしでは、無謀だと言ったんだが、陸軍から矢の催促だったらしい。結局、大川内さん（南西方面艦隊司令長官）は、山下奉文に押し切られたんだと思うんだ。とにかく命令書には長官の印が押されてなくて、参謀長の印だけだったからね。

マニラから南下して、シブヤン海を上から下へと突っ切って、レイテとセブの間の海峡を下っていくわけなんだ。九日は豪雨でね、陸軍の気象班は、十一日まで三日間は雨だと予報していたんだ。雨では敵機も来ないから、これはいいぞと思ってたんだ。十日の夜中だったかな、陸兵二千五百人を乗せたせれべす丸が、座礁しちゃって動かなくなっちゃった。やむなく駆潜艇を残して進んだんだが、十一日の朝、他の任務で「初春」と「竹」の二隻が分離されちゃった。

そのときは、「長波」「若月」「朝霜」の三隻が合同していたから、四隻の輸送船を六隻の艦だけで護衛するというかたちになってた。ところがね、三日間豪雨という予報がはずれてね、十日の昼には快晴になっちゃった。とたんに、敵の哨戒機二機が、高々度で触接してきたんだ。

そのときね、艦橋のぐるりに、マットレスを縛りつけてあるんだが、その上をネズミが二匹、落ち着かないようすで、チョロチョロ走り回ってるんだよ。それを言ったら、みんな士気を失うから、黙っていたけどね。

なにしろ船団の速力が遅いんだよ、七・五ノットしか出ないんだから、飛行機からみれば止まっているのと同じだね。オレは、敵機が来るとすれば、明日、オルモック湾に入る入口に小さな島があって、五百メートルくらいの幅の狭い水路があるんだが、そこにさしかかるころ敵機がくるだろうと、艦長と話をしていたんだ。その通りになったね。

翌日の朝、八時半ごろ、オルモック湾の入口にさしかかると、敵の艦上攻撃機が十五機ぐらいやってきた。こっちは速力を上げて、分散隊形とし、煙幕を展張したけど、輸送船はつぎつぎとやられて、結局、全部沈められてしまったんだ。

その日だけで十五機ずつ、波状攻撃で三百機ぐらい来たね。（米軍資料では三百四十七機）

輸送船を沈めると、こんどは駆逐艦に攻撃をうつしてきたんだ。日本の場合、先頭に司令官が乗っているとヤツらは知ってるもんだから、まず先頭艦を狙ってくるんだ。

こっちはその裏をかいて、オレが乗っている「浜波」を先頭艦とし、二番艦「若月」、早川司令官座乗の「島風」は三番艦としたんだ。四、五番艦は「長波」「掃海三〇号」、そして「朝霜」が殿艦だ。

ところが、「若月」と「島風」が、先にやられちゃったんだ。そこへもってきて、「浜波」が急に舵故障を起こしちゃった。原因不明の故障なんだよ。第二、第三の予備装置に切りかえたんだがダメ。結局、第四だ。これは、人力操舵なんだ。だが、速力を上げているからききやしない。一直線に進むわけだ。敵機は狙いやすいわけだよ。そのうち艦首に一発命中して、艦首がひん曲がった。そうすると、抵抗ができて右へ右へと回っていく。あ、こりゃダメだ、と思ったね。そしたら、つぎにきたヤツが三番煙突の後ろに命中したんだ。そのつぎにきたヤツでやられたんだな。艦橋の一メートル右側に命中して、その下の士官室で爆発したんだ。士官室では負傷者を手当していたもんだから、軍医長から負傷者からみんな吹っ飛んじゃった。

艦橋では下から突き上げられたから、みんな衝撃でぶっ飛ばされてね。オレは何が何だかわからなくなって、失神しちゃってた。その間にフネはどんどん沈んでたんだな。

気がついたときは、「朝霜」の艦橋に寝かされていてね、「お、司令、気がつきましたか」と言われてね。たまたま、「朝霜」が、まだ海面に出ている「浜波」の艦橋に横づけして救いだしてくれたらしいんだ。「浜波」艦長の本倉正義大佐も重傷だったが助けられていたけど、救助されたのは十数人にすぎなかったね。

オレは腰に弾片がふたつ入っていて、血がダラダラ出ていてね。手拭いで腰をしばっといたんだが、来ていた雨衣が血でトロトロになっとったよ。結局、「朝霜」一隻だけ残って、あとは全艦沈んでしまったんだ。マニラに帰ったら、大川内長官が、『あいすまん、悪かった。やはり飛行機がくるまで待つべきだった』と言ってあやまっていたがね——」（昭和五十六年三月三十日インタビュー）

〈軍歴〉明治三十四年八月五日、米沢市に生まる。大正十一年、海軍兵学校卒、五十期。「浅間」「金剛」「呂二八潜」などに乗り組む。大尉任官とともに水雷学校高等科学生。「灘風」「如月」「深雪」「大井」の水雷長をへて水雷学校教官。昭和十年、「羽風」艦長、馬公の警備につく、任少佐。その後、「文月」「長月」「皐月」「三日月」「若葉」「満潮」の各艦長を歴任、ふたたび水雷学校の教官。十六年、武装漁船の監視艇隊、第二十二戦隊先任参謀のとき開戦、漁船百二十隻を指揮して太平洋東方海上に哨戒線を敷く。十七年、第三水雷戦隊先任参謀、ガダルカナル輸送作戦に参加。同年、兵学校先任教官。十八年、任大佐。十九年、第二十七駆逐隊司令。同年、第三十二駆逐隊司令。二十年五月、海軍省軍務局総務部第一課長（軍需品）で終戦。海軍少将。

沈着冷静

〈駆逐艦「有明」艦長・吉田正一大佐の証言〉

単艦でナウルを無血占領

吉田正一氏は、根っからの駆逐艦乗りである。昭和十二年に「若竹」型の二等駆逐艦「刈萱」の艦長をふり出しに、大戦末期、兵学校の教官になるまで、駆逐艦ひと筋の艦長勤務であった。兵学校五十二期の、明けて八十歳（昭和五十七年）になる高齢である。同期に源田実、淵田美津雄といった話題の人物が輩出している。

先年、脳血栓で倒れたというが、多少、足が不自由なだけで、巨軀なお壮健、顔色もつやつやと豪快に破顔一笑するさまは、まさに歴戦の雄の面影をいまだに宿している。

鎌倉の閑静な住宅地で、悠々自適の日々を送っておられるが、戦争中の思い出は、なんといってもガダルカナルへの輸送作戦が脳裡に焼きついているという。

「何度も行かされましたよ。帰ってきて、ホッとする間もなく、あ、また行ってきてくれたまえ、と酷使されましてねェ。もう、二十回ちかく行ったんではないですかなァ。その間、駆逐艦はどんどんやられるし、数が少なくなっていくもので、それこそピストン輸送で、ソロモン水道を往復したものです」

当時の吉田氏の乗艦は「有明」だが、記録によると、「有明」のガ島輸送は合計六回である。しかし、ガ島以外のムンダ、コロンバンガラなど、ソロモン諸島の他の地域への輸送作戦をふくめると、それこそ二十回ちかく行っていることになると思われる。そばから夫人が言葉をそえた。

「恩給局に行きましたらね、あ、吉田さんは、ソロモン方面で、何度もご苦労していますから、恩給をたくさんあげますからね、といわれましてねェ……」

と笑っておられた。

昭和十五年十月に「有明」の艦長となった吉田氏は、そのままの配置で開戦を迎えた。以来、十八年八月まで同艦の艦長だから、一艦の艦長配置としては異例の長期である。

開戦時、「有明」は、第一水雷戦隊第二十七駆逐隊に所属し、戦艦部隊の警戒隊として内地にいた。僚艦は、「夕暮」「白露」「時雨」である。

昭和十七年一月から、アンボン、ケンダリー攻略作戦を支援し、四月末に第五航空戦隊（「翔鶴」「瑞鶴」）とトラックで合同、珊瑚海海戦に参加、「瑞鶴」の直衛艦として、はじめて対空戦闘を体験している。

つづいて、ミッドウェー作戦では主隊に編成され、空母「鳳翔」の警戒艦として参加したが、先行した機動部隊の壊滅により、なすすべもなく空しく引き返してきた。

ミッドウェーのあと、戦局は一転して南東方面にうつり、ガダルカナルに風雲急を告げだした。

このとき急に浮上してきたのが、太平洋中部のギルバート諸島に属するナウル、オーシャンの両島である。

つまり、この両島は、米軍がガ島に増援するさいの補給路を断つ絶好の位置にあったわけである。ことにハワイとオーストラリアを結ぶ交通路に接近しているため、ガ島奪回作戦には、この両島を占領して、航空基地を建設することが絶対に必要となったのである。

『——十七年の八月二十日にトラックを出港したら、間もなくナウルを砲撃しろという電令が入ったわけです。そこで単艦ナウルに向かって、二十二日の夜九時ごろ、ナウルの距岸三千メートルから、一時間半ばかり艦砲射撃をやったわけです。なにしろ、闇夜の鉄砲ですから、戦果はわかりません。そして、翌二十三日にヤルートに帰還したんです——』

同日の昼間、千歳空の陸攻九機がナウルを爆撃、また一空の陸攻九機がオーシャンを爆撃している。さらに同夜、駆逐艦「夕暮」が「有明」同様、トラックを出港してオーシャンを艦砲射撃した。

『——それからもう一度、出かけて行ったんです。ヤルートで急速補給して二十四日に出撃したわけです。占領するつもりではなかったのですが、翌二十五日にナウルに近づいて行くと、陸上に白旗が上がっているのが見えたんですよ。前回もそうだったんですが、陸上からの反撃はありませんでしたから、これはひょっとすると、と思って、急遽《きゅうきょ》、乗員を集めて陸戦隊を編成し、ボートで上陸させたんです。そうしたら案の定、ナウルには敵兵は一人もいなかったんですよ。陣地もありません。燐鉱会社の鉱夫がいるだけで、まったくの無血占領ができたわけです。

そこで、内南洋部隊指揮官に占領報告をしたところ、えらく喜ばれましてねえ。本格的な警備隊が到着する二十八日まで、同島を確保してヤルートに帰ったわけです。ところが、そのあとが大変。こんどは外南洋部隊に編入されて、ガ島の増援任務ということになったんですよ——』

敵七十五機との遭遇戦

『——ガ島の輸送作戦で、もっとも困難だったのは、やはり飛行機ですね。ラバウルを拠点としてブーゲンビルを経由し、ソロモン水道を突っ走っていくわけですが、その水道の途中から、敵機の行動圏の中に飛びこむことになり、これが一番問題でしたね。

目的地のガ島のタサファロングには、夜中に着くように行動するんです。夜のうちに物資を揚陸し、夜のうちに現地を離れて、最大速力で空襲圏外に逃げ出すわけですが、それがなかなか思うようにでき

吉田元大佐。艦長在任中、一人の戦死傷もださなかった。

ないんですよ。私なんぞ、よく助ったと思いますねえ。

あるとき、「有明」が一艦だけで、ガ島輸送に出かけたことがあるんですが、日没前に敵機の大編隊と遭遇したことがあったんです。およそ七十五機ぐらい、いましたかなあ。日没前なので、哨戒から基地に帰るところだったんでしょう。これには困りました。たがいに向かいあって対戦しましたけど、こっちは死にものぐるいでね。

敵機は、千メートルぐらいの高度から爆弾を投下してくるんです。これを右に左に回避するわけですが、まことに運よく命中弾はありませんでした。

爆弾は千メートルの高さですと、弾着まで七秒かかるんです。ところが、艦のほうは、急速回頭でも一秒に一度しか回らない。だいたい三十度から四十五度の角度に舵がとれておると、爆弾は当たらないんです。そのコツをうまく使うことが大切なんです。

ですから三千メートルぐらいからの投弾は、らくに回避できましたね。それ以下からくるやつは、爆撃コースに乗るのをよく見ていて、投弾しそうになったところで、グッと舵を切るんです。その場合、右でも左でもいいんです。そうすれば、至近弾程度で回避することができるんですね。

爆弾の回避運動というのは、戦前には、まったく訓練していませんでしたね。なにしろ、飛行機相手に戦争するなんてことは、まったく考えていなかったんですから、訓練はやっていません。みんな実戦で覚えていったんですよ。私なんか、敵のおかげで教えられたものです。回避運動のときは、全速で突っ走るわけです。「有明」では、三十五ノットぐらいで逃げ回るわけです。ただ大事なことは、敵と対峙したとき、艦長はあわてたりオロオスしないことですね。艦長があわてると、それがすぐ乗員に伝染しますからね。

私は、敵がきたときは、かならずタバコを一服つけるんです。乗員はみな艦長を見ていますからね。できるだけ悠然とかまえていると、みんな安心して、冷静に行動してくれるんですよ。それが生き残った原因でしょうね。

それから十七年十二月二十六日のことですが、ラバウルにいたときです。カビエンとラバウルの中間で、「卯月」が輸送船の南海丸と衝突事故を起こして、行動不能になっているから曳航してこいというわけです。たぶん、「卯月」は、輸送船を護衛して対潜警戒で行動中に衝突したんでしょうな。そこで十一時半ごろラバウルを出港して、二時半ごろ現場に着いたんです。

夜中でしたが、すぐにワイヤロープを相手艦にもやって、曳航しはじめたんです。曳航はうまくいってたんですが、まもなく夜が明けましてね。空を見ると曇天で雲高が二千メートルぐらいなんです。これはまずいなと思いましたねえ。この雲の中から敵機が現われたら、逃げる暇がありませんからねえ。「見張りを厳重にせよ」と艦内に号令をかけて、厳重に見張っていたところ、急速に敵機が出てきましてねえ。

アッというまもなく爆弾投下です。それが両艦の中間に落ちて、引っ張っているロープが切れちゃったんです。つづいて、「有明」の左舷五十メートル付近にもう一発落ちて、その至近弾の破片で、舷側に約百二十箇所も小さな穴があいちゃった。

ほとんどが水線上の被害だったのですが、ひどかったのは操舵室に穴があいて浸水しはじめたというんです。幸い、敵機は、それ以上攻撃してこなかったのですが、もう「卯月」を引っ張るどころではなくなって、うかうかしているとこっちが沈んでしまう。そこで、ただちにラバウルに情況を報告して、他の艦を派遣するようたのんで、急遽、ラバウルに帰還したんです。たまたまラバウルに工作船がいたので、応急修理をしてもらい、それから佐世保に帰投して修理したわけです——』

前代未聞の空飛ぶ魚雷

その後、吉田氏は十八年七月九日に「有明」を退艦した。その直後のこと。七月二十八日に、後任艦長の指揮で、ニューブリテン島最西端にあるツルブへの輸送作戦中に、「有明」はB25約三十機の空襲をうけて沈没してしまった。どんなに乗員が歴戦のベテランでも、艦長の性格と指揮しだいで、生死の差がくっきりと現われてくるというものだ。そのへんの艦長の心得を、吉田氏はこう語る。

『——退艦したのは、永らく駆逐艦にのっていたせいか、足が悪くなりましてね。いったん上陸して静養していたんですよ。運がいいといえばいいんでしょうが……。私は作戦行動中は、用便に行く以外は絶対に艦橋を離れなかったんです。食事をするのも、眠るのも、いっさい艦橋の椅子に座ったままでした。そのせいで足が悪くなったんですね。艦長が艦橋にいないと、乗員はどうしても気がゆるみますからね。それにいざ敵襲というとき、艦長がいないと、適切な行動がとれないものなんです。それに緊張感がない。そのために、往々にして艦を沈めてしまうということも起こり得るわけです。それだけは自分でも戒めていましたから――』

約一ヵ月の静養後、吉田氏は、「浦風」の艦長となる。いわゆる「陽炎」型の駆逐艦で、それまでの「初春」型の「有明」より約千トン大きい艦である。昭和十五年十二月十五日竣工の新鋭艦である。

この「陽炎」型は、日本海軍駆逐艦の最終結論といってよい。いままでつくられてきた駆逐艦の欠点を、ことごとく改正したものであり、日本海軍が求めつづけてきた優秀な艦隊決戦用の決定版だ。しかし、予想された艦隊決戦が行なわれず、いわば宝の持ちぐされの結果になっていた。

『――それがね、「浦風」での記憶があまりないんですよ。おそらく船団護衛とか、輸送任務など、地味な仕事ばかりだったから、これという記憶がないんでしょうね。

ただ一度、ラバウルにいたとき、大空襲をうけたことがありましてね、そのとき、すんでのところで、魚雷でやられそうになったことがありましたよ。

ブーゲンビルの輸送作戦が任務のときでしたから、十八年十一月十一日の第二次ラバウル大空襲のときだったと思います。敵機が百二十～百三十機ぐらいやってきましてね。上空に来る前に、シンプソン湾にいた艦艇が、いっせいに湾外に出たんです。

ところが、外海で避退行動をとっている私の艦に、右四十五度から、魚雷を抱いた敵機が突っこんでくるんですよ。そこで、敵機と平行になるように舵をとったんです。パラレルに航走すると、魚雷とすれ違うことになりますからね。そうすると、向こうもあわてたとみえて、進路を変更しようと舵をとるんです。

そのうちに魚雷発射の時期を失したとみえて、ますますあわてたんでしょうな。艦のそばまで来てから、魚雷を投下したんです。

そうすると魚雷が、艦の煙突の二メートルぐらい上を飛びこえて、反対舷の海中に落ちていきましたよ。これには私もびっくりしましたねえ。まさか、爆弾がわりとは思えませんがねえ。やはり、あわてていたんだと思います。あの魚雷が、もうちょっと手前で落ちていたら、間違いなく私の艦はやられていたと思いますね。

もっとも、こっちも一生懸命に回避しているわけですからね。前代未聞の光景でしたよ。

そのとき、軽巡の「阿賀野」だったと思いますが、魚雷が一本命中して大破しましてね。舵がきかないというので、曳航してトラックまでもっていったのですが、私の艦が、舵がわりになるんですが、そのために「阿賀野」の艦尾からロープを張ってぶら下がりましてね。右へ行ったり、左へ行ったりして、「阿賀野」の尻を動かすわけです。そうやってトラックまで行きましたよ。いろんなことがありましたね。

そして十九年五月に、「浦風」を退艦したのですが、そのころになると、つぎに乗るフネがほとんどなくなっていましたね。退艦した後、海軍省の人事局に行きましたら、駆逐艦長はみんな戦死するので、足りなくなってしまった。急速に艦長を養成する必要があるので、駆逐艦長養成の主任指導官になってくれ、と言われたんですよ。

しかし、私のような、海で行儀わるくしてきた者なんか、指導官には向きませんよ、といって断わったんですが、じゃあ、そのかわりにといって、兵学校の水雷科長になれと言われたわけです。

結局、私は兵学校最後の生徒となった七十七期の主任指導官になって終戦を迎えることになったわけです。ただあとで考えてみまして、私が「有明」と「浦風」の艦長期間中、ただの一人も戦死者も戦傷者も出さなかったということが、つくづく有難いことだったと思いますね――』（昭和五十六年十二月七日インタビュー）

〈軍歴〉明治三十五年十月七日、鹿児島市に生まる。大正十年八月、海軍兵学校生徒、十三年七月卒、五十二期。「出雲」「陸奥」「睦月」「木曽」に乗り組む。昭和二年四月、水雷学校普通科学生。同年十二月、任中尉。「矢矧」「利根」「蓮」「早苗」に乗り組む。五年、任大尉。七年、「卯月」航海長。九年、「沢風」水雷長。同年十一月、兵学校教官監事。十一年、「朝霧」水雷長。十二年、任少佐。「刈萱」艦長。十三年八月、予備艦「菊」「葵」の両艦長。同十二月、「太刀風」艦長、カムチャッカ警備。十五年二月、「潮」と兼任艦長。同十月、「有明」艦長で開戦を迎える。ハワイ、ポートダーウィン、インド洋、珊瑚海、ミッドウェーの各作戦に参加。十七年八月、ナウル攻略作戦。ガ島増援作戦。同十一月、任中佐。十八年八月、「浦風」艦長。十九年六月、兵学校教官で終戦。二十年九月、任大佐。

空隙と盲点

〈駆逐艦「時雨」艦長・西野繁中佐の証言〉

トラック大空襲に遭遇

鹿児島市郊外の伊集院《いじゅういん》町は、国鉄西鹿児島駅から列車で約二十分、小高い緑の丘陵に囲まれた静かな町である。夏の日射しがキラキラと光る午後、私は伊集院駅まで出迎えにこられた西野繁氏に、はじめてお目にかかった。

激闘の戦場から戦場へと疾駆した勇猛果敢な「時雨《しぐれ》」の艦長がこの人かと、いかにも朴訥《ぼくとつ》な容貌の西野氏に、私は正直いって面くらった。

しかし、西野氏の運転する車に同乗して、私は腹の中でうなった。そのドライバーぶりは慎重にして的確、A級ライセンスのプロドライバーも顔負けのみごとな運転ぶりである。私が氏の運転ぶりを感心していると、

「フネの操艦からくらべると、車の運転は、簡単なものですよ」

コトもなげに言う。

そうだろう、雨のように降りそそぐ米艦からの電探盲従射撃の中を、右へ左へかわしながら突っ走ったことからくらべると、道路の上を走っていれば安全を保証される車は、西野氏にとってみれば、自宅に座しているようなものかもしれない。

閑静な氏の自宅の客間にくつろぎながら、もう遠い記憶になりましたという西野氏から、当時のお話をうかがった。

『――「時雨」の艦長に着任したのは昭和十八年の十二月八日、つまり大詔奉戴日というわけです。そのときの作戦任務は、まずトラックに行って、物資をラバウルに運ぶという仕事でしたね。「時雨」は第二十七駆逐隊で、僚艦の「春雨」「白露」「五月雨」と四艦で編成され、ともにラバウルまで行きました。それからトラックにもどったのが二月のはじめで、例のトラック大空襲に遭遇したんです――』

西野元中佐。車の運転はフネの操艦よりも簡単だという。

太平洋戦争の全期間をつうじて、海軍には三つの重大事件が起こっている。

「甲事件」「乙事件」それに、「丁事件」と呼ばれるのがそれだ。「甲事件」は十八年四月十八日に山本五十六連合艦隊司令長官が、ブイン上空で敵機の待ち伏せに遭って戦死した事件。「乙事件」は十九年三月三十一日、パラオからダバオへ向かう二式大艇が、フィリピン海上空で発達した低気圧の中に突入し、行方不明となった古賀峯一連合艦隊司令長官の殉職事件である。

そして「丁事件」とは、古賀長官殉職の間接的動機ともなったもので、十九年二月十七〜十八日の両日、かのミッドウェー海戦で奇跡の逆転劇を演じたレイモンド・スプルーアンス中将麾下の米機動部隊が襲撃した大規模なトラック島大空襲をさしている。

トラックは連合艦隊の根拠地であり、「日本の真珠湾」といわれた要衝である。しかし、この大空襲の直前、二月十日に、情況の切迫を感じとったGFでは、在泊中の連合艦隊旗艦「武蔵」以下の艦隊をパラオ方面へ避退させた。このため主力部隊は、空襲の難を避けることができたが、残存していた艦艇と船団に大被害をこうむった。二日間の空襲で失った日本軍の飛行機は約二百七十機。撃沈された水上艦艇は十二隻。輸送船は三十一隻にのぼった。このほか、損傷艦が十一隻、船舶二隻、死傷者約六百名という大被害である。

明らかに連合艦隊司令部の作戦指導の失敗であった。とりわけ輸送船の大消耗は、作戦遂行に大きなブレーキとなることが明らかだった。トラック大空襲は、戦局を大きく変換する要因となった。それればかりではなく、本国の政界まで揺さぶり、軍政史上類を見ない大変革へと発展した。

トラック空襲の爆煙がまだ消えない翌十九日、東條首相は船舶担当の運輸通信大臣八田嘉明を罷免し、かわって五島慶太を選んだ。さらに今後の戦争指導に重大な影響をおよぼす決断を断行した。統帥部の人事更迭である。

陸軍の杉山元参謀総長と、海軍の永野修身軍令部総長を更迭し、かわって東條首相兼陸相が参謀総長を兼任し、嶋田繁太郎海相に軍令部総長を兼任させるという、かつてない思い切った人事である。国政担当者が統帥権に立ち入るのは、いわゆる統帥権の干犯に相当する重大問題である。

しかし、東條首相にしてみれば、戦況の苛烈化にもかかわらず、作戦の推移が思うにまかせず、絶対国防圏のトラックが無為に敵に蹂躙されるようでは、統帥部を信頼することができない、という不満からおこった異例の人事であった。

元来、陸軍徴用の船舶をにぎっているのは参謀総長である。海軍の場合は海軍大臣だが、日本全体の船舶の保全を左右する戦略は、軍令部総長の手にある。参謀総長も、軍令部総長も、統帥権の独立を主張して、内閣の干渉を許さない。そこで東條首相は、目の上のコブを取り除いて軍政と軍令を一体化し、国務と統帥の緊密化をはかって、航空機と船舶をスムーズに大増産させようと狙ったのが、この統帥部の更迭だった。

こうしてトラック大空襲は、まさに戦争指導の方向転換をうながす発火点となったのである。以上が「丁事件」の裏と表であるが、さて、トラック空襲をまともにうけた「時雨」はどうであったろうか。

『――十七日の明け方でしたね。夏島の近くに停泊していたんですが、空襲警報と同時に、私のフネが真っ先に出たんです。なにしろ、すばしっこいフネでしたからね。しかし、なかなか行き足がつきません。そこへ、敵機が三十五、六機来襲したんです。ぜんぶ艦爆でしたね。それが「時雨」めがけて急降下してくるんですよ。外海へ出るまでの水路の中では、回避運動もできません。ひたすら、罐の圧力が上がって速力の増加するのを祈りながら、まっすぐに走るしかないんです。こういうときは、艦長は何もできませんし、何も命令できません。艦橋に立ってハラハラしてるだけですよ。外海に出てしまえば、いろいろやれるんですがね。

主砲は、撃ちましたねェ、あるだけ撃ちましたよ。しかし、これはなかなか当たりませんね。威力はありましたけどね。私が見たのはほとんど機銃で撃ち落としたものばかりです。二十五ミリ機銃が二十五門ありましたが、あとで機銃の指揮官が、確実に十二機は撃ち落としたと言ってました。

そのかわり爆弾をずいぶん落とされましたよ。それがどういうもんか、運がいいというんですかね。至近弾はずいぶんありましたが、直撃弾はなかったんです。ただ一弾だけ、左舷のダビッドの頭に当たりましてね。それがドカンと爆発して、近くの機銃員をなぎ倒したんです。このときは破片の雨が艦橋にも飛んできましたよ。

この爆発で、第二煙突がボロボロになって、斜めにかしいでしまいましてね、倒れはしませんでしたが。それから舷側が至近弾の破片で、すっかりアバタ面になってね。穴はあきませんでしたが、ベコベコになってました。

私のフネが敵機を吸収した形になって、他の艦は攻撃をうけなかったようです。しかし、大型輸送船はやられていましたがね。私のフネはそのとき司令駆逐艦で、司令旗を上げていましたから、よけい狙われたのかもしれませんがね。

しかし、そのときの米機の連中はなかなか勇敢でしたよ。顔が見えるところまで下がってきて、爆弾を落としたり、機銃掃射をしましたからね。そのうち、外海に飛び出したんですが、そのときは、もう敵は来ませんでした。このあと修理にパラオへ行ったんですが、修理ができなくて、ちょうど内地に帰る輸送船を護衛しながら佐世保へ帰ったわけです――』

奇襲に成功した米軍は、制式空母五、軽空母四、搭載機六百六十五、戦艦六、重巡五、軽巡五、駆逐艦二十八、潜水艦十という編成であった。このうち米軍の損害は、飛行機二十五を失ったほか、十七日の夜、反撃に飛び立った日本機の雷撃により、空母イントレピッドが右舷に六メートル四方の大穴を開けられ、中破したのが最大のものであった、と米軍側は公表している。

レーダー射撃からの遁走

西部ニューギニアの北方沖にビアク島という島がある。ここには少数の警備隊がいたが、米軍は、十九年五月二十七日、艦砲射撃とともに上陸を開始してきた。日本側は、かねてから、ビアクに米軍が来攻するであろうとは予測していたが、こうも早く来るとは思っていなかった。そのため防衛準備はほとんどなされていなかったし、連合艦隊司令部でも、ビアクに対する認識が不十分であった。

米軍が上陸してきたので、改めてその重要性を認識したといってよいであろう。しかもビアクには、飛行場を造築する適地が多く、大基地群ができる、という情報を知ってから、陸海軍は、にわかに大騒ぎとなり、ビアク増援と、敵部隊に対し航空攻撃が開始された。これは「渾作戦」と呼ばれているが、やがてマリアナに敵大部隊が出現したことで、渾作戦は中途半端なものとなった。その間の増援輸送作戦に、「時雨」はビアクへ出撃している。

『――あのときは、陸軍兵力を六百名と物資を三隻の駆逐艦（「時雨」「敷波」「浦波」）に積載して、その護衛に、「春雨」「白露」「五月雨」の三隻がついたわけです。

六月八日の早朝三時にニューギニア西端のソロンを出撃したのですが、途中で敵機に発見され、「春雨」が撃沈されましてねえ。それでも進撃して、真夜中にビアクの揚陸地点に到着したんですが、なんと一万二千メートル前方に敵艦隊がいるんですよ。その日は月夜で、とても兵員を揚陸するどころじゃありません。そのうち、こっちは次第に敵に包囲される形になってきたので、やむなく、逃げ出すことにしたんです。（注、このときの米艦隊は、重巡一、軽巡二、駆逐艦十四隻からなる）

陸兵を乗せたまま、急遽、反転したのですが、このとき「時雨」は殿艦になりましてね。後ろから、敵がどんどん追いかけながらレーダー射撃をしてくるんです。ものすごい砲弾の雨が、最後尾の「時雨」めがけて降ってくる。艦の前後左右には水煙が林立しましてね。

いちばん近づいたときで、後方五千メートルでしたね。こっちはうしろ向きで砲撃するわけなので、後尾の三番砲塔しか使えないんです。全弾、連続射撃して弾がなくなってきたので、前部砲塔から弾を人力で運びましてねえ。このときは陸兵さんが、一生懸命、運んでくれましたよ。

敵のレーダー射撃を回避するために、たえず小刻みに、ジグザグ運動をくりかえすわけです。一～二分ごとに十五度ぐらいの角度で、右右右、左左、右、左と、できるだけ不規則に運動するんです。レーダーでこっちをとらえて、コンピュータで計算して発砲するまでの短時間が盲点でしてね。発砲したときには、こっちは位置を変えてるわけです。

あとで部下が、「艦長の回避はうまかったですなあ、かわったとたん、いままでのコース上にドスンと弾が落下してましたよ。まっすぐ走ってたら当たってました」と言ってましたがね。

しかし、一発だけ当たりました。それは艦首部の軟らかい部分で、だれもいないところでしたかね。右から左へ突き抜けて穴があいてました。それも水線上一・五メートルのところだったので、浸水もなく幸運でしたよ。

とにかく、後部砲塔の砲身が真っ赤に焼けるまで撃ちましてね。海水をかけて冷やしながら発砲してました。そのうち反撃のために魚雷を発射したんです。うんと斜針をかけましてね。これには敵も驚いて回避する。そのために距離がぐーっと離れましたね。

必死になって発砲しているうち、敵の先頭艦の旗艦とおぼしき艦橋に、命中弾を得られましてね。とたんに敵は、追撃をやめました。記録によると、米艦には被害はなかったと記されていますが、あれはおかしい。当たって炸裂したのを、ちゃんと見ているんですから――』

このあと「時雨」は、「あ」号作戦に参加するが、なすことなく帰ってくる。

『――ビアクから帰ってきて、まもなくサイパン沖の「あ」号作戦がはじまったわけです。そのとき油槽船の船団を護衛して、本隊に燃料を補給すべく会合点に向かっているとき、どうしたことか、僚艦の「白露」が、タンカーの清洋丸と衝突しましてね。そのときはものすごい火柱をあげて、アッという間に轟沈しちゃったんです。タンカーは前部船底を破損しただけで、ぶじでしたがね。

私はその瞬間、敵潜にやられたのかと思ったほどです。駆逐艦というのは、炸薬をもっているせいか、ものすごい爆発を起こすもんですねえ。

結局、「あ」号作戦では、私のフネは戦艦部隊の直衛に当たったので、戦闘らしい戦闘はやらずに内地に引き揚げたわけです――』

栗田艦隊の別働隊

十九年十月十七日、「時雨」が栗田健男第二艦隊司令長官の発令した〝捷一号作戦警戒〟を受信したのは、パラオにいたときだった。

サイパン、グアムが、たてつづけに玉砕して米軍に奪取されたとき、つぎに狙われるのはパラオだろうと予測されていた。そこで、パラオの一般邦人をフィリピン中部のセブ島に避難させるために、「時雨」と「五月雨」が派遣されたのであった。

『――ところが、そのとき「五月雨」が、パラオの北端で座礁しちゃいましてね。ニッチもサッチもいかない。じつに残念でしたなァ。やむなく廃艦にしましたけどね。とうとう第二十七駆逐隊は、「時雨」ただ一艦のみとなったんです。

それで捷一号発動で、「時雨」はブルネイへ来いという命令がありましたので、邦人をセブへ送りとどけた足でブルネイへ向かったわけです――』

パラオからセブまで約千百キロ、セブから北ボルネオのブルネイまで約七百キロある。「時雨」がセブ経由でブルネイ湾に入ったのは二十一日の夕方だった。広大なブルネイ湾にはすでに第二艦隊が勢揃いしていた。「大和」「武蔵」の巨艦が並んで錨を下ろしている。ちょうどこのとき、第四戦隊旗艦の「愛宕」では、各級指揮官が集まって、作戦の打ち合わせが行なわれていた。

「時雨」が泊地の指定箇所に錨を下ろしていると、戦艦「山城」の第二戦隊司令官、西村祥治中将から、西野艦長にすぐ来いとの連絡があった。「山城」の司令官公室に西野艦長が入っていくと、大柄な西村中将は、「やあ」と声をかけながら、にこやかに笑みを浮かべて立ち上がった。

西野艦長にとっては初対面だった。堂々たる西村司令官の体軀に気圧《けお》されたが、いかにも柔和な雰囲気と、決戦にさいしていささかも気負いのない態度に、西野艦長は真の武人を見る思いだった。

司令官は、先ほど「愛宕」で開かれたレイテ突入作戦の内容を簡単に説明した。つまり、栗田艦隊本隊がシブヤン海からサンベルナルジノ海峡をへて南下、レイテ湾に突入するのに対して、西村部隊は別働隊として反対側のスリガオ海峡から北上し、本隊と合流するようにレイテ湾に突入する、というものであった。

　西村部隊の編成は、戦艦「山城」「扶桑」、重巡「最上」、駆逐艦「満潮」「山雲」「朝雲」「時雨」の合計七隻であった。「時雨」は、第二十七駆逐隊で、開戦のときから僚艦の「春雨」「白露」「五月雨」とともに四隻で一隊を編成していた。しかし、いまはこの三隻はすでになく、「時雨」が一艦が残っているだけだった。

『――そのとき司令官は、「〝時雨〟は単艦になってしまったから、主力ではなくワシのほうにいてくれ。後方部隊だけれど、よろしく頼むよ。ただ、こんどの戦《いく》さは、敵の輸送部隊を撃滅するのが主目的だから、小さいフネの一隻や二隻、追いかける必要はない。こっちを攻撃してきたヤツはやっつけてもいいが、深追いする必要はないからそのつもりで」と言われたことを印象ぶかく覚えています。

　この作戦で最後のとどめを刺すのは本隊ですからね。西村部隊との協力作戦といっても、こっちはあくまで、主力が突入するための道をひらくのがその任務なんです。それに北から小沢機動部隊が南下してくるというんですから、じつに壮烈な作戦計画です。乾坤一擲の決戦とはこのことかと思って、おもわず身震いしましたよ。

　いよいよ最期のときがきた、死の突入だと思いながら、私は、「よくわかりました。〝時雨〟は火の玉となって突入します」と司令官に言ったんです。司令官は黙ってうなずいておられましたよ――』

スリガオに突入す

栗田長官のひきいる第一遊撃部隊主隊は、十月二十二日午前八時、ブルネイ泊地を出撃した。これに七時間半おくれて、支隊である西村部隊が出撃し、スル海へと向かった。二十二日、二十三日と、西村部隊は何事もなく進撃した。二十四日の九時ごろ、はじめて上空に敵機が現われた。約三十機の艦爆である。

遠くからようすをうかがっていた敵機は、九時四十分ごろから、いっせいに近迫し、急降下爆撃を開始してきた。しかし、この敵機はあまり練度が高くなかった。交戦は約五分間で終わった。西村司令官は栗田長官にあてて、

「〇九四五敵機撃退、撃墜三機、至近弾数発をうけしも被害軽少、戦闘力発揮支障なし」

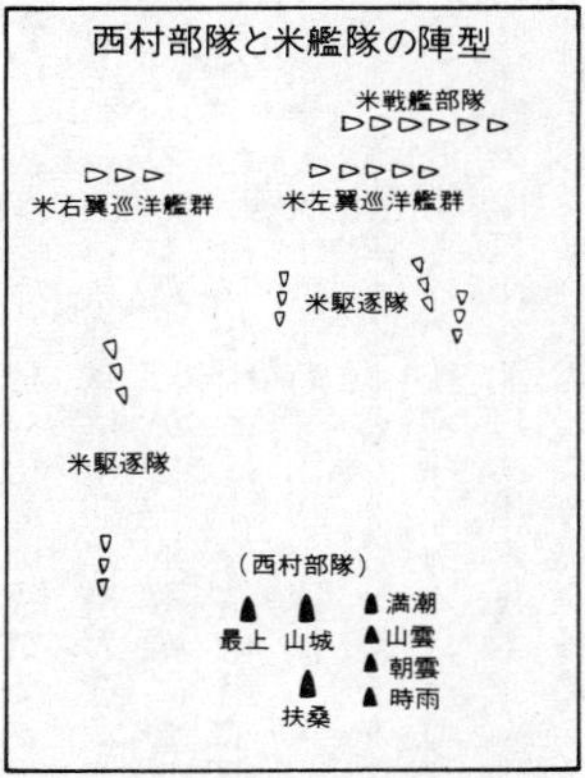

西村部隊と米艦隊の陣型

と、戦闘報告を打電した。この空襲のとき、「時雨」は『一番砲塔に直撃弾をうけた。この爆弾は天蓋を貫いて爆発し、十一名の戦死傷者を出したが、砲の使用には支障をきたさなかった』と、防衛庁の公刊戦史に記述されている。これについて、西野氏は、はっきり否定してこう語っている。

『──それはなにかの間違いですよ。爆弾が砲塔をかすって舷外の海面で爆発したんです。戦死者は一人もいません。乗員の一人が負傷しただけですが、

それもとるにたらないカスリ傷でね――』

その後、西村部隊は空襲に遭わなかった。シブヤン海に入った本隊に、米軍は全力投球したためであった。しかし、魚雷艇にたびたび襲われ、執拗につけ狙われたが、被害は皆無だった。むしろ「時雨」は、一番砲塔で敵魚雷艇一隻を撃沈している。

二十五日午前一時、西村部隊は、スリガオ海峡に入ろうとしていた。この海峡は、レイテ島とその南につながるパナオン島を左に、右にはディナガット島を望見する幅約三十キロ、長さ約八十キロの狭水路である。その先に広大なレイテ湾がひろがっていた。

海峡の南口から北口に出るまで、「山城」「扶桑」の最大速力、二十六ノットで突破しても約二時間はかかる。この狭い海峡で敵の水上艦艇と会敵すると、艦隊行動を制約されながらの戦闘となっていちじるしく不利だ。だが、どうしても突破しなければならない。

西村司令官は、二時二分、艦隊針路を〇度と下令した。真北である。このとき、西村部隊の隊形は三列縦隊になっていたと西野氏は証言する。公刊戦史でも、この部分が異なっている。とにかく西野氏の証言を聞こう。

『――公刊戦史では一本棒の単縦陣形をとったとされていますが、これは記録の誤りです。おそらく、私たちの後から突入してきた第二遊撃隊の司令部が、そのように報告したのを、戦史に記述されてしまったのだろうと思います。私は一艦長ですから、どうしても、司令部の報告が誤りであっても優先されてしまうんですよ。

正確な隊形を言いますとね、真ん中に「山城」「扶桑」が一本棒になり、「山城」の左舷千五百メートルに、「最上」が並列しましてね。その反対側、つまり戦艦群の右舷千五百メートル離れて駆逐艦が「満潮」「山雲」「朝雲」「時雨」の順で一本棒になって並列してたんですよ。

つまり、スリガオ海峡に入ってからの突撃隊形は、最初から最後まで、この三列縦隊だったのです。戦史に書かれている中で、この点が大きな間違いなんです。

その夜は、ひじょうに暗い夜でしてね。南方の海は明るいものなんですが、あんなに視界の悪い夜は珍しいことでしたね。曇ってもいましたし、海上にモヤがかかって、見通しがひじょうに悪かった。ですから、敵艦の姿は見えませんでしたね。

そのうち左のレイテ島側から、ほとんど直角に魚雷がダーッと来たんです。二、三十本もあったと思いますよ。暗闇ですけど、魚雷が波をかき回すので、夜光虫が光るんです。まるでライトをつけているみたいに、海中がパーッと明るくなるからすぐわかるんですよ。しかし、魚雷発射時の閃光は見えませんでしたね。

駆逐艦の間隔は、約六百メートルあったと思います。私はすぐ右へ転舵して魚雷を回避したんですが、全部は回避しきれなくて、二、三本は艦底を通過していくのが見えましたよ。ところが、そのとき「時雨」の前を行く三隻の駆逐艦に魚雷が命中して、ものすごい火炎を吹き上げていました。とにかく、私の目には轟沈したように見えましたね。

しかも、同時に「山城」「扶桑」にも魚雷が命中したんです。「最上」は見えなくてわかりませんでした。そのとき旗艦の「山城」から、「われ被雷す」という通信が入りましたからよく覚えています。

私はふと左を見たんですが、「山城」が真っ赤に燃えながら、それでも大砲を撃っていましたね。あれは主砲ではなかったな。副砲を撃ってましたね。「山城」からは、敵の艦影が見えたのかもしれませんが、私のところからはまったく見えんのです。チラと敵艦影が見えたような気もしましたが、確認はできませんでしたね。

ですから「時雨」は一発も撃っていないんです。目標がつかめないのに、撃つわけにはいきませんからね。ですから、満を持してひたすら前進するだけでした――』

被雷後、右にそれた「扶桑」は航行不能となり、まもなく巨大な火の玉を吹き上げて大爆発を起こし、艦体は中央部から真っ二つに折れてしまった。「山城」は魚雷二本をうけて、後部の弾火薬庫がいつ爆発するかわからない状態になっていた。

したがって、そのとき戦列を維持していたのは「山城」を中央に、左に「最上」右に「時雨」の三艦だけである。このとき西村司令官は、悲愴な命令を下した。

「われ魚雷攻撃をうく、各艦はわれをかえりみず前進し、敵を攻撃すべし」

これが三時四十分、旗艦「山城」の発した最後の命令だった。この直後から、残存部隊は敵主力の艦砲射撃をうけはじめた。

オルデンドルフ提督の率いる戦艦六、巡洋艦八は、レイテ湾正面で横隊となり、前進してくる西村部隊をレーダーで照準、T字戦法の隊形で砲撃をはじめたのであった。このときの猛砲撃を、西野氏はこう語る。

『――右手にヒブソン島があって、その島を越えたあたりからはじまりましたね。あんなひどい砲撃ははじめてです。ドスンドスンと至近弾が巨大な水柱を上げて、そのたびに、艦が一メートルほど跳び上がって、水面にバターンとたたきつけられるんです。その水柱が崩れて、華厳の滝をまともに浴びるようでした。艦橋内のジャイロコンパスやメーター類の針が振動で残らず飛び散ってしまいましたよ。ぜんぶ破壊されましたね。

その中を全速力を出して、右へ左へ回頭しながら突き進みました。それでも敵が見えんのです。煙幕を張られていたんですね。レーダー射撃だということがすぐわかりましたから、たえず小刻みにジグザグ運動をくり返したんです。一、二分ごとに十五度ぐらいの角度で、左、右右、左左、右、左とできるだけ不規則に運動するわけです。敵がレーダーで目標をとらえて、コンピュータで計算して発砲するまでの短時間の空隙と、発砲された弾丸がこちらにとどくまでの時間が盲点なんですよ。

その点では、「時雨」は小回りがききますからね。最大速力の三十四ノットで、水柱の中を縫うように突っ走ったのですが、いくら前進しても、敵艦の姿はおろか、発砲の閃光すら見えませんでしたねえ。

すると、砲術長が私の耳元で、「艦長、味方は、わが艦だけですぞ」と大声でわめいたんです。愕然としました。ふりかえってみると、「山城」が、真っ赤になって燃えているんです。

そのとき私は、司令官の命令に従って、一艦だけでも突っこみ、敵艦と刺し違えてやろうと思いました。ところが、前方に煙幕を張られているので敵の姿が見えません。姿も見えないのに突っこんでも、いたずらに犬死にするばかりです。発射管には魚雷が装塡されているし、砲には弾丸がこめられています。にもかかわらず、撃つことができない。どうしようかと考えましたよ。

とにかく、いったん反転してみようと思って、反転して、ちょっといったら舵故障をおこしたんです。至近弾の震動で油圧系がおかしくなったんでしょうね。人力操舵に切り換えたんですけど、それも駄目だというんです。舵がきかないまま、三十分ぐらい走っていましたら、ようやく修理ができてなおったんです。

しかし、そのときは戦場から、だいぶ離れてしまいましたし、あのときは本当に困りましたねえ。もはや斬り込みようもなくなって、やむなく避退しようと思ったら、前方から五艦隊がくるんですねえ。びっくりしました。

発光信号で、ポッポッと味方信号がきたんですよ。志摩艦隊が、あとから来るなんてことは、まったく知らされていませんでしたからね。〝ワレ、シグレ、ナニカ〟と信号したんですよ。なんでこんなところに、味方艦がいるんだろうかと思ったですからねえ。なんの連絡もなかったんですから、ひどいもんですよ。変な作戦でしたなあ。

果たして西村司令官は、あとから志摩艦隊が来ることを承知していたかどうか。ひょっとすると、知らなかったのかもしれませんねえ。私の知るかぎり、上部からそういう説明も連絡も通知も、いっさいなかったですからね。ですから西村司令官も、戦況不利だし、とにか

くやるだけやるしかないと覚悟されて突っこまれたんだろうと思いますねえ——』（昭和五十五年八月二十三日インタビュー）

〈軍歴〉明治四十年六月十五日、鹿児島県川辺郡知覧村に生まる。大正十三年四月、海軍兵学校生徒、昭和二年三月卒業、五十五期。「浅間」「比叡」に乗り組む。三年十月、任少尉。四年、「名取」、五年、「東雲」に乗り組む。同年十二月、任中尉。六年、「呂五八潜」、七年、「常磐」に乗り組む。上海事変にともない、特別陸戦隊副官として上海に出撃。同年五月、「妙高」、十一月、「呂五四潜」に乗り組む。八年、「伊五五潜」航海長、任大尉。九年、「伊六潜」艤装員、同艦航海長。十三年、掃海艇「一七号」艇長。十四年、任少佐。同年十二月、「朝凪」艦長。十五年、「栂」艦長。開戦とともに香港攻略作戦に参加。十七年、馬公警備府付、副官兼参謀。十八年十二月、「時雨」艦長。十九年五月、任中佐。「あ」号作戦、捷一号作戦に参加。十二月、佐世保鎮守府付。二十年二月、「夏月」艤装員長、同艦長で終戦。

決死の覚悟

〈潜水艦「伊一六八」艦長・田辺彌八中佐の証言〉

ミッドウェーに出撃

太平洋戦争の全期間を通じて最大の分岐点となったのは、昭和十七年六月五日のミッドウェー海戦だったといえる。日本海軍の、まさにトラの子ともいうべき強力な機動兵力、空母「赤城」「加賀」「蒼龍」「飛龍」の四隻が、一瞬の隙をついて舞い降りてきた敵の艦爆に攻撃されて、つぎつぎと炎上、沈没していったことは、一戦局の敗北だけにとどまらなかったのである。

しかし、大失敗のミッドウェー作戦の中で、日本側もまた貴重な大戦果をあげていた。米空母ヨークタウンの撃沈である。しかもそれが、一潜水艦によってなされたところに日本側戦果の特異性があった。

殊勲の潜水艦は、艦長田辺彌八少佐の指揮する「伊一六八潜」である。しかもこの殊勲は、常識的な戦術行動を逸脱した、意表をついた一種のヒラメキによってなされた特異な戦果であった。

この快挙をなしとげた艦長・田辺彌八氏を大宮市のご自宅に訪問して、往時の模様をうかがった。田辺氏は、ミッドウェー以後、ニューギニアのラエに輸送作戦で出撃したとき、敵機に襲撃されて重傷を負った。爆弾の破片が右乳下から右肺を通過し、心臓の裏側で止まったが、摘出不能で、それがいまなお入ったままだという。

「そのせいか、ときどき貧血症状が出ましてねえ、あまり無理がきかんのですわ……」

といいながらも、今日、従業員三十人、下請業者五十軒を率いて特殊加工紙の会社を経営している。社員の中にはかつての部下がいて、和気あいあいの経営だという。

『――ミッドウェーに出撃するとき、私の艦は僚艦とともに内海を出撃したんですが、周防灘まで行ったとき、機械が故障しましてね。呉に引き返して修理をしたんです。そのために出遅れたので、散開線につくのがとりやめとなり、新たな任務として単艦でミッドウェーに接近し、偵察せよと命じられたんです。

艦の故障がなおって、五月二十三日に呉を出撃したんですが、ミッドウェーの手前にキューア島という小さな島がありまして、六月一日にその島をぐるりとまわって偵察したわけです。しかし、軍事施設は何もなかったので、そのまま足を延ばして、六月

田辺元中佐。意表をついたヒラメキで米空母を撃沈した。

二日にミッドウェー島にたっしたわけです。

そこで偵察報告したのですが、飛行機がかなり発着していること、同方面の飛行機による警戒が厳重であること、ハワイから飛行機が移動している形跡があること、しかし海面には艦船はなく、少数の駆潜艇しかないこと、などを打電したんです。そのあと天候報告などをおこなったりして、同島と不即不離の態勢で偵察をつづけていました。

潜水艦が偵察する場合、潜望鏡でよく見えるところまで近づくわけですが、だいたい、五千メートルぐらいまで接近しますね。昼間、潜航して近づいてゆき、潜望鏡で偵察し、夕方から避退して、夜、浮上するわけです。浮上するときは島から二〜三万メートル離れていますが、浮上航走しながら充電しつつ、アンテナを出して報告電を打つわけです。このくり返しでしたね。

そして五日になったら、わが軍の戦爆連合がやってきましたよ。潜望鏡いっぱいに、天に沖する火炎と黒煙が見えましてね、まるで島全体が爆発したかのようで、胸のすく攻撃でした。こっちにとってはまたとない高見の見物でしたよ。あとは重巡戦隊がきて砲撃して、占領部隊が上陸すれば、この戦いはケリがつくと信じてましたね。

私が呉を出撃するとき、爾後の燃料補給はミッドウェーにて行なうべし、だから、思う存分、暴れてよいと言われていたんですよ。

戦う前から、占領は当然だと考えられていたんですね。たしかに日本軍の攻撃ぶりを見るかぎり、ミッドウェー島の占領は時間の問題でしたものね。しかも、機動部隊の後方には、山本長官が乗っておられる「大和」以下の主力部隊が、刻々と戦場に近づきつつあるんですから。これは勝ったと思いましたよ。

ところが、航空隊の第一撃が終わったあと、とうぜん行なわれるべき第二撃がこないんですね。そのうち、こっちのアンテナに、味方空母被爆の報告が飛びこんできたんです。これは困ったことになったと思っていましたよ。それから数時間たってからですね、突然、第六艦隊の小松輝久司令長官から、「ミッドウェーを砲撃せよ」という命令電がきたんです。潜水艦に砲撃させるなんて、なんだか血迷った感じだな、と思いましたね。

わが方は空母が四隻も沈んだものだから、いわば、報復的な意味あいのものだったんでしょう。四〜五千メートルで、十センチ砲を撃ちましたけど、どこに当たったかわかりませんでしたね。飛行場を狙ったんですが、潜水艦の砲撃ですからね、脅《おど》しにはなったでしょうけど、効果はどうですかねえ。

六、七発撃ったら、すぐ駆潜艇が二、三隻、出てきましてね。こっちは追いかけ回されて潜航して逃げまわったんです。駆潜艇から避退して、もういいだろうと、潜望鏡を出し、短波マストを出したら、いきなり命令が飛びこんできたんです。

「わが海軍航空部隊の攻撃によりヨークタウン型空母一隻ミッドウェーの北東百五十カイリに大破漂流しつつあり。伊一六八はただちにこれを追撃、撃沈すべし」

という命令でした。この電令は六日〇七五五（午前七時五十五分）の発信でしたが、こっちは敵の駆潜艇に追いかけられて潜航していたから受信できなかったんです。かなり時間が経過していましたね。

受信したからといって、すぐに返電を打つわけにはいきません。ただちに、安全海域まで走って、一六三〇ごろに、

「本日、終始、敵哨戒艇の制圧をうけたため、受信遅れたり、ただちに指定地点〝トスヲ一八〟に向かう、七日〇一〇〇着の予定」

と返電したんです。〝トスヲ一八〟というのは、ミッドウェーの北北東約百五十カイリの地点をさす日本海軍の艦艇用チャートの記号です。

私は艦内乗員に、この新しい任務を放送してから准士官以上を士官室に集めて、手落ちのないように細かく戦闘準備の指示をあたえたのです――』

北北東に針路をとれ

米空母ヨークタウンを大破したのは、空母「飛龍」の攻撃隊であった。魚雷一本が左舷中央に命中、さらに一本が、同じ左舷に命中した。この被雷で、ヨークタウンの電路や動力系統が破壊され、艦は左に約二十度かたむいたまま復元できなくなっていた。

ヨークタウンは左傾してはいるが、真珠湾まで曳航できるように思われた。米軍は、警戒駆逐艦を配置して曳航準備をすすめていたのである。

田辺艦長は、命令電をうけとると、ただちに北北東に針路をとった。艦は真っ暗闇の海面を、計算で出した敵との出会針路に乗って十六ノットで浮上航走した。

『――問題は、ただ走っていったのではいかんので、有利な態勢になること、しかも時間的に、絶好の状態のときに到着しなければいけないわけです。ですから、明日の夜明けに、敵を東に見るような位置につくよう走っていく必要があるわけです。夜明けの明るい空を背景に敵艦をおき、自艦はまだ暗い西空をバックにするという、有利な攻撃態勢を演出しなければなりません。

私は艦橋の椅子に腰を下ろして、これから起こるであろういろいろな戦況や、どうやったら一撃必殺できるか、ずいぶん考えましたよ。

この広い大海原で、はたして運よく敵空母を捕捉できるだろうか。しかも、夜明けに捕捉しなければなりません。もし昼間になると、当然、敵機の哨戒もあるだろう。敵は傷ついているのだから、これを護衛する艦艇がとり巻いているに違いない。警戒網をどうやって突破するか。こちらが攻撃する前に発見されて爆雷攻撃をされたら、どうやって危地を脱出するか。再度攻撃は可能だろうか。

考えだすとキリがないんです。不安材料はいくらでも出てくるんです。けれど、その一つ一つを想定して、対応策を考えておかねばなりません。私は一睡もしないで戦策に没頭していたんです。そのうち、ふっと乗員たちのようすが気になりましてね。足音をしのばせて艦内を一巡したんです。

そうしたら白鉢巻をしているもの、ひそひそ語り合っているもの、ぐっすりと寝込んでいるものなど、乗員すべてが、日ごろの訓練時のように落ち着きはらっているんです。冗談さえ聞こえるほどなんですよ。彼らの顔には、これから死地におもむくのだといった、エキセントリックな表情はまったく見られないんです。それで私は、よし、これならやれる、と自信を持ちましたねえ。

いよいよ予定の午前一時になりまして、ようやく水平線上が白みはじめてきたとき、艦外デッキの見張員が、「前方に黒点ッ！」と報告したんです。見ると、まさしく目標の敵空母だとわかったんです。

念じていた時刻に、しかも、理想的な相対位置で捕捉することができて、うれしさで胸がいっぱいになりましたよ。そのときの距離は、およそ一万三千メートルでした。潜水艦は背が低いですから、それだけ近寄らないと発見できないんです――』

三百六十度の敵前回頭

『――敵の空母は、だんだん明るくなる東の空を背景にして、くっきりと浮き上がってきました。付近には警戒艦らしい小さな黒影が数点見えましたね。見つけられては一大事です。そこで潜航を命じてもぐったんです。いよいよ食うか食われるかです。海面はさざ波ひとつ立っていませんでした。この静けさでは、潜望鏡の露出に一段と苦労がいるんです。

相手の動きを見たとき、これはハワイへむかっているなと想像したんです。速力は二ノットぐらいです。そこで出会いがしらにぶつかるように、艦をちょっと東の方へむけて距離をつめていったんです。

推進音を聞かれないようにと、水中速力三ノットで進みました。その間、何回か潜望鏡を出して敵針、敵速を観測したわけです。敵の陣形は、やや左傾した空母を中心に、千～千五百メートルの距離に警戒駆逐艦を配していて、その数は七隻でしたね。

やがて、敵の探信音が聞こえてきました。艦はいよいよ敵陣形に近づいたわけです。艦内に「爆雷防御」を下令して、深度計や応急電灯の準備をととのわせます。潜望鏡の昇降台に立ったまま、私は攻撃計画を考えたんです。

最初は、敵の左舷側から襲撃しようと行動したのですが、この速力では、左舷側に出れないので、右舷側から襲撃することにしましてね、作図と聴音をたよりに無観測進出したんです。頭上を何度も敵駆逐艦が通り抜けるんですが、さすがにヒヤヒヤしましたね。敵の探信音は、あちらからも、こちらからも、ひっきりなしに聞こえてくる。警戒は厳重でしたね。

そして午前九時三十七分、神に念じながら潜望鏡を上げたんです。一瞬でしたが、潜望鏡いっぱいに、山のような敵空母がのしかかっているんです。驚きました。距離は五百メートル、艦上の米兵の顔がわかるほどで、これでは近寄りすぎです。そこで三百六十度、回頭しようと決心したのです。訓練でこんなことをやったら落第ですよ。しかし、五百メートルで魚雷を発射したら、みんな艦底を通過してしまいますからね。失敗は絶対に許されないし、やりなおしはできない。どうしても成功させるためには、距離を八百～千メートルにしなければなりません。

とにかく理屈抜きに、一瞬の判断で、三百六十度回頭をその場でやったのです。これは余談ですが、戦後、米軍から、なぜ回頭したのかと、三回も四回も呼び出されて調べられましてね。ひじょうに珍しいんだそうですよ、そういうことをしたことが。

しかし、私にしてみれば、艦首の四本の魚雷で仕留めなければなりません。うしろに二本ありますけど、これは使えません。四本の魚雷をぜんぶ、命中させることが目的なのですから、いささかの疑問も持たずに、三百六十度の回頭をやったのです。あとで沈着だとかなんとか、ずいぶんほめられましたけど、そのときは沈着というよりも、ひとつのひらめきですね。

それからもうひとつは、魚雷を発射したあと、敵艦の下に潜りこんでやろうと考えたんです。魚雷が命中したら、乗員たちは海中に跳びこむだろう。そこへは爆雷を落とすわけにはいかないから、一番安全な場所です。それから駆逐艦を振り切ってやろうと……。しかし、沈みつつある敵艦の下に突っこむということは危険です。これも、兵学校では落第ですよ。沈みよるフネの下に潜るやつがあるか、ということになります。しかし、イチかバチかでそうしなけりゃいかんというのが、あのときの情況だったんです。

三百六十度回頭するまで、じつに長い時間に感じられました。ひと回りしたとき、いままで騒々しく鳴り響いていた敵のソーナー音が、ぴたりと止んだんです。〝いまが襲撃のチャンスだ〟と思いながら、瞬間的に潜望鏡を上げて見たんです。すると、ちょうど距離が千二百メートル、しかもこちらの注文通りの位置に、敵艦がグッと回頭してきたんです。

そこで二本ずつ、重ね打ちをしたんです。第一回目が、開角二度で二本、つづいて三秒後に、開角二度で二本と、四本の魚雷を通常の散布帯ではなく、二本ずつの散布を二つ重ねて発射したわけです。こうすると、最初の魚雷があけた穴の中に、後続の魚雷が飛びこんで、さらに傷口を大きくする結果になると思ったからです。これも、攻撃方法としては異例のことだと思います。

アメリカ側の発表によれば、一本が駆逐艦ハンマンを直撃し、一本がはずれ、二本がヨークタウンに命中したとなっていますが、魚雷にもいろいろとクセがありましてね、おそらく横にそれていったんでしょう。日本の魚雷は優秀でしたけれど、やはり発射してみないとわからないところがありましたからね。

しかし、爆発音は四つ聞いているので、全部命中したと思っていました。そのとき、ハンマンが空母の舷側にいたとは知りませんでしたね。潜望鏡を上げるのは一瞬のことですから、空母と重なっている駆逐艦までは視認できませんでした。戦後、米軍から知らされて、これは儲《もう》けものをしたわいと思いましたねえ。

ところが、空母を攻撃したあとが大変だったのです。まわりにいた駆逐艦が、いっせいに爆雷攻撃です。五時間ほど制圧されていましたが、百数十発の至近弾をうけましたよ。もっともひどい一発は艦底で爆発したやつで、艦が水中で一メートルほど跳ね上がりましたからねえ。このときの震動で、動力源の電池にヒビが入って硫酸が流れだしたんです。それが艦底にたまっていたビルジと化合して、塩素ガスを発生しだした。毒ガスですよ。

電池が破壊されたので、電燈は消えて真っ暗。動力もとまったので操艦ができません。そのうち、艦のバランスが崩れて、仰角二十度の状態です。その中で懐中電燈をたよりに必死の復旧作業です。破壊された電池をとりのぞき、よいのだけ選んで連接するのですが、これがなかなか思うようにはかどらないんです。

何時間かかりましたかねえ。ようやく電流が通じる見込みがついて、スイッチを入れると推進機が回りだしました。電燈もついて、ホッとしたんですが、艦内には塩素ガスが充満しているので、浮上して換気しなければなりません。それに六、七時間、潜航しているので、充電する必要があります。

どうやら頭上には駆逐艦もいないようなので、思い切って浮上することにしました。もし敵艦がいたら、魚雷、大砲、機銃、小銃などあらゆる武器をもって戦おうと、乗員一同、決死の覚悟で浮上したんです。

浮上と同時に外に飛びだしてみると、敵駆逐艦は一万メートルほど後方に二隻、見えましたね。しめたと思って換気を急がせ、浮上機械をかけて走りだしたんです。浮上航走をするときはジーゼルを回しますので、艦尾から黒い排気ガスがもうもうと出るんです。

この煙をいち早く見つけたとみえて、駆逐艦がこっちに向かってくるのが見えました。換気を急がせ、気蓄器に空気をとりこませ、充電を急がせる。こっちは全速二十三ノットで逃げるわけです。敵艦は、どんどん迫ってきます。そのときは、あと三十分もすれば夜になる時間でした。日が暮れればなんとか逃げられると思ったのですが、このままでは追いつかれてしまいます。

しかし、換気と充電がまだ十分ではありません。「敵近づきます」と見張員は、さかんに訴える。見ると五千メートルぐらいに近づいています。とうとう敵艦は、砲撃をはじめました。そこで〝潜航〟を命じたんです。換気も補気も充電もまだ不十分だったのですが、当面の敵から逃げ切るだけは確保できましたからね。

潜航して間もなく、敵駆逐艦が頭上に迫ってきましたが、投下爆雷も二、三発で、すぐに引き返していきました。日も暮れましたし、これ以上制圧するのも無駄だと考えたか、爆雷がなくなったかしたんでしょう。敵艦の推進機音が消えたので、ふたたび浮上したら、敵艦はもうはるか水平線上に去っていましたよ。

それから一路西へ、母国をさして帰路についたのですが、呉まで、燃料がもちそうにないというので、北方に針路をとり、最短距離をたどって片舷航行で帰路についたのです。北海道の沖から三陸沖を南下して、もし燃料切れになったら、どこでもいいから入港して、漁船の燃料をもらおうと考えたわけです。

しかし、幸い、呉にかろうじてたどり着けましてね。残存燃料はわずか一トンという報告をうけましたよ。しかし、実際には海水がまじったりしていますから、使用できるのは一トンもなかったでしょうね――』

敵機の奇襲をうける

『――ミッドウェーからかえったら、ちょうど新造の潜水艦が完成したから、その艤装員長をやれと命じられましてね。それが「伊一七六潜」なんです。海大七型の一番艦で、艦首に発射管が六本ある新鋭艦です。十七年八月四日に竣工して、そのまま初代艦長になったわけです。

翌十八年三月、戦況もしだいに悪化してきて、ニューギニアのラエの陸軍部隊に武器、弾薬、糧食を輸送するのに、潜水艦をもちいるしか方法がなくなりまして、その一番最初の任務に私の艦がついたわけなんです。

ラバウルで物資を積載したのですが、米をつめたドラム罐を九十本、後甲板にならべてしばりつけ、小銃や機銃、その弾薬を艦内につみこんだのですが、狭い艦内のことですから量は微々たるものでした。さらに、陸軍の便乗者二十人を乗せて、三月十七日にラバウルを出港したわけです。

十九日の夕方、薄暮のころにラエの海岸に着きまして、岸からやってきた大発に物資をうつすべく、浮上して作業をはじめたとき、急に陸上で赤い火線が数条、夜空に走って、敵襲を知らせてくれたんです。

「空襲だ！」というまもなく、山かげからいきなり敵機五機が現われて、潜水艦めがけてバリバリ機銃を撃ってきたんです。

「作業止め！　潜水急げ」といって、乗員たちをハッチから艦内に飛びこませたんですが、そのとき、司令塔に当たった機銃弾が跳ねかえって、その破片が私の胸を突き刺したんですね。

いったん飛び去った敵機は、すぐ反転してきて、こんどは爆弾を投下したんです。潜水艦攻撃用の小型爆弾で、一機が五、六発、まるで雨が降るように、バラバラッと二十何発か降ってきたんです。そのうちの一発が後甲板に命中したんですが、ちょうど米のドラム罐に命中したので、ドラム罐は四散しましたけど、おかげで艦は無傷で、助かりました。しかし、この攻撃で二人戦死しましてね。私はさらにドラム罐の破片で、左足のふくらはぎの肉と背中の肉を削がれてしまい、重傷を負ってしまったんです。

艦はなんとか潜航しましたけど、艦のあちこちが機銃弾で穴をあけられ、浸水してくるんです。やむなく近くの河口に艦を進めて、座州《ざす》させまして、応急修理をしたんですが、ちょうど艦首が水面から出ていたものですから、艦内の武器、弾薬を、艦首部のハッチから出して陸軍に引き渡すことができたわけです。

この間、私は艦長室に寝かされていましてね、操艦はすべて先任将校の荒木浅吉大尉が、私にかわってやってくれたんです。私は出血多量で虫の息だったようですが、意識だけははっきりしていましたね。

河口に座州したのは引き潮のときだったので、あとで離州するときは、比較的問題なくったようです。満潮になるまでの間、銃撃で穴のあいた箇所を応急修理することができて、ぶじにラバウルまで帰ることができたわけです。

重傷で寝ていたとき、つくづく思ったのですが、あのまま死ぬんだったら、弾丸にあたって死ぬのは案外、らくなものだなあ、とそう思いましたね。動けない私にかわって、荒木大尉はじつに適切な指揮をとってくれましたよ。それにしても乗員たちは、みんな沈着で、みごとに任務を果たしてくれました――』(昭和五十五年四月八日インタビュー)

〈軍歴〉明治三十八年八月十三日、香川県三豊郡豊中町に生まる。大正十四年四月、海軍兵学校生徒。昭和三年三月卒、五十六期。同年四月、「八雲」で遠洋航海、十一月に内地帰着。五年から十年まで「鬼怒」「朝風」「樫」「多摩」「伊一潜」「呂五八潜」、この間に任大尉、「呂六八潜」などに乗り組む。十一年、「栂」に乗り組み、日中戦争に参加。十三年、海軍通信学校高等科学生。同年十二月、海軍潜水学校乙種学生。十四年、「呂五八潜」乗り組み。「伊八潜」通信長。第二潜水戦隊参謀。十五年、任少佐。十六年七月、海軍潜水学校甲種学生。十月、「呂五九潜」艦長。十七年一月、「伊一六八潜」艦長でミッドウェー作戦に参加。同年八月、「伊一七六潜」艦長。十八年三月、ラエで戦傷、横須賀海軍病院に入院。七月、海軍潜水学校教官兼研究部員。十九年、任中佐。二十年六月、海軍特兵部部員。八月、軍令部出仕兼海軍省軍務局出仕。

好機到来

〈駆逐艦「響」艦長・森卓次中佐の証言〉

死を覚悟しての撤収

かつて八字ヒゲをぴんと生やした精悍な艦長・森卓次氏は、いまや平和な日々を全身でうけとめて、悠々自適の日を送っている。氏の心の中にいまも烈々と生きているのは、奇跡の撤退作戦といわれているキスカからの陸兵撤収に、駆逐艦「響」を駆って霧のアリューシャンにおもむいたことである。

昭和十八年四月十八日、山本五十六連合艦隊司令長官がブーゲンビル島上空で戦死していらい、日本側の戦局は急速に悪化していった。そして五月二十九日、アッツ島が最初の玉砕となる。ここにおいて、アッツ東方百二十カイリに位置するキスカ島が、玉砕の悲劇の二の舞になることがはっきりしていた。

そこで、五千二百名のキスカ島守備部隊を撤退させることになり、第五艦隊がその任についたのである。

撤収部隊は七月七日、千島列島最北端のパラムシルを十九時三十分に出撃した。十日、アムチトカ島の五百カイリ圏外の待機点にたっした撤収部隊は、キスカ島の霧の情況や敵情をさぐっていた。そして、突入を十一日としたが霧に恵まれず、予定日をくり下げて十三日としたがこれも駄目、ついで十四日、十五日と変更したが、ついに好機をつかめず、十五日八時二十分、突入を断念して帰投、十八日にパラムシルに帰ってきた。

『——あのときは、海上になかなか霧が発生してくれなくて困りました。出たかと思うとすぐ晴れてしまう。こちらよりも優勢な米艦隊が、キスカ島を取り巻いて封鎖していることがわかっていましたから、どうしても霧の助けを必要としたんです。四、五回突入したんですが、そのたびに好天になり、ついにあきらめざるをえなかったわけです。残念でしたね。乗員たちも突入断念には断腸の思いだったようです。「響」の兵長石井仁行さんが、日誌にこう書き記してありましたよ。

「一体、何回引き返すのだ。キスカの勇士が可哀相だ。実際、我々は五日間に四回も突っ込んでは引き返したのである。張り切った気も弛《ゆる》んで、乗員一同、がっかりしていたのであった。太陽は顔を出し、撤収部隊は、一路基地に帰投、再起を計るの止むなきに至ったのである。ああ、キスカの勇士は如何になるであろうか」

これはまさに突入部隊乗員の気持を代弁したものですね。われわれが行かなければ、キスカは無為に玉砕する。それを救わねばならないという、セッパつまったギリギリの気持でしたからね。

霧の発生状況の統計は、アリューシャンでは七月が最高で、八月はカラリと晴れ渡るんです。ですから、米軍の上陸が開始されるのは八月だと踏んでいたわけです。その前に撤収しなければいかん。そこで期待されたのが七月末というわけです。気象班は必死になって、低気圧がいつ現われるか、さぐっていましたが、ついにパラムシルの竹永一雄気象長が、「オホーツク海に七百四十四ミリの発達した低気圧現わる。時速三十キロでゆっくり東に進む。このままだと低気圧は二十五日ごろベーリング海に入り、西部アリューシャンは南高北低、理想型の気圧配置になり、キスカは南寄りの風に変わり、ほぼ確実に霧の発生が予察される」

と予報を出したんです。それッ、好機到来とばかり、七月二十二日の夜、艦隊は第二次出動となったわけです。

森卓次中佐。奇跡の撤収作戦はいまでも鮮烈に蘇るという。

キスカへ向かったのは、軽巡「多摩」「阿武隈」「木曾」、駆逐艦「響」「朝雲」「薄雲」「夕雲」「風雲」「秋雲」「若葉」「初霜」「長波」「島風」「五月雨」。それに海防艦「国後」、補給船日本丸の十六隻でした。第五艦隊旗艦の「那智」がこれに加わらなかったのは燃料がなかったんですよ。駆逐艦は、「那智」の油をもらって出撃したくらいですからね。

あくまで、この作戦は、キスカ部隊の撤収が目的でしたから、敵艦隊との交戦は、まったく考えていなかったのです。なんとしてでも、敵艦隊を避けて、隠密裡にコトを成功させようと、ただそれだけでした。そのために、濃霧の日に突入することにしていたわけです。ただ、不幸にして会敵した場合は、夜戦をやる予定にはなっていました。いまから思えば、撤退戦しか考えず、それのみを追求したために、米軍のたった一日だけの〝虚〟をつかむことができたんだと思います。また、その〝虚〟をつかまえるだけの能力があったのだと言えるでしょうね。

第二次出撃のとき、私は乗員全員にこういうことを言ったと思います。「本日戦死、全員瓦となりて全からんよりは、玉となって砕けよう」と。みな、死を覚悟していましたね。乗員たちの顔には、烈々の気迫がこもっていました。いまでも目に浮かびますよ、そのときのことが――』

忽然と消えた米艦隊

艦隊は、カムチャツカ半島の先端にある占守島《シムシュ》から一直線に南下し、それから直角に東方へ針路をとった。キスカの南方から一気に駆けのぼる作戦であった。霧の発生状況を観察しながら、艦隊は、アッツ島のはるか南方洋上で行きつもどりつしていた。

七月二十六日、行動海面はおおむね濃霧で、視界二百～五百メートルだった。艦隊は三百メートル間隔の単縦陣で、各艦は艦尾から霧中標識を流していた。この標的をワイヤで引っ張ると、海水が標識にぶつかって激しい波しぶきとなる。艦と艦の中間、約百五十メートルのところで吹き上げる波しぶきを目標に、後続艦が続行するわけである。

十七時四十分ごろ、霧のために艦隊を見失って後落していた「国後」が、突然、霧の中から出現し、「阿武隈」の右舷中部に衝突し、この混乱により、「初霜」の艦首が「若葉」右舷に、艦尾が「長波」左舷に触衝するという事故が発生した。その結果、「若葉」はパラムシルに帰投する。

『――衝突事故のあった三時間ぐらい後、「響」は米艦隊の平文電をキャッチしたんです。その内容はかなりあわてたものでしたね。砲撃関係の電文で、砲撃の方向とか、どのくらいの弾数を撃ったとかいう内容だったと記憶しています。その電文を見て私は、ハハァーン、敵は同士打ちをやっているなと思い、そのことをすぐ旗艦の「阿武隈」に知らせたんです。この報告は、キスカ突入に重要な判断材料になったことは確かです。

これは戦後に判明したことなんですが、二十三日に米軍の双発水上機が、アッツ島の南西二百カイリに七隻の船をレーダーで捕捉したんですね。キンケイド提督は、これこそキスカに対する日本の増援船団だと判断して、米艦隊を全速力で西方に急行させ、七隻の船を捕捉する計画だったようです。ところが、その頃、この付近に日本のフネはいなかったんです。七隻の実体がなんであったか、いまもって分かりません。

そして二十六日、針路九十五度のとき、ミシシッピーから、左舷艦首十五カイリにレーダー捕捉を得たと報告があったわけです。同時に、アイダホ、ウイチタ、ポートランドの各艦も、同様の報告をしてるんですね。

そこで米艦隊は、戦闘序列に隊形を変え、砲撃をはじめたわけです。約三十分間、全艦が目標に向かって砲撃したところ、突如、レーダー幕から目標が消えちゃった。全艦撃滅したものと、彼らは思ったでしょうね。ところが、サンフランシスコと駆逐艦一隻だけが、最初からレーダーに反応がなかったと言うんです。

彼らはシンキロウでも見たか、霧のかたまりがレーダーに映ったのかもしれませんね。霧中のシンキロウというのはあるんですよ。われわれの艦隊が行動しているとき、これまで視界二十メートルだったのが、突然、嘘のように霧がサーッと消えたんです。そのとき、左三十度、二千メートルぐらいのところに艦隊らしいものが発見されたんです。

信号長が十二センチ望遠鏡をのぞきながら、敵艦隊に間違いなし、と言うんです。ただちに、砲戦魚雷戦用意を下令しました。しかも肉眼ではっきり見えるんですよ。各配置から、「撃ち方、発射用意ヨロシ」の報告も終わり、いよいよ一斉射撃と魚雷発射の号令をかけようとしたんです。方位角左八十度に敵艦がいる。速力は不明ですが、前進微速のように見える。信号兵は、撃ち方はじめのラッパを手に握りしめて私の号令を待っています。

そのときです。まったく不思議なことに、衆人環視の中で、突然、敵艦影がフッと消え去り、つづいて押し寄せてきた濃霧に視界がさえぎられて砲撃できなくなったんです。

あとでよく考えてみると、これはこちらの艦隊の影が、気象上の何かの理由によって反射投影されたものではないかと思うんです。つまりシンキロウですね。

敵艦に見えたというのも、艦隊を米艦隊に似せるよう「阿武隈」の三本煙突を一本少なくするために、第二煙突を白く塗りつぶしてありましたし、「響」には一本ふやすために、偽装煙突をつけていましたからね――』

陸海将兵の涙の対面

米艦隊は、幻の日本艦隊を砲撃して、弾薬と燃料を消費してしまい、その補給のために、三ヵ月間も封鎖しつづけていたキスカ島を、二十八日の夕方から翌二十九日にかけて封鎖解除した。しかも、キスカに常駐していなければならない哨戒駆逐艦まで、残らず補給のために引き揚げたのである。まさにキスカの哨戒に関して〝虚〟をつくり、日本軍突入部隊の進路を開放したのであった。

『――二十八日に、いよいよ明二十九日、キスカに突入するという決定が下されましたが、この日に、キスカの守備隊から、明二十九日は霧多く飛行不適の見込み、という電報が入ったからです。もちろん、米艦隊の砲撃さわぎの情報も、その判断の中に加味されていたと私は思っています。

キスカは、連日、敵機の哨戒が厳重で、二十六日には十二回、四十六機以上が爆撃に来ていますし、二十七日には十一回、八十七機、二十八日は五回、二十九機が爆撃しているんです。それに、駆逐艦が常時一～二隻哨戒しているという報告をうけていましたから、濃霧の発生が絶対必要でした。

じつは、霧の発生を予測する方法として、「響」では二時間ごとに、水銀晴雨計と気温と海水温度とを計らせたものでした。これは第一次作戦のときから独自にやっていたものですが、気温と海水温度が一定の温度差になると霧が発生するということを、私たちは、ほぼつかんでいたんです。

この予報は、逐一、旗艦に報告していましたが、霧発生の予報が的中すると、航海長と肩をたたきあって喜んだものでした。これはなかなかユニークな方法で、私の自慢のタネの一つですよ。

翌二十九日、キスカに突入したのは十二時ですが、このとき米艦隊の目を避けるため、わざわざキスカ島を西まわりして鳴神湾(キスカ湾)に突入したわけですが、湾にさしかかったとき、これまた不思議なことに、湾の海上の霧がサーッと晴れ渡ったんです。しかも沖は濃霧で覆われている。絶好の機会でしたね。天佑というものがあるとしたら、まさにこれこそ天佑と言えるでしょう。

艦隊がキスカ湾に入港、投錨したのが十三時四十分。そして五十五分で、全守備隊五千二百名を収容したわけです。

ところが、キスカ入港のときに、ちょっとした失敗をやりましてね。十三時ごろです。突然、旗艦から、「左三十度方向に敵艦発見」と報じてきたんです。ただちに魚雷戦の用意をしたわけですが、先陣を行く「島風」が魚雷を発射しましてね。「阿武隈」も魚雷を四本発射したようです。命中の轟音がおこりましたが、これがなんと、湾内にある軍艦に似た小島だったんですよ。そんなこともありました。

兵員の収容は、あらかじめ、大発が準備されていましたから、それを艦に横づけにして乗艦してきましたね。あらかじめ海軍側の要求によって、陸兵たちは乗艦するとき、持ってきた銃をすべて海中に投棄し、からだ一つで乗りこんできました。

菊の御紋章のついた銃を捨てて帰ることに抵抗があったようですけど、兵員を収容するためにはしかたがなかったと思います。「響」には四百十八名乗りこんできましたから、艦内はもちろん、上甲板までこぼれるほどでした。

乗ってきた大発は、ツルハシで穴をあけ、海中に沈めたわけです。

艦の乗員たちが、手をさしのべて引き上げてやりながら、「長い間、ご苦労様」と声をかけていましたが、みんな涙ぐんでいましたねえ。

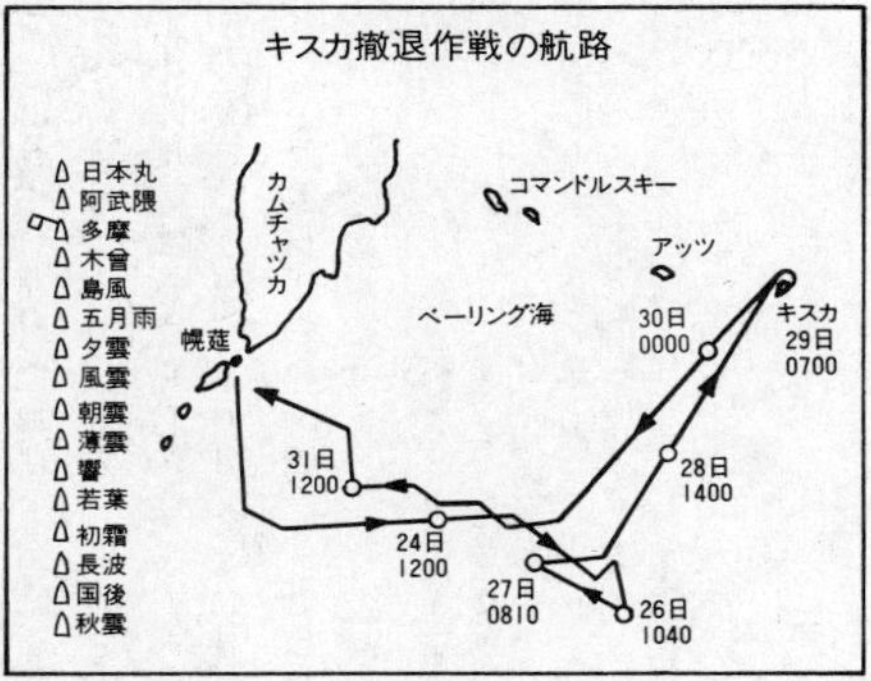

戦隊はすぐに出港したんですが、それまで収容しているときは視界がよくて、陽が射していたんです。ところが、出港と同時に、それまで海上を照射していた陽光が消えて、深い霧がたちこめたんです。湾外に出たときには艦首が見えないほどの濃霧になりましてね、この霧に

すっぽりつつまれたまま、全速で敵の攻撃圏外に出ることができたのです。まさに天佑とし
かいいようがありません。収容した兵隊たちは、上甲板にあふれて座りこんでいましたが、
あの寒風の吹きさらしの中、みんな元気でしたよ。途中、波もなく、海上が静かだったこと
も天佑でしたね。ですから、上甲板にいても波をかぶることなく、まったくぶじに、三十一
日、パラムシルの片岡湾に入港したわけです――』(昭和五十五年五月六日インタビュー)

〈軍歴〉明治四十一年三月十日、佐賀県多久市に生まる。昭和三年、海軍兵学校卒、五十六期。四年、第二艦隊司令部付。同年、「足柄」乗り組み。五年、第二十八潜水隊付。九年、佐世保鎮守府付、任大尉。十年、「伊五七潜」航海長。十一年、「長門」水雷長。十五年、任少佐。同年、「峯風」艦長。十六年、「秋風」艦長で開戦を迎える。十七年、「響」艦長。キスカの撤収作戦に参加し成功す。十八年、「長波」艦長。十九年、第二艦隊司令部参謀、任中佐。レイテ沖海戦に参加。同年十二月、水雷学校教官で終戦を迎える。

同士打ち

〈駆逐艦「春風」艦長・古要桂次中佐の証言〉

バタビア沖海戦に参加

太平洋戦争に突入時の駆逐艦「春風」の艦長、古要桂次氏の証言は、すでに戦史に記録されて定説となっていることとはまったく違ったものであった。これは重大な証言であり、従来の戦史を書き改めなければならない問題をふくんでいる。しかもそれが、日本海軍の決定打ともいわれてきた水雷戦の技術的欠陥を突いたものであるだけに、今後の戦史の比較研究にあたえる一投石であると思われる。

駆逐艦「春風」は、緒戦時のバタビア沖海戦に参加したことでも知られている。この海戦は、ジャワ攻略の陸軍輸送船団五十六隻を護衛して、ジャワ島に近迫したときに発生したものだが、その前に、十七年二月二十七日に発生したジャワ島東岸のスラバヤ沖海戦の余波をうけたものである。

スラバヤ沖海戦は、米・英・蘭・豪の連合軍の艦隊、重巡二、軽巡三、駆逐艦九と、日本海軍の第五戦隊・第二水雷戦隊・第四水雷戦隊との間で起こった合戦である。

この海戦で、連合軍は致命的な敗北を喫し、残存艦の米重巡ヒューストンと豪軽巡パースの二隻が、ジャワ南岸のチラチャップへ避退すべく西進していたとき、二月二十八日の夜半パンタム湾沖で、日本軍とふたたび交戦することになったのである。

陸軍部隊を満載した輸送船団が、二十三時ごろ、パンタム湾に到着した。この船団を誘導して、真っ先に湾内に入ったのが「春風」と「吹雪」である。古要氏は、そのときの模様をこう語る。

『——はじめにパンタム湾に入って行くと、岸に一隻の監視艇がおりましてね、ただちにこれを照射砲撃しまして、擱坐させたんですよ。ところが、この監視艇は、日本軍が来たというんで、乗組員はみんな陸に上がって逃げ出したカラ船だったようです。

私の第五駆逐隊の「春風」「旗風」「朝風」の三隻は、船団の東側海域に位置していたんですが、あそこは非常に潮流の強いところで、所定の位置を保つことができないくらいフネが流されるんです。そのために、三隻がバラバラになるほどでしたね。それは予想外の潮のながれでした。

三月一日の午前零時を期して、今村均軍司令官をはじめとする陸軍部隊がジャワ上陸をはじめたわけですが、それから間もなく、米重巡ヒューストンと豪軽巡パースが西進してきたわけです。

これを最初に発見したのは、パンタム湾のさらに東方海上を警戒にあたっていた「吹雪」

でした。「敵の巡洋艦見ゆ」と電報を打ってきたんです。しかし、そのときは陸兵をほとんど上陸させたあとだったですからね。それだけに気はらくでした。

そこへ第五水雷戦隊旗艦の「名取」から、第五駆逐隊に集結命令が出たので、「春風」は東進をはじめたんです。すると、敵艦から、停泊している船団に向けて、発砲してきましてね。これはいかんというんで、すぐに煙幕を展張したんですが、この煙幕は効果的だったようです。

なにしろ敵艦がこっちに突っこんでくるのが見えるんですから、気が気じゃない。集結するのにだいぶ時間がかかりましたね。そのうち「駆逐隊突撃せよ」の命令が出ましてね、三隻はいっせいに魚雷戦をはじめたんですよ。ところが、私の艦だけ発射ミスをやってね、射点にたっしたのに水雷長が発射命令を出さなかったんです。そのために「春風」一艦だけがやりなおしのためにぐるっと回頭したんです――』

〈注、『戦史叢書』の蘭印・ベンガル湾方面海軍進攻作戦、四百八十五ページによると、『第五駆逐隊も集結終了後、直ちに突撃に転じて〇一一〇ごろ右舷同航で射点に達したが、敵の猛烈な射撃により旗艦「春風」が被弾、舵故障のため左に回頭して発射時機を失し、「旗風」もまた至近弾の水柱のため発射できず、わずかに三番艦「朝風」が〇一一三、敵一番艦に対し、三七〇〇米から

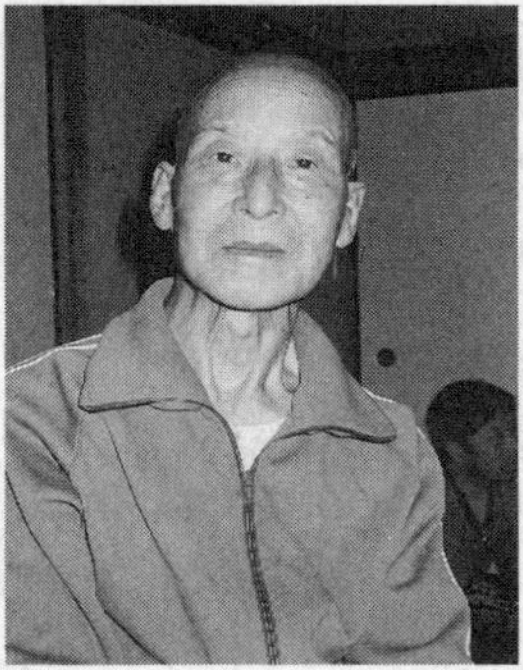

実戦は訓練どおりにはいかないものだと語る古要元中佐。

右舷同航発射（六本）を行なっただけで、北方に避退するのやむなきに至った』とある〉

『――ミスしたというのは、結局、魚雷を撃つべき時期がきたのに発射号令をかけなかったんですね。完全にミスしちゃったんですよ。発射時間を間違えたんでしょうな。それで私の艦だけが残って、やりなおしをするために回頭していたもんだから、集中砲火をうけましてね。敵の主砲弾は艦の周囲に落ちるは、機銃弾は飛んでくるはで、さんざんな目にあいましたよ。

そのうち、艦橋のうしろに火災が起こりましてね。これは機銃の曳痕弾による火災です。それから砲弾の至近弾が水面で炸裂するもんですから、その破片がバラバラと降りかかってきましてね。艦橋の中に飛びこんできたやつが跳弾となってあちこちはね返る。危なくてしようがなかったですよ。

そのとき、艦橋にいた通信士がお尻の肉を跳弾でけずりとられましてね、出血多量で戦死してしまいました。そうしているうちに、第二回目の魚雷を発射したんです。ところが、これは命中しとらんのだな。他の艦が発射した魚雷も、みんな命中してませんね。ただ、敵の砲弾が右舷の水線付近の外鈑に当たりましてね、それが炸裂しないで頭だけ突き刺さって止まっていたんです。そのうちこっちは高速で走っているもんですから、波をかぶっているうちに抜け落ちたんです。そうしたら、穴があいてるもんですから、若干浸水しましてね。被害はその程度でしたよ。

戦史には舵故障を起こしたと記されているようですが、あれは、なにかの間違いです。そんなことはありませんでしたよ。とにかく実戦というものは、何が起こるかわからんもんですよ。不思議なことがよく起こるものなんです。駆逐艦の外鈑なんてブリキみたいに薄いものなんですがね、それなのに食い止めたばかりか、おまけに不発弾だったんですから、じつに幸運としかいいようがありません。とにかく、ふだん考えられないようなことが、つぎからつぎと起こるもんですよ——』

魚雷命中の記録はウソ

戦史の記録によれば「春風」は射点を失して、そのうえ舵故障を起こしたので、いったん避退、このとき八名の戦死傷者を出したことになっている。さらに「春風」は、態勢をたてなおして、ふたたび突入したとされている。その記録の一部を抽出すると、

『……「春風」はそのまま急速に接敵、〇一二六一番艦に対して魚雷六本を発射、右に反転北方に避退し二分後に魚雷命中と思われる大水柱を認めた……』

と記述されている。これについて古要氏は、苦笑しながらこう証言する。

『——戦死者は一名だけです。それから、再度突入したということはありません。一度だけ魚雷を発射して、そのまま避退したんです。魚雷は命中すればわかりますよ。砲弾の水柱か魚雷命中の水柱かぐらい、夜中だって見分けられますからね。あのときはじっと見ていましたけど、当たった形跡はぜんぜんありませんでした。

ほかの艦もずいぶん発射していますけど、みんな当たっとらんですね。私の艦が発射した

魚雷なんか、味方の船団のほうに走っていきましたよ。あのとき、輸送船四隻が魚雷命中で沈没したり、大破しましたけど、みんなわが軍が発射した魚雷が流れていって当たっちゃったんですね。同士打ちになってしまったんです。「春風」の魚雷が当たったかどうかはわかりませんけどね。

どうしてそんなに魚雷が当たらないのか、という問題ですが、これはね、実戦というものは、訓練どおりにはいかないもんだということですね。第一に気が転倒しちゃうんですね。それから敵も撃ってきますから、なんとか安全な方法をとろうとする。たとえば魚雷戦で突撃するにしても、あまり敵に接近すると危ないから、ほどほどの距離で発射してしまうわけです。とにかく発射して、一目散に逃げようという本能的な行動が先に立っちゃうんですね。恐怖感というものはないけれど、早く義務を終わらせようとあせっちゃうんだな。ですから、三千メートルか四千メートルで発射してしまうことになる。

日本の魚雷は優秀で、足が長かったせいもあるけれど、それが逆用された面も考えられますね。なにしろ、酸素魚雷は四万メートルも走るんですからね。その足の長さに無意識のうちに頼っていたという精神的な欠陥が、魚雷命中の精度を狂わす原因になっていたとも考えられますね。

潮流のはやさが強かったということもあるでしょうな。潮流に流されたのかもわかりませんね。敵艦が沈んだ後、海に飛びこんだ敵兵たちが、潮流に押されて帯状に流されていくのを私は見てるんです。もう、どんどん流されていましたね。相当に強い潮流でしたからね。

結局、魚雷では沈めることができないもんですから、重巡の「三隈」と「最上」が砲撃をはじめましてね、それで、ようやく沈めたんですよ。重巡戦隊が、探照灯で敵艦をとらえて照射射撃をしていましたが、これは、よく命中していましたね――』

この海戦で、ヒューストンとパースは全艦火だるまとなって沈没した。ところが、問題が残った。船団が停泊しているところへ、各艦が発射した魚雷がそのまま流れて、「第二号」掃海艇に命中、転覆沈没した。さらに輸送船にも魚雷が命中、佐倉丸は沈没、龍城丸、蓬来丸、龍野丸が大破するという被害が出たのである。

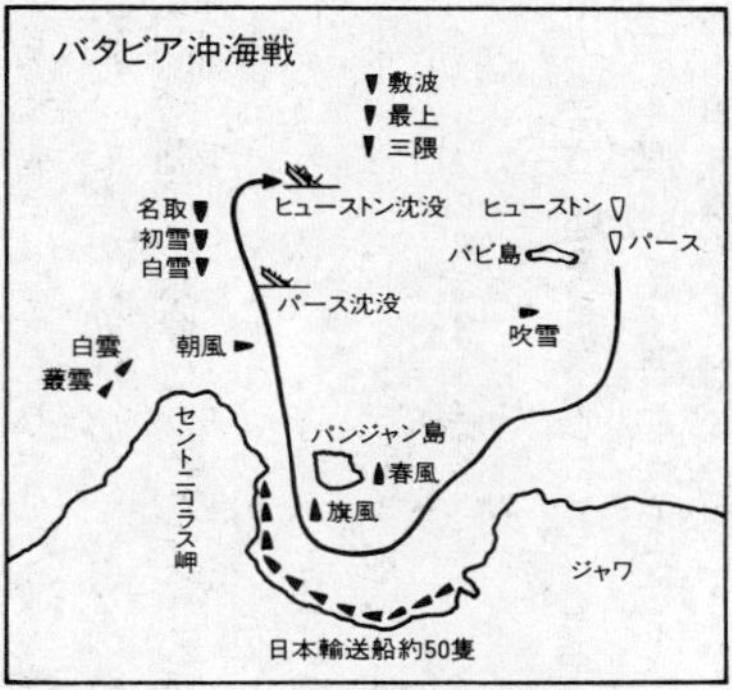

このうち、龍城丸には今村均軍司令官が乗っていた。軍司令官は重油のただよう海面を、救命胴衣だけで約三時間泳いだのち救い上げられた。明らかに同士打ちの被害であった。陸軍の上陸点付近で、九三式魚雷の尾部が引き上げられたのである。弁明のつかぬ証拠品だった。

『――その後、「春風」は、シンガポールのセレター軍港に行って、砲弾で穴をあけられたところを修理しまして、それからガダルカナルの増援部隊を護衛してラバウルへ行ったんです。

十七年の九月ごろだったと思います。ラバウルの桟橋にフネをつけていたところ、大空襲がありましてね。すぐにフネを出したんですが、敵機は湾内のフネには目もくれず、陸上ばかり爆撃していましたね。ですから私は、シンプソン湾の中ほどで投錨して、爆撃ぶりを見ていましたよ。陸上では、椰子の木陰にかくして積んであったガソリンのドラム罐が大爆発を起こしていましたねえ。そのときはフネよりも、陸上施設の爆撃が敵の目的だったようです。

そのあと私は、「春風」を後任の艦長と交代して大湊に行ったのですが、「春風」は十七年十一月十六日、スラバヤに入港するとき、日本軍が敷設した機雷にひっかかって頭がちょん切られましてね。結局、呉で大修理をすることになったんですよ——』

「雪風」艦長を最後として

『——私は、南方作戦から一転して、こんどは北洋に行ったわけです。ちょうど千島のほうの防備を強めなくちゃいかんということになって、当時、千島方面特別根拠地隊というのが編成されたんです。これは、実際にはアッツ、キスカなどへ行く輸送船団の護衛が仕事でしたね。艦長として着任した「沼風」は、僚艦に、「波風」「野風」「神風」がいて第一駆逐隊を編成していたわけですが、四隻がそろって行動したということは、ほとんどなかったですなあ。

なにしろ駆逐艦の数が少なかったものですから、船団護衛も各艦がばらばらで、一隻または二隻で行動するというものでした。私が「沼風」にいたときは、もっぱら護衛作戦ばかりで、戦闘はまったくありませんでね、とくにお話することもありませんねえ。地味な護衛作戦ばかりでした。

それから砲艦の「保津」にうつって、こんどは中国の揚子江に行ったわけです。主として南京と武漢のちょうど中間にある安慶にいました。はじめて菊の御紋章のついた軍艦に乗ったわけです。（注、砲艦は小艦ながら外交上、主権を強調するため艦船分類上〝軍艦〟とされ、戦艦、巡洋艦などと同種とされていたため、艦首に菊の御紋章がついていた）

しかし、戦争も末期になると、揚子江上空にも敵機が来ましたね。双胴のP38が来ましたよ。それが揚子江の堤防の向こう側を、超低空で飛んできましてね。こっちからは見えないんですよ、堤防の陰になって。それが堤防近くまで来て急に上昇して爆弾を落としていくんです。五機やってきて、そのうち一発が艦に命中しちゃいましてね。しかし、戦闘機がもってる爆弾ですから小さいやつで、被害はたいしたことはなかったんですけど、穴があいて沈没しちゃった。

砲艦というのは底が浅くて、まるでタライみたいなフネですからね。爆弾が命中すると簡単に沈んじゃう。だから用心のために、昼間になると浅瀬を選んでそこにいるんです。沈没してもすぐ着底できて安全ですからね。

そのときも浅瀬の上にいたから、着底しただけですが、上甲板まで水につかっちゃったですなあ。しかしそのとき、陸上と艦上からの対空砲火で、敵機を三機撃墜してるんですよ。とはいえ、「保津」は使いものにならなくなったので、私は、お役ご免で内地に帰ってきたんです。ちょうど、「大和」隊が特攻で出撃するころですね。

その特攻で出撃した「雪風」が帰ってきて、寺内正道艦長の後任になったわけです。四月の中旬ごろでしたね。舞鶴で着任したんです。七月三十一日でしたかね、敵機の空襲がありましてね、そのときは敵の艦載機がずいぶん来たですよ。

昼すぎに空襲警報が出て、大急ぎで錨を上げて、宮津湾の中を、ぐるぐる走り回っていたんですよ。そうしたら、やってきましてね、つぎからつぎへと急降下爆撃をしてくるんですよ。それを右へ左へ蛇行運動をくり返しながら避けていたんですがね、とうとう艦尾の右舷から左舷へ一発、盲弾が当たってね。これが糧食庫のところだったので、死傷者は出なかったんです。

ところが、艦に穴があいたものだから浸水したわけです。ちょうど糧食庫にはメリケン粉がつんでありましてね、それが海水に濡れて炭酸ガスを発生したんですな。損害を調べに糧食庫に入っていった者が、ガスのためにつぎつぎと倒れましてねえ。あれはかなりひどいものですねえ。死者が出たほどですからねえ。戦闘では死者は出なかったのにねえ。

敵機は編隊で急降下してきましたね。それにたいして機銃を撃つんですが、なかなか当たらんのですよ。寺内さんは特攻に出たとき、艦橋の天蓋の穴から頭を出して、敵機の態勢を見ながら操艦の指示をしていたということを聞いていたものですから、私も天蓋から頭を外に出してやりましたよ。しかし、あれはね、竹槍精神ですよ、どっちかといえば。ただ艦橋の周りには、防弾用の鉄鈑を張りめぐらしてありましたからね、そう危険は感じませんでしたね。

この空襲が、戦闘の最後で、間もなく終戦になったわけです。それ以来、私は海とはぷっつりと縁を切ってしまいました――』（昭和五十七年三月十四日インタビュー）

〈軍歴〉明治四十一年一月二十日、浦和市に生まる。昭和四年、海軍兵学校卒、五十七期。「浅間」「古鷹」「鳳翔」に乗り組む。八年、上海事件で出撃。のち横須賀掃海隊をへて、佐世保掃海隊勤務。十一年、水雷学校高等科学生、任大尉。「白雪」水雷長。のちアモイ根拠地隊をへて、十五年、任少佐、同年十一月、「春風」艦長。開戦を迎えバタビア沖海戦に参加した後、十七年十一月、千島方面特別根拠地隊が編成され、大湊警備府部隊の「沼風」艦長となる。十八年五月、砲艦「保津」艦長で中国戦線へ。二十年四月、「雪風」艦長となり終戦を迎える。海軍中佐。

武運長久

〈潜水艦「伊四七」艦長・折田善次少佐の証言〉

潜水艦の微妙な特徴

「伊四七」潜水艦長の元少佐、折田善次氏は、昭和五十三年に住友重機浦賀造船所の船渠長を停年退職し、長い海とのかかわりを断ち切って、いまは悠々自適の生活を送っている。

「私の生涯は海と同体でした。だから、造船所の仕事をやめても、毎日、海の見えるところに住んでいたくてね」

元艦長は、子供のように無邪気に笑ってこう言う。横須賀市の馬堀海岸に建つマンションに住んでおられるが、ここからは海は見えない。しかし、潮の香は風に乗ってただよってくる。

「週のうち三～四日は海岸をジョギングしているんですよ。そうですね、一回に五キロぐらいは走っています。昔から耐久力はあったほうで、とくに遠泳が得意でしたから」

七十歳に近くてなお(昭和五十四年)、この元気さには舌を巻かされた。兵学校の訓練と、その後の激しい軍隊訓練や実戦の体験が、このような強靭な体軀をつくっていったのであろう。

折田艦長といえば、はじめて人間魚雷「回天」を「伊四七潜」に搭載して、アメリカ機動部隊の入泊しているウルシー環礁を攻撃、世界を震撼させた世紀の回天戦の指揮官第一号となった一人である。

丙型潜水艦の「伊四七潜」は、艦首に八射線の魚雷発射管をもつ、世界最強の潜水艦であった。備砲は十四センチ砲一門、二十五ミリ機銃二門である。まず「伊四七潜」を例に、潜水艦の特徴を語ってもらった。

世界を震撼させた世紀の回天戦の指揮官折田善次元少佐。

『――たしかに、「伊四七潜」は優れた潜水艦でしたね。艦体は少し大きかった（常備排水量二千五百五十七トン）が、速力は出るは、魚雷は八射線で二十本持っていますし、どんな遠いところへも行けるは、通信力、見張力もすぐれているし、潜る深さも、当時の世界の潜水艦では一番大きかったと思いますよ。とにかくレーダー以外は本当に強力でしたね。

しかし、後でレーダーをつけてもらいましたが、飛行機はかなり遠くのものを発見したし、夜でも敵艦を発見することができるようになりましたね。速力が速いから、敵を見つけたら足にモノをいわせて走りましたよ。

ただ最高速力二十三ノットで走っていると、急速潜航するさいに難点がありましたね。ですから、ちょっと落として二十ノットぐらいで走っていました。これなら急速潜航も可能でしたよ。

二十三ノットというのは、いよいよというときの最大速力で、戦闘をやるための速力は、だいたい二十ノットぐらいしか私は使いませんでした。全力運転をやっていて、急にパタッと止めて水に潜るというのは、危険性があるわけです。

どういう危険かというと、あっちこっちのバルブを締めなくてはなりませんからね。はやい話、エンジンの排気を艦のうしろから出すわけですが、まず排気通路を三ヵ所ぐらい締める。それから空気の吸い込み口を三ヵ所、締めなくてはならない。一番簡単なところはそういうところですが、全部でだいたい、三十ヵ所ぐらい締めなくてはならないのです。

それが二十ノットにしておくとやりやすいんです。二十三ノットだと、あらゆるところが熱をもちますから。それに急に止めると、あらゆるところが、熱で膨張していますから、締める回転数も間違えますしね。燃料コックの締め具合とかね。手続きがえらく違ってきますから。それに二十三ノットのときは、機械の性質上、ぴたっと止めるまで五〜六分かかるんです。しかし、二十ノットだと、切羽つまったときでも、十秒ぐらいで止めてもいいわけです。それだけ違いがあるんですよ。

水中速力は八ノットとなっていますが、公試運転のときは十ノットぐらい出ました。しかし、十ノット以上出すと、三十分ぐらいしかもたないんです。それが二～三ノットですと、六十時間はもつんです。

ふつう、潜航しているときは、そのときの状況にもよりますが、だいたい四ノット、無理しても、六ノットぐらいですね。これで四時間や六時間走ったとしても、消費した電気は水上航走でわけなく取り返せます。

回天戦のときもそうでしたが、ニューギニアに行くとき、昼間は潜航してますが、そのときは電気を節約して二～三ノットでした。状況によってはフネを止めちゃうんです、水の中で。艦内の照明なども半分以下にして、ほとんど電気は使わなかったですね。

作戦行動中は昼間は水の中に潜って、夜、浮上して走るというくり返しです。作戦場面によっては、水中速力を上げることがありますね。沖縄付近でパトロールしたときがそうでしたが、場所を変えるために、六ノットぐらいは出していました。敵を発見した場合は、八ノットで前に出るということをやります。だいたい潜ったときは、電力節約がまず第一。長く潜っているときなど、あと何パーセント残っているかということばかり気にしていますよ。

充電は、昼間の電気の使い方にもよるわけですが、浮上して四時間ぐらい航走すると、蓄電池が腹いっぱいになる程度に電気を残しておくわけです。夜中じゅうかかって充電しなければならないということは、非常な冒険ですからね。

よく二十時間も三十時間も制圧されて、酸素欠乏で、息もたえだえになって浮上したという話がありますが、こういうときは一晩かかって充電しても腹いっぱいにはなりませんね。

そういうときは、片方のエンジンだけで走って、もう一方のエンジンは空回りさせて、バッテリーの充電専門にするということをやるわけです。

早く充電しようと、無闇やたらに電気を注ぎこんでもダメなんです。バッテリーが熱をもちますからね。食べ物と同じで、いっぺんに大量に食べようったって、そうはいかんのと同じことです。だから、最大充電容量というものが決まっているわけです――』

クラ湾で圧壊寸前の潜航

潜水艦にとっての最大の武器は、水中深く潜るということである。当時の世界の潜水艦の中で、もっとも深く潜ることができたのは日本の潜水艦であった。アメリカの潜水艦の安全潜航深度は約七十メートルだが、日本の場合は伊号潜水艦が百メートルである。しかし、実戦では百メートル以上潜る例がたびたびであった。

『――潜航限度は百メートルとなっていますが、公試では一番最後に一割増しの百十メートルまで経験するんです。安全潜航深度までは、フネはピシャッとしているんですが、それを超えると船体が歪んできますね。それが百三十メートルまでいくと、潜望鏡が通っている隙間から水がピューッと入ってくるとか、スクリューのシャフトの貫通部から水が漏れてくるとか、出入りのハッチからポタポタと水が漏れるとかしますね。

ところが、そういうとき、漏れてきたからといってハッチなど増し締めしたら、浮上したとき、開かなくなってしまうんです。水圧で押されたところへ増し締めすると、ものすごい締め方になってしまいますから、浮き上がってから、あけようとしたってあかんわけです。仕方なく、もういっぺん潜って、締め方をもどしてやらなければいけない。

かつて、「呂一〇一潜」に乗ってソロモン方面へ行ったとき、アメリカの駆逐艦にやられましてね。このフネの安全潜航深度は、七十五メートルということなんです。ところが、事故があって、艦はぐんぐん降下していくんです。深度計は百十七メートルまでしか目盛りがないのに、まだ下がっていく。針は百十七メートルの赤い印で止まったままです。ちょうどエレベーターで下がっているような感じでしたね。このときはいよいよ最期だと思いましたよ。

それをいろいろと処置して、やっと止まって、上にあがる惰性を感じたときは、ヤレヤレと思いました。そのときの感じでは、百五十メートルぐらいまでいったと思うんです。ところが、水はちょっとしか漏らなかった。

呉に帰ってからそのことを話すと、みんなウソだろうと言う。お前たち計算を間違えとるんだろうと言うんですよ。ところが、造船技術の人は、呂号潜水艦の安全潜航深度は、本当は二倍あるんだと言うんですよ。これは艦が水圧で潰れるときの圧力に対して、半分までを安全深度にしているので、その二倍まで下がっても安全なように計算してあるんだ、と言ってましたね。とくに呂号は小型潜だから、横断面の円が小さいので、それだけ強度が保たれていたわけですね。それを実証してもらえたのだといって、技術屋さんはおおいに感謝していましたがね。

しかし、大きい潜水艦になるとそうはいかないようです。二割増し、三割増しの潜航になると、あっちこっちがゆるんで水漏れが出てくる。船体が歪んでくると、パイプの通っているところとか、軸が外に出ているところとか、締めつけているところが大きく歪んでくるんですね。それで舵が回らなくなるとか、スクリューが重くなってきて熱をもつとか、パイプのつぎ目が弱くなるとか、いろいろな問題が出てきやすいんですね。

私が九死に一生を得たのは、十八年の七月です。場所はコロンバンガラ島の沖です。コロンバンガラと、その隣のニュージョージア島の間にクラ湾というのがあって、この湾に面したニュージョージア島側に、米軍が上陸して拠点をつくったわけです。その拠点に潜りこんで、敵の輸送船団を攻撃せよというのが命令だったんです。

私が行った数日前の七月六日に、クラ湾夜戦というのがあって、日本軍は駆逐艦十隻のうち、「新月」と「長月」が沈没、米軍は軽巡三、駆逐艦四のうち、軽巡のヘリーナが沈没するという海戦だったわけです。この直後に、行ったわけです。

クラ湾に入って敵の上陸点を潜望鏡で偵察したところ、上陸点を示す赤旗が立っているのは見えましたが、航続の敵輸送船団はまだ来ていないんです。そこで明日の朝まで待とうと思って、その夜、沖へ出て充電をやっておったんです。充電もぶじすんだので、明日の作戦計画を練ろうと、私は航海長と士官室で計画を立てていたんです。その間、先任将校の徳川大尉と見張員二人を艦橋に立たせて、見張りをやらせていたんです。

そうしたら、上のほうから、「雨が降ってきました」と言う。「雨が降ってきたんなら、なおいいじゃないか、敵に発見されることはないから」と言って、「間もなく潜るぞ」と声をかけたときです。突然、艦にカンカンと機銃弾の当たる音がしましてね。

「やられた！」と思って、私は急いで司令塔にかけつけたとき、すでに先任将校が潜る号令をかけてくれていたんです。上からだれも下りてこない。フッと上を見たら血の雨が降ってくる。機銃弾で三人ともやられていたんです。急いで三人を艦内に引きずりこんで、急速潜航したんです。

敵のレーダー射撃だったんですね。駆逐艦でした。先任将校は艦内に入れたときはすでに死亡、見張員は二人とも重傷でした。

このときの記録は、アメリカ側にもありましてね、「潜水艦のシルエットを発見して、これを攻撃、潜水艦はまもなく姿を消したので爆雷攻撃をくわえた。翌朝、攻撃地点に油が浮き、浮流物があったので撃沈確実と認む。この潜水艦は〝伊二五〟であろう」と書いてあります。ところが、「伊二五潜」はそのときトラックにいましたから、私の「呂一〇一潜」と間違えているわけです。

そのときの爆雷攻撃で潜望鏡を割られてしまったのです。潜る命令を出す先任将校が戦死したものですから、艦はどんどん潜航しっぱなしなんです。それで、私がかわって指揮をとり、やっと安全潜航深度をとったわけです。先任将校の死体は艦内に収容したんですが、艦内温度は四十度近くあるわけだし、二時間もしないうちに、死臭がひどく艦内生活ができないほどでしたね。

彼は徳川慶喜の孫で、徳川煕大尉（六十五期）というんです。男爵でした。だから水葬したいと思ったんですが、なんとかして骨をひろってやろうと思い、発射管から魚雷を引っ張り出してその中に入れてたんです。潜望鏡をやられているうえに、徳川大尉は水雷長でしたからね。いずれにせよ、戦さはできなかったわけで帰るしかない。ラバウルまで遺体をもって帰って、水葬にしたわけです。

つぎの日の夕方、コロンバンガラの島かげにやっと浮き上がって、爆雷攻撃で穴のあいたところを応急修理していたんです。そうしたら、うしろの沖のほうでチャンバラがはじまりましたね。探照燈を照らして三十分ほどやっていましたかね。五マイルほどの沖でね。こっちも出かけていって手助けしなけりゃいけないところなんですが、なにしろ、わが身が不自由なものだから、ただ見ているだけでした。あとで聞くと、それが〝コロンバンガラ沖夜戦〟だったわけです。

（注、十八年七月十三日夜、軽巡「神通」と五隻の駆逐艦がコロンバンガラ沖で、米軽巡三、駆逐艦十と交戦した。日本軍は敵のレーダーを逆探知機でとらえ、敵が発砲する前に、酸素魚雷を発射、先手をとって魚雷が命中した。各駆逐艦は次発装塡を急ぎ、「神通」の照射に助けられて再度攻撃、米駆グインを轟沈、軽巡ホノルル、セントルイス、リアンダーそれに駆逐艦二隻を大破した。日本軍は、「神通」一隻が沈没した）

このときは助けることもできず、走れるようになるのに全力をつくしていたわけです。そして、四日後にラバウルに帰ったわけです。潜望鏡をやられると潜水艦は致命傷です。ほかにも致命傷になる所はいくらでもありますが、潜望鏡をやられると襲撃運動ができない。潜ることはできても、浮き上がるときに、潜望鏡であらかじめ偵察することができないので、上空に敵機がいるかいないか確認できないという難点があるわけです。水上艦艇の場合は、水中聴音機で水上の敵情をさぐることができますが、飛行機だけはわかりませんからね。潜望鏡をやられたのは、私はこれまで三回ありました。爆雷攻撃などでね。レンズがこわれたり、レンズを止めてあるビスがゆるんで、潜望鏡の中に水が入ったりしましたね――』

米空母を撃沈したはず

戦局が行きづまりを見せはじめた昭和十九年十一月、日本海軍は、ついに必死の特攻兵器「回天」を戦場に送りだした。

十一月八日、「伊三六潜」「伊四七潜」「伊三七潜」の三隻が〝菊水隊〟を編成、それぞれ四基の「回天」を背負って内海を出撃した。「伊三六潜」と「伊四七潜」はウルシー攻撃に、「伊三七潜」はパラオのコスソル水道攻撃が目的である。

折田艦長は寺本巌少佐の「伊三六潜」と協同攻撃を実施、十一月二十日にウルシー泊地内の米艦隊に、五基の「回天」を放った。ところが、戦果は航空ガソリン満載の油槽船ミシシネワを一隻だけ撃沈したという記録に終わっている。必中必死の「回天」にしては、あまりにも効率の悪い戦果ではないか。この点について折田氏は、大きな疑問を投げながらこう語っている。

『――そこが問題なんです。アメリカが公表した記録では一隻だけとなっているし、戦史研究家も、その発表に基づいて回天戦の効率をうんぬんしています。しかし、私には、どうも疑問に思えてしかたがないんです。アメリカの海軍省は、トップ・シークレットとして、まだあのときの真の損害を伏せたままにしているのではないかと思うんです。私はもう一隻、それも空母を撃沈していると思っています。

攻撃日の前日、私の艦はウルシーの南側を迂回して偵察したのですが、環礁内の泊地には敵艦がいっぱいでした。ウルシーは、日本の連合艦隊がかつて使用していたところで、南北に長い楕円状の泊地です。そのうち南半分は暗礁が多くて使用不能だったので、連合艦隊では北半分だけ使っていたものです。

ところが偵察してみると、南半分に輸送船団、機動部隊、修理艦などがぎっしり入っていたので驚いた。あれは海底を爆破して、暗礁をとりのぞいたんでしょうね。

そして私は、明らかに、米空母二隻が並んで停泊しているのを視認したのです。はるか北半分の泊地には、戦艦や巡洋艦など大型艦が蝟集《いしゅう》しているのが見えました。私はできるだけ環礁に近づき、偵察の正確を期するために、潜望鏡を水面から二メートルも高く上げて、じっくりと観察したんです。環礁の中には飛行艇もいましたし、その上空には哨戒機が飛んでいました。なにしろ千載一遇のチャンスですから、一生懸命見たわけです。

たしかに空母は二隻いたのです。タンカーとか、上陸用舟艇を見間違えたということではなく……。飛行甲板には、飛行機が満載されていましたからね。あれは空母ですよ。そして翌朝を期して、いったん外海に避退したわけです。「伊三六潜」は北半分の泊地攻撃が任務で、私の艦は南半分です。ウルシーは、環礁の東側に二箇所だけ水路があって、北水路は比較的大きく、ひょっとすると、ここには防潜網が敷かれていたかもしれません。

私の艦は狭い南水路を突入口としていたんですが、ここには防潜網はありませんでした。環礁入口から四マイル離れたところから、仁科関夫中尉、福田斉中尉、佐藤章少尉、渡辺幸三少尉の四基の回天をつぎつぎに発進させると、外海に急速避退したわけです。その後で、爆発音を潜航避退中に聞いて戦果を確認したのですが、これが私の千載の悔いなんです。予想命中時刻に、潜望鏡を上げて目撃しておればよかったと思いましてねえ。

しかし、攻撃すると、そのあと敵駆逐艦がしつこくつきまとってくるんですよ。耳で爆発音を聞くでしょう。聞いてから浮き上がって潜望鏡を出したときには、すでに向こうが警戒見張りをはじめたときになるんですね。ですから、そこまで欲を出すと、わが身が危なくなるものですから、潜望鏡を出すことはタブーなんです。それにしても、本当に悔やまれてなりません。とにかく、発進した四基の爆発音は耳にしましたけれど、二基だけは、その爆発音から推測して環礁に乗り上げたのではないかと思うんです。しかし、ミシシネワの大爆発と大火柱だけは見ています。あの大黒煙はすごいものでした。

あのタンカーの沈没で、米軍の機動部隊は二日分か三日分か、飛行機が飛べなくなったほどのガソリンの損失だったそうですね。

それから、「回天」がかりに空母に命中したとしても、一本ぐらいの命中では、装甲の厚い空母は沈まないのではないか、という人もいますが、それは「回天」の飛び抜けた威力を知らないからです。「回天」は、潜水艦魚雷の四本分の威力をもっているんです。その炸裂は一・五トンもある。それが全速三十ノットで突っこめば、空母を一発で撃沈する自信は私にはありましたけどね。

戦後、アメリカはミシシネワの大爆発の情景写真を公表してますが、あの写真を見ると、空母が一隻だけ写っている。あの隣にもう一隻いたんですよ。かりにタンカーとか上陸用舟艇だったとしても、それがうつっていなければならんはずです。

三日後の二十三日に、わが方から偵察機が行きましたけれど、やはり空母は一隻しかないという。それで日本側では油槽船一、空母一の撃沈と判定したわけです。私は、アメリカがいまなお、この戦果をかくしつづけているとしか思えませんね。それもウルシーだけではなく、その後の私の回天戦でも、同様のことが起こっているんですよ――』

眠っている未発表戦果

『――というのは、二十年一月十二日に、北部ニューギニアのホーランジア港を攻撃したことがあるんです。あのときも、「回天」を四基だしているんですが、記録が何もない。しかし、このときも私は、はっきりと爆発音を耳にしているし、その音は明らかに艦船攻撃の音であって、「回天」の自爆の音ではない。それで、アメリカの友人で退役の海軍大佐に調べてもらったんです。

海軍省のヒストリー・レコードの部屋にあった記録では、朝早く輸送船一隻の横で大爆発が起こった。その直後に、遙か離れたところでもう一回、大爆発が起こったが、それぞれ輸送船の船腹がへこんだだけで被害はなかった、という記録のコピーが送られてきたんです。

私はこれはおかしいと思う。かりに防潜網にひっかかって爆発したのなら、その旨が記載されてしかるべきです。そういうことも書いていない。ただ、日本の潜水艦による魚雷攻撃らしい、としか書いていないんですよ。

想像をたくましくすれば、魚雷攻撃にしてはあまりにも甚大な被害なので、アメリカ側では判断に苦しみ、記録がトップ・シークレットとなったか、日本の必殺の新兵器を公表すると、国民にあたえる影響が大きいと判断されて、いっさいの「回天」による被害をひたかくしに隠してしまったかのいずれかではないかと思うんですよ。

とにかく、アメリカ側の公表は、「回天」による被害はミシシネワと、沖縄戦での駆逐艦アンダーヒルの二隻だけが撃沈されたことになっていますね。ほかに二隻の駆逐艦が大破したというだけで、日本側の「回天」戦での出撃基数四十四基に比して、あまりに少ない。ほかに作為的なものを感じますね……。潜水艦の魚雷発射とはわけが違うんですよ。生きた人間が乗っている。それだけに攻撃が不発にならないように、どの潜水艦も苦心し、確信しなければ発進させませんよ。だから、それだけ精度が高いはずです。

それにミシシネワにしても、他の駆逐艦にしても、日本の艦長が視認して証言したものだけが公表されて、聴音のものは公表されていないというのもおかしい。終戦のとき、マニラへ大本営から軍使が派遣されたとき、マッカーサー司令部の参謀長、サザーランド中将がまっ先に聞いたことは、「回天」搭載の潜水艦が行動中かどうか、ということだったといいますね。なお作戦海域を行動していると聞いて、真っ赤になってあわてていたということですが、そういうことからも、「回天」の戦果が、いかに米軍を震えあがらせていたかということがわかるわけです。

二十年の五月二日から六日にかけて、私は、四度目の回天戦に、出撃し、沖縄東方海上で輸送船二隻、駆逐艦一隻、巡洋艦一隻を攻撃したんです。このときも、爆発音で撃沈確実と確認したわけですが、米側は公表していませんね。おそらく、四隻とも一瞬のうちに轟沈したに違いありません。確かですよ。

防衛庁の戦史部でも、回天戦では米軍発表以外に戦果はあるらしいが、資料がないからといって疑問視していますが、私はもっとあるはずだと確信しています。米軍には、人に見せない極秘の戦史があるんじゃないでしょうか。そう思えてしようがないんです――』

神鎮まる「回天」搭乗員

『――「回天」の搭乗員たちは神様ですよ。ほんとうに神様。私どもには、とてもできませんね。何月何日の何時何分には死ぬ、ということが一ヵ月も前からわかっているんですよ。それなのに訓練に精を出すし、毎晩の起居動作など、ぜんぜんいままでと変わらない。潜水艦に乗ったら、もう十日も生命はないわけですよ。それなのに「お世話になります」

と、艦長以下全員に挨拶してね。そして、艦内の隅っこで乗員の邪魔にならないようにじっとしているんです。暇なときは米軍の艦船の模型を出して、あっち向けたりこっち向けたりして測的の訓練をする。海図をひろげてはどこをどう進むかとか、じつに熱心に研究をしてるんですよ。

攻撃日がだんだん迫ってきても、あせるという気配はまったくありませんでしたね。淡々として、そしていつもにこやかで、食事のあとなど、軍医長を相手に碁をやったり、手すきの者と将棋やトランプをやったり、ほんとうに落ち着いたものでした。

かえって私どものほうが緊張しましたね。私など、日に日に食欲が減退して、食事もせいぜいふた口ぐらいしか咽喉を通りませんでしたね。どんなことがあっても、あの連中に無駄死にをさせちゃいけないと、そればかり考えていました。ですから、こっちのほうが神経衰弱になったものです。ウルシーのときでも、彼らを出して戦果があがったのを確認したとたん、食欲が出てきましたからねえ。

私は艦の乗員には、「回天」搭乗員に対して、けっして明日の話はするなと厳命したのです。日本へ帰ったらどこへ行くとか、うまいものを食いに行くとか、女遊びがどうとか、そういう話をいっさい禁じたのです。彼らの決心に対する冒瀆《ぼうとく》だと思ったからです。だから、フネの中がなんとなく重苦しいんですよ。彼らはそれを知ってるものだから、わざと朗らかに振る舞うんですね。それを見るのがまた辛くてねえ……。いよいよ出撃というとき、

「私どものために、みなさんに非常に迷惑をかけました、すみませんでした」と言ってね、帝国海軍万歳を言って、それから、「伊四七潜の武運長久を祈ります」と言って出て行くんですよね。自分のことだけ考えて、何も言わずに行ってくれれば、と思うんですが、こっちのことまで気を遣《つか》って出て行くんですよ。どの子もみんなそうでしたね。ほんとうに彼らは神そのものです。

ご遺族の方にも、戦後お会いしていますけどね、どのご遺族も、息子が最後までお世話になりました、面倒をみていただいて有難うございましたと言うんですよ。そうじゃないんですよ。私はね、介錯人ですよ。しかも十二人もね。

十二人も人間魚雷を出して、あなたたちは鬼のような艦長だとお思いになるでしょう。私がかわって出たいくらいでした、と言うんですけどね。どなたも非難がましいことは一言もいわないで、かえって礼を言われるだけなんです。彼ら搭乗員も立派だったけれど、ご遺族たちも立派な人たちばかりです。私はウラミの一言でもいってもらったほうが、かえって気持が落ち着くんですけどねえ。

ホーランジアに行ったときは、川久保輝夫中尉、原郭郎中尉、村松実上曹、佐藤勝美二曹の四人が、「回天」搭乗員でね。そのうち、川久保輝夫中尉（七十二期、二階級特進で少佐）というのは私と同じ郷里の鹿児島で、しかも彼の兄というのが川久保尚忠少佐で、兵学校が私と同期なんですよ。彼は昭和十三年にシナ事変で戦死しているんです。その四番目の弟が輝夫なんです。私が兵学校生徒のころ、よく彼の家に遊びに行ってたんですが、そのときの輝夫は、エプロンをしてヨチヨチと歩いていた子供だったんですよ。

その子が、「回天」の搭乗員として、私の艦にやってきたときはびっくりしました。「お前、大きくなったなあ。昔、遊びに行ってたときは、ものもよう喋《しゃべ》れん子供だったのが、大それた人間魚雷の搭乗員になろうとは」と言ったら、「すいません」と言って笑っていましたけどね。

いよいよ出撃というとき、私は、「お前のお父さんに、お前の最後の模様を話してやるから、何か言いたいことがあったら言え」といったら、「オジさんが、ご覧になったとおりのことを、親父に言って下さい」というんですよ。戦後、父親にありのままを報告したんですが、父親は、「お前であればこそ、お前のフネに乗せてやってくれたんだろう」とおっしゃっていましたけどね。おそらく「回天」の指揮官が、事情を知っていて、ボクのところに輝夫をよこしたのかもしれませんけど、あいつは本当に、たいした奴ですよ。やはり神様ですよ――』

玉砕島からの生還者

「伊四七潜」には、もう一つ奇跡的なエピソードがある。ホーランジア攻撃に出撃した「伊四七潜」が、十九年十二月三十日の黎明、グアム島の西方、約五百四十キロの海域を南下しているときである。玉砕地グアム島から脱出した海軍陸戦隊の伊藤京平少尉以下八名の乗った筏を発見したのである。

グアムは、その年の八月十日、第二十九師団を主力とする約二万名の将兵が、死闘をくり返したすえ玉砕していた。生き残った将兵はジャングル深く潜入し、絶望的な逃避生活を送っていた。彼ら敗残兵たちは、なんとかこの地を脱出しようと、しばしば筏を組んで脱出をこころみたが、ほとんどが米軍に発見されるか、潮流に押しもどされて失敗していた。その中で、伊藤少尉らの筏だけが外海に出るのに成功したのである。

玉砕島から脱出に成功したのは、太平洋戦争の全期を通じて、このチームが唯一のものである。彼らはドラム罐と椰子の丸太を組んで六畳敷きほどの筏を組み、約一ヵ月間、漂流していた。飲料水は底をつき、食糧はなく、大洋の大波にもまれながら死に瀕していた。

筏の上で息もたえだえに横たわっていた彼らの眼前に、突如として「伊四七潜」が出現した。黒い潜水艦を見て、彼らは恐怖におののいた。敵潜だと思ったのだ。伊藤少尉は、筏に突っ伏したまま「戦闘用意」と叫んだ。彼らは渾身の力をふりしぼって手榴弾をにぎった。

『――夜明け前でした。艦橋で哨戒していた重本航海長が、「まもなく潜るぞ！」と言ったとき、見張員が、「大きな浮流物があります」と叫んだんです。そのころは浮流物が多かったんです。航空戦やら海上戦やらしょっちゅうですから、その戦場跡を抜けると、ずいぶん浮流物があるわけです。米軍など、艦内火災が起こると、手当たり次第に全部はぎとって落としてしまいますからね。そのたぐいだろうと思っとったんです。

ところが、「人が乗っているようです」というんですね。それなら日本本土を爆撃にいったB29が不時着して、救命筏に乗って漂流しているんだろうと思ったんです。それなら、米兵を捕虜にしてやろうと、艦を近づけさせたんです。見ると、ケンバスをかぶって動かないでいる。死んでるのかと思って双眼鏡で見ていると、ケンバスから足がはみ出していて、その足がピクピク動いているのが見えた。「オイ、生きてるぞ」と言ってね。当然、私はアメリカ兵だと思っていたものですから、先任将校の大堀正大尉（六十九期）を呼んだんです。彼はアメリカの中学を出て、広島二中にうつり、兵学校に入った人なので英語が堪能です。米兵がピストルを撃ってくるといかんから、こっちも拳銃をもってかまえていた。てっきり大堀大尉は、ヘーイとかなんとか英語で呼びかけると思っていたら、オーイと呼んだんですよ。するとケンバスをはねのけて、ガバッと起き上がった。それを見ると、かぶっているのが海軍の略帽で、それも黒筋が二本入ったのと一本入ったのが見えたんです。

「なんだ、あれは日本人だぞ」

というわけでね。オーイ、オーイと呼びながら近づいて、引き寄せたんです。行ってみると、なんと八人も乗っていた。

そのとき、私はどうしようかと考えたんですよ。私たちは特別攻撃隊ですからね。これから死にに行くわけです。生死のほどは保証できないわけです。みすみすここで助けても、結局、殺すことになるかもしれん。ここは一つ、食料と水を与えて、いちばん近いフィリピンの方角を教えて突き放したほうがいいだろうと、先任将校と私とが相談していたんですよ。

すると、「回天」搭乗員の川久保中尉がこう言うんです。「オジさん、頼むからあの八人は助けてやってくれ、われわれ四人はあと十幾日で確実に死ぬんだ、四人のかわりに八人の海軍がかわって生還するということはめでたいことです。着るものはわれわれのものをやってください」とね。輝夫のこの一言で、私は彼らを救出する決心がついたのです。

私は指揮する関係もあって、彼らは軍医にまかせていたんです。その翌日、連中はどうかと聞いたら、グアムから流れてきたらしいということを、はじめて聞いたんです。「なに、グアムは八月に玉砕したはずじゃないか、『一人も残っているはずがないじゃないか』と言ったところ、『いや、グアムにはまだ三千人も四千人も生きてるそうですよ』という。ショックでしたねえ。

そのうえ彼らは、残存兵が、どのへんにかくれているかわかっているから、それを大本営に無電で知らせてくれと言っているという。冗談じゃない、こっちは無線封止の行動なんだし、そんなことはできない。玉砕したということに決まっているんだから、そのことは目をつぶれ、ということで、助けたことも無電で知らせずに、そのままホーランジアに突っこんでいったんです――』

「伊四七潜」が呉に帰投したのは、二十年一月二十八日である。救助した伊藤京平少尉、後藤昌富飛曹長、荒川幸作一等兵曹、涌井伊三郎二等兵曹、佐藤一水兵長、それに、平井信太郎、笹正志、川崎四郎の軍属、計八名は、ぶじに内地の土を踏むことができた。

呉鎮守府では、彼らの奇跡的な生還に驚いたが、上陸と同時に八名を兵舎の一室に隔離すると、外部との接触や外出を禁じ、厳重な情況調査をはじめた。まず彼らが敵前逃亡者ではないかと疑ったが、筏脱出がグアム玉砕以後とであることが判明して、その疑いは晴れた。

むしろ、グアム島の守備隊の最後のようすが、彼らの報告によって、その詳細を知ることができたのが、唯一の収穫であった。（昭和五十四年十二月二十一日インタビュー）

〈軍歴〉明治四十三年、鹿児島市に生まる。昭和六年、海軍兵学校卒、五十九期。「陸奥」乗り組み。七年、「柿」乗り組みのとき上海事変がおこり、揚子江方面で約一年間、作戦に従事。九年から潜水艦一筋に乗り組む（十二隻）。十六年、「伊一〇潜」艦長のとき開戦、米国西岸に出撃、サンフランシスコ湾に潜入、十二月二十五日、金門橋砲撃を策したが、大本営からクリスマス攻撃の不利を理由に中止命令をうく。その後、「呂一〇一潜」「伊一七七潜」をへて、十九年六月、「伊四七潜」艤装員長、七月、初代艦長、十一月、回天戦第一号の艦長となる。二十年五月、潜水学校教官で終戦。海軍少佐。戦後の二十九年、海上自衛隊入隊、護衛隊司令、潜水艦基地司令を歴任。三十八年、一等海佐で退官。

人間魚雷

〈潜水艦「伊五八」艦長・橋本以行中佐の証言〉

特潜を積んでハワイへ

太平洋戦争で、日本海軍の潜水艦の消耗はきわめて高率だったため、生存している潜水艦の艦長は、ごく少数である。その中の一人、元海軍中佐の橋本以行氏に、お目にかかれたのはたいへん幸運であった。橋本氏は現在、京都の梅宮大社の宮司《ぐうじ》で、きわめて壮健。控え目ながら往時の模様を語ってくれた。

開戦のときは「伊二四潜」の水雷長としてハワイ作戦に参加、そのとき「九軍神」で有名になった特殊潜航艇を一基、後甲板に搭載して出撃している。潜水艦が、小型とはいえ潜航艇をつんで太平洋を横断するということは、破天荒な出来事である。潜航や浮上時に支障がなかったものだろうか。

『――あれは四十トンありますからね。若干トップヘビーにはなったけれど、走るのには別に問題はなかっかですね。潜航しても艦が傾くということもなく、心配はなかったですね。

それよりも「伊二四潜」が佐世保工廠で竣工したのが十六年の十月三十一日ですからね。引き渡しがすんで呉に行ったのが十一月十日です。

呉に行ったら、すぐ後甲板に、台の取りつけ工事をはじめた。何の台なのかさっぱりわからんのです。その間に出撃準備の命令が出て、魚雷や砲弾、糧食、海図など、いろいろの物品をつみこんだわけです。そのうち酒巻和男少尉と稲垣清二等兵曹が、本艦に乗員として加わってきた。そして、後甲板の台の上に、〝格納筒〟というエタイの知れない怪物を乗せられたわけです。

大きなもので、ほとんど艦尾いっぱいになりましたね。うしろに三メートルほど余裕があったですかなあ。こんなもの乗せてどこへ行くのかさっぱりわからない。艦長と酒巻少尉は知っとったようですが、われわれ乗員は何も知らされていないんです。そして、十一月十八日に出撃でしょう。その前日、呉の水交社で潜水艦長、士官、特攻隊士官だけの集会があって、席上、最近ハワイから交換船で帰ってきた人の話があって、ハワイの近況を聞いたわけです。そこでハハーン、行く先はハワイらしいぞ、と感じたわけです。

新造直後のフネですから、何かとトラブルが多くていろいろ問題がありましたね。乗員も慣れていませんしね。呉を出撃して土佐沖で潜航訓練をしたんですが、あっちこっち故障の続出です。それを修理しながらの訓練でしたね。上層部では、「二四潜」は無理だ、という説もあったようですね。しかし、特殊潜航艇を搭載できる潜水艦は、当時五隻しかなかった（伊一六、一八、二〇、二二、二四）ので、一隻でも欠けたのでは、困るという状態だったんですね。で、艦長（花房博志・五十一期）に、「行ける自信があるかどうか」というんだな。これは無責任な聞き方ですわな。こういう場合、行かれへんなんて言えんですわ。やるだけやりましょう、と言うしかないですわ。それでも、思わぬ事故やら機械故障やら、特潜筒の整備やら、毎日てんてこ舞いで、なんとか新造艦をだましだまし、十二月七日の夜に、オアフ島の沖に到着したわけです。その間、酒巻君とはあまり話す機会がなかったけど、死に急ぐ必要はないからと、血気にはやることのないよう、いさめたことがありましたよ。

いよいよ特潜をだす段になって、整備員がジャイロが故障していると言うんだ。私は特潜の中に一度も入ったことがないし、どんな艇なのかさっぱりわからん。手のほどこしようがない。ところが酒巻君は、いまさら何をか言わんやとばかり乗りこんで出ていった。結局、ジャイロ故障のために真珠湾の中に入ることができず、座礁と艦内の悪ガスのために昏《こん》睡してるうちに、捕虜第一号になってしまったんですな。同乗の稲垣二曹は、泳いでいるうちに溺《でき》死《し》したんでしょうなあ……。あの日は波が高く、海面がそうとう荒れていましたからね。水面下三十メートルにいても、方向によって艦が五度くらい揺れましたからね。

元来、特殊潜航艇というものは、洋上決戦のときに使うものとして開発されたんです。それを、真珠湾でも使えるのではないかと言い出して、嘆願書を出して使ってもらったんですね。山本長官は、帰ってくることができるのなら、という条件づきで許可されたものなんです。もともと泊地潜入用にはつくられていませんでしたから、最初から無理があったと思いますね。

一方、われわれ潜水艦部隊は、オアフ島の周辺に二十五隻もの潜水艦を配備して、真珠湾を封鎖するように散開線の網を張っていたんです。ところが、潜水艦による戦果はほとんどなかったわけです。このことについてはいろいろ批判もありますけど、潜水艦戦術というものがきわめて未熟だったと思うんです。要するに、みんな逃がしとるんですよ。それはね、そこに実戦と訓練の差があるんです。演習ではちゃんと百パーセント捕捉できてるんだが、実戦では捕捉できん。というのは、演習判断といいましてね、演習では、たとえば沖縄の中《なか》城《ぐすく》の外海に網を張ってるとしますね。湾の中に艦隊がいる。演習ですから艦隊はまもなく出撃してきますわ。今日出てこなければ、明日は出てくるだろうと予測がつく。そうすると、一日中、潜水艦の艦長は潜望鏡にしがみついて監視してますよ。だから捕捉できる。これが演習判断というやつです。百パーセントの捕捉率があるから、ハワイでも成功するだろうと考えとったんです。

ところが、実戦となると、敵がいつ出てくるかわからん。それに、うっかり頭を出していると飛行機に発見されるし、駆逐艦や駆潜艇にいつ攻撃されるかわからん。そこで三十メートル潜ってるんです。そして聴音だけで聞いてるんです。当時、聴音は二万メートル先のスクリュー音が聞こえるとされていたから、聞こえたら上にあがって見るというわけですよ。

聴音というのは、いまではわかっているけど、水温差があったら音波が屈折して、近くに敵艦がいても聞こえんのですよ。頭の上を通ってもわからん。ところが、そういう音波の屈折なんてことは、戦前はまったく研究もしてないし、われわれも知らなかったですからね。

ましてハワイ海域は、日本と違って海水の温度差がやたらに多いところなんだね。だから、潜水艦がいくら取り巻いていても、みんな三十メートル潜って、艦長は昼寝しとったんだな。音が聞こえんからね。そりゃあ一日のうち二度か三度、潜望鏡で偵察してるんだろうが、その程度で敵艦を発見することなんかできませんよ。ところが、実際には、空母や巡洋艦など、真珠湾を出たり入ったりしとったんですからね。みんな頭の上を通過しているのに、音が聞こえなかった。

そうした中で伊六潜だけが、十二月十二日にサラトガを発見して魚雷一本命中させていますね。ところが、十日前後にエンタープライズやレキシントンをはじめ、巡洋艦、駆逐艦が出たり入ったりしてるんです。みんな日本の潜水戦隊の警戒網の上を通過してるんですからねえ。そういう抜け穴があったんですわ――』

人間魚雷「回天」の出現

橋本氏が潜水艦長として、もっとも活躍したのは、「伊五八潜」に着任した十九年からである。このころになると、戦局も終末戦の様相をおび、特攻兵器「回天」が登場してきた。その「回天」を搭載するために、潜水艦の後甲板には、「回天」搭載用の台が特設された。すでに潜水艦は浮上攻撃する機会がないとされ、従来、搭載されていた大砲は撤去されていた。「伊五八潜」は新造艦で、九月に竣工したあと諸訓練をへて、初出撃が回天戦という大役であった。

十九年十二月三十日、午前十時、徳山沖の、大津島基地から、各艦四基ずつの「回天」を搭載した三隻の潜水艦が出撃した。各艦の司令塔の横腹には、カンバスの日の丸があざやかに張られ、その上部に菊水の紋章が描かれていた。日の丸の横には、白く「イ36」「イ53」「イ58」と書かれている。

単縦陣で出撃する潜水艦の周りには内火艇が群がり、くちぐちに出撃隊員の名を連呼していた。搭乗員はそれぞれ自分の「回天」の上に乗り、白鉢巻姿で軍刀を振りながらこれに応じていた。三隻の潜水艦は、第二次玄作戦「金剛隊」の第二陣で、すでに二十一日、二十五日には、「伊五六」「伊四七」の第一陣が出撃、さらに年が明けた一月九日には第三陣の「伊四八」が出撃することになっていた。

特攻兵器「回天」がつくられたのは、つぎのような経緯があった。

昭和十八年三月ごろ、「呂一〇六潜」乗り組みの竹間忠三大尉（六十五期）から、戦局の転換は、新兵器による肉弾攻撃のほかに良策はないとして、人間魚雷の構想にかんする書面が、軍令部の担当部員に寄せられた。さらにつづいて同年十月、黒木博司大尉（機五十一期）、仁科関夫中尉（七十一期）の両人が研究した人間魚雷の設計図と意見書が中央に提出され、その採用を熱心に説いたのであった。

しかし、当時は、まだ中央では特攻兵器を使う意図はなかったので、その熱誠には感激したものの採用はしなかった。ところが、戦局の悪化にともない、特攻兵器を整備すべしという気運が高まってきた。

ついに十九年二月十九日、軍令部は、極秘裡に呉工廠魚雷実験部に命じて、「㊅金物」という名称で試作をはじめさせた。試作は順調に進んで、早くも七月に完成し、試験の結果、正式兵器として採用することに決定され、「回天」と名づけられたのであった。

この「回天」は、九三式酸素魚雷を搭乗員一名が操縦して敵艦に体当たりするという、まさに人間魚雷そのものであった。まず最初に量産されたのは「一型」で、これは九三式魚雷をほとんどそのまま利用したもので、これに外径一メートルの胴体と、魚雷の実用頭部、特眼鏡、操縦装置をつけたものであった。頭部の炸薬量は千五百キロという巨大なものであった。駆逐艦の魚雷が八百キロ、潜水艦の魚雷が四百キロの炸薬量であったから、「回天」が命中すると、戦艦といえども一撃で撃沈可能という必殺の恐るべき兵器であった。

ついで、その拡大型の「四型」がつくられ、さらに過酸化水素を燃料とする「二型」もつくられたが、実際に使用されたのは「一型」だけであった。終戦時までに約四百二十基の「回天一型」が生産されたのである。

十九年八月、徳山湾の大津島に回天訓練基地がおかれ、九月から訓練が開始された。第一次隊員の募集では、兵学校出身者が四十二名、下士官五十名が採用された。ついで十一月の第二次募集で、士官二百五十名、予科練出身の下士官八百名が選抜され、特攻要員として採用された。

こうして十一月八日、早くも「菊水隊」が編成され、「伊三六潜」「伊三七潜」「伊四七潜」を母艦とする第一次玄作戦が行なわれた。襲撃目的地は、ウルシー環礁とパラオのコスソル水道であった。

ウルシーには、「伊三六潜」「伊四七潜」の両艦が襲撃して、大型タンカー・ミシシネワ（二万三千トン）を撃沈した。このとき発進した「回天」は五基だったが、当時、ウルシー環礁の出入口は防御網で固められており、そのうえ重要艦船には一隻ずつ、防御網が張られていたという。したがって、網に妨害されて命中できなかった艇があったのかもしれない。両潜水艦は、ぶじに帰投したが、パラオへ出撃した「伊三七潜」は、途中で消息を絶ち、ついに帰らなかった。

史上初のこの特攻作戦は、戦果はあったものの、こちらの損失も大きなものがあった。しかし、戦局の推移は、ひきつづいての回天戦を要求していた。十二月八日、連合艦隊司令部は回転作戦を下令した。第二次玄作戦である。

「敵機動部隊、西カロリン諸島、マリアナ諸島、ブラウン、アドミラルチー、フンボルト方面前進根拠地に在泊中の好機を捕捉、これを奇襲覆滅するにあり」

これが作戦目的である。

西カロリンのパラオ諸島では、ペリリュー、アンガウルに米軍が上陸しており、日本軍は熾烈な玉砕戦を続行中であった。

マリアナ諸島のグアムは、サイパンにつづいて八月に玉砕し、グアム島中部のアプラ港は米軍の重要な泊地として利用されていた。

ラバウル北方のアドミラルチー諸島のシーアドラー港は巨大な泊地で、マッカーサー軍のフィリピン反攻の拠点となっており、大兵力を乗せた輸送船団と艦艇が常に往来していた。また、北ニューギニアの中央部、ホーランジアに上陸した米・豪軍の大兵力は、日本軍を圧迫しつつあったし、ここのフンボルト湾は、大船団を擁するにたる良港である。

そして、グアムとパラオの中間に浮かんでいる無人のウルシー環礁は、いまや米軍の機動部隊が泊地として使用していた。ウルシーは、かつて連合艦隊も泊地として利用しようと考えたところだが、大環礁内のあちこちに暗礁があって、空母や戦艦など、大型艦の行動に支障があるとしてあきらめた場所であった。ところが米軍は、その暗礁を一つ一つ爆破して、大艦の航行を容易にしていたのである。

これらの泊地は、いずれも大艦隊の集結地であり、米軍反攻の足場となる重要な補給地となっていた。もう一つのブラウン環礁は、六月に米軍がマリアナに進攻したさいに活用されたところであり、現在となっては、すでに遠のいた戦場であった。

そこで、「金剛隊」に下令された任務は、「伊三六潜」は再度ウルシーへ、「伊四七潜」はホーランジアへ、「伊五六潜」はアドミラルチーへ、「伊五三潜」はコスソル水道へ、「伊五八潜」はグアム島へと振り当てられ、いずれも一月十一日を攻撃日と決められ、ただ「伊四八潜」だけが、一月二十日に時間差攻撃でウルシーを襲撃する予定になっていた。

同日、一斉攻撃が決められたのは、もしバラバラに攻撃が行なわれたら、ほかの敵泊地で厳重な警戒態勢を敷くおそれがあったからである。しかし、このことについて橋本氏はこう批判している。

『――「回天」の威力は、そりゃあ、もの凄いですからね。戦果があれば確かに敵は警戒するでしょう。しかし、攻撃日が絶対的に決められていると、どうしてもそれに制約されてしまいます。敵の情況がどうなっているか、それに対してどう襲撃態勢をとるかという判断が許されなくなるわけです。つまり敵情の如何にかかわらず、絶好であろうと最悪であろうと攻撃しなければならないことになる。これが失敗の原因にもなるんです――』

グアムに「回天」を放つ

「伊五八潜」は、石川誠三中尉、工藤義彦少尉、森稔二飛曹、三枝直二飛曹の四名の特攻隊員を乗せて、豊後水道を一路、南下していった。高知県南端の沖ノ島をはるかに過ぎると、そこは敵潜水艦の出没する海域である。艦はジグザグに航行をはじめ、速力を速めて暗夜の海上を突っ走った。

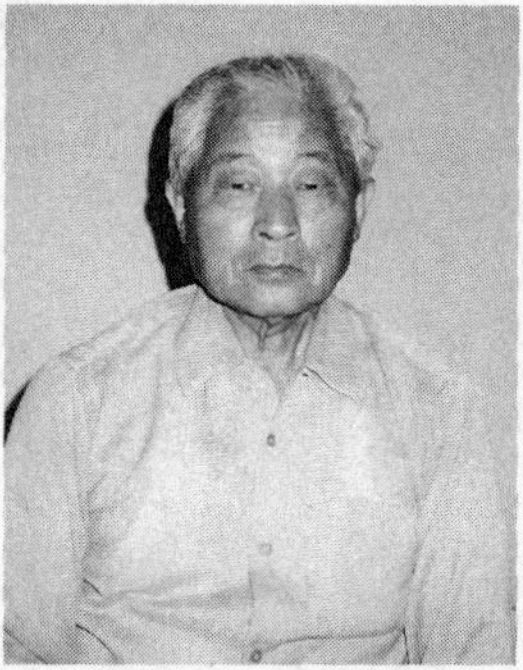
「回天」にまつわる悲壮な思い出を語る橋本以行元中佐。

潜航、浮上をくり返し、敵潜の通信電波を逆探知しては、避退しながら南下をつづけるうち、南大東島の近くで昭和二十年の元旦を迎えた。艦は北東の季節風をうけながら、白波を蹴立てて走っていた。洋上で迎える初日の出は、ひときわ荘厳で美しい。艦内では航海中は禁酒だが、今日にかぎって昼食時に少量の酒がふるまわれた。まず艦を潜航させ、全員が落ち着いて万歳を奉唱し、盃を上げた。

『——「回天」乗員の石川少尉と工藤少尉は、毎回、食事を士官室でとるので私とは顔なじみになっていましたが、三枝、森の両人は兵員室にいたので顔を合わせることがなかったのです。これは海軍の規則になっていたのですが、せめて元旦だけでもと思って、両人を士官室に呼んでいっしょに食事をしたんです。しかし、彼らは士官たちといっしょの食事は窮屈だったようです。堅くなっていましたね。

いろいろ話しかけて食事をしましたが、この予科練出身の若者たちは、明けてようやく数え年が二十歳、まだ満十九歳という少年なんですよ。世の中の濁りをまったく知らない清純無垢の少年でした。石川、工藤の両士官にしても、兵学校を出てまだ二年たらず、二十二、三歳の青年です。私は、彼らが発進したら、二度とは還ってこないとわかっているだけに、心苦しく、悲壮な思いでしたねえ。しかし、このころでは、特攻隊でなくても帰らぬ者が多かったし、われわれだって、いつ爆沈するかわからんわけです。まあ、遅かれ早かれ同じ運命なんだと思うと、彼らを送るのもいくらか気がらくになりましたけどねえ——』

一月六日、艦はグアムの真西、レイテ方面との交通線上に着いた。すでに全員、防暑服に半ズボンだ。この付近には、米軍の艦船から投棄された箱や空き罐などがたくさん浮いていた。敵の交通路だから、この海面はすみやかに避けて、発見されないようにしなければならない。

『——私は、ここからグアムへ接近していくのは危険だと考えたんです。敵の身になって考えると、日本軍の攻撃を予期するなら、日本本土から最短距離の北方沿岸の海域を重点的に警戒するだろうと思うんです。そこで敵の裏をかくべく、艦をさらに二日間南下させてグアムを通り過ぎましてね。それから反転したんです。こんどは南から逆に北上していったんですが、頭の上を何度となく敵の艦船が通過しましたよ。

輸送船が単船で走っているんですからね。彼らにしてみれば、もうこの海域は安全海域なんですね。ずいぶん見くびられたもんだと思いましてね。敵船に魚雷攻撃をすることは可能だったし、命中確実の態勢だったんですが、しかし、あたえられた任務は、あくまでアプラ港の敵空母でしたからね。残念だったのですが、ひたすら隠密行動をとりながら、グアムを目指して北上したんです――』

一月十日、第六艦隊司令長官から、一通の電報が入った。それは、「各艦は所定の奇襲を決行すべし」との電令であった。艦はひたすら、グアムに向かって航走をつづける。

『――十一日の朝九時ごろです。単船で走っている敵輸送船のピストン音が、水中ではっきり聞きとれたんです。これで、わが艦が、敵にはさとられていないということが確認できたわけです。十一時ごろ潜望鏡を上げてみると、水平線上にグアム島が雲のように浮かんでいました。そのまま潜航して、予定の発進点に向かっていったんです。

ときどき輸送船らしい推進機音を聞きましたね。みんな単船でした。無警戒だということがよくわかりましたが、しかし、手出しは禁物です。こういうときはイライラするものですよ。午後九時半ごろ、夜の闇にまぎれて浮上したんです。でもまだ目指すアプラ港から二十カイリの距離でした。そこで七ノットの速力で水上航走して発進点に向かったのです。発進点はアプラ港から十七カイリ沖とされていたんです。「回天」の航続距離は二十カイリですからね。だから、ギリギリ十七カイリまで近づく必要があるわけです。ところが、正確な位置測定が困難なんですよ。敵はたえずレーダーで哨戒していますから危険なんです。確実に十七カイリ以内に入らないといかんから、ごく短時間、艦からレーダーをパッパッと出して陸地との距離を測るわけです。こっちのレーダーが感知されたらおしまいですから、継続発射ができんのです。

そうでなくても、あそこは哨戒が厳重でね。とくに日本側から入って行く正面がきわめて厳重なんです。前にそのへんを通ったことのある折田（伊四七潜艦長・折田善次・同期）が、出撃前にひどく心配してくれてね。だから、逆にコースをとってみたわけです。

この日の夜は、風がなくて、星が明るくまたたいていました。白鉢巻の最後のいでたちをした二人が、艦橋に上がってきましてね。暗くて顔がよくかわらなかったなあ。しばらく無言でしたが、「艦長、南十字星はどれですか」と聞くんです。声で三枝二飛曹だとわかりましたね。私は、「まだ出ていないね。もう少ししたら、南東の空に美しく出てくるよ」と言ったんです。うなずいて、しばらく夜空を眺めていましたが、二人は、「乗艇します」と挙手の敬礼をしましてね。私が、三枝、森の両人の手を軽く握って、黙って別れたんです。

彼らが乗る二号艇、三号艇は、外からでないと乗れないんです。石川中尉と工藤少尉の乗る一号艇と四号艇は、艦内から「回天」の下部ハッチを開けて乗れるようになっているんです。

いよいよ発進準備ということになったんですが、果たして港内に敵がいるのかどうか、艦隊のほうから何も連絡がないんです。飛行機であらかじめ偵察して知らせてくれることになっていたんですが、肝心の偵察機が来とらんのだな。そのくせ攻撃日だけは決まっている。間に合わんのです。あとから飛行機が来とったですわ。

それはともかく、目標は、とにかくこのへんだろう、というところで、ジャイロを合わせてね。どのくらい走ったら港の入口だから、と教えてね。しかし、はじめて行くところだからね。見慣れた神戸港に入るのだって、むずかしいというのに、一度も見たことのないアプラ港に突入するということは至難のことですよ。島は大きいからわかるけど、入口を見つけるということは大変なことでね。四基のうち一基でも入れたらいいわ、というような感じでね。ひどい作戦命令でしたなあ――』

午前二時三十分、発進準備が下令された。各艇とも、いっせいに縦舵機を母潜のものと整合する。「回天」では、魚雷用の縦舵機を羅針儀として使って、方角を知るようになっていた。艇と母潜とをつないでいるのは電話線だけだ。その電話線も発進のときに千切れるようになっていた。すでに「回天」を固縛してある四ヵ所のうち二ヵ所ははずしてある。

午前二時五十分、各艇とも出発準備が完了した。「異状なし」の報告を聞いて、「伊五八潜」は潜航を開始した。改めて各艇に、進入地点の方向と距離を電話で伝える。各艇からは「用意よし」の力強い言葉が返ってきた。午前三時、艦長は号令を下した。

「一号艇、発進はじめ」

つづいて先任将校が号令をかけた。

「よーい、テーッ」

ガタンと最後の固縛バンドが艦内操作ではずされた。と同時に、「回天」は推進音を轟かせて発進する。ガリッと電話線の切れる音が聞こえる。ブルルルルーン、音が次第に遠去かる。聴音が推進音を追いながら、

「駛走状態、良好」

と報告する。つづいて艦長は号令した。

「二番艇、用意」

こうして四基の「回天」が走り去った。艦は浮上すると、沖に向かって全速避退を開始した。四時半ごろ、もう先頭が港内に到着するころだろうというとき、敵機が近づいてきた。急速潜航する。戦果は確認できなかった。だが、五時半ごろ、潜望鏡を上げた艦長の目に、アプラ港と思われる地点から、二条の黒煙が天にのぼっているのが認められた。

『――戦後の話では、港内で爆発があったという証言が得られているけど、米軍の記録には何も残っていませんねえ。果たして戦果があったのかどうか。なかったとしても、「回天」の残骸は見つかっていませんでしたね。よくわかりません。ただそのとき、港内には商船がいっぱいいたし、軽空母もいたということで、餌物はあったようですね。

ところが、戦後しばらくたってから、米海軍の軍人が、ひそかに知らせてくれたんです。

それによると、改造空母一隻と、大型タンカー一隻に、「回天」が命中して、たちまち轟沈したというんです。乗員の生存者は、ごく少数だったということです。しかし、これは米海軍が正式に発表していないので、断定しかねるのですが、信憑性は高いと思っているのですが――』

交通破壊戦に「回天」発進す

昭和二十年一月下旬に呉に帰還した「伊五八潜」は三月一日、硫黄島に出撃したが、作戦変更のため途中で帰還した。つづいて三月三十一日、こんどは沖縄へ出撃したが、あまりの警戒厳重さに近寄ることができなかった。

これまで「回天」戦に投入された潜水艦は、延べ十八隻だったが、そのうち六隻が未帰還になった。三十パーセントの消耗率である。そこで作戦行動の研究が行なわれた結果、警戒厳重な根拠地や泊地に潜入しても、効果をあげることはきわめて困難だから、これからは沖合いに出て、敵の交通路を狙ったほうがよいだろうとの結論になった。

「伊五八潜」は、四基の「回天」を搭載していたが、これを六基搭載に改装することになった。艦橋前方の飛行機格納筒を撤去し、新たに前部甲板に二基の「回天」を搭載できるようにした。さらにすべての「回天」が、艦内から直接搭乗できるようにハッチがとりつけられた。

画期的な改装は、これまで不成績だった対空レーダーを、八木式アンテナの採用によって一躍、性能アップしたことだった。『これは、「伊五八潜」が長生きできた大きな原因ですよ』と、橋本氏は強調している。一年とは言わず、せめて半年早く、このアンテナが装備されていたなら、無駄な消耗をしないですんだであろうことが推測される。

出撃準備が完了した「伊五八潜」は、七月十六日、フィリピン海方面に向けて呉軍港を出撃した。かつては「大和」をはじめ、泊地には多くの軍艦がいたが、いまはその姿もなく生き残った艦艇は、島陰に姿をかくしてひっそりとしている。

山々の緑の景色は変わらないが、沖から振り返って見る街は、一望の焼け野原と化していた。呉工廠は空襲をうけて鉄骨の残骸をさらし、廃墟にひとしかった。

『――豊後水道を南下していったんですが、このころになると、この水道も危険でね。いつ敵潜水艦の魚雷攻撃をうけるかわからない、といった状態でしたね。ですから、敵潜水艦のいないところをさがして走るんですよ。対空、対水上の両電探を振り回しながら行きますとね、敵の浮上潜水艦が発進している電波が入ってきて、その所在がわかる。そこで電波のこない広い方へ行くと、安全といわけです。夜が明けると敵も潜るし、こっちも潜るわけで、両方潜れば勝負なしというわけです。毎日、このくり返しですよ――』

「伊五八潜」にあたえられた任務は、「比島東方海面で敵艦を攻撃する」ことであった。行動範囲はきわめて広い。問題はこの大海原で、いかにすれば敵艦に出会えるかだ。

敵の重要基地は、レイテ、サイパン、沖縄、グアム、パラオ、ウルシーである。橋本艦長は、これらの基地を結ぶ航路の交差点で待機するにかぎると判断した。

艦は、サイパンと沖縄をむすぶ航路上にたっしていた。だが、いっこうに敵らしいフネに出会わない。海は、静かだった。つぎの沖縄～グアムの線上も空しく過ぎて、さらにレイテ～グアムを結ぶ線上に急行する。

七月二十八日の早暁、レイテ～グアム航路の線上を西航していると、電探が敵機を捕捉した。ただちに潜航する。そして午後二時ごろ、浮上して潜望鏡を最大限に高く上げて見回すと、三本マストの船が見えた。しだいに近づいてくる。大型タンカーだった。それに駆逐艦が護衛についているようだ。

「潜航、〝回天〟戦用意、魚雷戦用意」

と艦長は下令した。水中聴音を頼りに耳をすますが、どうも感度が悪い。前方に駆逐艦がいるので、魚雷の有効射程に近接することができない。そこで艦長は、「回天」の使用を決意した。

「一号艇および二号艇用意」

すでに一号艇には伴修二中尉が、二号艇には小森一之一飛曹が乗艇していた。発進用意を下命したあと、両艇に敵速、敵進出方向、水深、時間などを電話で知らせる。二号艇が機械を発動、「よし」と電話で報告がくる。

「発進」

号令とともに、二号艇のバンドがガタンと音をたてて解けた。スクリュー音が急速に遠去かる。つづいて、十分おくれて一号艇が突進していった。

二基とも聴音によると、順調に走り去ったようである。南方特有のスコールが、海上のところどころに降りそそいでいた。目標の敵船はなおも航行していた。なかなか命中しない。二号艇発進のあと、約五十分して聴音が爆発音を捕捉した。さらに十分してからもう一つの爆発音を得た。そこで艦は浮上してみたが、激しいスコールで何一つ見えなかった。

重巡「インデアナポリス」を葬る

七月二十九日、「伊五八潜」は位置を移動して、レイテ〜グアム、パラオ〜沖縄を結ぶ二本の線の交差海面に出た。この日は断雲が多く、風も出ていた。

『——ちょうどフィリピン海の真ん中ですわ。そのころ、この海域はもう日本のフネは行ってないし、飛行機も飛んでいないから、彼らにしてみればきわめて安全な海域になっていたんですね。だから、どんどん通っている。そこを狙っていったわけです。しかも、その交差点は、哨戒機もちょっと届かない地点ですからね。そこでしばらく待っているつもりだったんです——』

午後十一時ごろ、夜間潜望鏡で周辺を偵察して、敵影のないのを確認してから浮上した。電探は「感なし」の報告を連続している。浮上と同時に待機していた信号長が、司令塔のハッチをあけてまっ先に艦橋に飛び出した。つづいて航海長が上がる。

艦長は、なおも高く高く、夜間用潜望鏡を上げて周囲を見ていた。月は東の空に昇っていた。半月に近いが、明るさは夜間攻撃に十分だった。雲も月の付近だけ少なかった。そのときである。

「艦影らしきもの左九十度」

と航海長の早口の叫び。艦長は、ただちに潜望鏡を下ろして艦橋に駆け上がり、航海長の指さすはるか水平線に双眼鏡を向けた。まさしく黒一点、月光に映える水平線上にはっきりと認められた。もう、点より大きい。

「潜航」

敵影を確認した瞬間、艦長は鋭く下令。艦橋の四人は身をひるがえして艦内に滑り下り、信号長がバタンとハッチを閉め、ハンドルを回して、「ハッチよし」と叫ぶ。艦長は潜望鏡に目を当てた。黒影がレンズに入った。

「ベント開け」

排水中のメインタンクに逆に海水が入って、艦は潜航をはじめた。完全に潜航状態になったところで、

「艦影発見、魚雷戦用意、〝回天〟戦用意」

と連続して発令する。艦は潜航途中から、取り舵に転舵して黒影に艦首を向けた。艦長は黒影を逃すまいと、潜望鏡に目をつけたきりだ。しだいに黒影がこちらに近づいてくる。いまや発射管に注水も終わり、いつでも魚雷が発射できるようになっていた。

『――じっと見てたんですがね、駆逐艦なのか、戦艦なのかわからんのです。艦種が不明ですから距離も出せんのです。聴音機には、まだ音が入っていませんでしたね。そのうち丸か

った黒影が三角形になってきました。だいぶ近づいたわけです。そこで私は、「発射雷数六」と下令したんです。つまり、全発射管の魚雷六本を連続発射してやろうと思ったんです。そのときは、回天戦は考えられませんでしたね。魚雷で仕留められるという確信があったんですよ。

あのころは、日本の潜水艦もほとんど出没していませんでしたから、米軍も安心してたんでしょうな。護衛もなく単艦で行動していましたからね。それに私も、行動中はまったく無線封止をして、電報を打っていませんでしたからね。もし電波を出していたら、あのようにうまくつかまえられたかどうか。航路を変えるか、駆逐艦が先にくるか、飛行機がくるか、ロクなことがなかったでしょうな。

魚雷を撃って命中させるためには、目標の針路、速力、距離が正確であることが必要なんです。これらを正確に機械的に算出するのは困難でしてね、主として艦長が潜望鏡で観測して決定するんです。商船を襲撃するときは、何時間も後をつけて走れば、針路や速力ははっきりわかるわけです。距離は深信儀で超音波を出して、その反響で測ることができますが、これを使うと、魚雷発射の前に、敵にこっちを知られてしまうという致命的な欠点がありますから、ちょっと使用時期がむずかしいですね。速力も、聴音機で敵の推進機の回転数を計って出す方法もありますけど、これはあらかじめ、その艦種がわかっていなければなりません。

こういうわけですから、正確に測るということはきわめてむずかしい。最初から相当の誤りがあるものとしてかからなければならないので、確実に命中させるためには、六本の魚雷を扇形に発射する必要があるわけです。とくに針路と距離は変わるから、発射瞬時のものをあらかじめ決定しておかなければならんのです。

ま、いろいろと複雑なんですが、私は敵影を見ているうちに、どうも大型艦らしいと思ったのです。そのうち三角形の黒影の頂上が二つに分かれた。前後に、大きいマストがあることがわかったんです。そこでマストの高さを、大巡または戦艦の三十メートルと仮定して測り、約四千メートルと距離を割り出したわけです。

そこで発射時の予想距離を二千メートル、方位角右四十五度と、あらかじめ方位盤に調停させたんですが、このとき、聴音から敵の速力十八ノットと報告してきたんです。

しかし、潜望鏡で見ているかぎり、そんなに速くはないように思ったんですね。それで、「違うぞ」と言ってね、私は十二ノットと判定したわけです。ところが、実際には聴音のほうの判定がやや正しかったようですね。そのときは夜十一時半ごろでした。月を背にして浮き上がった艦影を見ていると、前方に砲塔が二基、重なっていて、相当大きな檣楼のある艦橋がはっきりしてきた。これは戦艦だと思いましたねえ――』

艦長は「発射はじめ」を令する。もうボタン一つで、魚雷は走り出すのだ。「回天」の搭乗員から、敵は何か、敵はどこか、なぜ発進させないかと矢の催促である。しかし、艦長は彼らの催促を無視していた。刻々と発射の好機が近づいてくる。

「方位角を右六十度、距離千五百」

と測定変更を令した。いよいよ息づまるような瞬間となった。潜望鏡のレンズの中心を、敵の艦橋にピタリと合わせて照準した艦長は、ひときわ大声で、

「用意……撃てッ」

と叫んだ。魚雷発射の電気ボタンは二秒間隔に押された。六本の魚雷は扇形になって敵艦に突進していく。艦長は、なおも潜望鏡を上げたまま、素早くあたりを見回した。ほかに艦影は見当たらない。敵艦と平行になるように艦首を回しながら命中を待った。するすると航過して行く敵艦を見ていると、気が気ではない。

『——命中まで一分たらずですけど、ずいぶん長く感じましたなあ。潜望鏡で見ていると、艦首の一番砲塔の右側に水柱が立って、つづいてその後方二番砲塔の真横に水柱が上がったとたん、パッと真っ赤な火が噴き出してましてねえ。つづいて三本目が、艦橋の横に命中ですわ。私は一本当たるごとに、命中、命中と叫んで艦内に教えてやりました。しばらくして命中の爆発音が三つ、等間隔に響いてきましたね。

見ているうちに、敵艦は横に傾きながら、逆立ちするように前のめりになっていくんですね。そのうち聴音が、爆雷攻撃！　と叫ぶ。私は誘爆だ、と叫ぶと、すぐに静かになりましたけどね。すると、こんどは敵の水中探信の音がすると報告してくるので、有効な反撃をうけたのでは困ると思って潜ったんですよ。

ところが、実際は、敵艦はそんな反撃どころか、沈没しつつある艦から乗員たちが逃げ出すのに必死だったというんですね。こっちも攻撃したのはいいけど、逃げ腰というか、浮き

足立つというか、こういう場合は、どうしても自分に不利なように考えがちになるものなんですねえ。実際、敵の探信音だったかどうか、あやしいもんですよ。

まもなく探信音が消滅したという報告があったんですが、潜航している間に、予備魚雷の装塡を急がせましたね。魚雷装塡中は、艦に傾斜をあたえると危険なので浮上行動はとれないんです。やっと二本の魚雷の発射準備ができたというんで、潜望鏡深度まで浮上して見たんですが、もう何もみえませんでしたね。そこで浮上して、沈没したと思われる海面に行って見たんですが、何も見えず、漂流物もないんです。魚雷命中から一時間しかたっていないので、よしんば逃げたとしても、手負いの艦がそう高速で逃げられるわけはないし、視界内にいるはずです。それが何も見えないんですから、これは沈没間違いなしと思ったわけです

――』

そろそろ白波が立ちはじめてきた。漂流物を発見することも困難になってきた。心には残ったが、いつ敵の僚艦や飛行機が来襲しないともかぎらない。「伊五八潜」は一路、東北へ水上航走し、一時間後ふたたび潜航した。

八月一日、二日と、「伊五八潜」は北上をつづけ、内地にちかづいていった。そのころ東京の大和田通信隊からの無線情報として、「敵重要艦船、遭難捜索中らしき敵信多数あり」との情報が入ってきた。橋本艦長は、二十九日の攻撃から、だいぶ時間も経過していることであり、気にもとめなかった。

ところが、これが撃沈した重巡洋艦インデアナポリスの捜索電報だった。この艦は米国本

土から原爆を搭載して、テニアンの基地に運びこんだ重要任務の艦であった。運搬後、同艦はレイテへ向かっていたが、そのとき攻撃されたものだった。米軍が重視したのは、日本軍の攻撃のタイミングからみて、機密が漏れていたのではないかという点であった。しかし、これは米軍の杞憂であった。

結局、同艦が沈没して四日後に、漂流中の艦長マックベイ大佐以下三百十五名が発見され救助された。さて、広島に投下された原爆の弾体の横腹には、「インデアナポリス乗組員の霊に捧ぐ」と書かれてあったという。(昭和五十七年五月三十一日インタビュー)

〈軍歴〉明治四十二年十月十四日、京都市に生まる。昭和六年、海軍兵学校卒、五十九期。九年、「呂六四潜」「伊六五潜」乗り組み。十二年、日中戦争の勃発により、「一八号」掃海艇で上海に従軍。その後、「保津」に乗り組み、揚子江警備。十四年、「沖風」乗り組み。同年、水雷学校乙種学生。十五年、潜水学校乙種学生。同年、「伊一二三潜」水雷長。十六年、「伊五五潜」水雷長。同年七月、「伊二四潜」水雷長で開戦を迎え、ハワイ作戦に参加。十七年二月、潜水学校甲種学生。同年七月、「呂三一潜」艦長。十八年三月、「伊一五八潜」艦長。同年八月、「呂四四潜」艦長。十九年五月、「伊五八潜」艤装員長、同年九月、竣工と同時に、艦長着任。「回天」戦を展開し終戦を迎える。海軍中佐。著書に『伊号58帰投せり』がある。

価値ある敵

〈駆逐艦「神風」艦長・春日均中佐の証言〉

老朽艦「神風」の出撃

かつての海軍の町、呉市に住んでおられる春日氏は、病床に伏している夫人を看護しながら、老夫婦二人だけで生活を送っている。

『——私は元気ですからね。買い物やら洗濯やら食事のしたくなど、ぜんぶ私が毎日やっておるんですよ。家内の病気は一生直らないもんですからね。しかし、家事は、若いころやっていたんですから。ときどき近くに住んでいる娘が応援に来てくれるので助かりますがね。ただ、病人をおいて長時間外出はできないので、出たい戦友会にも出られないのがちょっと淋しいですね。ですから、訪ねて来てくれるのは大歓迎なんです——』

みずから急須にお茶を入れて出しながら、もてなしのできないことを詫びる。しかし、戦闘時のこととなると、記憶のすべてを動員して熱心に語ってくれた。

開戦のときは、駆逐艦「白雪」の水雷長としてマレー作戦に参加、船団の護衛と付近海域の哨戒の任についた。このとき、「白雪」は、英駆逐艦一隻を撃沈している。なにしろ、勝ち戦さのときである。ほほえましい敵味方のエピソードがあった。

『――コタバルの南方海域を、私たち第十一駆逐隊が哨戒していたんですが、ある夜、シンガポールから出て来たんでしょうね、二隻の英駆逐艦が攻撃してきたんです。そのとき、「白雪」は敵の魚雷発射を受けましてね。ところが、深度調整がうまくなかったとみえて、魚雷は艦底をくぐり抜けて命中しなかったんです。そこでこっちは、反転して逃げる敵艦に主砲を撃ったら、これがみごとに命中しましてね。三浦という砲術長でしたが、射撃がじつにうまくて、名人芸でしたな。とうとう砲撃だけで撃沈しちゃった。

もう一隻は、煙幕を展張しながら遁走しましてね、これは撃ちもらしましたが、煙幕というやつはなかなか有効なものだわいと、感心しましたわね。撃沈した艦の生存者を救い上げたのですが、三十人ぐらいでしたね。捕虜にしたんです。

その中で、一番上級者が中尉の水雷長でした。海軍というのは、捕虜を大切に扱うところなんですよ。捕虜の中で唯一の士官からといって機関長の個室をあけましてね。それに入れたんです。メシを食うときは、ガンルームでわれわれ士官といっしょに食べさせたんですね。そうなると、したしみも湧きましてね、軍医長など、とっときのウイスキーをもってきて、「オイ、飲めよ」という調子でね。優遇したもんです。なにしろ。勝ち戦さでしたからね、鷹揚なもんでしたよ――』

その後、春日氏は十七年二月二十八日に発生したバタビア沖海戦に参加、距離四千メートルから米重巡ヒューストンと豪軽巡パースに魚雷を発射したが、命中は得られなかった。

春日氏が、その真価を発揮しはじめたのは、駆逐艦長になってからである。十八年十月十八日に、青森県大湊で、「神風」艦長に着任。千島方面特別根拠地隊の大湊警備府部隊に所属した。このときは「沼風」「波風」「野風」「神風」の四隻で、第一駆逐隊を編成していた。

ここで「神風」という駆逐艦がどんな艦であるか、そのプロフィールを眺めてみよう。

「神風」は、大正十一年十二月二十八日に、三菱長崎造船所で竣工した一等駆逐艦である。常備排水量は千四百トン、全長百二・五七メートル、速力三十七・二五ノットという高速駆逐艦であった。同型艦は九隻あり、「神風」はネームシップで一号艦である。

このころは、すでに老朽艦となって、速力は低下していたが、その敏捷性はいささかも衰えていなかった。対潜兵器として、「神風」には、探信儀（ソーナー）と、水中聴音機が装備されていた。爆雷は約百個搭載し、上甲板に四十五個、残りは爆雷庫に格納していた。

撃沈確実と思った米潜艦長からの手紙を喜ぶ春日元中佐。

ソーナーは、艦首部から海中に突き出ているが、ソーナードームをもっていなかったので、爆雷攻撃をするときは、そのたびに事前にソーナーを引き揚げなければならない。爆雷の爆発でソーナーが破壊されるからだ。これが、敵潜発見と同時に一刻を争う対潜攻撃のアキレス腱になっていた。

『――当時は、もっぱら、千島方面の船団護衛が任務でしたね。冬の流氷のあるときは大湊から出航して、流氷のないときは小樽から宗谷海峡を抜けて北千島へ行ってました。その間に、「沼風」と「波風」を失うことになるわけです。

両艦は、南西諸島方面の護衛任務につくため、十一月十八日に小樽を出撃したんですが、十二月の末ごろですかね、「沼風」が沈没したという話を聞いたのは。これには渡辺司令が乗っていたのですが、総員行方不明ということでね。それで「野風」の海老原艦長が一駆の司令代理になったんです。彼は、私と同期でね。信頼のおける人物でしたね。それから、翌十九年九月五日に、こんどは「波風」が占守島と小樽の中間付近で敵潜に雷撃され、後部を破壊されて航行不能になりましてね。これはどうにか、私が曳航して小樽まで帰ったのですが、これで第一駆逐隊は、「野風」と「神風」の二隻だけになってしまったんです。

その二隻が、こんどは南方にもっていかれることになったわけです。十二月の下旬でしたね。連合艦隊付属となって南方進出したわけです。といっても、船団の護衛でね、二十年の一月二十六日に門司を出港して基隆《キールン》にむかったんですが、途中で雷撃をうけましてね、讃岐丸と海防艦の「久米」が撃沈されてしまったんです。最初から苦難の道でしたよ。その後、シンガポールに進出するため馬公に回航して、馬公水交社で、「野風」の海老原艦長と打ち合わせをしていたら、彼は突然、真面目な顔をして、

「春日、貴様は死相が現われているから注意しろ」と、言うんですよ。で、私も負けずに、彼の手相を見ながら、「貴様こそ、短命の相をしとるぞ」とやり返したんですが、あとで冗

談が真実になってしまって、いつまでもあと味が悪かったですねえ。

というのは、いわゆる北号作戦で、松田千秋少将の率いる第四航空戦隊（「日向」「伊勢」）が、「大淀」および第二水雷戦隊（「霞」「初霜」「朝霜」）をくわえてシンガポールから重油と航空機ガソリンを満載して内地に輸送するさい、「野風」と「神風」が、台湾海峡で護衛するように命じられたんです。そこで二月十一日に馬公を出港して、十四日早朝、シンガポールからやってきた四航戦と合同し、警戒配備についたんですが、その日は天候が悪くてね。四航戦は十八ノットなんですが、こっちは波切りが悪くて、二十一ノットで走って、ようやくついていける状態だったんです。

翌十五日、馬祖島で部隊が仮泊したとき、もう心配はないからと、帰還を命じられましてね。結局、われわれはその足でシンガポールへ行くことになったんです。

海南島をすぎて二十日の夜中三時ごろでしたかね。カムラン湾の近くで、陸から十五カイリほど沖を、「野風」は陸寄り、「神風」は沖側を六百メートル間隔でならんで走っていたんです。私は休憩室で仮眠していたんですが、突然、轟音を聞いて艦橋にとび出したところ、艦の右後方に高さ五十メートル、径二十メートルの白い水柱が立ちのぼって、やがて消えたんです。「野風」がやられたなと思って、すぐ二十一ノットに増速して左へ急転舵、ぐるっと回って「野風」に近づいたところ、すでに艦影はなかったですね。轟沈ですよ。

生存者の救助が気になりましたけど、こっちも攻撃される恐れがあったので、速力を十六ノットに落として探信儀で索敵、敵潜らしきものを捕えたので爆雷攻撃をやりましたが、手ごたえはなかったですね。そのとき、敵潜は浅い陸地側から攻撃したんですね。

夜明けになって攻撃をやめて、生存者の救助をはじめたんですが、三十数名しか救助できませんでした。このとき、艦長の海老原君は奇蹟的に助かりましてね、「神風」の甲板に上がるとすぐ私に、

「漂流中、腹が減ってしょうがなかったが、糧食の生肉が浮いていたのでこいつを食ったんだ。すごくうまかったぞ」

と強がりを言っていたのを、印象深く記憶してます。彼はシンガポールで第十方面艦隊の幕僚の補佐をしていたんですが、転勤命令が出て内地へ帰ることになったんです。小さな船団に便乗して帰ったんですが、これが途中で攻撃されましてね、とうとう彼は戦死してしまったんですよ。シンガポールに残っていたら、助かったんでしょうがね。惜しいことをしました——』

ペナン沖海戦の悔恨

これで第一駆逐隊は、「神風」がただ一艦だけとなった。シンガポールのセレター軍港には、修理中の重巡「高雄」と「妙高」がいたが、これはいつ復旧するかメドもたっていなかった。結局、自由に行動可能の艦艇は、重巡「羽黒」と「足柄」、それに「神風」の三隻のみだった。

戦力としては、きわめて微弱なものではあったが、この三隻が持てる砲雷力で暴れまわる

と、たとえ優勢な連合軍といえども、いささか手の焼ける厄介な存在である。当然、彼らはこの三隻をつけ狙った。

昭和二十年四月一日、米軍は沖縄に上陸を開始して、戦火はついに本土におよんだ。内地と南方軍は、海空いずれも連絡を断たれたのである。陸海の南方軍は、寺内元帥の指揮下に入って一本化されることになり、南方の拠点の守りを固めて長期戦に備えることとなった。ところが、インド洋上に浮かぶアンダマン、ニコバル諸島が孤立状態に陥り、これを守備する陸軍部隊では戦病者が続出、軍需品も底をついて部隊の戦力は低下する一方だった。これをなんとかしなければならない。第七方面軍は、軍需物資の補給を海軍に頼むしかなかった。しかし、頼みとする海軍も、作戦可能な艦船は「羽黒」と「神風」の二隻を割り当てるのが精いっぱいだった。

『――物資の積載量を増大するために、艦から発射管と魚雷を撤去しちゃったんです。「羽黒」は発射管を失っても、二十センチ砲があります。しかし、「神風」にとって、発射管を撤去されることは、戦力を持たないただのフネにされたと同様です。十二センチの単装砲が四門ありますが、いざ敵艦隊と遭遇したときは、こんな小さな砲ではケンカにもなりません。

しかし、そんなことは言っておれなかったんですね。五月十四日に、「羽黒」と「神風」は、糧食と弾薬、航空ガソリンを満載してシンガポールのケッペル港から、アンダマンに向けて出撃したのです――』

一方、そのころ英艦隊は、逐次、インド洋方面の勢力を増強しつつあった。ビルマ進攻作戦の支援のために、四月ごろから戦艦、空母をふくめ機動部隊十隻が進出、インド洋の制海権をにぎりはじめていた。

「神風」は「羽黒」の前路を警戒しながら、十八ノットの速力で之字運動を行ないながら、マラッカ海峡を北上していった。翌十五日は天候もよく、海上は波も静かだった。マラッカ海峡を出た午後一時三十分ごろ、B24一機が現われ、味方の前方に接触をはじめたので、両艦は、北北西に偽装航路をとって航進した。これと前後して、第十方面艦隊司令長官から、「味方飛行機の偵察によれば、敵大巡一、駆逐艦三がスマトラ北端をマラッカ海峡に向け進行中」と無電連絡してきた。

「羽黒」に乗艦している第五戦隊司令官、橋本信太郎中将は万全の策として敵との交戦を避け、ここはいったん引き返して後図をはかることを決意したのである。午後二時、両艦は反転すると、「羽黒」の後ろに「神風」がつづき、もと来た道をシンガポールへと引き返した。

これを見た英軍は、てっきり日本軍が昼戦をいどんできたものと判断した。英軍は、M・パワー大佐の指揮する第二十六駆逐隊で、駆逐艦六隻だけの勢力だった。大佐は日本軍との遭遇戦を避け、夜になってから雌雄をけっしようと、いったんインド洋へ避退した。

『――あのときは、敵の水雷戦隊がマラッカ海峡に出てきたというので、予定を変えてシンガポールに帰ることになったんです。そうすると夕方五時ごろ、味方偵察機の報告で、敵はインド洋に避退したということがわかった。これは敵が、わが軍と交戦するのを避けて逃げたんだろうと考えたんですよ。昼戦になると、こっちの巡洋艦の砲力のほうが優っていますからね。

しかし、いったん引き返すことになったわけで、乗員はみな内心、ホッとしていたことは事実です。私も正直いって、ああよかったと思ったぐらいですからね。敵も逃げ出したことだし、警戒配備をゆるめて南下をつづけていたわけです。輸送任務は出直しということになるわけで、これが全軍の士気を低下させた大きな原因になったわけです。

ところが、敵は夜に入ってから反転してきたんです。これは、まったくわからなかった。十六日の一時ごろです。ちょうどマラッカ海峡の入口で、ペナン沖にさしかかったときです。このとき英軍は、私たちの前方に迫っていたんですね。まったくわからなかった。私が休憩室で仮眠していたら、当直の航海長がやってきて、「羽黒」がだんだん遠去かるようだ、と言うんです。そこで艦橋に出てみると、なるほど前方を行く「羽黒」との距離が千メートル以上も離れている。しかし、「羽黒」からはなんの連絡もないんです。

これはおかしいと思って、二十一ノットに増速しながら、「羽黒」に信号を送っても、艦内電話で呼びかけても、音沙汰なしなんです。実際にはこのとき、「羽黒」では敵を発見して、艦橋ではあわてふためいていたんですね。しかし、こっちはそうとは知らず、戦闘配置の命令も出さずに首をかしげていたんですよ。

つまりは油断なんです。「羽黒」は、ただちに後続の「神風」に知らせるべきなのに、それをしていない。こっちは異常にたしいて機敏に処置すべきなのに、敵はいないものとの先入観念にとらわれていた。まさに油断ですね。そのとき、「羽黒」が突然、右方に向けて探照燈を照射したんです。そこで、はじめて気がついた。すぐ総員配置につけ、と令したんですが、ちょっと遅かった。その直後、後部の第三兵員室に敵弾が命中しましてね。ちょうど配置につけの命令で、ラッタルに駆け寄った兵の集団が吹き飛ばされちゃった。二十七名の戦死者と、重傷者十四名を出してしまったのです。私が、もう一分はやく「総員配置につけ」と令しておれば、あれほどの人員の被害はなかったろうと、悔やまれてなりません――』

被弾した兵員室には、アンダマン部隊補給用の米を四十トンもつんであった。これが破口から流れこむ海水で、ぜんぶ水びたしとなっていた。それに戦死者の血と、飛び散った肉塊で、酸鼻をきわめていた。

ただちに手空き兵員が総がかりで、水びたしの米を海中に投棄し、艦内の浸水を防ぎ、排水作業、応急措置と、真っ暗な艦内で、手ぎわよく作業がすすめられていた。

『――一方、「羽黒」は照射と同時に、右砲戦を開始していましたね。そのとき右舷に魚雷を発見して、右に転舵したので、「羽黒」は「神風」の左前方千五百メートルを前進する形になりました。そのあとを追っていると、突然、「羽黒」が右に転舵して敵方に向かっていくんです。そして、ふたたび左に転舵したところで魚雷が命中、たちまち大火災になってしまった。

なにしろ艦内艦外をとわず、燃料や物資をところせましとつんでいますからね。どらむ罐や弾薬が誘爆して、「羽黒」は全艦、火だるまになってしまった。そこへ敵の砲弾が集中するわけです。それも電探射撃ですから、発射速度がはやい。ことごとく命中して、「羽黒」は、さんたんたるありさまでしたね。

ところで、こっちは魚雷がないから応戦できない。砲はありますが、十二センチ砲四門では勝負になりません。

このとき敵の駆逐艦三隻が、「神風」の右舷約六千メートルのところを回航しているのが見えたんです。砲術長がしきりに、「艦長、撃たせてください」と叫んでいましたが、発砲するにしても、探照燈を照射しなければ撃てません。いま照射すると、艦体を浮かび上がらせることになり、集中砲火を浴びることは確実です。「駄目だ、撃ってはいかん」と怒鳴りましてねえ。

すでにこの位置は、ペナンの南西四十五カイリに来ているんです。まず、ペナンに行くことが先決だと判断したわけです。「神風」は「羽黒」の右二百メートルを、敵味方の間をぐんぐん前に進んでいったのです。そのとき、「羽黒」の艦橋を、じっと注視していたのですが、人影はまったく見られませんでしたね。「羽黒」の艦首とならんだころは、艦首波は十ノットくらいで、真っすぐに走っていたようです――』

春日艦長は、「羽黒」を見捨てても、戦場離脱することが唯一のとるべき方策だと確信した。

「両舷全速」つづいて、「煙幕を晴れ」と大声で下令する。「神風」の二本の煙突から、もくもくと黒煙が吹き出し、暗い視界をさらに黒くした。全速で突っ走る「神風」に、敵艦から何本も魚雷が発射された。右に左に、巧みな操艦でこれをかわしていく。やがて前方にスコールがやってきた。

「スコールの中に突っこめ」

艦長の号令に、「神風」は、自然のカーテンの中に身をかくしていった。

「羽黒」は、機械室に魚雷が命中して、ついに停止してしまった。敵駆逐艦三隻が、航行不能となった「羽黒」に、ぐるぐる回りながら砲火を浴びせてきた。ついに、「羽黒」は大きく左に傾き、総員退去の命令が下された。

ペナンに入港した「神風」は、死傷者を陸揚げすると燃料を補給し、ふたたび大急ぎで出港、「羽黒」の現場に向かった。もう夜が明けていたので、味方偵察機が、「羽黒」の現場まで誘導してくれた。現場には、もはや「羽黒」の姿はなく、海上に浮かぶ乗員が、「神風」に手を振っているのが見えた。

夕刻まで付近を駆けずり回りながら、「神風」は生存者三百二十名を救助した。しかし、橋本司令官以下、司令部要員は一人もいなかった。春日氏は、ペナン沖海戦を回顧しながらこう述懐する。

『――この戦闘は、味方の完敗です。その原因は、敵はインド洋に去ったものと、頭から決めつけていたことです。そんな甘い判断をして、いささかも疑わなかったのは、作戦を中止してシンガポールに帰るんだという安堵感から出たものですよ。まさに油断であり、緊張の欠如です。いうなれば士気の低下です。連戦連敗の時期でしたからねえ。精神的にまいっていたことも影響したと思います。

それに「羽黒」が、敵発見後、「神風」との連絡をぜんぜんとらなかったことも士気の低下を示すものです。視界不良にくわえて、敵の電測兵器が、数段まさっていたこともありますね。つぎに「神風」が戦死者を出したことについて考えると、私が艦橋に出てからの「羽黒」の行動を見れば、艦長たるものは、当然すみやかに兵員を配置につけて、警戒すべきであったと悔やまれてなりません――』

バンカ海峡に「足柄」を失う

シンガポールを基地として、作戦行動の可能な水上艦艇は、ついに「足柄」と「神風」の二隻だけになってしまった。瀬戸内海には、「伊勢」「日向」「利根」「大淀」をはじめ、駆逐艦や潜水艦など出撃可能な艦艇がまだまだ健在ではあったが、いかんせん燃料の重油が底をついて、内海からの出撃はほとんど不可能になっていた。

五月以降、日本軍の敗色は、いよいよ色濃く、一方的に守勢に立たされてきた。もはや南方の島々よりも、マレー半島、仏印を最後の防衛線として、防御態勢をつくらなければ、いつ、この方面に敵が上陸してくるかわからないという、切羽つまった情況になってきた。

そこで、インド洋のアンダマン、ニコバル諸島の陸兵を撤収してシンガポールの守りにつけ、同様にスマトラ、ジャワからも兵力を仏印に転用することとなった。この兵力輸送作戦に、「足柄」と「神風」が使用されたのである。このとき「足柄」は、米潜から発射された魚雷で、あえなく沈没してしまった。このときの模様を、春日氏はこう語る。

『——あのときは、ジャカルタで陸兵を乗せてシンガポールに輸送するのが任務でした。「足柄」に約三千人、「神風」に約四百人乗せて、バンカ海峡を通過しているときです。六月八日のことでしたね。

「神風」が先行して、前路哨戒しながら進んでゆくと、バンカ海峡を出たあたりに、現地人のジャンクがたくさん浮いていたんです。よく見るとその中に、同じように帆を張っている潜水艦がいた。偽装して待ち伏せていたんでしょうな。

こっちが出て行くと敵潜は、すぐに帆を下ろして潜航する。そこへ駆けつけて爆雷攻撃をしたんですが、残念ながら効果がない。敵潜を追ってかなり前方まで進出しているうちに、どうも後続する「足柄」が気になりましてね。ちょっと離れすぎたな、と思ったので、ただちに反転してバンカ海峡の北口にもどり、ここを基点に索敵をしていたんです。

そのうち、いつしか沖合いに出てしまったので、ふたたび反転したら、ちょうど「足柄」が北口にさしかかるところだったんです。距離は約一万二千メートルほどありましたか。合同しようと思ったところへ、ドカンと雷撃されちゃった。じつは私は、敵潜は一隻だけだと思っていたのですが、もう一隻いたんですね。私の深追いがいけなかったんです。

結局、「足柄」は、一本の魚雷で沈み、「神風」は乗員を全員救助しましてね、総員四千人になりましたよ。上甲板は鈴なりです。昼間は陽が射して暑いでしょう。みんな、片側の日影に移動するんですね。そのために艦が傾いちゃうんですよ。危険でしようがない。転覆しそうになりましてね。それで甲板士官が、強引に兵員を日向のほうに移動させましてね。艦橋にも鈴なり、ラッタルにもびっしりの兵員で、トイレにもいけない。しかたがないので、艦橋の中にオスタップをおいて、もようしたやつは、この中に放尿しろと言ってね。そんな具合で、艦からあふれるほど人員を満載してシンガポールに入港したんですが、連合艦隊の艦艇護衛はこれが最後でね、シンガポールで行動可能の艦艇は、終戦まで「神風」がたった一艦だけでしたよ――』

米潜水艦との一騎打ち

ついに、南西方面の連合艦隊の艦艇としては、大正生まれの老駆逐艦「神風」が、ただの一艦だけとなってしまった。これ以後、「神風」は、もっぱら物資輸送の護衛艦として縦横に活躍することとなる。とくに、最後の防衛線となる仏印を強化するために、油輸送が急ピッチで進められることとなった。「神風」は、そのために、連日、タンカー船団の護衛に奔走することとなる。最後の固めが「神風」一艦にかかっていた。

『――その後は、足の遅い油槽船を護衛して、シンガポールから油をつんで仏印に輸送し、帰りには米をつんで帰ってくるという輸送作戦をやっていたんですよ。マレー半島の東側沿岸を陸沿いに北上し、それからシャム湾を横切って、いまのカンボジアのハッチェンに入港するわけですが、毎回、かならず敵潜に攻撃されたもんでした。

はじめに駆逐艦さえ撃沈してしまえば、輸送船はあとでゆっくり料理できますから、まず私の艦が狙われるわけです。問題は往路なんです。艦内はもちろん、甲板にもドラム罐をつんでいるので、あまりスピードを出せません。しかし、帰りは米だけですから、思い切って走れるので帰路は安全でしたね――』

ところが、この輸送作戦のなかで、「神風」は敵潜水艦と凄絶な一騎打ちを展開して、一躍、米軍の潜水艦隊にその名を轟かせることになったのである。

七月十七日に、「神風」は、何回目かの仏印むけ船団の護衛にあたっていた。小型タンカー三隻を、ハッチェンに送りとどけるべくシンガポールを出港したのである。

船団は予定どおり、マレー半島東岸の水深三十メートル以下の沿岸を北上していった。この水深なら、敵潜は潜航できないし、攻撃不能である。

『――ところがね、半島のちょうど中央部に大きくふくらんだ地形がありましてね。プロテンゴールというところなんですが、ここだけが、水深が岸近くまで深くなっていて、敵潜の行動が可能なんです。いわば危険地帯で、船団航路の難所というわけです。

船団は、シンガポールを出港した直後、敵の哨戒機に発見されていましたから、当然、敵潜が、網を張って待ちかまえているだろうと予測していたんです。翌十八日の午後一時ごろに、いよいよこの地点にさしかかりましてね。そこで私は、船団をもっと陸岸近くに避退させて、「神風」は反対に沖側に出たんです。速力を落として、ソーナーで捜索探知しながら、厳重に見張りをつづけていたんです。

ときどき記録器（レンジレコーダー）の映像に、潜水艦らしいものが映っていましたよ。いるぞいるぞ、というわけで緊張してね。そのころ船団は、ぐっと岸に寄って、水深三十メートル以下の浅海にたっしたので、ホッとしたんです。そのとき、後部見張りから、「雷跡」という報告がありましてね。

ふり返ると、六本の魚雷が扇形となって突進してくるんですよ。しかし、十分に間合いがありましたから、難なくかわすことができましたよ。それから敵の魚雷発射点に向かって突っこんでいったんです。とたんに、ソーナー係から敵潜探知の報告が伝えられましてね。反響音も鋭いし、記録器の映像も鮮やかなんですよ。完全に捕捉できたわけです――』

方位は、右に変化しつつあった。距離は千五百メートル。「神風」は十二ノットの速力で敵潜を捉えながら前進する。少し右に変針する。たちまち、敵潜との方位変化がなくなる。艦首方向、一直線に敵潜がいるのだ。千三百、千、距離がだんだん近づいてくる。

海図上の水深は三十四メートルとあった。爆雷深度を三十メートルに調整する。敵潜の方位がのぼりだした。距離九百メートル。そのとき敵潜は増速したようだ。沖に向かって逃げ出したのだ。これにともない、「神風」は速力を十六ノットとし、面舵三十度で攻撃運動にうつった。

そのとき突然、前方七百メートルの海面に、ボコッと水泡が上がった。魚雷発射の圧縮空気の気泡だ。つづいて三本の魚雷が、「神風」に向かって走ってきた。

艦橋から見ると、右と左の二本は、明らかにはずれているが、真ん中の一本が真っすぐ向かってくる。これを避けようと変針すれば、左右いずれかの魚雷に接触する。絶対絶命の瞬間だった。

春日艦長は、無表情に、突進してくる魚雷を見つめていた。胆の中では観念していたという。『よし、敵潜と刺し違えてやろう、と思いました』と語っている。そのとき、真ん中の魚雷が波にたたかれて、少し左に向きを変えた。すかさず、

「三度、面舵のところ」

と艦長は叫んだ。フッと艦首が右に振れたとき、魚雷は左舷三メートルのところを、すれすれに通過していった。そのとき見張員の大声。

「潜望鏡、艦首五百」

見ると、一メートルほども潜望鏡が海面から出ている。

「送波器揚げ、投射はじめッ」

艦長は大声で下令した。たちまち潜望鏡が左舷側すれすれのところを通過し、艦首付近で水没した。つづいて爆雷がつぎつぎと投下された。これだけの至近で、しかも敵潜を目撃しての爆雷攻撃はめったにあるものではない。

艦首両舷に設置された二基の投下機から、連続投射された爆雷は、轟音をあげながら順調

に爆発していく。投射直後、「神風」がつぎの探知にうつろうとしたとき、後部から機銃の発射音。ふり返ってみると、敵潜が爆雷にあおられて水面に飛び上がっていた。まるで断末魔のクジラの、最後のあがきに似て、艦首を上に向けたまま、ドサッと海面に落下すると、そのまま海中に沈んでゆく。

「やったぞ」

思わず艦橋では笑顔が浮かんだ。いままで何回、いや何十回、敵潜の攻撃に苦杯を喫してきたことか。やっと一矢を報いることができたのだ。ただちに反転して捜索を再開したが、海底との区別がつかず、確実な反響音が得られない。しかし、撃沈確実とみて、夕方になって攻撃を打ち切り、ふたたび船団を追っていった。

米潜艦長からの手紙

「神風」が対戦した米潜水艦は、ホークビルであった。この米潜は攻撃をうけて破壊され、海底に着底したが、幸運にも帰還することができた。艦長スキャンランド大佐は、戦後、春日艦長に礼をつくした手紙を送ってきた。

つぎに、スキャンランド大佐の手紙の全文を掲載しておこう。駆逐艦対潜水艦の戦闘に関する、またとない貴重な戦訓が得られるからだ。

『一九五三年十一月十五日

親愛なる春日中佐殿

両国の間の戦争が終結して以来このかた、私は、いつの日にか貴官に連絡をとり、一九四五年七月十八日の夕刻、貴官の指揮しておられた「神風」と、私の艦ホークビルの戦闘に関し、貴官の側から見た事実をしりたいと考え、かつ望んでおりました。

今回、米海軍横須賀基地司令官J・P・チュー大佐と、スミカワ氏の協力により、貴官の住所がわかりましたので、ここにお便りをして、貴官から見たお話をうかがいたいと思います。

一九四五年七月十八日、米国潜水艦ホークビルは、マレー半島東海岸に近接して潜航哨戒をしていました。午後六時ごろ、私は数隻の小型船を護衛して航行中の「神風」を発見しました。私には護衛中の船舶のほうが価値が小さいように思われたので、貴官の駆逐艦を第一目標に選びました。

「神風」は非常に入念な回避運動を実施しており、われわれは8の字を描きながら前進中であると判断しました。貴艦が連続的に針路変更をしたことにくわえて、水深三十メートルの海岸線まで接近せざるをえなくなった結果、発射諸元がきわめて難しい状況になりました。しかしながら、午後七時ごろ、約二千ヤードの距離から、「神風」に対して六発の電池魚雷を発射したのです。

貴官が、この魚雷の近接を発見したかどうか、知りませんが、私はたぶん、発見されたものと思っています。というのは、私が魚雷を発射してから一分もたたないうちに、貴艦はわが艦から反対の方向に回頭し、六本の魚雷全部が「神風」の舷側をかすめてしまい、期待した命中は得られませんでした。

私にとって、はっきりしたのは、貴艦がこの瞬間から、わが艦の存在を知ったことです。なぜなら、小船団が引きつづき北方に航行しているのに、貴艦はわれわれの位置を中心に約三千ヤードで円運動を行ないつつ、その付近にとどまったからです。

このとき私は、艦尾を貴艦のほうに向けつつ、同時に貴艦の反撃に備えるため、じょじょに水深の深いほうに移動しようと企てていました。八時十分ごろ、貴艦がホークビルに向首したので艦尾の発射管から距離七百ヤードで魚雷三本を発射しました。

魚雷がこんども命中しないとは思わなかったので、潜望鏡をいっぱいに上げ、わが艦に向かってくる貴艦の艦首を見ていました。魚雷が一本も命中しなかったのを知ったとき、私はきたるべきつぎの瞬間に、われわれが生き残れるのは、幸運しかないと悟ったのです。そして、衝突されるのを避けるため、やっとのことで潜望鏡を降ろしました。「神風」が艦尾から艦首方向に直上通過するさい、われわれの数えたところでは、十七発、またはそれ以上の爆雷が同時に投下されました。水深が、百フィート以内だったので、わが艦がうけた衝撃はすさまじいものでした。

貴官は覚えておられると思いますが、艦の下のほうで爆発した爆雷のため、わが艦は水面に吹き上げられ、私がつぎに潜望鏡をのぞいたところ、ホークビルの艦首部全部が水面上に突き出しており、艦首すれすれにかすめる「神風」の艦尾を見たのでした。

私は、自分の艦がやられたのは確実だと感じたので、浮上して貴艦と砲戦をしようと思いました。しかし、幸いにも、もっとよい判断ができ、急速注水によって艦を水面から引き下げ、海底に沈座させて、貴艦のつぎの行動を待つことにしたのです。

われわれは、このとき推進力を失っており、攻撃をつづけることはできませんでした。九時から真夜中にいたるまで「神風」は何回も、海底に動けないまま横たわっているホークビルに対して、慎重なソーナー攻撃を実施していました。貴艦が艦橋の上を通過するたびに、われわれはいよいよ最後のときが来た、と覚悟をしました。

しかし、貴艦が、われわれを確実に撃沈したものと判断され、真夜中を少し過ぎたころ、貴艦が、しだいに遠去かって行かれたのは、われわれにとって、この上ない幸運でありました。零時半に、われわれはタンクをブローして、ホークビルは神のお恵みにより、ふたたび水面に浮上したのであります。

われわれ双方とも、目的達成ははっきりと失敗ではありましたが、貴官は撃沈には不成功だったものの、われわれのうけた被害は甚大なものであり、哨戒を中止して修理のために基地に帰投せざるを得なくなったのであります。

私の知るところでは、私の「神風」に対する攻撃に引きつづいて、四十八時間の間に、最低五隻以上の潜水艦から魚雷攻撃が行なわれたはずですが、貴艦に対する攻撃は一つも成功しておりません。

一九四五年七月の十八、十九、二十日に、貴艦を攻撃した潜水艦の艦長一同は、よくこのときのことを話題にし、貴官の操艦技術の素晴らしかったことを話し合ったものです。貴官こそ、両国の戦争期間を通じてめぐりあった中で、もっとも熟練した駆逐艦長であるという所見を、たくさんの艦長が述べているのを耳にしています。

貴官に敬礼いたします。

シンガポールにおいて調査の結果、「神風」は、第二次世界大戦が終結したとき、連合軍に引き渡された最後の日本の戦士であり、その後、一九四六年六月七日に、日本の沿岸で座礁し、放棄されたことを知りました。

「神風」こそ、まことに勇敢な艦であり、価値ある敵手でありました。もし貴官が時間を割いてくださり、一九四五年七月十八日の戦闘の詳細を、思い出されるまま私に知らせていただけるならば、私にとって、これ以上の喜びはございません。

私は、このお願いが面倒なことであり、また不愉快なことであろうことはよく存じておりますが、私が興味を持っている点は、純粋に技術的なことであり、悲しむべき日々のことを掘り起こすつもりはまったく持っていないことをお約束申し上げます。

敬具

米国海軍大佐　F・W・スキャンランド』

思いもかけない手紙を受け取った春日氏は、読み終わったとき、心の奥からこみ上げてくる爽やかさと、深い安堵を覚えたという。

『――たとえ敵とはいえ、戦闘で人が死ぬということは悲しいことですからね。てっきりあの敵潜はマレー沖にいまなお沈んでいると思っていたのですが、ぶじだったと知って、本当に嬉しかったです。よかった、よかったと、つくづく思いましたよ――』（昭和五十六年十二月十六日インタビュー）

〈軍歴〉明治四十四年三月二十一日、長野県飯山市に生まる。昭和三年四月、海軍兵学校生徒。六年十一月、兵学校卒、五十九期。「日向」「愛宕」「那珂」「葦」、駆潜艇「一四号」「朝霧」などに乗り組む。十二年の第二次上海事変には「望月」で参加。十三年、「夕暮」乗り組み、任大尉。十四年、陸戦隊の中隊長として海南島に上陸。同年、「朝霧」砲術長。十五年、「夕風」水雷長。十六年五月、「白雪」水雷長で開戦を迎える。十七年二月、バタビア沖海戦に参加。三月、水雷学校甲種学生。任少佐。同年十月、「初雁」艇長。十八年十月、「神風」艦長。シンガポールで終戦を迎える。二十年九月、任中佐。

危機への予感

〈駆逐艦「文月」艦長・長倉義春中佐の証言〉

「魔の五分間」の興奮

太平洋戦争の開戦時、長倉氏は「阿武隈」の水雷長としてハワイ作戦、インド洋作戦に参加、機動部隊の直衛に任じていた。十七年四月、いったん内地に引き揚げたとき、こんどは重巡「利根」の水雷長としてミッドウェー作戦に出撃した。ここで有名な「魔の五分間」を眼前に目撃することになる。

『──水上艦艇と会敵したわけではないので、私はもっぱら見張りでした。十二センチ双眼鏡で上空を見ていたとき突然、敵機群が一本棒になって降下してくるのを見つけたのです。私は大声で、「〝赤城〟に突っこんでくるッ」と伝声管に叫びましたよ。おそらく敵機を発見したのは、私が最初だったろうと思います。とたんに三発命中です。「赤城」の飛行甲板では、爆弾の命中と同時に飛行機のガソリンにつぎつぎと引火して大火災です。そこで、「〝赤城〟火災ッ」と報告、ふと視線をずらすと、「加賀」にも爆弾命中です。「〃加賀〃大火災ッ」と怒鳴りましてねェ。私も興奮しとったんですなあ。すると先任から、「そんなに、いうなよ」と肩をたたかれましたよ――』

海上には、撃墜された敵機の乗員が救命ボートに乗って浮遊していた。機銃指揮官が、「あれを撃て」と号令していたが、波間に浮かぶ米兵に照準がなかなかつかず、結局、撃たずに、そのまま放置したという。そのとき米兵は、救命ボートの中で仰向けになり、両手を頭の下に上空の戦闘ぶりを見物していた。そのノンビリした姿に、長倉氏は驚きを覚えたという。

「蒼龍」もまた、直撃弾をうけて炎上、被弾した三空母をそのままに、護衛艦艇は、健在な「飛龍」を中心に厳重な輪型陣を敷いて北上した。

『――輪型陣とはいっても、当時は、対空火器の装備はまだ貧弱でしたし、空から見れば、ガラ空きみたいなものですからね――』

結局、「飛龍」も被弾し、四空母を失うことになったが、「利根」も約十発の至近弾をうけている。ついで十七年八月二十六日、第二次ソロモン海戦が起こり、「利根」は別働隊の「龍驤」を護衛。ここでも目の前で「龍驤」が沈没するのを目撃した。

『――あれは、もろいフネでしたからね。爆弾だけでアナがあいたんだと思います。だんだん浸水がひどくなって傾き、夕方になって沈んでいきました――』

つづいて長倉氏は、南太平洋海戦に参加し、僚艦「筑摩」の被弾を目撃する。

『――このときは機動部隊本隊から、戦艦戦隊、重巡戦隊が別れて前進部隊として前方に進出したわけですが、こうした戦法をとったのは、開戦以来はじめてのことでしたね。「比叡」「霧島」「熊野」「鈴谷」「利根」「筑摩」、駆逐艦七隻が本隊から約五十マイル前方に位置し、横一列にならんで敵方に前進したわけです。「利根」のとなり、三千メートル横に「筑摩」がいましてね、敵編隊が襲ってきたとき、どういうわけか敵機は、「利根」の上を飛び超えて「筑摩」ばかり攻撃するんですよ。

最初の第一発が、艦橋の射撃指揮所に命中したもんだから、主砲が撃てなくなった。それに煙を上げているし、それで敵機は、「筑摩」ばかり狙っていったんでしょうな。それにしても敵機は、ガッチリと編隊を組んできたので、私は、あれは味方機だ、といったほどですよ。結局、前衛部隊が敵機を吸収する形になったわけで、あの戦法は成功でしたね――』

この海戦で米空母ホーネットを撃沈したわけだが、日本側も、「翔鶴」が大破するという被害をうけている。こうした数々の実戦体験は、長倉氏にとっては貴重な経験となったことはいうまでもない。戦闘カンとでもいおうか、危機にたいする予感が常人以上に磨き澄まされてくる。

損害皆無の船団護衛

南太平洋海戦が終わった直後、長倉氏は、二等駆逐艦「若竹」型の「早苗」の艦長に着任した。しかし、待ちうけていた任務は、もっぱら地味な船団護衛だった。だが、この護衛作戦の中で、長倉氏は不思議な体験をすることになる。それはあたかも、未知の世界に足を踏み入れたような体験だった。

『――そのころの船団護衛は、もっぱら内地から台湾、仏印、シンガポール、フィリピン、ボルネオ、パラオ方面への輸送作戦なんですが、それがほとんど「早苗」一艦だけの護衛なんですよ。多いときは一艦で十二、三隻の商船を護衛したことがありましたよ。こうなると護衛なんてもんじゃない。幼稚園の先生みたいなもんで、引率ですよ。

商船だって、編隊航行なんて経験をもっている船長なんぞいませんからね。それを二列縦隊、間隔五百～千メートル、幅千メートルで編隊を組むわけです。朝になって、船がぜんぶいるかどうか心配でしたよ。

敵潜に攻撃されたのは二回だけです。一回は、事前に夢に出てきましたよ。これは不思議なことでしたね。門司から高雄まで、十一隻の船団を、「早苗」一艦で護衛していたんですが、東シナ海の真ん中あたりに来たとき、ちょうど夜中でしたが、私は、艦長休憩室で寝ていたんです。すると、夢の中で魚雷が五発、爆発しましてね、ドーンと音まで聞こえたんです。ハッと目がさめて、艦橋に飛んでいったのですが、別に異常はない。しかし、なぜか胸騒ぎがするので、速力を出して船団をぐるっと一回りして警戒したんです。

ひょっとすると、この警戒航走がよかったのかもしれませんが、結局、異常がないので、ふたたび船団の先頭についたんです。それから、十分ぐらいしてからでしょうか、本当に五発、実際の魚雷の爆発音がしたんです。ふり返ってみると、一隻だけようすがおかしい。信号を送ると、「われ雷撃をうく」という。ただちに船団を避退させて、爆雷を投下しながら被害船をまもっていたら、停止していた船が動きだすんですね。「雷撃をうけたるも被害なし」といってきた。

結局、米軍の魚雷は磁気感応魚雷で、当たる前に自然爆発を起こしちゃったんですね。一本だけ命中したけど、こいつは不発だったというわけです。じつはこの少し前、七月六日にソロモン方面で、クラ湾の夜戦というのがあって、そのときの第三水雷戦隊の司令官が、家内の親父の秋山輝雄少将だったのです。

このときは敵巡洋艦ヘリーナを撃沈しましたが、旗艦「新月」も集中砲撃をうけて沈没したわけです。親父が戦死したということは、船団が出発するまえに聞いていたのですが、魚雷攻撃が夢にあらわれたというのは、どうも親父が知らせてくれたのではないかという気がしましてねえ……。

もう一回はシブヤン海で五、六隻の船団を護衛しているときです。このときは真っ昼間、遠くの海面でやはり魚雷が自爆しましたが、被害はありませんでした。あのころの米軍の魚雷は、きわめて粗悪でしたね。結局、私は約一年間に百四十四隻の商船を、たった一艦で護衛したのですが、一船も損害を出しませんでした。これは、きわめて幸運なことですが、海軍の護衛戦のなかでも、きわめて珍しいことではないかと思いますね――』

盟友・飯野艦長の死

十八年十一月末に、長倉氏は駆逐艦「文月」の艦長に着任した。このころは、米軍はソロモン諸島を制圧して、ブーゲンビルのタロキナに上陸、ラバウルも、連日のように空襲にさらされるようになっていた。

『――じつは、そのラバウルで、「文月」に着任したのですが、このときは、駆逐艦も「松風」と「皐月」の三隻しかいませんでしたね。「皐月」の艦長は、兵学校同期の飯野忠男君で、クラスメートの気安さもあって、よく二人で相談しては輸送作戦をやったものです。

飯野艦長については、深い思い出がありましてね。十九年一月はじめのことです。陸海軍はアドミラルチー諸島の増強のために、まず、トラックからカビエンまで、陸兵を水上艦艇で高速輸送したわけです。ちょうど三回目の輸送で、五戦隊の二巡洋艦と「利根」、それに駆逐艦二隻が、一月二日にトラックを出撃したのです。

そのときラバウルにいた第二十二駆逐隊の「文月」と「皐月」に、カビエンへ行って輸送部隊の対潜警戒をせよとの命令が下ったのです。そこで、両艦は三日、ラバウルを出港してカビエンに向かったわけです。私の「文月」が一番艦で、「皐月」は二番艦でした――』

カビエン港外の敵潜掃討に出撃した模様を長倉氏は戦後、一文にまとめて回想記としている。そのほぼ全文をつぎに掲載する。対空戦闘の模様と、盟友・飯野少佐の奮戦ぶりがよく記述されている。

つぎは〈長倉氏の回想記〉。

『――前二回の実績にかんがみ、今回もかならず敵機動部隊が出現するものと覚悟した。輸送部隊入港前、カビエン港外で対潜掃討を実施し、〇三三〇、輸送隊入港後はその外側の対潜警戒に従事した。いまに敵の機動部隊が出現するかと心配していたら案の定、〇五五〇、カビエン東方百八十カイリに敵機動部隊発見の電報がきた。

幸いにそれから十分後の〇六〇〇には、輸送部隊の揚陸は完了したので、「文月」と「皐月」は後始末をしてラバウルに引き揚げよ、との信号を発して、輸送部隊は全速西方に避退した。

両艦は約一時間、舟艇などの後始末をして、〇七〇〇、カビエン発ラバウルに向かった。カビエンの西方にステッフェン水道がある。ここを通れば、ラバウルまではだいぶ近道になる。しかし、間もなく空襲はあるだろう。水道通過中に空襲をうけたら大変である。しかし、水道内でも敵の目をかすめることができるかもしれない。西方を迂回すれば、広い海面で回避は自由である。だが、かならず発見されるだろう。それなら、ええい、ままよと、水道通過に決め、思いきって水道に向首した。

長倉元中佐。船団護衛の一年間、損害皆無だったという。

対空警戒の味方戦闘機は、輸送部隊の護衛に行ったか、視界内には一機もいない。速力十二ノットで水道に入った。両岸に少しは山らしいものがあって敵の目をかすめられるかと思ったら、両岸平地で、空からの視界を遮る何物もない。これはまずい、早く通過するのが得策と、速力十八ノットにして対空警戒を厳にしていた。そのうち見張員が、

「敵機大群、向かってくる!」

と叫んだ。十二センチ双眼鏡についてみると、なるほど大群が向かってくる。これは、いよいよまずい。速力二十八ノットに増速、一気に水道を通過しようとした。敵機は、ますます近づく。機数を数えると九十七機あるという。気はあせるが、なかなか水道から出ない。そのうち敵機は、われわれの上空を編隊のままで旋回し、攻撃態勢をとった。

射撃するには少し距離が遠い。精神は氷のように冴えてきた。砲員は、ときどき艦橋を振り返って見る。射撃開始の命令をいまかいまかと待っている心境がよくわかる。開距離五百メートル、二十八ノットで、両艦は水道の出口にさしかかった。

この瞬間、敵機はいっせいに雷撃ならびに急降下爆撃を開始した。敵の半数は雷撃機だったので、ひろい海面に出るこの機を待っていたのであろう。

死にもの狂いの射撃と回避運動のうちに、全爆弾と全魚雷を回避することができた。魚雷は空しく海岸に命中爆発するのが、回避運動の合い間に望見された。戦闘はわずか十五分くらいであったと思う。

この戦闘で「文月」は、船体兵器に重大な被害はなかったが、敵の機銃掃討により、上甲板以上にあるものは、艦橋にあるものを除いて、ほとんど戦死または重軽傷をうけた。戦死重傷のみでも三十数名であった。艦橋に一弾もうけなかったことは幸運である。

さて、「皐月」は如何と見れば、約千メートル後方で、なんとなくようすが変だ。直撃弾はうけていないが、至近弾はだいぶうけたようだとの見張員の報告である。運動旗一旒で続行させようとしたら、反転して反対側に走り出した。

あわてて近づいてようすを聞くと、艦長以下、艦橋にあった全員がほとんど重傷という。そのうち砲術長が操艦にあたり、ようやく編隊を組んでラバウルに向かった。

この戦闘中、飯野艦長は敵機の機銃掃討により左足を破砕されたが、艦の運命にかかわる大事なときに、指揮を人にまかせることはできないとの堅い決心をもって、そのまま艦橋の椅子に腰かけ、泰然自若として面舵、取舵を令していた。しかし、ついに出血多量、止血ができず、軍医中尉が艦橋で負傷した足を切断、応急処置をとったが、その間、艦長は指揮をとりつづけていたという。

ラバウル入港後、飯野艦長は陸上の病院にうつされたが、出血多量のため、ここで大往生をとげた。この戦闘での両艦の戦果は、敵機撃墜十一機であった。

機動部隊の全機を両艦で引きうけたために、巡洋艦部隊にはぜんぜん空襲はなかった。「文月」「皐月」は、第八艦隊長官より感状をうけて全軍に布告され、また飯野艦長は抜群の奮闘を賞され、南東方面艦隊司令長官、草鹿任一中将より、「武功抜群」と白鞘に揮毫した日本刀一振りを授与された――』

以上が「文月」と「皐月」の奮戦の模様である。

ラバウルに帰ってきたものの、ここもけっして安全なところではなくなっていた。たび重なる空襲に、ついに「文月」も船体を破壊されてしまった。

『――敵機の空襲を、さんざんうけて、至近弾多数で、艦橋から前が浸水してしまったんです。そこでトラックで入渠して修理するために回航したわけです。油をぜんぶ揚げて、機械をバラして、明日入渠するという二月十七日に、例の大空襲があったわけですよ。

朝の空襲のときはまったく動けませんで、これは大変だというわけですぐに復旧し、片舷航行でやっと十二ノットまで出して湾内を動いとったんですが、とうとう昼ごろ、機械室に一弾命中しちゃった。それで後部が沈んで、前が浮いてる状態になったんです。

私は、もう弾を撃つな、といったんですよ。弾を撃つとまた爆撃されるからじっとしておれ、といって、イカリを入れて停止してたんです。

空襲が跡絶えたとき、「松風」に曳航してもらって海岸にのし上げようとしたんですが、曳航準備の最中にまた空襲です。「松風」は準備をやめて退避したので、そのままじっとしとった。

夕方になって浸水がひどいので、曳き船に来てもらったのですが、浸水がひどすぎて曳けないわけです。もう沈むのを待つしかない。

午前二時ごろ、三十度ぐらい傾いたので、乗員を全員退艦させたところ、三時ごろからまた空襲がありましてね。こんどは敵は低空でやってきて、反跳爆弾を投下したんです。これでさしもの「文月」も沈んでしまいましたが、ただ幸運だったのは、死傷者が非常に少なかったことです。機械室の乗員二、三人が戦死、重軽傷は十人ほどでした。生存者が多かったことが、せめてもの慰めでした――』

長倉氏は、その後、「初春」艦長として輸送作戦に任じたが、きわめて幸運なうちに陸上勤務となり、ぶじ終戦を迎えたのである。（昭和五十六年十月八日インタビュー）

〈軍歴〉明治四十五年二月五日、宮崎県日南市に生まる。昭和八年十一月、海軍兵学校卒業、六十期。「八雲」「球磨」「青葉」「羽黒」の乗り組みをへて「狭霧」通信士兼航海士。「呂六七潜」航海長。十二年、上海事変により、佐世保第一特別陸戦隊の小隊長として出撃。十三年、「伊六〇潜」航海長、任大尉。同年、「海風」砲術長。十四年、水雷学校高等科学生。「狭霧」「山風」の各水雷長。十六年九月、「阿武隈」水雷長で開戦を迎える。十七年五月、「利根」水雷長。同年十月、「早苗」艦長。十八年十一月、「文月」艦長。十九年四月、「初春」艦長。同年九月、事故により入院生活。二十年二月、佐世保海軍人事部部員で終戦。九月五日、任中佐。

判断の良否

〈駆逐艦「朝風」艦長・池田徳太少佐の証言〉

自爆する魚雷のナゾ

開戦いらい四十年をへた今日、かつての戦闘の記憶を呼び起こして正確に証言することはどんなに記憶力のよい人でもほとんど不可能に近いことだ。しかし、その局面に実在した以上、そのときの雰囲気なり、実感といったものは、得がたい体験として、われわれの耳に新しいものがある。緒戦いらい、海上を駆けめぐった池田徳太氏は、

「こう年月がたつと、記憶がだんだん美化されてきたり、思い違いが出てきたりして、とても正当な事実は語れなくなっていますが、感想ということならお話ができるでしょう」

と前おきして、古い記憶をひもといて下さった。緒戦のときは、「神通」の水雷長としてスラバヤ沖海戦に参加しているが、このときの第五戦隊「那智」「羽黒」の砲撃が、なかなか命中しなかったことで有名な海戦である。まず、そのことから聞いてみよう。

『——あのときは二万七、八千メートルで砲戦をはじめてるんです。その時分、日本海軍は

遠距離砲戦で敵をやっつけるという、アウトレンジ戦法をとっていたわけだが、どうしても砲弾の散布帯が大きくなって当たりませんね。四百～五百メートルもの散布帯だったと思います。こうなると、挟叉《きょうき》弾を得ても、至近弾はあるだろうが、命中というのは、よほど運のいい場合ですよ。

たしかに至近弾はあったようで、敵艦隊はどんどん逃げ出したわけです。砲弾というものは怖いものでね、至近弾があると逃げ出しちゃうもんです。私らのところにも相当、至近弾が落下してきましてね。そうするとね、肉薄すべき水雷戦隊の旗艦でも逃げる。やはり怖いもんですよ。

あの砲戦は、もっと、近づいてやるべきだったと思いますね。せめて、一万メートルまで近接して発砲すれば、命中しただろうと思うんです。一万メートル以内になると、水平弾道になりますからね。ところが放物線をえがいて落下する弾道で命中させるということは、なかなか困難なものですよ。

池田元少佐。規則違反でも実戦に有効なる方法をとった。

それから魚雷戦で、発射した魚雷が駛走中に自爆するという事故がおこったのはこのときです。九三式魚雷ですね。このスラバヤ沖と、つづいておこったバタビア沖の両海戦で、巡洋艦戦隊と水雷戦隊の発射した百本以上の九三式魚雷のうち、約三分の一が走っている最中に自爆しちゃった。

はじめは、何が何やらわからなかったけど、魚雷の先端についている信管、つまり慣性爆発尖の過敏によるものだと判明したんです。それまでわからなかったというのは、じつはわれわれの訓練はそれまで、信管のない演習用の模擬魚雷で訓練していたわけです。やはり兵器というものは、本物を本物にぶっつけてみなければ駄目ですね。それをやっていないから欠陥がわからなかった。

ただちに艦政本部から指導にきて、信管の作動を鈍くする爆発尖鈍化対策がとられたけれど、果たしてあれでよかったかどうかは疑問ですね。鈍くすると、駛走中は波などの影響で爆発することはないかもしれないけど、たとえば魚雷が敵艦の舷側に斜めに当たってこすった場合、爆発しないかもしれない、という疑問が残ったわけです――」

(注、爆発尖鈍化対策が不十分だったため、第三次ソロモン海戦で、米戦艦サウスダコタを撃ちもらすという痛恨事があった。昭和十七年十一月十四日の夜、スコールの切れ目から突如、出現した米戦艦二隻と、出合い頭の夜戦となったが、このとき「愛宕」と「高雄」は各八本、計十六本の魚雷を方位角右七十度、距離四千五百メートル、深度三メートル、高雷速〈五十ノット〉で発射した。ところが発射直後、舷側から約三百メートルで、「愛宕」二本、「高雄」一本の計三本が自爆した。しかし、敵一番艦に、魚雷命中の大水柱が五本認められたので、敵艦の大被害は確実とみられていた。戦後になって判明したところによると、サウスダコタは砲弾による被害をうけたが、魚雷の命中はなかったということだった。ただ戦闘中、突如として、ナイヤガラ爆布のごとく落下する海水で、同艦は水びたしとなり、ボイラーの火まで消えるという大騒動がおこったというのだ。つまり、命中したと思われた大水柱五本は、すべて命中寸前の魚雷が、艦首波の衝撃によって自爆したものだった。こうしたことからみて、それまでのかずかずの海戦での魚雷戦で、非発見の魚雷自爆がなお多くあるものと考えられる）

実戦即応の全直

『――十八年三月に駆逐艦「朝風」艦長として着任したわけですが、この時期はソロモン方面の戦闘が中心で、それ以外は、もっぱら輸送作戦に明け暮れていた時期です。私も、台湾の高雄を起点に、門司～高雄～サンジャック～シンガポールを行ったり来たり約八ヵ月、船団護衛の任務についていたんです。それも「朝風」一艦だけで護衛していたんですよ。多いときで四十隻の船団を護衛したことがありましたね。こうなると、護衛という対潜防御行動はほとんどとれません。まあ、ごまかして走るしかないですがね。つねに味方の被害電報を聞いていましてね、どこで雷撃をうけたとか、どの地点に敵潜水艦が現われたという情報を漏らさず入手して、敵潜のいないところを選んで航行していくわけです。

しかし、船団の数が多いときは、洋上の真ん中を行くのが原則でしてね、あの広い洋上のことですから、敵潜と遭遇する確率もまた少ないわけです。反対に、数の少ない船団の場合は、接岸航路をとるわけです。それも徹底的に接岸させるんです。陸から一マイルか二マイルのところを航行させて、こっちは十マイル沖を警戒するわけです。これを中途半端な距離にすると、かならずやられます。

たとえば空母「信濃」がやられたのは、徹底さを欠いていたからだと思うんですよ。あれだけの巨艦なんですから、岸から二百マイルぐらい沖を走ればよかったんです。それを百マイルぐらいの沖を走ったからやられてしまった。

駆逐艦が敵潜を捕捉するのは、見張りももちろんそうですが、もう一つ、探信儀（ソーナー）でさがすわけです。これは十ノットぐらいで走っているときはよくつかまえることができましたね。十二ノット以上の高速になると、自艦の発生する雑音で聞きとれなくなってしまう。しかし、低速だと、二千メートル以内の目標なら、確実に捕捉することができましたね。

一度、敵潜を発見して、これに爆雷攻撃をかけて制圧したことがありましたが、翌日、飛行機が、油を曳いている航跡を発見して、これに爆雷を落として撃沈確実という報告を聞いたことがありましたがね。

しかし、私は、こっちから敵潜をさがして攻撃する、という積極策はとらなかった。つねに、情報を入念に集めて、敵潜のいそうなところから逃げて歩いていましたからね。かりに近くで敵潜発見の情報があったら、その位置から、敵潜が全速で追いかけてきても、けっして捕捉されない位置まで、船団を導いていくというふうに、つねに逃げの航路をとっていたものです。

そのために私が護衛した船団は、一隻も被害をうけませんでしたね。おそらく一千隻からの船を護衛したと思われますが、ただの一隻も被害をうけなかったというのは、記録的なことだったのではないかと自負しているんですがねえ。

ここでひとつ、大事なことを申しますとね、乗員の気分をスカッとさせておくことが重要だということです。私は目的地に着きますとね、艦には最小限必要な乗員だけを残して、あとは全員、上陸させて、ドンチャン騒ぎをやらせたもんでした。私も士官をつれて上陸しちゃうんです。こうしたことで、いままでの気苦労とか、モヤモヤを吹っ飛ばしちゃうわけです。ストレスを解消しなければ、その後の航海に影響しますからね。

そのかわり洋上では、海軍で決められている哨戒直というやつは一度もやりませんでしたね。私がやったのは、全直です。ただし全直のやり方が問題なわけです。私は乗員をすべて、砲側とか機銃のそばとか、毛布をもたせて甲板の上に寝かせちゃうわけです。食事なんかは適当に艦内で食べてもよし、握り飯をつくって甲板で食べてもよいと、好きなようにやらせたわけです。全員といっても、一日じゅう起きてろというんじゃなくて、配置のそばにおれというわけです。

そして、見張り直だけを六直にして、二時間交代で真剣に見張らせたわけです。

こういう全直というやり方は、海軍では規則違反なんですよ。かならず、哨戒直でやれとなっている。哨戒直というのは、乗員を三直に分けて、平均的に三分の一ずつ配置につかせるというやり方です。

ところが、この哨戒直だと、三分の一しかおらんので、たとえばいきなり空襲にあったりすると、急いで弾丸を撃とうとしても、どうしても遅れてしまう。主砲を撃つにしても、哨戒直をやっていると、たとえば三番砲の砲員が、一番砲におって哨戒している。ところが、いざというときは、自分の持ち場の三番砲にもどらなければならん。これでは、はなはだ効率がわるいわけです。

ですから私は、全直にして持ち場にクギづけにしておき、その中で六交代の見張りをやらせたわけです。だから砲側見張り、銃側見張りと、全艦見張りだらけで厳重に警戒したわけです。

戦闘準備の段階がいろいろあって、「合戦準備」、それから、「配置につけ」とやって、「戦闘用意」「戦闘」とだんだん高めていくわけですね。ところが、私は、「戦闘用意」までやって、「分かれ」の情況にしておいたわけです。ですから、主砲も機銃も即座に発砲できるようになっているし、爆雷もすぐ投下できるように最小限の準備がととのっていたわけです。

だから、たとえば飛行機がきたとき、最初に号令をかけるのは「対空戦闘！」です。「配置につけ」なんてことは言わない。機銃なら二人いたら撃てるし、大砲なら四人おればすぐ発砲できる。その人数はつねに配置にいるから、「撃ち方はじめ」の号令をかけるまで四十五秒以内でしたね。

こういうやり方は、旧海軍はもちろん今日の海上自衛隊でも規則違反です。しかし、私はいまでもこの方法をとりますね。これが本当に実際的であり、実戦に有効だからです――』

無謀だった小沢長官の指示

『――こういう戦訓というものが、今日、まったく活用されていないんです。太平洋戦争には、きわめて貴重な戦訓がたくさんあったし、それは、これからの現代戦にも十分役に立つものです。それを研究しとらんですね。記憶はあるはずなのに、宝の持ちぐされですよ。たとえば今日でも、敵潜がいたら、ただちに爆雷の威嚇投射をやれ、とアメリカから教えられているんですね。私は、これは戦術じゃないと言うんです。戦争に行ったやつが、そんな威嚇ぐらいで驚くかというんです。遠くで爆雷の音がしたら、かえって安心するというものです。敵をやっつけるときは、音なしのかまえで、スッとその場に行って、グサリと刺すことですよ。そういう徹底さが大事だと思うんですがねえ。

それから船団護衛の駆逐艦が敵潜に沈められるのは、七割ぐらいが艦長が着任したばかりの初航海ですね。そのつぎに沈むのは一年ぐらいたった艦長の場合です。これは疲れが出てくるんですね。それとある程度、うぬぼれが出てくる。これくらいなら切り抜けられるという、うぬぼれですね。これが危険なんですね。

船団護衛を卒業して、つぎに乗ったのが「五月雨」です。この艦の艦長をやってるとき、マリアナ沖海戦に参加したわけですが、その前にビアクに陸兵を送りこむ渾《こん》作戦に参加したんですが、六月六日にソロモンを出撃したところ、昼ごろ空襲にあいましてね。このとき「春雨」がやられて、後刻、沈没したわけですが、私の「五月雨」も、危うくやられるところだったんです。

敵機は超低空でやってきて、反跳爆弾を投下したんです。これが魚雷発射管の覆いを突き抜けて、艦を跳び越えて反対側で炸裂したんです。このときは前後左右から敵機がきましてね。まず前方の敵機をかわして、こんどは横からくるやつをかわして、そして後ろからくるやつにやられたわけです。反跳弾が魚雷に当たっていたら、「五月雨」も一巻の終わりだったんですが、ほんのちょっとはずれたためにぶじだったわけです。

結局、ビアクに着いて揚陸地点に到着したんですが、こんどは敵の水上部隊と遭遇することになり、輸送は失敗に終わったわけです。反転して、逃げ出したんですが、敵は追撃してきましてね。レーダー射撃をしてくるわけです。それをかいくぐってね。あまりしつこいので、こちらからもくるりと敵側に向かって魚雷を射ったんですよ。すると、敵はびっくりしたように逃げていきましたがね。そのすきに避退してきたんです。

この作戦につづいてマリアナ沖海戦が起こるわけですが、本隊はどんどん先に行っちゃって、「五月雨」だけ別行動をとったんですよ。そのときは、タンカーを護衛してダバオへ行けという命令をうけましてね。そのあと艦隊に合同せよというわけです。合同しろといっても、どの地点と明示されていないんです。とにかく、さがして来いというわけでね。無線は封じられていますから、艦隊がどのへんにいるか、全然わからない。それでも陸上からの情況通信などがありますから、それを傍受しながらさぐっていくわけです。

そのうち、攻撃前日の夜ですかね、暗夜の洋上はるか彼方に、探照燈の光芒が見えたんです。それも何本もあちこちに見えるんですね。これには驚きました。あれは小沢治三郎長官が、偵察機の夜間帰投を誘導するためにやったものらしいですが、私は、これはいかん、と思いましたね。

その翌日、「大鳳」と「翔鶴」が、敵潜の魚雷にやられて沈没するという大不祥事がおこるわけですが、あれは前日に探照燈をつけたために、敵潜を集めてしまったのではないかと思うんですよ。探照燈の光芒は三十マイルも四十マイルも先から見えるんですから、艦隊の位置をわざわざ教えたようなものだと思うんです。おそらく百マイル先から見えたと思いますね。

偵察機を収容するということも大切なことですが、戦闘情況下での判断のバランスは、私はどっちともいえませんが、しかし、結果的には、はなはだまずかった、ということはいえると思うんです――』（昭和五十六年十一月十四日インタビュー）

〈軍歴〉明治四十四年十一月二十九日、長崎県諫早市に生まる。昭和四年四月、海軍兵学校生徒。同七年十一月卒、六十期。「出雲」「八雲」「衣笠」「日向」などに乗り組み、十四年四月、任大尉。同年六月、水雷学校高等科学生をへて「響」水雷長。十五年、「神通」水雷長の配置で開戦を迎える。十七年、「足柄」水雷長。十八年三月、「朝風」艦長、同年六月、任少佐。同年末、「五月雨」艦長。マリアナ沖海戦に参加後、十九年六月末、病気療養、佐世保鎮守府付。二十年三月、第十二突撃隊特攻長、同副長として、特攻兵器「震洋」を擁して和歌山県勝浦に配置、終戦を迎える。戦後、海上自衛隊に入隊。護衛艦隊司令官で退職。

先見の明

〈潜水艦「伊四一」艦長・板倉光馬少佐の証言〉

真珠湾で敵を騙す

板倉氏は根っからの潜水艦乗りである。兵学校を卒業したとき、第一志望に潜水艦を選んだという。当時、出世するなら水雷か砲術を選ぶのが筋といわれていた。駆逐艦長を振り出しに、巡洋艦艦長、戦艦艦長、そして司令官、司令長官へというエリートコースがあった。潜水艦からではそのコースに乗るのは並大抵のことではない。しかし、板倉氏は、これからの戦争は潜水艦と飛行機によってきまるだろう、という信念を持っていた。先見の明といってよいだろう。

『――ボクは、第一次大戦のときのUボートの活躍ぶりを見て、潜水艦を志望したんだ。ボクらのクラスから、当時十六人も潜水艦を志望しましてね。これは兵学校はじまって以来の人数だったらしい。それを聞いて小沢治三郎さんが、ホントかい、と目を丸くされたというんだ。それまでは各期から一、二名しか志望者がいなかったんだな。だから潜水艦には人材がいなかった。日本の潜水艦の造船技術は、列強とくらべてけっして劣っていなかった。それに下士官、兵は世界一です。

ところが、艦長になるべき人材、または用兵者に人材がいなかった。それが日本の潜水艦戦を低調にした原因ですね。そりゃ、海軍大学校出身の幕僚はおりましたよ。しかしね、海大が優秀な人材をとったというのではなく、潜水艦にも一人ぐらい幕僚をやっておかなくちゃあ、戦務一つできないのでは困るから、という程度のものだったんだな。いかにお粗末だったかということがわかりますよ。

それにくらべてアメリカなんか、太平洋艦隊司令長官のニミッツ元帥は潜水艦出身だったし、ドイツの潜水艦隊司令長官デーニッツ提督だって叩き上げの潜水艦乗りです。ところが日本には、潜水艦の司令官には、潜水艦あがりが一人もおらなかった。そのくせ潜水艦の活躍が期待はずれだったというのは、天に向かってツバするようなもんです――』

帽振れで敵機をあざむいて危地を脱したと語る板倉元少佐。

と板倉氏は憤慨する。少なくとも、板倉氏より十期先輩あたりに、潜水艦志望者が大勢いたら、司令部にも人材が集まり、こんどの潜水艦戦もずいぶん変わっていただろう、と慨嘆する。

開戦のとき、板倉氏は、「伊六九潜」が名称変更となった「伊一六九潜」の水雷長として、ハワイ作戦に参加した。このとき板倉氏は、とぼけた大胆さで米艦を翻弄している。

『──真珠湾攻撃で、味方の機動部隊が大戦果をあげているのに、ハワイの湾口に網を張っている潜水艦は何ひとつ戦果をあげていないわけです。せめて敵の巡洋艦の一隻ぐらい撃沈したいものだということで、湾口めざして肉薄していったんですよ。ところが、潜航して進んでいるうち、まるで軟体動物を踏みつけたみたいに、無気味なショックをうけて艦がグラリと傾いたんです。

艦長はすかさず「後進原速」を下令したけど、艦はビクとも動かない。おかしい、と思っているうち、釣り合いを失って艦尾のほうから、ずるずる沈みはじめた。防潜網にひっかかったらしいんです。そのうちドスンと海底に着底しちゃった。深度計は八十七メートルでしたね。艦底が損傷して浸水しはじめたんです。しかし、ここでメインタンクをブローして浮上すると、大量の空気が出て、敵に発見されるおそれがあるわけです。

そこで主排水ポンプを作動させてゆっくり浮き上がればいいんですが、当時の潜水艦では、安全潜航深度以上では、排水ポンプが使えないんです。やむなく着底したまま時期のくるのを待って、損傷部分の修理に全力をあげていたわけです。その間、頭上を駆逐艦の航過する推進機音がたびたび聞こえましてね、ヒヤヒヤしていたもんです。

夜になったところで、いよいよ一気に浮上しようというわけで、艦長がメインタンクブローを下令した。シューと音を立てて高圧空気がタンクに流れていくんですが、なぜか艦はビクとも動かないんです。深度計の針は、いぜんとして八十七メートルを指したままです。まるで根が生えたみたいに、海底にピッタリくっついたままなんですね。

これには参ってしまいました。浮上するだけの空気が足りないんです。本来なら浮くはずなんですけど、これはどうやら海底が砂じゃなく、泥土じゃないか。艦底が粘着力の強い泥土につかまってるんじゃないか、という推測が出てきましてね。いずれにしろ、空気が足りないからなんとかしなければなりません。そこで私は、「魚雷の気室から空気を補充したいと思います」と言ったんです。司令の中岡真喜大佐はしばらく考えていましたが、「先任将校の思うとおりにやってみろ」と言われましてね。

これは余談ですが、最近ハワイへ旅行しまして、真珠湾へ行ったとき、聞いてみたんですよ。この海底は泥じゃないかとね。そうだというんです。そのうえ驚いたことに、ワイキキの浜辺も本当は泥の海岸だというんです。観光客のために、毎日、砂をダンプで運んでいるんだというんですよ。波に砂をさらわれるので、運びこむのが大変なんだという話をしとった。これで、「伊一六九潜」が動けなくなったことが確認できたわけです。

それはともかく、魚雷の気室から空気を抜いて気蓄器に補充したんですが、予備魚雷十四本のうち六本から空気をとったんです。これでようやく、メインタンクの海水を排除して浮上することができたんですが、この空気抜きがきわめて危険な作業でしてね。

魚雷は当時、秘密兵器といわれた酸素魚雷で、酸素そのものは危険ではないけれど、問題は、バルブなりパイプに少しでも油気があると爆発するんです。そこでパイプに熱湯を通して、さらに苛性ソーダで洗って油抜きをしなければならない。それから、魚雷の塞気弁にパイプを連結して、弁をひらくと、魚雷の気室の酸素が気蓄器に逆流するわけです。気室の圧は二百キロと高圧ですからね。しかし、急に逆流させると、摩擦熱が生じて爆発するから、ゆっくりやらなければならない。空気を取った魚雷は、もう使いものにならんわけです。あの空気は、魚雷の推進用の燃料でもあるわけですから。

ま、爆発事故をおこさずに四十八時間ぶりにぶじ浮上したところ、沖合い三千メートルくらいのところに駆逐艦がいましてね。夜の闇を通して、くろぐろと浮かび上がっている。そのうちに向こうから、パチパチと燈火信号を送ってくるんですよ。なんの信号かこっちはわからない。

米軍というのは、自軍の潜水艦の行動は全部知らせてあるらしいんです。おそらく出てくるはずのない潜水艦が出てきたので、緊急事態でも発生したのではないかと、問い合わせの信号だったのかもしれませんね。ところが、こっちは電池も空気もほとんど使い果たしているから、少しでも補充しなければ、潜航も浮上することも不可能です。艦長は、「両舷前進原速！　急速補気充電はじめ！」と命令している。時間稼ぎに方向信号灯にとびつくなり、人をくった号令ですよ。そこで私は、時間稼ぎに方向信号灯にとびつくなり、

「WHAT、WHAT……」

と、万国共通のモールス信号で送信したんです。すると、向こうからゆっくりと問符をくりかえしてくるんです。おそらく「この間抜けの潜水艦め」と舌打ちしながら送信してたと思うんですよ、敵は。しかし、時間稼ぎもそう長くはやっておれませんからね。

補気したり、充電した量からみて、せいぜい五、六分だと思うんです。これだけ短い時間でも、結構充電は可能なんですよ。蓄電池はカラッポですから、大容量で入ってきます。百パーセント入るのに三十分もかからんでしょう。充電の末期には、百二十パーセントぐらい入るけど、最後の百~百二十パーセントというのは、割りあい時間がかかるんです。ですから、五分でもかなりの量をチャージすることができるんです。そこで急速潜航にうつったとたん、敵もこっちの正体を見破ったらしく、轟然と砲撃してきましたよ。その一瞬、こっちは海面から姿を消して潜ったわけで、間一髪というところでしたね――』

荒天下の襲撃

昭和十八年四月、板倉氏は「伊二潜」の艦長になっていた。その年の十月十五日、千島列島最北端のパラムシルに入港した「伊二潜」は、アリューシャン方面の交通破壊作戦の命をうけた。

アッツ島は玉砕し、キスカ島は、ぶじに撤退したあとだった。米軍はダッチハーバーやクルック基地から、この両島へ補給をつづけている。この船団をたたくのが任務だった。

『――ベーリング海というのは、霧と荒天で大変なところなんです。とくに冬はひどくシケるので、艦船は行動しにくいところですね。シケだすと一週間ぐらいつづきますが、そのあと一週間ぐらいは割りあい平穏なんです。ただし、三十分ぐらいで天候が急変するんです。それが一日に何回となく、交互にくり返されるんです。荒れ出すと、とても海面にはおれませんね、潜っていないと。しかし、どんなに荒れても、四十メートルも潜れば静かなもんです。これは台風でもそうです。深さ二十〜三十メートルでうねりを感じたら、水面はそうとう荒れていると思って間違いないですね。

基地を出てから一ヵ月あまり、十一月十四日の夜半のことです。ちょうどキスカとアッツの間で、アッツ島よりを哨戒していたところ、その夜は珍しく海上は平穏で、さざ波ひとつないんです。空には月さえ出ていました。こういう夜の襲撃は理想的なんだがな、と思ったりしたもんです。アッツ島が墨絵のように浮き出ていました。しかし、相当な寒さで防寒外套を着ていても、寒さが骨身にしみましたね。

そのときです。アッツ島のほぼ中央と思われるところから、青白い炎のような塊が上空に舞い上がったんです。突然、何だろうと目を見張っているうちに、炎の塊はしだいにふくらんでくる。それが橙色に変わりながら、そうとうなスピードでこちらに飛んでくるんですよ。その不気味さは言いようがありませんね。冷水を浴びたように、ゾッとしました。何やらわからんが、とにかく、「両舷停止、潜航急げ」と下令して、大急ぎで潜航したんですがね。

潜入後しばらくして、航海長と信号兵が、「艦長、あれはアッツ島の英霊です。それにまちがいありません」と、異口同音に言っとったですがね。あの火の玉が砲弾とか信号弾でなかったことは確かです。爆発音はしませんでしたしね。オーロラかとも考えたんですが、火の玉となって飛んできますかねえ、オーロラが……。何であったかはいまなおわからない。とにかく不思議なものでしたなあ。

そのあと、間もなくシケはじめましてね、猛吹雪になってきた。天候の急変です。すると聴音係が、音源が入ってきたという。

潜望鏡を上げてみたけれど敵影はない。ところが、水中速力四ノットくらいのスピードでは、艦の振動保持がむずかしいくらい海上は荒れていましたね。聴音からはひきつづき、「音源は輸送船らしい、しだいに近寄ってきます」

という。じつはこのときが、私の敵との遭遇戦の初陣だったんです。潜望鏡で見ると、ピカピカと光の点滅するのが見えたんです。あ、フネだな、と思ってそのまま近づいていったんです。そして、ふたたび潜望鏡を上げたら、千五百メートルくらいに近づいていた。一隻の大型輸送船を三隻の駆逐艦が護衛している。ということは、兵員輸送か戦略物資の輸送だなとピンときましたね。護衛が過大ですからね。

ところが、シケで駆逐艦が大揺れに揺れているんです。こんなに荒れているんなら、潜望鏡で照準するのもむずかしいだろうと思って、浮上して襲撃しようかと一瞬、考えたんですが、艦橋におっても、ガブられて波にさらわれるかもしれないと思いなおして、潜航襲撃することにしたんです。

どんどん突っこんでいったんですが、波のために振動保持ができないので、速力を原速に上げて潜望鏡を上げたら、目標の輸送船が目に飛びこんできたんです。二本煙突で一万五千トンはある。距離千、方位角六十度という絶好の射点なんです。まさに発射しようとしたとたん、艦がズブズブと沈んでいく。振動保持がうまくいかないんですね。

そこでさらに強速にしましてね、つぎに潜望鏡を上げたら距離七百メートル、方位角は正横すぎて九十〜百度くらいです。敵の船体は潜望鏡いっぱいに映っている。これならどんなにヘタでも当たりますよ。

「斜進右九十度、用意、打てッ！」と、魚雷四本発射したんです。と同時に、取舵一杯を令したんです。ところが、艦はなかなか潜らないんです。逆に浮きはじめる。潜水艦は魚雷を発射すると、前が軽くなりますから、その瞬間に海水を補塡するんです。そして、「ダウン一杯、強速」と令して潜っていくんですが、激しい波浪にさまたげられて、潜航どころか、逆にたたき上げられてゆくんです。そのうちズシーン、ズシーン、ズシーンと三発、命中音が聞こえた。艦内ではワァーと歓声が起きたけれど、こっちは青くなっている。

そのうち、とうとうガバッと艦首が波の上に突き出ちゃった。これは駆逐艦にやられるわい、と思いましたね。ところが、敵の駆逐艦も波に翻弄されて、反撃するどころのさわぎじゃないんですね。自艦を操艦するのがやっとというところで、救助もできないありさまなんです。狙った輸送船は、そのときは姿もありませんでしたね。そのときは船底起爆の電池魚雷を使ったので、船底が割れてアッという間に轟沈したんだろうと思います。

輸送船が爆沈されたことも、目の前に日本の潜水艦が頭を出したことも、かまっておれないといわんばかりに、敵の駆逐艦は、激浪にガブられて、よたよたしながらすれちがっていきました。おかげでこっちも、ようやく態勢を立てなおして潜航することができましたが、シケのおかげで助かったようなもんです――』

敵機に帽を振る

初戦果に気をよくして、充電のために浮上したとき、とたんに入電があった。「〝伊二潜〟はすみやかに配備を撤し帰投せよ」という電令である。せめてもう二、三隻、戦果をあげたいところだが、そうもいかない。その足で内地に帰還してみたら、板倉氏を待っていたのは、「伊号第四一潜水艦長に補す」という辞令だった。

この「伊四一潜」は、昭和十八年七月に竣工したばかりの最新鋭の潜水艦である。装備は優秀、これまでの潜水艦にくらべて月とスッポン、巡洋艦と戦艦ぐらいの開きがあるほどの優秀艦といえよう。

基準排水量は二千二百三十トン、装備弾薬など作戦準備の物資を満載すると三千七百トンを超える。水上速力二十三・五ノット。航続距離は十六ノットで一万四千カイリ。前部に発射管六門、後甲板に十四センチ砲一門を装備しているほか水上偵察機一機を搭載している攻撃型潜水艦の代表的タイプである。性能としても、きわめて優秀、操縦性は軽快だし、水上全速力から潜望鏡がかくれるまで、わずかに四十秒そこそこである。

板倉艦長は新しい乗員を訓練しながら、十二月二十九日に横須賀軍港を出撃、トラックへ向かった。十九年一月初旬、トラックに入港したばかりの「伊四一潜」に、つぎのような命令が下された。

「〝伊四一潜〟は、第七潜水戦隊司令官の命をうけ、ラバウルを基地として、作戦輸送に従事すべし」

獲物を狙わずに、輸送船のマネゴトをやれという命令には、板倉艦長も拍子抜けがした。しかも、「伊四一潜」は、トラック出撃を前にして、後甲板の十四センチ砲と予備魚雷の全部を陸揚げさせられた。それに、トラックでつむ予定になっていた水上偵察機も取り止めということになった。あとは発射管に装塡してある魚雷六本と、艦橋の二十五ミリ連装機銃が一基あるだけだ。

「これじゃ丸腰だよ。情けないことになったもんだ」

艦長は慨嘆した。当時の逼迫した戦況下にあっては、もはや艦隊決戦のゆめは消えていたが、潜水艦で敵の補給路をたたいて大暴れしてやろうと考えていただけに、板倉艦長はがっかりした。

これまでも、潜水艦で輸送作戦を実施した例は何度もあるが、それはあくまで応急的措置で、潜水艦の武装を解除してまで輸送任務を断行するということは、いまだかってなかったことである。心中いささか憤懣の思いだったが、命令を拒むことは許されない。

「いずれ、六本の魚雷を使用するチャンスもあるだろうから……」

そう言って艦長は、みずからを慰め、乗員をはげました。一月十四日、「伊四一潜」は、準備を完了してトラックの錨地を出撃した。

環礁の水道を出ると、艦は三戦速に増速、敵潜水艦の襲撃をかわすために、之字運動を行ないながら水上を航走していた。やがてトラックの島かげが、水平線のかなたに見えなくなっていらくしたところで、いままで雲ひとつない青空だったのに、その一角に灰色の雲が現われてきた。進むにつれて、その雲がしだいにひろがってくる。

間もなく、サーッと一陣の冷風が流れて、南方独特のスコールが降りだした。「伊四一潜」は、たちまち驟雨に閉じこめられた。平時なら乗員はいっせいに裸になって飛び出し、汗を流すところだが、作戦海面ではそうもいかない。せめて之字運動をやめて、のんびり進むのがセキの山だった。

艦橋で、ずぶ濡れになったまま見張りをつづける艦長は、寒さにブルッと震えた。やがて前方が明るくなったと思う間もなく、灼熱の太陽がギラギラ輝く海面に出た。こんどは蒸されるように暑い。そのときである。

「右三十度、敵機」

見張員の絶叫に、艦長はふと右舷前方を見ると、B24が一機、超低空で真一文字に突っこんでくる。距離はわずか千メートル。すでに爆弾回避などできない距離である。

『――舵をとっても間に合いません。といって、機銃員を配置するにはもう遅い。弾庫をあけて、機銃弾を装塡して射撃するまで、どんなに早くても二十秒はかかりますからね。敵機は十秒で頭の上に来てしまいます。そのとき、敵機は脚を出しているように見えましたね。しかし、脚ではなく、胴体下部の弾倉を大きく開いていたんです。もう絶体絶命です。けれどもその瞬間、私は反射的に、

「面舵、三十度面舵のところ、両舷一戦速」

と下令したんです。

艦首を敵機に向けて、速力を落とさせたんです。そして、艦橋にいた者は、信号手一人だけを残してみんな艦内に入れ、命令一下、いつでもいっきょに潜航できる準備を命じたんです。そうしておいて、信号手に、

「帽振れ」と怒鳴ったですよ。私と二人で、敵機に向かって、死にものぐるいで帽子を振ったんです。

この敵機は、艦がスコールの中にいるときから、レーダーでキャッチしていたんだと思うんです。その間に爆撃準備を完了して、必殺の構えで待ち伏せていたんですね。ですから、いま潜航したら、かならずやられるだろうと思った。といって反撃の余裕はない。それなら敵の裏をかいてやれ。人間だれしも、大事を決行する直前には、一瞬の迷いが生じるもんです。それに賭けたわけです。敵機のパイロットに迷いがなければそれまでですが、イチかバチかやってみるだけだと思ってね――』

板倉艦長は、わが身を敵機にたたきつけるように帽子を振りつづけた。顔からスーッと血の気が引いてゆく。いまにも爆弾が、機体から離れるように思われた。思わず転舵の号令が口から出かかる。

だが、そのときである。目前まで迫った敵機が、大きくバンクしながら反航姿勢にかわった。相手が転舵したのだ。ダークグリーンの機体が右舷五十メートル、艦橋と同じ高さの超低空で航過していく。真っ白い星のマークがキラッと光った。そのとき、操縦席の風防をあ

けて、赤い顔をしたパイロットが、白い歯を出して笑いながら手を振った。

「しめたッ、敵はひっかかったぞ。両舷停止、潜航急げ、ベント開け」

艦長は叫びながら艦内に滑りこんだ。あとは死にものぐるいで、海中深く頭から突っこんでいく。深度計の針がぐんぐん回っている。深さ四十五メートルにたっしたとき、四発の爆弾が水面で炸裂するのが聞こえた。

『――対潜哨戒機というのは、おそらく味方の潜水艦がいないことを確認して行動していると思うんです。だから、こっちを明らかに日本の潜水艦だと、確信していたに違いないんです。しかし、人間というものは、イザというときには迷いが生じるものなんですね。帽を振っているのを見て、パイロットは一瞬、味方のフネかもしれんと思ったんでしょうね。こっちにしてはマンマと図に当たったわけで、いわば素人が競馬で、大穴を当てたようなもんですわ――』

太平洋戦争では、危機を回避したエピソードがたくさんあるが、帽子を振って敵機をだましたという話は、あとにも先にも板倉氏以外にない。

小手調べのスルミ輸送

ラバウルに入港した「伊四一潜」を待っていたものは、ブーゲンビル島の南端、ブインへの物資輸送任務であった。第七潜水戦隊司令官大和田昇少将は、板倉艦長を司令部に呼んでこう伝えた。

「当司令部のみならず、南東方面艦隊司令部も、潜水艦に期待するところ、絶大なものがある。ブーゲンビル島守備隊の運命は、一にかかって作戦輸送の成否にあると言ってもよい。万難を排して成功してもらいたい」

「伊四一潜」がラバウルに入港する三ヵ月前、十一月一日に米軍は、ブーゲンビル島中部西岸のタロキナに上陸。強固な橋頭堡を築き、飛行場を造成し、反攻の足場を構築した。

米軍の進攻にともない、連合艦隊は第十一航空艦隊をラバウルに投入するとともに、南東方面艦隊の全兵力をあげて敵艦隊に決戦をいどんだ。十一月一日から十七日まで、息もつかせぬ激しい海空戦が、ブーゲンビル島沖で展開された。地上部隊も、タロキナを目指して各方面から包囲攻撃すべく移動していた。

その間、何度か勝機をつかむことがあったが、決定的な打撃をあたえるまでにいたらず、敗北をかさねていた。敵の兵力があまりに巨大だったことと、攻撃しても攻撃しても、すぐに新手の兵力を投入してきたからだ。

結局、後続の兵力を持たない日本軍は、敗北の苦杯をなめるばかりだった。この方面の制空権と制海権を確保した米軍のために、日本軍の補給は、跡絶えざるを得なかった。補給を断たれたブイン地区を拠点とする陸海軍の主力は、弾薬、糧食の不足に苦しみ抜いたのである。とくに、ブインへの航路は、地獄の三丁目と言われ、ここ二ヵ月あまり輸送は完全に跡絶えていた。

ブインの目と鼻の先にあるショートランド付近の島々を拠点として、米軍はブインに通ずる南水道に、音響機雷、磁気機雷、係維機雷など、あらゆる種類の機雷を投下して封鎖し、おまけに哨戒機や魚雷艇が、四六時ちゅう出没しているので入りこむ隙がなかった。ブーゲンビル島の北端にあるブカ島にしても同様だった。ラバウルからはブインより近いが、敵の哨区を突破しなければ入泊できない。

いまやブーゲンビルの守備部隊は、木の芽や草の根をかじって露命をつないでいた。そのうえ栄養失調とマラリアで倒れるものが続出しているという。

『――話を聞いてみると、一刻の余裕もないんですね。しかし、考えたんですよ。現在の部下のほとんどが、横須賀で急遽《きゆうきよ》、補充した練度不足の兵員です。猛訓練はしてきましたが、実戦の経験者はかぞえるほどしかいない。潜水艦の消耗が激しいので、乗員の養成が間に合わない。それを無視して員数を合わせてきた部下ですからねえ。

指揮官として大切なことは、盲目的に任務をうけることではなくて、作戦目的を達成することです。しかし、このまま出撃したのでは、未経験のために不測の事態に陥ることになるだろうことは目に見えてるんですよ。とはいえ、命令は絶対ですしね。私は考え抜いたあげく、思いきって司令官に言ったんです。

「お言葉を返して恐縮ですが、本艦はラバウルに入港したばかりで、当方面の状況が全然わかりません。もとより死力をつくして任務の達成に努力しますが、ブインへの輸送には、正直なところ自信がありません。命が惜しいわけではありませんが、陛下の御艦と部下をむざむざ失っては申し訳ないと思います。できれば、他の方面で輸送なり作戦行動なりをやらせていただいて、米軍のようすを感じることができたところで、ブイン輸送を命じてはいただけないでしょうか」

そう言ったんですよ。すると、司令官の横にいた先任参謀の泉中佐が、

「艦長の気持はよくわかる。しかしな、ブーゲンビルの戦況は、一刻も猶予できない状況にあるんだ。ブインの第八艦隊司令部からは、徒手空拳では玉砕もできない、弾薬、糧食の補給をすみやかに頼むと、血を吐くような電報がきてるんだよ。不死身といわれている君のことだ、ぜひ引きうけてくれんか」

と頼むんですなあ。困ってしまいましたよ。はい、承知しましたといえばすむ問題なんですがね。しかし、自信のない任務にはつく気になれんのです。かわいい部下を、たった一回の輸送任務で散らせるわけにはいかんですからなあ。私は黙っとった。参謀も無理を承知で言ってるわけで、しばらく重苦しい沈黙がつづいたんですよ。そうしたら、ややあって司令官が、

「板倉艦長の意見はもっともだ。一日、二日を争って、無理をしてもよくない。どうだ、一度、スルミの輸送作戦をやって、小手調べをしてみないか。そのうえで改めてブイン輸送を考えようじゃないか」

これには私は、一も二もなく承知したんです。大和田少将は、頭脳明晰をうたわれた知将でしてね。部下の胸中を洞察しての処置に敬服したというより、一艦長の意見にも、耳を傾ける人柄に打たれましたね。「士は己れを知る人のために死す」という古い言葉があります

でしょう。私はね、スルミから帰りしだいブインへ行こうと決心しましたよ。もしもあれが大和田司令官でなかったなら、しゃにむに命令が強行されて、私の艦はたぶん、ブインへの途中で憤死していたと思いますよ。立派な司令官だったと、いまでも忘れることができませんなあ――』

スルミは、ニューブリテン島のやや中央部、ソロモン海に面した南岸にある。この島は、ちょうどワニのような形をしていて、頭部に相当するところにラバウルがあり、スルミは腹部に相当する位置にある。さらにシッポに相当するところにマーカス岬があり、ここに米軍が、十八年十二月十五日に上陸してきていた。

したがって、スルミ輸送も、「伊四一潜」にとって厳しい試練であった。司令部の資料にもとづいて綿密な輸送計画を立てると、一月二十三日にラバウルを出撃した。飛行機の格納筒や狭い艦内は、弾薬、武器でふさがれ、上甲板には、米をつめたゴム袋が積み上げられていた。

敵潜水艦の攻撃を避けるため、日没と同時に潜航し、昼間は水上進撃、夜間は潜航という、従来の航法とはあべこべの方法を採用した。つまり、敵のレーダーをかわすための方策であった。

途中、敵機にもあわず、一月二十五日午後六時、ぶじに予定地点に到着した。夜間潜望鏡を陸岸に向け、懐中電灯を潜望鏡の接眼鏡に当ててモールス符号を送ると、海岸から青ランプが上下に

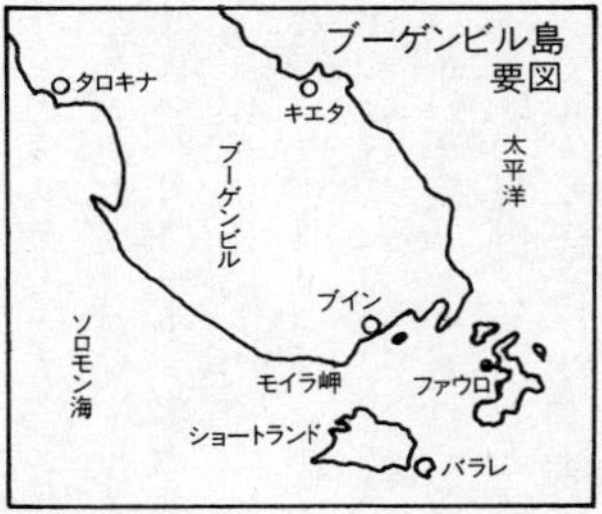

振られるのが見えた。

ただちに浮上する。やがて、大発が近づいてきて舷側にピタリと横づけした。「揚搭開始せよ」の号令一下、艦内から上甲板へ、上甲板から大発へと搭載物資が手渡しで運ばれてゆく。作業は死にものぐるいだった。いつ敵の魚雷艇が現われるかわからない。ふつうなら、たっぷり半日はかかる作業だが、それを一分でも縮めようと、必死の作業がつづけられた。

そのときである。

「左三十度、かすかに音源が聞こえます。感一ないし二」

という報告。スワッとばかり、みんな手を止めて、暗い水平線のあたりを凝視した。しかし、艦影らしいものは見えないい。

「作業急げ」

ふたたび、必死の作業が開始される。ややあって、第二の音源が報じられた。夜の海に霧が立ちはじめ、視界が悪くなってきた。

『――このまま揚搭をつづけるか、それとも中止しようかと判断に迷いましてね。敵の魚雷艇が近くに来たことはわかったのですが、どのへんまで近接しているかわからんわけです。そのうち、「前部揚搭終わり、ハッチ閉鎖」という報告があり、つづいて「後部終了」という声が聞こえた。艦内の搭載物資を揚げちゃったわけです。あとは、後部上甲板につんである米袋の山が、三分の一ほど残っているだけです。しかし、これは固縛を解いてあるので、潜航すれば、数珠つなぎになって海面に浮かぶようになってるわけです。

とにかく、私は胸騒ぎがしてしようがないので、残っている米袋にはかまわず、潜航することにしたんです。大発を急いで艦から離させて、上甲板の作業員を追いこむようにして艦内に入れたんです。すると、「左三十度、スクリュー音、感三、次第に近寄ります」という報告です。やはり来たな、と思って、「急速潜航」を命じたんです。

タイミングはよかったですね。深度五十メートルで無音潜航にうつっていると、明らかに大発とは違う二つのスクリュー音が聞こえてきました。しかし、敵は攻撃してきませんでしたね。われわれは、そのまま帰途についたわけです。

ぶじにラバウルに帰還してみると、スルミの守備隊長から報告がきてまして、われわれが潜航すると間もなく、二隻の敵魚雷艇が現われたというんですね。大発との間に激しい銃撃戦が行なわれて、魚雷艇を撃退することができたというんです。ま、こういうわけで、小手しらべはつきましたし、敵の魚雷艇の音源の性質もわかったので、ある程度の自信をもつことができたわけです――』

ブインの機雷原を突破

ラバウルに帰還した「伊四一潜」は、いよいよ、ブインへの輸送作戦に踏み切ることになった。板倉艦長は出発を前にして、南東方面艦隊司令部に、司令長官草鹿任一中将を訪ね、出撃の報告と挨拶に行った。

そのとき長官はふと、

「板倉艦長、ブインでは鮫島中将がお待ちかねだよ」

と言う。

板倉艦長はハッとして聞き返した。

「鮫島中将と申しますと、あの鮫島具重中将のことですか」

「そうだよ、君が少尉のとき殴った『最上』の艦長だよ」

これにはさすがの板倉艦長も胸に迫るものがあった。

『――じつはね、私が少尉になりたての昭和十年ごろだと思うんだが、巡洋艦の「最上」に乗り組んだとき、艦長をぶん殴ったことがあってねえ。というのは、そのころ海軍の上級士官にわるいクセがあって、上陸するときまって帰艦時刻に遅れて帰ってくるんだ。これがシャクにさわっていたんだ。海軍の諸令則には、帰艦時刻に遅れた場合の罰則が明記されているんですが、ちっとも守らない。

この罰則が適用されるのは、もっぱら下士官、兵ばかりなんだね。上になればなるほどひどくて、艦長を迎えにいったランチなんか、一晩じゅう桟橋で待たされることがザラだったんだ。これが私には腹にすえかねていたことだったんだ。

秋の演習が終わって艦隊が東京湾に入ったとき、朝から外出が許されてね、私は上陸して一日じゅう飲み回ったんだ。それでもちゃんと帰艦時刻に間にあうように、芝浦の桟橋に夕方の五時に行ったんだ。他のフネの定期便は、どんどん士官たちを運んでいるのに、「最上」のランチが来ていない。そうしたら、ケップガンの中尉が、「今日は艦長のお客さんが大勢いるから遅れるだろう」と、つぶやいているのを聞いたんです。

これがまたカチンと来たんだ。鮫島艦長は男爵でしてね。いろいろ接待もあるんだろうけど、規則は規則だと。ま、若かったし、酒も飲んでいたからね。一時間ほど待たされて、ようやくランチが来たので、士官たちは乗ったんですが艦長はまだです。しばらく待っていたら、見送りの婦人と客に囲まれた艦長がやってきたんです。そのとき私は腹の中が煮えくり返っていてね、何か叫びながら飛び出していったんですよ。そこまでは覚えているんです。

気がついたとき、私は二、三人の士官に両腕をつかまえられてランチに放りこまれていましたね。何がなにやら、さっぱりわからんかった。艦に上がってから、艦長を殴ったということを聞かされましてねえ。いや、愕然としましたよ。艦長を殴るなんぞ、軍法会議ものですからねえ。そうでなくても海軍を辞めなければなりません。あこがれの兵学校に入って、少尉に任官したばかりなのに、と思うと涙が出てきましてねえ――』

翌朝、朝食の用意ができたと知らされても、ガンルームに行く気にもなれず、私室に閉じこもって艦長宛に詫び状を書いていた。そこへ艦長から呼び出しがきた。板倉少尉は、重い足をひきずって艦長室へ行くと、こちらを向いた艦長の左頰が腫れあがっている。おそるおそる詫び状を差し出した。艦長は、無表情にうけとって読んでいたが、

「板倉少尉は、酒をやめることはできないかね」

思いがけない質問である。面くらいながらも答えた。

「はっ、ただいま禁酒の決意でおりますが、不可能と思います」

「そうか、では、酒の量を減らすわけにはいかんか」

「はっ、酒をやめるよりむずかしいと思います」

人をくった返事だが、それでも艦長の表情は変わらなかった。

「では聞くが、私を殴ったからには、それなりの理由があろう。理由を言いたまえ」

「いえ、理由はありません。そこに書きましたとおり、前後不覚の銘酊のうえのことであります」

「そうか、もうよろしい」

ポツンと一言いうと、艦長は横を向いてしまった。

『――もう駄目だと思いましたね。それから、自室で謹慎していると、また、艦長から呼び出されましてね、どうしても理由があるだろうから理由を言えといわれたんですよ。しかしね、兵学校では、どんなあやまちをしても、言い訳はするな、と教育されていましたし、軍人たるもの女々しい言い訳は絶対にしてはならんものだと胆に銘じていましたからそ。あくまで理由はないと言い張っていたんですが、とうとう根負けして理由を言っちゃったんですよ。じつはいままで、こういうことが不満だったとね。艦長はじっと聞いていて、よし、わかった、と言ったきりなんです。

結局、私は何の罰もうけずに、間もなく定例の人事異動があって、私は「青葉」乗り組みの辞令をもらったんです。ところが、間もなく軍令部から全軍にお達しがありましてね、士官の綱紀粛正が厳重になったんです。そのときは気がつきませんでしたが、鮫島艦長が、軍令部に、士官の綱紀に関する意見書を出したらしいんですね。一少尉の意見を、このように汲み取ってくれたかと思うと、私は涙が出るほど嬉しかったですね。

その鮫島中将がブインにいると聞いて、私はどうしてもこの任務をやりとげようと決心したんです。そのとき財布の中身をぜんぶはたいて、ラバウルでサントリーの角びんと煙草を買いましてね、中将のために抱えていったんです——』

一月三十一日の黎明、「伊四一潜」は、ラバウル港を出撃した。第一日目は何事もなくすぎ、夜になると、敵潜のレーダーを避けるため潜航した。二日目からが難コースとなる。ブーゲンビル島の西側は米軍の制海権下にあるため、東側の太平洋航路をとらなければならない。しかし、ここも敵哨戒機には十分、気をつけなければならない。

ブカ島の北方で、十二センチ双眼鏡が敵機を発見、急速潜航する。このころになると、乗員の見張術もいちだんと冴えてきて、敵より先に相手をとらえるようになった。敵発見が早いか遅いかが生死を分ける重大なポイントだ。

予定どおり四日目の日没ごろ、ブーゲンビルの南端、南水道の入口にたどり着いた。これから先の六マイルにおよぶ水道が、地獄の三丁目と呼ばれるところである。米軍機が連日のように投下している機雷原の海域は、ブインの距岸五十メートルから、だいたい幅六キロ、沖合い二キロの長方形の区域となっていた。帰海艇が一隻もないので、わずか十トンたらずの大発をつらねて、貧弱な掃海具で、夜間こっそり作業しているという。しかし、係維機雷は除去できるが、磁気機雷、音響機雷を除去する用具がないので、これらは海底に沈下したままだという。

その機雷原の真上を突破しなければならない。磁気や音響に感応しないように進むには、艦の速力を二・五ノットにすることだという。これでは人が歩くよりも遅い。おまけに潮流が強く、いたるところに暗礁がある。いまだかつてこの難関を突破した艦艇は、一隻もないということだった。

前方千メートルに、二つの黒い船影の漂泊しているのが潜望鏡に映った。味方の大発であることを確認してから浮上する。まもなくかすかな火で、「われ貴艦を誘導す、二百メートル後方を続航されたし」と信号が送られてきた。「伊四一潜」は、二・五ノットの低速で大発を追尾した。

ふと沖合いを見ると千五百メートル付近を、さらに二隻の大発が遊弋していた。敵魚雷艇の出現に備えているのであろう。艦はおそるおそる微速航進をつづけていた。すると突然、前方に水柱が盛り上がり、ズシンと爆発音が響いた。先行する大発の掃海具にかかった機雷の爆発であった。つづいてまた一発。吹き上がる水柱は、夜光虫にきらめいて一瞬、あたりを照らしだす。敵に気づかれはしないかと、はらはらする。まだ、水道の半ばにもたっしていない。そのとき、

「左三十五度、白波、魚雷艇らしい、こちらに突っこんでくる」

左舷見張員が叫んだ。目を走らせたとき、敵魚雷艇めがけて、沖の大発が機銃の火箭を撃

ちこんでいた。魚雷艇も火を吐く。敵は二隻だった。二対二の同数ではあるが、軽快な魚雷艇は高速を利して体をかわし、機を見ては大発に襲いかかる。これに立ち向かう大発は、速力も遅く動きが鈍い。

大砲があったら一撃で吹き飛ばすんだが、と板倉艦長はトラックでおろした十四インチ砲が悔やまれてならなかった。そのとき、さらにわるい知らせが飛んだ。「爆音らしきものが聞こえます」と言う。ただちに艦橋の機銃が、砲口を空に向けた。だが、敵機の姿は見えない。暗い沖合いでは、大発と魚雷艇が死闘をつづけていた。艦は蝸牛《かたつむり》のように、黒い海面を這っていた。

息づまるような数分がすぎた。突然、上空から赤い銃弾の糸が連続して降り注いだ。飛行機からの銃撃だ。真っ赤な曳痕弾が大発につきささっていく。戦況はたちまち急転した。大発の火力が急に衰えていった。

その間に、「伊四一潜」はブインの岸に近づいていった。すでに距岸五十メートルの安全圏に入った。それを見とどけた二隻の大発は、掃海具をかなぐり捨てて反転すると、味方の救援に駆けつけて行くのだった。

『――私らのフネのために、大発が死闘を演じてまでも、敵を食いとめてくれるのを目のあたりに見て、胸が熱くなりましたねえ。こんなに待ちこがれていたのかと思ってねえ。錨を入れるのを待ちかねていたように、数隻の大発が近づいてきて、さっそく、荷おろしがはじまったのです。そのとき、一人の連絡参謀が艦橋に駆け上がってきましたね、いきなり私の手を握って、ポロポロ涙を流すんですよ。私は参謀に輸送目録を渡したあとで、持参したウイスキーと煙草に手紙をそえて、鮫島長官にお渡し願いたいと彼に託したんです。手紙には、長官を殴った一少尉が、潜水艦長となってやってきました、ということを書いてね。長官はひどく喜んだらしいんだ。司令部の全員にわたるように、煙草をハサミで短く切って配ったらしい。ウイスキーは水で割って、みんなで飲みかわしたというんです。そしてね、私の少尉時代のことをみんなに語ったらしいんだ。

これは後日譚ですけどね、鮫島長官は終戦までブインにおられて、ぶじに復員されましてね。ひどい栄養失調で帰ってこられたんです。戦後しばらくお元気だったんだが、四十一年に亡くなられましてね。まだ病床におられたとき、見舞いに行ったんですよ。もう口もきけない状態だったんですが、私の顔を見るなり、床の間を指さすんです。オヤと思って見ていると、奥様がそばから、「主人は何ひとつ持って帰らなかったけど、この空びんだけ大事に抱えて帰ってきたんですよ、板倉からもらったんだと言ってね」と、そうおっしゃるんです。胸がジーンとしましたねえ。私も何も言えなくて、ただ涙でしたよ——』

ブイン突入に成功した「伊四一潜」は、その夜は錨泊沈座、海底に姿を没して、ひと休みする。乗員たちは張りつめていた気持がゆるんだのか、昏々と深い眠りに落ちていった。

一方、身を挺して「伊四一潜」をまもった大発は、一隻は艇長以下全滅していた。機銃を握って倒れていた兵は機関兵だった。機銃員が戦死し、かわった艇長も戦死したとき、大発を操縦していた機関兵が最後に飛び出して、機銃を撃ちつづけ、そして戦死していったのであろう。

『――その話を聞いてね、「伊四一潜」の成功の陰には、このような尊い人柱があったのだということを忘れてはならんと、私は肝に銘じました――』

と板倉氏は述懐する。戦場での功績は、多くの戦友たちの犠牲にささえられて、はじめて達成されてゆくものなのである。

翌日、板倉艦長は、ブインからの脱出の方策をあれこれと考えていた。いままでは、ブインへたどりつくことばかり考えていて、帰るときのことを全然、考えていなかったのだ。帰途は、ふたたび大発が沖まで先導してくれることになっていたが、昨日のようなことが起こる可能性が濃い。潜水艦が入泊したことは敵にわかっているのだから、さらに哨戒が厳重になっているであろう。それに機雷にも触れず、敵機の攻撃もうけなかったことは、よくよく運がよかったと考えなくてはならない。同じことをくり返せば、こんどはやられる。敵の裏をかくような、別の行動方法はないものか。

『――いろいろ考えましてね、航海長に何か名案はないかと聞いても、むずかしいと言うばかりでね。機雷原を通過するのに、二ノット半ではたっぷり四時間かかるんです。その間に敵が姿を見せないなんて、とても考えられませんからな。結局、日没前に出港するのは危ないから、夜中に突破するしかないだろうということになったのです。

しかし、何か方法があるはずだ。見落としているアナがどっかにありゃあせんかと、先任将校や砲術長も呼んで、海図をひろげて相談しましてね。どうしてもいい知恵が出ない。運を天にまかせるしかないだろう、ということになってね、そう覚悟したとき、突然、ひらめいたんですよ。

ちょっと待て、といって海図をさらによく見ると、水道の北側には、えんえんとリーフがつづいているわけです。リーフというのは、外海に接した面は、水際から切り取ったように急に深くなっているという特徴があるんです。リーフ沿いなら、そうとう大きな船でも航行できるんですよ。これに気づいたんです。機雷原は、このリーフから五十メートル以上沖にあるわけです。いくら米軍機だって、リーフ沿いには機雷は投下してないだろうと考えたんです。

そこで、リーフから五十メートル以内を水上高速ですっとばせば、明るいうちに水道を抜けられるだろう、まかりまちがっても陸岸にのしあげるだけだ、機雷にやられるよりましだろうと提案したんですよ。航海長も、それは妙案だ、やりましょうということになってね。出港を日没直後にしたんです。われわれを誘導する二隻の大発には手旗信号で、「われ単独で強行突破する。ご好意を謝し、武運の長久を祈る」と言ってやったんです。びっくりしてたようですが、「ありがとう、〃伊四一潜〃のご健闘と安全なる航海を祈る」と、同じく手旗でこたえてくれましたよ――』

「伊四一潜」は、日没と同時に行動を起こした。日没といっても、残照の余映で海面はまだ明るい。いよいよ艦はリーフと機雷原の間に身を乗り入れた。

航海長は、艦橋から乗り出すようにして海面を凝視している。暗礁や浅瀬の見張りだ。艦は十二ノットの高速で突っ走った。リーフから三十メートルしか離れていない。一歩あやまれば、機雷原か、リーフのどちらかに乗り入れることになる。全員が緊張に顔がこわばっていた。艦は予想どおり、ぶじに海面をすべっていく。

あとわずかで水道を抜けるというとき、前方にさざ波が立っている。暗礁だ。しかもそうとう広範囲の暗礁である。機雷原にとびこむ以外にかわしようがない。

「面舵一杯」

間一髪で体をひねる。艦首は機雷原に突っこんでいく。触雷の危険が、ひしひしと体に伝わってくる。暗礁をやりすごして取り舵に転舵する。危険地帯を脱してホッとする。その間五分。身のちぢむ五分間であった。やがて、艦は水道を脱け出した。眼前には渺々たる太平洋がひろがっていた。「伊四一潜」はふかぶかと潜航していった。

こうして安全水路を発見した同艦は、その後、二回にわたって輸送作戦を行なった。いずれも単艦でリーフ沿いに航過し、飢えと戦う友軍に糧食を送りとどけたのである。しかし、新任務が下令され、「伊四一潜」は内地に帰還することとなった。かわって、「伊一六潜」が輸送作戦に任ずることになる。だが、同艦は五月十四日にトラックを出撃、ブインへ向かったが、そのまま消息を絶ってしまった。

結局、ブインには、四月はじめに物資を輸送した「伊四一潜」を最後として、あとは訪れる艦もなく、終戦まで見捨てられてしまったのである。「伊四一潜」は、新任務につくため内地に帰還し、「龍巻作戦」に参加。水陸両用戦車を潜水艦に搭載して敵基地に乗りこむという訓練を行なったが、これはついに実現までにいたらず、不発に終わってしまった。（昭和五十七年六月一日インタビュー）

〈軍歴〉大正元年十一月、小倉市（現・北九州市）に生まる。昭和五年四月、海軍兵学校生徒。同八年十一月卒、六十一期。「扶桑」「最上」「青葉」に乗り組む。十一年、任中尉、「伊六八潜」乗り組み。十二年、「加賀」「如月」「八雲」をへて十三年、任大尉。十四年二月、第八潜水隊付、同年十月、「伊五四潜」航海長。同十一月、水雷学校高等科学生。十五年五月、「呂三四潜」航海長。同年九月、潜水学校乙種学生。同十二月、「伊六九潜」水雷長の配置で開戦を迎え、ハワイ作戦に参加。十七年十一月、潜水学校甲種学生。十八年三月、「伊一七六潜」艦長。同四月「伊二潜」艦長。同六月、任少佐。同十二月、「伊四一潜」艦長。十九年八月、特攻戦隊(回天)参謀となり終戦を迎える。著書に『あ、伊号潜水艦』（正・続）がある。

獅子奮迅

〈駆逐艦「皐月」艦長・杉山忠嘉少佐の証言〉

緒戦で負傷す

十九年の秋、米軍のマニラ空襲が激しさをくわえているとき、駆逐艦「皐月」がマニラ湾で獅子奮迅の大活躍をしたことはあまりにも有名である。そのときの艦長が杉山忠嘉氏である。戦後は海上自衛隊の海将補として、旧海軍の伝統を伝えてきたが、太平洋戦争開幕のときは、駆逐艦の一水雷長だった。横浜市戸塚の閑静なお住まいで、杉山氏は淡々と語ってくれた。

『――開戦の直前に、私は「陽炎」型の第二群として設計建造された「夕雲」の艤装員を命じられておりましてね。ちょうど十二月四日に「夕雲」が完成したので、試運転で北海道方面に出かけたんです。配置は水雷長ですがね。

ご存知の通り「夕雲」型というのは、「陽炎」型より五百ミリだけ艦尾を延長した艦ですが、それと同時に、あのころ良質の重油が少なくなって、粘度の高い重油を使う公算があった。これは寒いところでは重油が固まって燃料効率を低めるので、燃料タンクの中に蒸気パイプを通して保温するという処置がとられたんです。明らかに北方作戦を想定してのことですね。

これが「夕雲」型の一つの特徴になっていたわけで、試運転も、その効果を確かめるためのものだったわけです。ちょうど艦が北海道の厚岸湾の沖に到着して、入港用意のラッパを吹いているとき、ラジオで開戦を知ったわけです。びっくりしましてね。こいつは大変だ、ということになりまして。もう、のんびり試運転なんかやっておれない。すぐにイカリを上げて、二十ノットで至急、横須賀に帰ってきて、出撃準備に奔走したわけです。まず魚雷を十六本つんだんですが、でき上がったばかりのフネですから、調整しなくてはならない。水雷学校の教官の応援を得て、大至急、分解、結合、テストをやっておったら、「早潮」（「陽炎」型）に転勤しろという命令が出たんです。

当時「早潮」は南方作戦に出ていたので、どこにいるかわからん。とにかく台湾の高雄に行ったら、ダバオに行けという。ダバオで、ようやく着任したとたん、その翌日、高々度の軽爆に爆撃されてね。こっちは、ぶじだったけど、湾内にいた重巡に至近弾が落ちてましたなあ。それからセレベスとかアンボンとかマカッサルとか、南方作戦に駆けずり回って、三月末に帰ってきたら、ドーリットル空襲というわけです。

ともかく第一段作戦が終わったので、四月から水雷学校の高等科学生になって十月まで勉強しましてね。それから「那智」に行ったんですが、これが五艦隊の旗艦でしょ、北方作戦ですよ。十八年の三月、例のアッツ島沖海戦を経験したわけです。あの海戦は戦果がなくて評判のわるいものですが……。こっちは重巡二、軽巡二、駆逐艦四という艦隊、向こうは重巡一、軽巡一、駆逐艦四ですから、こっちが優勢なんですがね。結局、逃げられちゃった。

午前三時半ごろですかな、敵発見というんで、寝てるところをたたき起こされてね。私の私室は中甲板だから、ブリッジまで行くのに時間がかかる。大急ぎで上がっていったら、眼鏡にとりついていた候補生が、「水雷長、敵がよく見えますよ」というんで眼鏡をのぞいたら、梯団の敵艦隊が横隊になって見えたんですよ。敵は後方から追跡してきたわけですね。

そこで指揮官は、艦隊を東へ変針して、敵の退路を断つように行動しながら接敵したんです。「那智」はそのとき、最大戦速に下令したんですが、突然の会敵なんで、あわてているんですなあ。下では、ボイラーの気圧を上げて、スティームを上げているのはいいんだけれど、あわてているものだから、どっちかのスイッチを間ちがえて、砲塔の電源を切っちゃった。

杉山元少佐。護衛戦は地味で神経のすりへる作戦だった。

砲術長が射撃をはじめようたって、大砲が回らない。あわてて手動で、いちいち旋回、俯仰をやる始末、それに射手の直接照準でやるものだから、発砲したって当たりゃせん。なにしろ、方位盤の電源も切れてるんですからね。お粗末なもんですよ。

それで、ブリッジでは魚雷を射て射てという。そのとき、「那智」の針路は、おおむね九十度で東に向かっていたんです。で、敵は夜中からつけてきているので、当然、こっちと決戦するんだろうと思ったわけ。となると、敵も九十度方向に変針してくるはずです。ですから私は、「右魚雷戦同航にします」と断わって、右舷発射管から八本の魚雷を射ったんですよ。

距離は約二万メートルほどですがね。そのとき二番艦の「摩耶」も同じように射った。ところが、発射した直後、敵艦隊は二百七十度方向にキューッと変針しちゃった。東に向いてくると思ったのに、西へ行っちゃった。まさか反航するとは思いませんでしたからねェ。それで射った魚雷が全部、敵の後方にそれちゃったわけです。

その直後ですよ、敵の砲弾が「那智」の艦橋に当たったのは。ブリッジのすぐうしろの海図室のサイドに命中して炸裂したんですが、あれは駆逐艦の弾ですね。その破片が跳弾となって、私の足の裏に当たりましてね。緒戦で私は、負傷しちゃったんですよ。

それから水偵を揚げるクレーンにも、敵弾が命中したんです。その破裂弾が上甲板を貫通して、下の第一発射管員二、三人が、戦死したんですよ。結局、このときの戦闘で、「那智」では、十人くらいの戦死、二十人くらいの負傷者が出たんです。どうも、まずい戦闘でしたね——』

敵潜をやったぞォ!

このあと杉山氏は、海防艦「隠岐《おき》」の艦長に着任して、護衛戦を体験する。地味で、しかも神経のすり減る作戦の連続だけに敵潜水艦を葬ったときの快感は、また、ひとしおのものがある。杉山氏は船団護衛の中で、きわめて珍しい敵潜攻撃を行なっている。

『――じつは敵潜と一騎打ちをやったことがあるんですよ。十八年十一月十五日に、トラック行きの船団を護衛して館山を出たんですが、その途中、十九日にサイパンの北方海上で浮上潜水艦と遭遇したんです。朝の四時半ごろですかね。

船団は約二十隻で、私の「隠岐」は最後尾についていたんです。突然、船団の前方に敵潜が浮かんでいるのを発見したので、船団はいっせい右回頭して避退したわけです。すると船団指揮官から、「海防艦〝隠岐〟は敵潜水艦を捕捉撃滅せよ」という命令が下った。

敵潜はすぐに潜航したので、こっちは潜航した位置に急行して、探信儀と聴音で捜索を開始したわけです。ところが、おらんのですよ。潜航した潜水艦は、そんなに遠くへは行けんですからね。それにスクリュー音が聞こえないということは、ほぼ同位置にひそんでいるはずだと思って、一キロ四方のエリアをぐるぐる回っていたんです。

潜水艦の捜索は、とにかく忍耐が必要ですからね、午前中いっぱい、同じところを探していたけど、さっぱりつかめない。昼ごろになって、航海長に、「潜航した位置にもどって、もう一回りしていなかったら引き揚げよう」といいましてね、元の位置から〇度(北)、二百七十度(西)、百八十度(南)と直角に航行していたら、突然、水測長が、「左四十度、千メートル、反響音あり、敵潜探知!」と叫んだんです。

ハッとしてその方向を見ると、敵はもう魚雷を発射していた。三本の雷跡がこっちに向かってくるんです。「トリカジ一杯ッ!」「第一戦速!」と叫んで、艦首がググーッと左へ向いた瞬間、艦のハナヅラすれすれに魚雷がかすっていきましたねェ。危ないところでしたよ。一秒でも遅れたら轟沈でしたね。

そのまま艦首を敵潜に向けたとき、海面にするすると潜望鏡が上がったんです。一メートルほど上げてこっちを見てるんです。距離は八百ヤードほど。敵は「やったッ」と思ったんでしょうね。ところが、真正面から突っこんでくるこっちを見て、あわてて潜航したけど、もうそのときは、こっちは敵の頭上に来てるわけ。爆雷をその上に十五、六発、連続投射したんです。左舷から右舷から艦首から、ゴロゴロ落としてやった。

そしたら、「カーン」という、ものすごい金属音の爆発を起こしたのがあってね、その瞬間、私は「やったぞォ!」と叫びましたよ。それからもういちど引き返したら、幅十メートル、長さ百メートールにわたって、猛烈な気泡が海中から吹き上がっているんです。

その上から、また爆雷をボコボコ落としてね。もうこれでいいだろうと、フネをとめて聴音機で聞いていたけど、ついに、なんの音も聞こえませんでしたね。それに何も浮いてこない。撃沈したという証拠はないけど、おそらく艦の外殻が破けて、急速沈下したんじゃないかと思いますがね。

あとから機雷長がいっとったけど、爆雷が一個、敵潜の甲板の上にゴロゴロと乗っかったのが見えたというんです。透きとおった海だから、潜航する敵潜の甲板が、上から見えたんだね——』

以上が「隠岐」の僥倖ともいえる戦果である。海防艦の肉弾戦といってよいだろう。杉山氏は、十九年一月十一日に「隠岐」を退艦し、つづいて駆逐艦「皐月」の艦長となる。しかし、駆逐艦としての本来の任務を行なうには、戦局はあまりにも変貌していた。やはり、船団護衛にもっぱら駆り出されていた。

『――あの艦は古いタイプの駆逐艦ですからね。十九年になると、兵器も対空装備が主になってきて、二十五ミリの連装、三連装機銃をのっけましてね。これはじつに威力がありましたよ。八丈島沖で、三機の艦爆に攻撃されたとき、そのうち二機を撃墜しましたからね。艦尾から急降下してくるやつに命中したとたん、こっぱみじんに空中分解しましたよ。

それから、もう一つ面白いことがありましてねえ。五月十日にサイパンからグアムへ、補給物資をつんだ小型船舶十二、三隻をひきつれていったんですが、グアムに入港直前、先頭の「皐月」が雷撃されたんです。

このときの船団は三列になっていまして、各船、みな爆雷をもたせてあったんです。最初の雷撃はなんなくかわしたので、私は各船に爆雷投下を命じたんですよ。船団の幅は広いですから、そのまま直進すれば、敵潜は船団のエリアの中に入ってしまうわけです。そこで、いっせいにボカボカと、爆雷の〝絨毯爆撃〟をやったわけです。

敵潜は、発射位置から千メートル前後のどこかにいるわけですから、そのエリアに爆雷の網をかぶせた形になった。敵はびっくりしたでしょうなあ。これも撃沈は確認できませんでしたけど、船団は一隻残らずぶじに入港しましたよ――』

マニラ湾の激闘

『——シンガポールから糧食艦を護衛して、九月二十一日の夜明け前にマニラに入港したんです。ところが、その日から三日間、マニラは、ハルゼーの機動部隊の空襲にさらされたわけで、運わるく、その初日に入港しちゃったというわけです。

午前中に、約八十機ほどきましてね。湾内には五千トン級の輸送船が二十隻ほどいましたが、ぜんぶやられちゃったですね。艦艇で大きいのは「皐月」ぐらいのもので、だから敵機は、みな私のフネを狙ってくる。

そのとき、対空戦闘で十機ぐらい撃墜しましたよ。主砲もぶっ放しましたしね。陸上の味方の偵察機とか、攻撃機とかが、みんな空中避退するんですが、それを敵機は追いかけていくんです。それッ、味方機を援護しろ、といって、最大戦速の三十二ノットで突っ走りながら、主砲を撃ちまくって追い払ったり、突っこんでくる敵機に機銃の弾幕を浴びせたり、あの湾内を、ところせましと駆けずり回って大奮戦をやったんですよ。

ところが、そのうち至近弾が、第一煙突と第二煙突の中間左舷に落ちて、その破片で復水器をやられちゃった。それに数発の至近弾があって、十四、五人の負傷者が出ちゃった。それで午前中の第一次空襲が終わったんです。そこで負傷者をボートにうつして陸上に運ばせたんですが、その最中に、第二次空襲がやってきましてねえ。

復水器がやられてしまったので、片舷の機関がダメになっちゃった。左舷エンジンの故障というわけですよ。右だけしか使えない。そうすると速力も二十ノットぐらい、せいぜい二十一ノットしか出ないんです。しかも、右舷だけのスクリューで推進するわけだから、爆弾回避をするにしても、左舷方向だけに回頭せざるを得ないわけです。

そういう行動ばかりとっているものだから、とうとう敵に見破られてしまって、午後になってから、第一罐室に一発くらってしまったんです。このとき、六人の戦死者が出てしまった。そのとき、デッキには艦長の私と、砲術長と、操舵員の三人しかいないんだ。

なにしろ午前中の戦闘で出た負傷者を陸上に送るために、軍医長も水雷長も航海長も、みんな手伝いに出てしまっていたからね。

至近弾が落ちると、その爆発の振動で操舵員が尻もちをついちゃう。すぐ私が舵をとるという具合で、二時間ぐらい奮戦しとったですよ。ところが、第一罐室をやられちゃったものだから、スピードがぐんと落ちた。そこへまた二発食っちゃった。ちょうど艦橋の前方で、発射管のあるところです。

魚雷は午前中に投棄してあったからよかったけれど、たちまち艦首が前のめりに突っこんで、みるみるうちにブリッジのデッキまで水が上がってきたんです。

もう、これはダメだと思って、「総員退去」の命令を出したんですよ。こんなことになることもあろうかと、私はあらかじめイカダをつくらせてあったんです。角材を格子状に組ませて、艦の前部、中部、後部においといたんですが、これが役に立ちましてねえ。

負傷者をみんなイカダのうえに乗せて、元気な者がみんなで泳ぎながら、イカダを押して陸上に向かったんですよ。すると、これを見つけた敵機が機銃掃射をしてくるんです。しかし、幸運なことに、どれも命中しませんでしたね。

そのうち、陸上のキャビテ軍港で見ていた友軍が、さっそく、大発を出して救助しにきてくれましてね。全員ぶじに救出されたわけです。

これだけの大奮戦をして、艦を撃沈されながら、戦死したのは第一罐室の六人だけですからね。

運のいいほうだと思います。負傷者も、元気な乗員も、まもなく全員、内地に帰ることができましたからねえ。ほんとによかった、と思っています――』（昭和五十六年六月九日インタビュー）

〈軍歴〉明治四十五年二月二十四日、静岡県周知郡春野町に生まる。昭和八年十一月、海軍兵学校卒業、六十一期。「赤城」「五十鈴」「足柄」「秋風」「長鯨」に乗り組む。その後、「鬼怒」「朝雲」の水雷長をへて、十六年九月、「夕雲」艤装員、竣工後、水雷長として着任直後に開戦を迎える。同年十二月二十日、ダバオで「早潮」水雷長に着任。十七年五月、水雷学校高等科学生。同年十月、「那智」水雷長、アッツ島沖海戦に参加。十八年八月、「隠岐」艦長。同年十一月、任少佐。十九年一月、「皐月」艦長。同年十二月、水雷学校教官。二十年八月十日、佐世保鎮守府水雷参謀に着任直後、終戦。戦後二十七年十二月、海上自衛隊に入隊。四十年三月、退官。海将補。

最後の切り札

〈潜水艦「伊四〇一」艦長・南部伸清少佐の証言〉

遠大な米本土爆撃計画

南部伸清氏は、根っからの潜水艦乗りである。金沢市に生まれ育った少年のころから、将来は潜水艦乗りになろうと決心していたという。

その念願かなって海軍兵学校から各種艦艇をへて「伊二二潜」に乗り組んだのが昭和十五年、つづいて「呂三三潜」「伊一七潜」と乗りついで、太平洋戦争に突入する。緒戦にはハワイ攻撃に参加し、南雲機動艦隊の二百マイル南方海域に僚艦とともに散開戦配備についたが、敵を得ないまま、攻撃終了後はアメリカ西海岸に出撃して交通破壊戦を展開、二隻の輸送船を撃沈するという、水雷長としての初戦果をあげた。

その後、「呂六三潜」の艦長任務につき、ついで攻撃型の「伊一七四潜」艦長に任じ、昭和十八年五月には、豪州東海岸で輸送船一隻撃沈、一隻大破という武勲をあげたが、やがて東ニューギニアの戦闘激化にともない、ラエ、フインシュハーフェン方面の輸送作戦に任じる。

十八年末となると、ギルバート諸島のマキン、タラワの玉砕戦が起こり、敵機動艦隊を求めて長駆東進、米駆逐艦に発見されて爆雷三十八発の攻撃をうけたが、ぶじ避退に成功し帰還した。いちじ体調を崩して休養をとったが、戦況は南部氏のようなベテラン艦長を必要としていた。

十九年五月には当時、建造を急がれていた輸送潜水艦「伊三六二潜」の艦長に復帰して、ナウルへの輸送作戦に従事した。武器も持たない粗製濫造の「潜輸」では、いつ敵の餌食になるかわからず、僚友からも、「こんどはお前もダメだなあ」といわれたが、幸運にも〝死地〟を脱し、ついで十月十日、日本海軍の秘密兵器、巨大潜水艦の「伊四〇一潜」の艤装員長を命じられた。いわゆる〝海底空母〟の異名をもつ、爆撃機「晴嵐」三機を搭載した特型潜水艦であった。

『——「伊四〇〇潜」型というのは、当時、世界最大の潜水艦であったわけですが、性能は意外によかったですね、従来の潜水艦となんらかわるところがなかったし、大きいわりには小回りがきいて、潜航秒時も一分を切るぐらい優秀なものでしたね。

この潜水艦は、パナマ運河を爆撃する目的でつくられたと伝えられていますが、本来の目的としては、どういうところにあったのか？　これは確かな資料がないんですよ。ただね、昭和十七年一月十三日、軍令部から艦政本部に、航空魚雷一個または八百キロ爆弾一個をつんだ攻撃機を二機つんで、四万マイル行動できる潜水艦がつくれないか、という要望が出されたんですね。そして、二月に、よしつくろうという決心がなされたんです。その目的を想像すれば、米本土に進攻できないまでも、本土に爆弾の雨を降らしたら、米国の国民性から世論が沸騰し、厭戦に導くことができるかもしれない。

それができるのは飛行機をつんだ潜水艦しかない、というところが発想の根源だったのではないかと思うんです。航続距離四万マイルといえば、太平洋をゆうに三往復できるし、それにつまれた攻撃機が飛び立てば、世界のすみずみまで爆撃できる計画になるわけです。つまり、長駆大西洋まで進出して、ニューヨークやワシントンを攻撃しようという意図だったわけですね。これは私の推定ですけどね、この発想は、山本五十六連合艦隊司令長官あたりから出たのではないかと思うんですよ。

しかし、かりに何隻かの四〇〇型で戦隊を組んで攻撃したとしても、戦果はタカの知れたものですよ。だけどね、実効よりも、アメリカに厭戦気分を起こさせることができるんじゃないか、ということを考えれば、戦略的用法として、一つの意味がないわけでもないと考えられますがね。これはわかりませんよ。発想の原点はわかりませんがね……。その当時の軍令部の潜水艦参謀が有泉龍之助大佐で、豪毅果断な有泉さんの性格からみても、そういう発想が推進されたのではないかと思えますね。これはミッドウェー後の⑤計画で十八隻つくろうということになったわけで、そうすると、三十六機の爆撃機をもてる。そのうち三分の二を発進させるとなると二十四機で攻撃できるわけです。そうなると、ある程度の効果が期待できるわけです――』

パナマ運河爆撃を目指す

『——私は、ずいぶんながいあいだ、潜水艦に乗ってきたけど、あんな大きな艦を見たのははじめてでしたね。なにしろ、いままでの潜水艦は前から後ろに一本の通路を通るだけだったけど、こんどの艦は横にハッチがついていて、隣の部屋へ行けるようになっていたのにはびっくりしましたよ。あの艦は、ふつうの潜水艦を二つならべて、その前後にもう一隻ずつくっつけたような具合でしたね。そのうえ飛行機を収納する巨大な筒が乗っかっている。その筒だけでも二百二十トンもあるんですからね、とにかくでかいものでしたよ。それだけに居住区も、従来の艦より幾分ゆったりしていましたから、乗員はらくだったと思います。重油搭載量は千七百五十トンで、これだけで海大型潜水艦の水上排水量に匹敵するわけです。満載状態で五千五百二十六トンという膨大な排水量の潜水艦でした。いわば軽巡なみの大きさですよ。

昭和二十年一月八日に完成すると同時に「伊一三潜」（十九年十二月十六日完成）、「伊一四潜」（二十年三月十五日完成）、「伊四〇〇潜」（十九年十二月三十日完成）とともに、第一潜水隊が編成され、「四〇一潜」が司令潜水艦となり、有泉大佐が乗艦してきたんです。当時、私がいちばん若い艦長でしたからね。海軍の不文律として、司令は、いちばん若い艦長のところに赴任することになっていたのです。ベテランが、若手艦長を指導するという習慣になっていたわけですよ。その日、ただちに佐世保を出港して、下関海峡を通過して佐伯湾に出て、「伊四〇〇」「伊一三」が合同訓練に入ったのです。そして、基礎訓練として潜航、浮上を毎日くり返すのですが、なにぶんにも完成直後の艦ですから、大故障はないけれど小事故や小故障が出るので、そのつど、呉に帰ったり、訓練に来たりで、三隻がまとまっていたということは珍しいぐらいでしたね。

その間に「晴嵐」もできて、飛行機との協同訓練を実施したのち、一応、三ヵ月間の訓練を終えたわけです。

そのころになると、戦況は日増しに不利になってきて、もはやニューヨーク、ワシントンの爆撃というような雄大な作戦計画は夢となったわけです。かわって登場したのが、パナマ運河の爆撃作戦なんですよ。ヨーロッパ戦線も終末に近づいてきたし、早晩、ドイツが敗れることも必至になってきていた。そうすると、大西洋方面から大挙して、連合軍の艦艇が、太平洋に乗りこんでくることになる。それにはパナマ運河を通らねばならない。この運河を破壊すれば、敵の進出は少なくとも三ヵ月ぐらいは阻止できるだろう、というのが作戦の目的であったわけですね。

この作戦は、軍令部内でも賛否両論があったようですが、有泉司令の強引さに押し切られて、ついに、パナマ運河爆撃行が認められたわけです。新計画は練りに練られて、「伊一三」「伊一四」も、この作戦にくわえることになったわけです。この二隻は巡潜甲型ですから、潜特よりは小さい。そこで、帰路の燃料は、われわれ潜特から補給するということになり、コースは、ハワイの北方を通り、ハワイとアメリカの間を通り抜け、一路南下、パナマ運河沖をいったん通過して南米コロンビア沖に入り、それから引き返してパナマ運河を爆撃する、というふうに計画が立てられたわけです。

パナマ運河のどこを攻撃するか、問題はそれです。最大の効果をあげられるのはどこかが問題です。全長八十二キロ、幅九十一～二百メートルの運河の中途に横たわるガツン湖の水をあふれさせたら……。だが、それよりも、幾つかある水門を破ったほうがよいのではないか。それも湖水に一番近い水門を攻撃すべきである、との説が強かったようですね。

しかし、幅の狭い水門に、爆弾では命中率が少ない。魚雷はどうだろう。これも水門との間隔が狭すぎて効果は少ない。結局、爆弾と魚雷の半々でいこう、ということになったわけです。呉で図上演習をして、舞鶴海軍工作部で水門の模型をつくり、それを日本海の七尾湾へもっていって、爆撃訓練をすることになったのです。

そのころになると、内地では燃料不足で訓練にも支障が出てきたんです。呉には重油は一滴もないから、満州の大連まで行って燃料を補給することになったんです。ところが、いざ出かける段になって、私の艦が、B29の落とした機雷にひっかかって、艦尾をやられちゃった。幸い、致命傷ではなかったので、呉に引き返して修理したんですが、このとき、有泉司令の発案で、はじめてシュノーケルを装備したんです。結局、「伊四〇〇潜」だけが大連へ行って、ぶじ燃料を搭載して、四月二十七日に呉に帰ってきたわけです。

こんな経過があって、七尾湾に行ったのは六月に入ってからで、ただちに搭載機の射出、発艦収納の本格的訓練をおこなったんです。その訓練は激しかったですよ。訓練中に一機は富山湾の海上に不時着するし、一機は能登半島の山腹に激突するなど、犠牲を出しながら、一刻の休みなく訓練をつづけたものでした。

しかし、結局、戦争も末期的な状況になって、沖縄では特攻攻撃がつづけられている状態ですから、当然、パナマ攻撃は中止されたわけですよ。戦略的には、確かに意義はあるが、そんな悠長なことをしていていいのか。目前の敵をやっつけるべきだ、という意見が軍令部に出て、またまた計画が変更されたわけです――』

ウルシー襲撃に出撃

『――作戦が変更になって、つぎの案として、ウルシー環礁に集結している敵空母群を爆撃しようという計画が立てられたんです。海底空母二隻が、隠密裡に南側から飛行機を飛ばせば、明らかに奇襲攻撃が可能、と踏んだわけですね。敵側にしても、まさか南から攻撃機がくるとは思ってもいないでしょうから、敵のウラをかく公算はきわて大きい。

ところが、それには事前に偵察しなければならない。だが、トラックには偵察機が一機もない。そこで、「伊一三潜」と「伊一四潜」に、偵察機「彩雲」二機を箱づめにしてトラックに送り、組み立てて飛ばそうということになったのです。

両艦は、それぞれ青森の大湊港をトラックへ向けて出撃したんですが、「伊一三潜」はついに到着しなかったんです。それとは知らず、われわれは七月二十日、「嵐作戦」と銘うって大湊を出撃したんです。

行動予定は、一直線にウルシーの南側に行って両艦が落ち合い、打ち合わせをおこなったうえで、「晴嵐」六機を射出することになっていたんです。本艦は当初の計画であった二機搭載を、三機搭載に設計が変更されていましたね。計画どおり小笠原列島の東側を南下していったんですが、この海域を米軍の艦艇が大挙して西進していたんです。飛行機は飛んでいるし、じつに危険だった。

そこで司令は、コース変更を下令したんです。もっと東側にコースをとり、マーシャル方面を迂回して行こうということになった。私は反対だったんです。そうなると、余計、日時がかかって、攻撃の目的が遅れる一方ですからね。しかし命令ですから、しかたなしに大回りしたんです。そして、第一次会合予定地のポナペ付近で浮上したところ、「伊四〇〇潜」の姿が見えない。われわれはここで、「伊四〇〇潜」と会合し、作戦上の打ち合わせをしたうえで、ふたたび西進して、八月十七日の午前三時にウルシーの南方海面で再会合、最終的な打ち合わせをした後、六機の攻撃機を発進して奇襲攻撃を敢行する手はずになっていたんです。翌日、マル一日待ったけれど、やはり合同してこない、こりゃ、やられたのかとずいぶん心配しましたよ。

ウルシー攻撃の出撃命令は、少なくとも特攻ではありませんでしたね。しかし、飛行機の搭乗員たちは特攻を覚悟していたようです。出撃前に第六艦隊司令長官の醍醐中将が、搭乗員に短刀を渡しましたからね。短刀を渡すということは、必死必殺の特攻を意味しますからね。しかし、この作戦が特攻であるとは正式に命じたことはありませんでしたけど、飛行機もろとも突っこむ可能性は十分に考えられていましたからね。

ところで、「伊四〇〇潜」と合同できなかった理由は戦後になってわかったんですが、こっちから打ったコース変更の電報が不達だったということです。こんなことは考えられないんですがね。もっともよく考えてみると、会合点変更の電報を打ったという記憶が、どういうわけか私にもないんですよ。ひょっとすると、打たなかったのかもしれません。しかし、司令は打ったといってましたけどね、そのへんのことはちょっと分からない。とにかく「四〇〇潜」の艦長は、電報をうけていないのでウルシーまで直行したといっていました。それでわれわれの艦は、これじゃあ一艦だけでも作戦を遂行しようということになって、第二会合点のウルシーの南側に行ったとき、終戦の電報が舞いこんできたわけです。

しかし、それ以前から不審な無電がひんぱんに入ってましてね。通信には英語のよくわかる二世がおりまして、敵信傍受をやっていたんですが、どうも日本は降伏するらしいといって、傍受電報をもってくるんですね。私はこれはデマだから、絶対に乗員には知らせるな、といってたんですが、もう艦内では知っていて、じつに不安な状態でした。終戦の電報をうけたのは、八月十六日だったんです。つぎの日は、「伊四〇〇潜」と会合して飛行機を飛ばすことになっていたわけで、じつに間一髪のところだったわけです——』

作戦洋上で降伏

「伊四〇一潜」は、作戦行動中に終戦を迎えることになったが、そのときの艦内の状況は悲惨なものであった。八月十五日の時点に立ちもどって、南部氏の記憶をひもとくと、つぎのようなものであった。

『——日没三十分前に艦を浮上させたんです。この日はよく晴れていて、波はなく、海面は凪いでいました。しかし、通信はいぜん混乱しているんですよ。どの情報が正しくて、どの情報が正しくないのかさっぱりわからん。まして降伏ということが、もともとわれわれの頭の中にないんですから、判断のしようがないんだね。

そのうち通信長が報告してくる情報の中に、陛下の詔勅があったんです。数ヵ所不明なところがあったけど、読んでいくうちに日本が降伏したらしいということがわかってきたんです。「堪えがたきを堪え、忍び難きを忍び」というところで私は怒鳴りましたね。

「これはデマだ。こんな馬鹿なことがあるもんか。乗員には絶対に知らせてはならん」

司令も同じ意見でしたよ。私はそれ以上、電文を読まなかったんですが、読むに耐えなかったといったほうが本当ですね。怒鳴ったのも、強いて自分に、そんなことはあるはずがないということを言いきかせようとした叫びだったと思います。そのうち、夜中になって、また別の電報が来ましてね。それには、

「昨日、和平喚発されたるも、停戦協定成立せるものにあらざるをもって、各潜水艦は所定の作戦を続行、敵を発見せば決然これを攻撃すべし」

といってきたんです。情報は混然としていてさっぱり要領を得ないんですが、とにかく「伊四〇〇潜」を待つのをやめて、ウルシーに針路を向けたんです。つまり、「所定の作戦

を続行」するつもりだったわけです。

翌十六日、日没後に浮上すると、アンテナにいろんな電報が入ってくるんです。通信はかなり混乱していることをしめしていましたね。そのうち連合艦隊司令長官から、「大海令第四十八号に基づき、各隊は左により作戦すべし」として、「即時戦闘行動を停止すべし」と発令されたわけです。

これで、はじめてはっきりしたわけです。天皇の詔勅というものは、あれは何をいってるのかよくわからんものでしたし、われわれが作戦を中止するのは、連合艦隊司令部なり、潜水艦隊からの命令がなければやめるわけにいきませんからね。そのへんのところが混乱していたようですね。

しかし、こまりましたよ。五千トンの潜水艦に、攻撃機三機、魚雷二十本、そして大砲も健在だし、乗員は二百四名、しかも、いまいるところが太平洋の真ん中ですからね。これからどうすればいいんだ、ということでね。すると、つづいて先遣部隊指揮官から、「第一潜水隊各艦は、作戦行動をとりやめ呉に帰投せよ」という命令が来た。そこで、とにかく内地に向かおうと反転したわけです。

艦内ではみんな動揺していましてね。士官室で、司令、私、各士官が集まって対策会議を開いたんで

洋上で終戦を迎え、艦内は悲愴だったと語る南部元少佐。

す。すると、だれだか忘れましたが、

「三ヵ月分の糧食をつんでいるし、武器は十分にある。ひとつ海賊船となって暴れまわったらどうだろう、第一次大戦のときにも前例がある。暴れまわったあとは自沈しよう」

と言い出すのがいましてね。やればやれるぞ、と士官室は湧きましたけど、小説的思いつきとしては面白いですがね。それだけの座興的発言にすぎませんでした。

「日本帝国降伏のこの時期、おめおめと内地へ帰れるものだろうか。自沈すべきではあるまいか」

という意見も出ました。これもなんとなく、各自の心の中にあった感じでしたね。神州不滅を信じて戦ってきたものには当然のことです。しかし、そう言いながらも、やはり生きて祖国に帰りたい、という気持があったのも事実ですね。司令は、自沈に反対意見でしたね。

そのかわり、

「内地に帰っても、軍人はすべて戦犯として処刑されるか、捕虜となるかもしれない。とにかく内地に帰るとしても、三陸沿岸か北海道に入港して、米軍の目にふれないように解散して行方をくらまそう」

という意見でしたね。しかし、それまでにする必要があるだろうかといって、航海長の坂東宗雄大尉は、命令どおり内地に帰投すべきだと主張しましてね。これは正論なんです。それに士官たちもみな、言い出せなかっただけで、同じ意見であったわけです。結局、内地に向けて帰投することにしたんですが、もし途中で敵に拿捕されて、ハワイやグアムに回航されるようなことが起こったら、そのときこそ全員自決するか、ハッチを開けっ放しにして潜航し、自沈しようということに決めたんです――』

「伊四〇一潜」は、針路を大湊にとり、行けるところまで内地に近づこうと、北進をはじめた。その間に、米軍の大部隊と遭遇、潜航して頭の上をやりすごすということがあった。

八月二十六日、一切の武器を捨てて内地に向かう艦艇は、檣頭に黒球と黒の三角旗を掲揚せよとの指令がきた。艦はだいぶ内地に近づいていた。南部艦長は、命令にしたがって、いっさいの武器、弾薬、秘密図書類を海中に投棄することを命じた。

飛行機は、翼をたたんだままカタパルトから射出した。魚雷は塞止弁を閉めたまま発射され、発射と同時に直角に海底に向かって沈んでいった。二十本の魚雷が、つぎつぎと処分された。

八月二十九日、「伊四〇一潜」は三陸沖にたっしていた。金華山灯台の東二百マイルの地点を北々西に向け航走中だった。午前零時すぎである。

「黒いもの、右十五度、動静不明」

と見張員が叫ぶ。見ると間違いなく艦影である。潜航するわけにもいかない。潜航すれば敵対行為と認められて、攻撃をうけてもしかたがない。しかし、敵はまだ気づいていないらしい。艦長は左に変針して、高速でこれから離れることにした。敵影は、しだいに右九十度から後落してゆく。

『――見つけられずに、なんとか脱出できそうだと思ったんですが、午前四時ごろ、「左舷機故障」というんですよ。しまったと思ったが、どうにもなりません。速力はどんどん落ちて、黒い艦影がみるみるうちに近づいてきたんです。

米潜でした。敵潜はグアムと交信しているという報告です。そのうち夜が明けてきましてね。米潜は、三千メートル離れてピタリとくっついて同航してくるんです。まことに気味がわるかったですよ。

すると米潜は、国際信号旗を揚げたんです。明るくなるまで待っていたらしいんです。見ると、「停船せよ」です。しばらく知らん顔して走っていると、こんどは、「降伏せよ」という信号旗を掲げるんです。いつまでも知らん顔をしているわけにもゆかんので停止しました。すると、「士官一名を派遣せよ」と、モールスで発光信号してくるんです。だれもやりたくなかったから、「われボートなし」と返事したら、「われボート送る」ときた。どうもしつこいんですなあ。

そのうちゴムボートが来る。しかたなく、航海長に軍使として行くように命じたんです。米潜についた航海長が、艦橋で艦長らしい人物と話し合っているのが双眼鏡で見られましてね。あまりいじめられているようでもないので、安心してたんです。

ところが、一時間たってももどってこない。そのうち、司令が業を煮やしたのか、信号兵に、「このフネを魚雷で撃沈せよ」と手旗で発信させてるんですよ。すぐ「話し合い中につき、しばらく待て」と航海長が敵潜からこれを見て、びっくりしたらしい。すぐ「話し合い中につき、しばらく待て」と手旗でこたえてきました。

ところが、司令は、こんどは自艦に、「キングストン弁開け」と号令する。艦の号令は、艦長がすることになっていますからね、これは文句なくやめさせました。しかし、乗員たちは、この号令で、自決を覚悟し拳銃を準備したようです。

そうこうしているうちに、航海長が帰ってきまして、横須賀に回航することになったからという。しかし、なぜか司令はガンコに反対しましてね、

「われわれは天皇の命により大湊へ回航しなければならない」

と言う。乗りこんできたアメリカの士官が、

「天皇はマッカーサー将軍に降伏したのだから、マッカーサー将軍の命にしたがうべきである」

と言うんですなあ。当たり前のことなんですがね。しかし、司令にしてみれば、いちじ逃れの方便として言ったんでしょう。

とにかく、情況を本国に知らせようと打電したら、海軍省の軍務局長名で、「米潜の指示どおり行動して横須賀へ回航せよ」という返電なんです。これも当然のことなんですが、当時は興奮していましたからね。コトの判断に冷静さを欠いていたわけです。

三十日は、艦内を清掃して、私有品などを整理させましてね、いつでも米軍に艦を引き渡せるように準備したんです。翌三十一日は、いよいよ横須賀入港です。その夜は、艦内の空気が異様に緊張していましたね。いてもたってもおられないといった感じでした。

東京湾の入口に近づいたころ、私は明け方近くなって、艦長室で、うとうとしていたんで

す。すると突然、異様な音が聞こえたんです。とっさに隣の司令室に飛びこんでいったんですね。なにかしら本能的に予期したものが起きた、という感じだったんです。硝煙の匂いが鼻をつきましてね。

有泉司令は、第三種軍装に威儀を正し、帯勲して左手に軍刀、右手に拳銃をにぎって、みごとに自決していました。机上にハワイ攻撃の九軍神の写真が飾ってあり、その前に供えるようにして三通の遺書がおいてあるんです。四時二十分でしたね。

遺書の一通は艦長の私あて、任務を指令したものでした。一通は海軍あてで、機会あれば全軍に打電せよと指示してありました。もう一通は家族にあてたものです。私は、涙にくもる目で遺書を拝見しましてねえ。さて、どうしようか、と考えました。米軍としても、拿捕した艦内で自決者が出たとなると問題にするでしょうし、あとあと面倒です。そこで乗艦している米兵に知られないように、遺体の水葬を命じたんです。

航海長、通信長、その他、数人の士官と従兵と庶務員の手で、司令を毛布につつみ、バラストを入れ、軍艦旗で巻きましてね。軍医長に遺体の検死書を書かせまして、それから前部の二番ハッチを開いて遺体をこっそり運び出し、艦橋後部にいた米軍監視員の目を盗んで、遺体を上部構造物の隙間からひそかに水葬にしたんです。

米軍には、日本人の、とりわけ軍人の自決というものが、どのようなものであるか理解できないでしょうし、われわれとしては、米軍の手ではなく、「伊四〇一潜」の部下の手で葬ることが、司令の願いでもあったろうし、私自身もそうしたいと思ったものですから。ですから最後まで、彼らには気づかれずに、横須賀に帰還したわけです――』

結局、日本潜水艦、最後の切り札も、一発の魚雷も発射せず、「晴嵐」を飛ばすこともなく、なすことなく終戦を迎えたのであった。

（昭和五十六年二月七日インタビュー）

〈軍歴〉明治四十四年十月七日、金沢市に生まる。昭和五年四月、海軍兵学校生徒。同八年十月卒業、六十一期。「長良」「如月」「白雲」などに乗り組む。十一年、任中尉。同年、「伊七二潜」艤装員、竣工し同艦に乗り組む。十二年、「伊五八潜」乗り組み。同年、「青葉」に乗り組み、中国へ陸兵輸送。同年、「金剛」乗り組み。十三年、佐世保海兵団教官。同年、「足柄」分隊長。同年十一月、任大尉。十四年七月、「沖風」水雷長。同年十一月、水雷学校高等科学生。十五年四月同校卒。五月、「伊二二潜」乗り組み。九月、潜水学校乙種学生。十二月、同校卒、「呂三三潜」乗り組み。十六年七月、「伊一七潜」水雷長で開戦。十七年六月、潜水学校甲種学生。同年十月、「呂六三潜」艦長。十八年三月、「伊一七四潜」艦長。同年、任少佐。十九年五月、「伊三六二潜」艦長。同年十月、「伊四〇一潜」艤装員長。同年十二月、「伊四〇一潜」艦長で終戦。

油断大敵

〈駆逐艦「刈萱」艦長・島田喜与三少佐の証言〉

旧態依然とした対潜攻撃

「私はどうしても海が好きでしてね、海の見えるところを選んで家を建てました」

駆逐艦「刈萱《かるかや》」の艦長だった元海軍少佐島田喜与三氏は、鎌倉七里ヶ浜の坂道を歩きながらしみじみと語る。

坂道から江の島海岸が一望のもとに見渡せて、洋上には白いヨットが群れをなして帆走していた。岸辺では若者たちが、サーフボードをあやつっている。

いまはのどかで平和な海であるが、島田氏の目には、過ぎ去った激動の海が、絶えず二重映しになって見えているに違いない。目を細めながら、

「いいですねェ、海は……」

シン底から海の好きな人だな、と感じさせる奥深い声でつぶやく。そして、

「最近、ようやく〝刈萱〟の戦友会がまとまりましてね、年に一回、母港の舞鶴で会が開け

るようになりました。楽しみが一つふえましたよ」

　と嬉しそうにいう。

　二等駆逐艦「刈萱」は、大正十二年八月に藤永田造船所で完成した常備排水量九百トンの艦である。太平洋戦争に突入したときは、すでに老艦になっていたが、船団護送などの任務に従事して、地味ながらも熾烈な対潜戦闘に活躍した。

　しかし、日本海軍では、対潜水艦戦の研究は、ほとんど手がつけられておらず、潜水艦対策の戦術は、機雷学校で行なわれていた。とはいえ、きわめて初歩的なもので、ソーナーの使い方、見張術、爆雷攻撃の戦法程度というものでしかなかった。十九年になってはじめて対潜学校ができるが、時すでに遅しだった。

『――はじめ私どもは機雷・掃海のほうばかりやっていましたが、そのころから対潜戦が必要であると叫ばれるようになってきたんですね。それまでは華々しい海上戦闘や航空戦闘だけを考えておったけど、もう海上戦闘は起こらないじゃないか、それよりも潜水艦による被害が甚大であると。満州の陸軍兵力を南方へもっていくけど、みんな途中で敵潜にやられてしまう。これはどうしても対潜戦が必要である、ということになって、おくればせながら、機雷学校でそれをはじめたわけです。ですから、私どもはあとになって対潜の専科学生となったわけです。

　日本の海軍では、それまで対潜水艦戦という観念がひじょうに少なかった、というより、ほとんどなかったといっていいでしょうね。海上護衛総司令部は天皇直属で、及川司令長官のもとに護衛実兵力を配しまして、各鎮守府、警備府を区処するという、きわめて大きな権限と地位をもったものなんですね。これは、いままでの海軍の伝統的機構にたいする一大改革だったわけです。けれど、この画期的な変革も、時すでに遅しで、艦艇の激減から、効果を発揮するまでにはいたらなかったわけです。

対潜戦術は、これがまた、いまから見ると、じつに幼稚のまた幼稚たるものでしてね。敵の潜望鏡を見つけるしかなかったわけです。駆逐艦などの護衛艦艇にはソーナーはついていましたけれど、それに関連した記録機器類は、まだ研究段階でしたから、もっぱら聴音だけです。それも五百メートルから一千メートルまでがいいわけで、それ以上になると、海水の温度差で音が屈折してダメなんです。これは現在でも解決できない問題になっていますが、したがって、敵潜発見は見張術にたよるしか方法がなかったわけです。

機雷学校での対潜作戦の勉強というのは、主として対潜兵器ですね。ソーナー、聴音機、関連装置はあまりありませんでしたね。それから戦術場面ですね。船団をどのように護衛したらよいか、船団にたいして護衛艦はどこに占位したらよいかとか、敵潜を発見したらどうするか、爆雷投射をどのようにするとかね。また、敵潜は水中で十ノットも出すと、一時間で電池がなくなってしまうので、せいぜい一〜二ノットでしか行動できません。あるいは海底に沈座する。だから、移動半径は小さいから、この海域を、徹底的に制圧しなければいかん。それにはスパイラル攻撃でやるといいとか、そういうことを勉強しましたね。

アメリカの駆逐艦が日本の潜水艦を攻撃するとき、二、三隻が協同して、十字攻撃で制圧したようですが、そういう編隊で敵潜を攻撃するという方法はやりませんでしたね。一隻だけで攻撃していました。たしかに米軍の方法はいいと思いますね。爆雷の被害距離は、百キロ爆雷で半径百メートルしか有効圏がないわけですから、連続投射しても幅二百メートルの帯ができるだけです。

それを、たとえば五隻で二百メートル間隔で爆雷を落として行けば、幅一千メートルの帯ができる。それは十字攻撃でもいいし、編隊でもいいわけですね。誤差の大きいものにたいしては、編隊でやるしか方法がありませんな。拡散攻撃というか、じゅうたん爆撃というか……。

日本でそういう戦法をとらなかったのは、やはり艦の不足もありますが、それよりも、各艦がまず敵潜を見つける。それから投射をやるということで頭が一杯で、見つけたらすぐに攻撃に飛んでゆくという形でしたね。一秒でも遅れたら、誤差が大きくなりますから、他の艦を呼んでいる時間がないということもありますね。それに攻撃方法も研究不足というか、旧態依然としたところがあったと思います――』

船団護衛の変わりダネ

『――敵潜を制圧した体験といっても、胸を張って威張れるほどのことはしていませんが、ただ印象的な攻撃をしたことがあります。十九年三月五日に、台湾の高雄港に停泊中の「刈萱」に艦長として着任して間もなくのこと、陸軍の航空機輸送船を、海南島の三亜港からマニラまで、「刈萱」一隻だけで護衛したことがありました。

この輸送船はかなり大きな船で、一万トン近くあったと思います。貨客船を改造したもののようで、航空母艦のように上部構造は平甲板になっていて、それが何層かに仕切られ、かなりの数の陸軍機を積載していましたね。この〝陸軍の空母〟はたしか十六ノットの速力が出たと記憶していますが、これだけの速力が出るなら、らくに敵潜を振り切れるだろうと、あまり心配はしませんでしたね。

それよりも、よし、一隻だけでみごとに護衛してやるぞ、といった高揚した気概を持ったものでしたよ。

私は高雄を出港して薄暮の三亜港外で〝陸軍の空母〟と合流し、一路マニラに針路をとったのです。南シナ海を東進しながら、私たち船団は、数分から十分前後の間隔をおいて之字運動をやっていました。この之字運動をおこなうと、操舵手の負担が大きいし、航程にしても二十〜三十パーセントの損失になるのですが、敵潜からの攻撃被害率を減少させるためには、きわめて有効な方法なんです。

ふつうは船団を護衛する場合、原則として船団の前方、または、斜め前方の占位が有利だとされていたのですが、しかし、私が対潜学校で習得し、机上演習などで研究してもっとも効果的だと自信をもっていたのは、後方占位の隊形なんです。そこで私は、あえて前例を破って、〝陸軍の空母〟の後方五百メートルの位置に「刈萱」を続航させたのです。

潜水艦はふつう、後方から攻撃するということはまずありません。斜め前方からか、正横からの攻撃が多いので、これを発見する位置としては、後方占位のほうがきわめて有利になるわけです。もし、前方に占位していて、敵潜が正横から攻撃してきたら、こっちはUターンをして、制圧に行かねばなりません。後方占位だと、そのまま増速して突っ走ればいいわけで、時間的にも早いし、効果的です。

しかし、護衛される船から見れば、なんとも心もとなく、あるいは卑怯《ひきょう》な駆逐艦長だと思ったかもしれませんね。「刈萱」の乗員のなかにも、後方から護衛するなんて、主客転倒じゃないか、と考えた人もあったでしょうね。しかし、私はこれが一番いいんだという信念のもとに実行したんです。

その日はぶじにすぎて、夜になりました。いよいよ敵潜の出没する海域です。空には月もなく、星もありませんでしたね。見えるものといえば艦首の波切りで起こる白い波頭と、それに夜光虫の作用で、前方の輸送船の輪郭がボーッと見えるだけです。そして海上では、イルカの水面航走が、夜光虫の作用でイルミネーションのように美しく弧を描いたり、跳びはねたりするのが見えましたね。

このイルカが、三十ノットぐらいのスピードで夜光虫を輝かせながら艦に突進してくるので、まるで雷跡のように見えるんです。見張員が間違えて、

油断と過信とが命取りになった原因だと語る島田元少佐。

「右九十度に雷跡」と叫んだりしたものでしたよ。

そして、夜中の十二時ごろだと思いますが、前方、右六十度、約千メートル付近の海面でボコッと水が盛り上がって、夜光虫がパーッと明るく吹き上がったのです。瞬間、魚雷だ、と直感して、「母艦、左回頭、退避ッ！」と無線電話で指示し、自艦には増速を命じて、「爆準ッ、投射用意ッ、投射はじめッ！」

と、爆雷をポ、ポと投射したんです。その間に、〃陸軍の空母〃から、「右舷、魚雷攻撃をうけているッ」と電話が入っていましたから、たしかに敵潜の攻撃だったんです。魚雷を発射すると、圧搾空気が出て水を吹き上げますし、それに夜光虫が光りますから、すぐわかるわけです。

ところが、手ごたえはどうだったかと言われても、それがわからないのです。爆雷攻撃の被害率は、きわめて少ないのがふつうですからね。それに撃沈の判定は、対潜水艦戦においてはじつに困難なもので、油が浮いたから撃沈したと思っても、敵潜の欺瞞行動かもしれませんしね。しかし、爆雷投射は、かなり効果のある威嚇にはなったと思うんです。敵潜は再度の攻撃はやりませんでしたからね。

〃陸軍の空母〃のほうは、全速力で、南下して行きましたので、私は敵潜を徹底的に制圧してやろうと、敵の発射地点を中心として、らせん状のスパイラル型捜索攻撃法で制圧をつづけたんです。それを明け方まで四時間にわたってやったのですが、先行していた〃陸軍の空母〃から、早くもどってくれと矢の催促だったものですから、残念ながら仕留めることができずに戦場を離れたわけです。多分、敵潜は海底に着底して、息をひそめていたのだろうと思いますがね。

この護衛任務は、私が対潜学校の学生時代に習った作戦要領を、そのまま適用したようなもので、印象ぶかい戦闘でした──』

新兵器崇拝が命取り

十九年五月十一日は、島田氏にとって運命の日であった。潜水艦狩りの「刈萱」が、逆に敵潜に雷撃されたのである。それは一瞬の隙に乗ぜられたものだった。いかに対潜水艦戦というものがむずかしく、決め手のないものであるかを物語っている。

『──いや、こちらにも油断があったんですよ。もっと緻密に厳重に警戒し、作戦を練っておけば、あんなぶざまなことにはならなかったと思うんです。

五月三日に門司で船団を組んだとき、ソーナーを強化するための新兵器として、オシログラフを取りつけたのです。これは、今日のような、コンピュータによる投射指揮装置ではなく、水中音波の反響音を聞き、それをペンオシロにしめして、その濃淡の場所や、傾斜角度などによって目標の距離と所在をわりだすという、きわめて幼稚な記録機械なんです。それでも当時としては、対潜の新兵器といわれて、私どももその能力に大きな期待をかけましたし、これさえあればと、おおいに意を強くしたもんです。

問題はこの機械に頼りすぎ、その能力を過信したところにあったと思うんです。

船団は百隻をこし、護衛艦も三十余隻という大規模なものでした。それが台湾海峡をすぎて二分され、一群はシンガポールへ、もう一群はマニラからボルネオへと二方向に分離したのです。

私の「刈萱」は、ボルネオ行きの船団を護衛して南下していったのですが、魔のバシー海峡をぶじ通過して、一路マニラに向かっていたんです。そのとき艦橋で私は航海長に、

「よくやられないでここまできたなあ。うん、この船団はたいしたもんだ」

とタバコをふかしながら、夜のしらじら明けるのを眺めていたのを覚えています。

そのときの船団は六十～七十隻いたと思います。私は船団の右側前方にいたのです。いちばん大事なところです。この時点では之字運動をやっていましたね。之字運動にはAからFまで六種類あって、それぞれ時間と針路の角度が決まっているんです。たとえば、この針路を五分いったら左へ三十度とって、、これを三分、ついで右へ三十度とって五分とか、時間と角度を組み合わせた表があるんです。

之字運動というのは、そのときの船団の数とか、船長の練度、敵潜の脅威度によって変えるわけです。これをしょっちゅうやっていると疲れますからね。それらを勘案して、あまり危険性がなければ簡単なものをやり、危険性が大きければ複雑なものをやる、という具合です。しかし、このころは商船もずいぶん之字運動に慣れまして、綺麗なもんでしたよ。

やがて朝となり、いつものように、夜戦配備から昼戦配備への切りかえが行なわれたのです。各見張員は、眼鏡から離れて申しつぎをやり、交代するわけです。

その瞬間でした。右斜め前方から六本の魚雷が船団めがけて疾走していたのです。ところが、こっちは配備がえの最中で、だれもこの魚雷を発見していなかったのです。その一本が「刈萱」の右舷中央部に命中、大爆発を起こしたのです。さらにわるいことには、命中箇所の直上の甲板で、軍医、主計その他、兵科以外の人たちがオイッチニと海軍体操をやっていたんです。一瞬のうちに、この人たちは吹き飛ばされてしまいました。

「しまったッ……」

そう思って後ろを振りかえり、そして前を見たとき、どういう加減か艦橋が真っ二つにわれていて、海水に洗われているんです。思わず足を一歩ふみ出すと、もう私は海の中を泳いでいました。その間の時間が長いのか短いのか、ぜんぜん覚えていません。おそらく、「刈萱」は、真っ二つに折れて轟沈したんだと思うんです。

さらに悲劇があとを追ってきました。艦につんであった爆雷が、海中でつぎつぎに爆発して、その上を泳いでいた者が内臓破裂などでやられたことです。これは私の失敗としかいいようがありません。

九五式爆雷には、安全装置が三段階になっているんです。「爆雷戦！」の号令で一つの安全装置を取り、「投射用意」で二つ目を取り、「投射はじめ」で最後のを取ることになっていたんです。しかし、一秒を争う対潜戦で、こんなまどろっこしいことをやっておれんと、私は二つ目まで常時、はずさせていたんです。これが海中に落下して水圧ではずれ、つぎつぎと爆発したんです。

私も三度ばかり激しい水圧をうけまして、腸に穴があくという爆雷爆傷を負いましてね。九死に一生を得るという重傷でした。乗員約百五十人のうち、五十人が魚雷命中と同時に戦死し、無傷の人が三十人、爆傷を負ったのが七十人で、そのうち半数が亡くなったから、結局、全乗員の半数が戦死したわけです。

海の中を泳いでいたとき、掃海艇に助けられたんです。そのときは駆け足で上がってブリッジに行き、艇長に礼を言って士官室に行ったんです。するとそこに一升びんに氷水が入っているんです。海の中を泳いだので、のどが乾いていたんですね。その水をコップ一杯飲んだところ、急に腹部が痛み出した。下痢の症状によく似ているんですよ。

夕べ、何かわるいものでも食べたかな、と思いながら、便意を催したので便所へ行ったんです。気張ると、ダーッと出たような感じがした。ところが、何も出ていないんです。それからますます痛くなりましてね。結局、破れた腸から腹腔内に出ただけなんですね。

軍医に痛み止めの注射を何度も打ってもらって、その日の夜中にマニラの海軍病院に入院したんです。すると、私は重傷のほうだという。どうせ死ぬだろうと言われたんですが、とにかく軍医が手術してくれましてね。

私は手術しているのを見ていたんですよ。腸に親指大の穴が三つほど開いていましたね。そのほか、小さな穴が無数にあったようです。その穴の部分をハサミで切って、縫い合わせていましたが、手術が終わったら、とたんに気持がよくなりましてね。穴から汚物が流れ出ていたのが、いやな気分の原因だったんですね。それを、ポンプでみんな掻き出してくれたから、とてもらくになったんです。手術後、十日もすると歩くことができましたよ。経過はきわめて順調でした。その後、内地に帰されて、闘病生活を六ヵ月もつづけたわけです。

それにしても、油断はまさに大敵ですね。本来なら朝の薄明と同時に、護衛艦は船団の前方を全速力で駆け回って、敵潜がいようがいまいが、攪乱戦法をとるのがふつうなのに、あたら新兵器を過信して、それをやらなかったことが命取りになった原因なんです。これが、私のきわめて残念な戦訓です――』（昭和五十五年六月一日インタビュー）

〈軍歴〉大正二年三月二十七日、富山県下新川郡入善町に生れまる。昭和六年四月、海軍兵学校生徒、九年十一月卒業、六十二期。「浅間」乗り組み。十年「木曽」、十一年「長鯨」に乗り組む。十二年、任中尉、第三艦隊司令部付。十三年、「足柄」乗り組み。十四年、駆潜艇「第九号」艇長兼砲術長。任大尉。十五年、敷設艦「白鷹」航海長。十六年九月、駆潜艇「第八号」艇長で、開戦を迎える。マレー作戦に参加。十八年十月、海軍機雷学校学生。十九年二月、第一海上護衛隊司令部付。同年三月、「刈萱」艦長。五月、任少佐。爆雷爆傷で入院。二十年四月、対潜学校教官。同年七月、第七十一突撃隊特攻長で終戦を迎える。戦後、海上自衛隊勤務。四十年、退官、一等海佐。

指揮官の決断

〈駆逐艦「梨」艦長・高田敏夫少佐の証言〉

東京急行の激闘

高田敏夫少佐は、開戦から終戦にいたるまで、一貫して駆逐艦に乗りつづけ、かずかずの海戦を経験してきた貴重な生き証人である。

緒戦では「初雪」の水雷長としてバタビア沖海戦に参加、米重巡ヒューストンと、豪軽巡パースを、僚艦「白雪」とともに雷撃。

その後、「陽炎」に移乗してガダルカナルへ一木支隊を送りこみ、その帰途、敵に奪回されたツラギを砲撃し、海上にいた飛行艇二機を破壊炎上させた。これ以後、ガダルカナルの戦況は日本軍に非となり、苦戦を強いられることになる。「陽炎」は僚艦とともに、もっぱらガ島への輸送作戦に投入された。

『——ガ島へは、十三回も輸送に従事しているんですよ。私は多いほうですね。その間に、第三次ソロモン海戦が起こって、急遽、呼ばれて参加しているんです。これはあまり知られていないことなんですがね。

というのは、そのとき十一隻の輸送船団を、田中頼三少将の二水戦の十一隻の駆逐艦がショートランドから護衛して、ガ島へ向かっていたのですが、ソロモン水道の途中で、ガ島から発進した敵機の空襲をうけて七隻の輸送船が撃沈破されちゃって、四隻だけがかろうじてガ島に到着したんです。そのとき、別働隊として、ガ島を砲撃にいっていた第二艦隊が、サボ島の付近でチャンバラをやっているから、二水戦はすぐに応援にこいという電令があったんです。

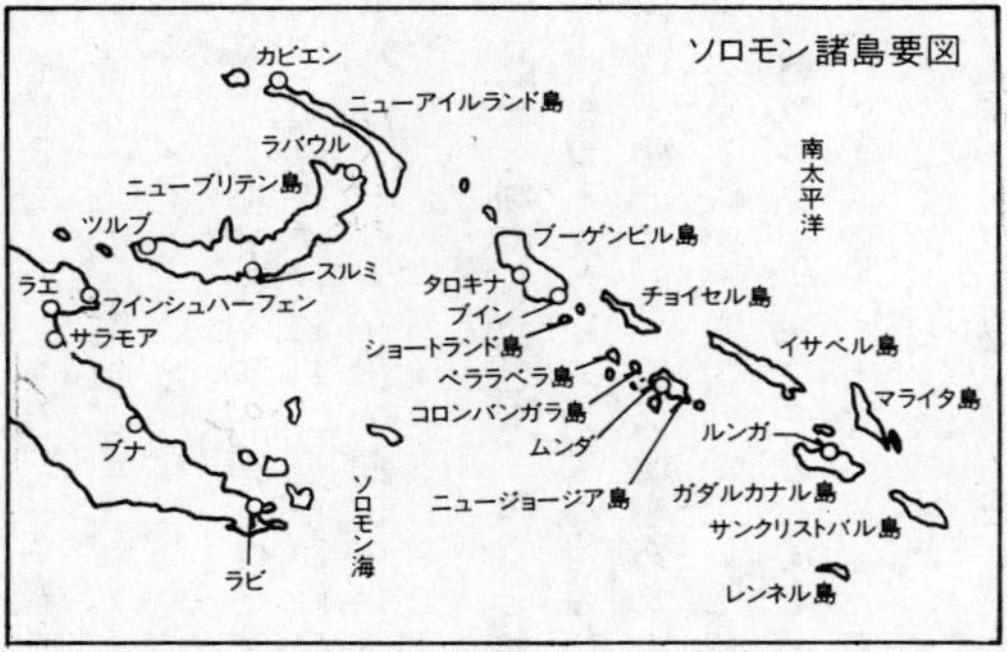

ところが、二水戦の方は、そういうわけで、途中で撃沈された輸送船の人員救助に駆逐艦が引き抜かれていて数が少なくなっていた。そこで、第十五駆逐隊の「陽炎」と「黒潮」と「親潮」の三隻が派遣されたわけです。

われわれ三艦は命令をうけて、ただちに戦場に突っこんでいったんですが、なにしろ混戦で、どれが敵か味方かわからんのです。その上、各艦がバラバラにはぐれてしまいましてね。そのうちに反航態勢で、ごく至近距離に戦艦が見えたんです。闇をすかして見ると、「霧島」型に、とてもよく似ているんですね。そのときの「陽炎」の艦長はとても慎重な人でしてね。味方識別の合図を送ったんですが、全然、応答がないんです。なにしろこっちは二十七、八ノット、向こうは二十ノット以上ですから、たちまち接近して、千メートルほどになったとき、はじめて敵だとわかったんです。ところが、そのときにはすでに魚雷発射の射点をすぎとったもんですから、発射できない。こりゃいかんというんで、大急ぎで反転して追いかけたんですけど、海上には砲撃の煙霧がたちこめているもんですから、とうとうわからなくなって、逃がしてしまったんです。それがサウスダコタだったようですね。

敵だと判明したとき、魚雷を発射しなくても、大砲を撃つとか、機銃を乱射するとかすれば、またそれなりの効果が得られたのかもしれませんが、結局、十二・七センチのような豆鉄砲を撃っても、致命傷をあたえることはできませんし、水雷屋というのは、相手に致命傷をあたえるのは魚雷しかないと思っていますからね。それでもかまわずに打てば、何がしかの被害をあたえることができたのでしょうが、日本海軍はそういう訓練をしていませんからね。めくら撃ちでもやれば、それだけの効果は上がったろうと思いますね。米軍はそういうことをよくやったようですね。そのときサウスダコタからは全然、撃ってこない。いくら味方識別の合図を送っても黙っているので、探照燈をつけようかという意見も出たんですが、それはやめようと艦長が言ってね。もしも第十一戦隊の「霧島」だったら、という危惧があったわけです。

（注、第二艦隊の「愛宕」「高雄」「霧島」などが、サウスダコタを三式弾で照射射撃、艦橋に命

中して射撃指揮系統を断ち切っていた。そのため戦場から避退しているとき、「陽炎」が遭遇したものと思われる）

そんなわけで敵をとり逃がしたんですが、その仇を十七年十一月三十日のルンガ沖夜戦でとったんですよ――』

昭和十七年十一月三十日のことである。ガ島のタサファロングに緊急輸送するため、第二水雷戦隊は、何度目かの出撃をおこない、ルンガ岬沖へと進出してきた。このときは「長波」を旗艦として、「巻波」「高波」「陽炎」「黒潮」「親潮」「江風」「涼風」の合計八隻による補給隊が編成されていた。

ところが、日本軍の行動は、ソロモン諸島の列島線に点在する連合軍側の見張員によって米軍に筒抜けだった。ハルゼー提督はこの情報を入手すると、ただちにライト少将に出撃を命じ、二水戦の要撃に向かわせた。エスピリッツサント泊地を出撃したライト艦隊は、重巡四隻を主力とし、軽巡一、駆逐艦六の合計十一隻という陣容である。

『――このときは補給作戦で、駆逐艦の両舷に糧食などをつめたドラム罐を二百四十個ならべて運んでいったんです。一個百五十キロですから約三十六トン、これを両舷のハンドレールにくくりつけて、数珠つなぎにしてあるわけです。目的地に着いたら、いっせいに海中に落として、それを陸の兵隊さんが引っ張ってたぐり寄せるという方法だったんですね。

そのために、十六本の魚雷のうち予備魚雷八本を下ろしてドラム罐をつんだんです。そして、二水戦の八隻で約三百トンの物資をはこんでいったわけです。目的地のタサファロングの沖に到着して、ドラム罐を投入しはじめたとき、「集まれ、戦闘」の号令がかかったんです。急いでかけつけたときは、もうすでに僚艦はポンポン撃って戦闘していましてね、「陽炎」も、遅ればせながら魚雷を射ったんです。

結局、一万トン級巡洋艦四隻を打ちとったんですが、（撃沈＝重巡ノーザンプトン、大破＝重巡ミネアポリス、ペンサコラ、ニューオーリンズ、日本軍の損害は「高波」沈没）そのとき、「陽炎」は、探照燈をつけて戦果確認をやったんです。ちょうど海面からマストのカンザシが二メートルほど出ているのを見て、砲術長が、これは戦艦だ、戦艦だ、と言ってね。私は巡洋艦じゃないかと思ったんですが、砲術長のほうが先任だから黙っていたんですよ。そのときの大本営発表では、戦艦一隻、巡洋艦二隻撃沈ということになってましたね。

その後、戦場はガ島からニュージョージアに後退して、こんどはムンダに輸送作戦をおこなうわけですが、そのとき「陽炎」が沈没したわけです。このころ米軍では、われわれ駆逐艦の高速輸送を「東京急行」と呼んでいたようですね。その急行列車を仕立てて、ムンダへ五回ぐらい陸兵や物資を運びまして、最後が十八年五月八日なんです。輸送経路がいつも同じなのを敵の潜水艦が発見して、クラ湾の道筋に機雷をまいたんですね。そいつにひっかかっちゃった。朝の四時二分、まず「親潮」がドカンときて、五分もたたないうちに「陽炎もやられて罐室が破壊されちゃった。航行不能ですよ。そのとき「黒潮」は六～七千メートル離れて警戒していまして、あれだけ離れておれば大丈夫だろうと言ったところ、いっぺんに三発くらってね、一瞬のうちに轟沈ですよ。

こっちは動きがとれなくて、漂流していたら、こんどは敵機がやってきて爆撃です。一日中、停止したまま対空戦闘をやったんですが、爆弾が七、八発命中して、夕方、沈没したんです。同じころ、「親潮」も沈んで、乗員はみな近くの無人島にいったん上陸したんです。それからコロンバンガラ島に大発ではこばれてね。着いたらウイスキーをご馳走になった。「これはおまえたちが運んでくれたやつだよ」というんで、大笑いしましたがね――』

レイテ沖海戦の不覚

軽巡「能代」の水雷長として、高田氏は栗田艦隊に所属し、レイテ沖海戦に参加した。このとき、敵空母を前方に視認しながら、なぜか水雷戦隊は突っこんでいない。水雷長として高田氏は切歯扼腕したが、司令官はついに突撃命令を出さなかった。これは栗田長官が水雷戦隊を温存する策をとったためだが、艦橋にいる水雷長には、そのことが知らされていない。

高田元少佐。指揮官によって局面は異なってくると語る。

指揮系統が厳然としている海軍にとって、司令部要員が作戦の進行状況を握っているのは当然だが、現実に戦闘が行なわれているとき、せめて水雷長にコトの情況を知らせてもよかったのではないか。そのことが下部の兵員の士気に影響することもあり得るのだ。

『——空母部隊を発見したとき、そのままの隊形で全艦が列向変換をしたんです。だから、各隊は一直線に敵に向かうことができたわけです。そのうちに、全軍突撃の命令が出たんですが、二水戦はいっこうに突撃しない。「大和」の右側にぴたりとついて走っている。

こっちは一年間みっちり訓練して必中の態勢でいるから、突撃して魚雷を射ちたくてウズウズしてるわけです。そこで私は、艦橋の水雷戦隊の先任参謀に、早く突入させてくれとけしかけたんですが、参謀は、司令官の顔色をうかがって、「待て待て」と手で制するんですね。

結局、先へ行った巡洋艦戦隊や「金剛」が攻撃した敵艦を掃討しながら進んで、魚雷は射たなかったんです。そのへんのことは指揮官でなければわからないところですね。ただはっきりしていることは、ブルネイを出撃するときは、特攻作戦だったということです。ですから、レイテ湾になぐりこんで全弾撃ちつくしたら、上陸して陸戦隊となって玉砕するということだったんですよ。だから、帰りの航路は策定したものがなかったわけです。

しかし、上のほうでは、かならずしもそうは考えていなかったのかもしれませんね。あるいは、駆逐艦の燃料のことを考えて、はじめから無茶に飛ばさないという方針があったのかもしれませんが、いずれにせよ、指揮官の性格によるところがあると思いますね。

結局、栗田艦隊は反転北上して、ナゾの反転だと言われていますが……。これは新たな機動部隊に向かって北上するとのことで反転したわけですね。しかし、機動部隊を攻撃するというのも変な話なんです。機動部隊には飛行機がいるし、飛行機は三百マイルぐらいの攻撃距離をもっているから、まず飛行機が来ることになるわけですね。それを無視して追いかけるというのはおかしい。それに敵に向かうのなら、なぜサンベルナルジノ海峡に入っていったのか、ということですね。戦闘ではこういうことがよくあるんですよ。臆病とか、気おくれしての退却などとは思いたくないのですが、外見はそうなっていますね。二水戦がこのとき、なぜ突入しなかったのかというのも、司令官の早川幹夫さんの、胸の内ひとつだったろうと思いますね。うしろで、私たちは切歯扼腕しとったんですよ。駆逐艦四隻と「能代」が行けば、四十本の魚雷を射てるんですからね。しかも昼戦ですから、かなりの戦果をあげることができたはずです――』

瀬戸内での対空戦闘

高田氏は二十年三月十五日に、戦時急造艦として建造された丁型駆逐艦「梨」の艦長として着任した。この丁型は、公試排水量千五百八十トンで二十七・八ノット、十二・七センチ高角砲三門（連装・単装各一基）、発射管は六十一センチ四連装一基をもち、対空、対潜兵装を重視した艦である。性能はきわめてよく、被害に対しても強靱で、簡易艦ながら成功した艦であった。

しかし、高田氏が艦長として着任したときは、戦争はいよいよ末期とあって、乗員の質もかなり低下していた。実戦の経験をもたない徴用兵ばかりで、その訓練にはかなり骨を折ったという。

『――十六日に神戸をでて就航訓練に向かったら間もなく、敵の艦載機が来たんです。そこで、「撃ち方はじめ」と号令をかけたところ、弾が三分の一も出ないんですよ、機銃も、主砲も。どうしてかというと、乗員の三分の二が国民兵なんですよ。ぜんぜん訓練してないんですよ。これには困りましたねえ。

どうせまた敵機はくるだろうし、これではスピードを上げて突っ走るしか逃げる手はないと考えて、機関長の特務中尉に相談したところ、「全速はムリですね、せいぜい二十四ノットしか出ないでしょう」と言うわけ。機関科も三分の二が国民兵ですからね。それでもどうにか二十六ノット出してくれて、瀬戸内海を突っ走って呉へ逃げこんだんですよ。これが、新任艦長の初日の仕事でしたね。

それから訓練をはじめて、五月二十日に第五十二駆逐隊となり、挺身輸送隊という名称をもらったんです。これはなにかというと、敵が本土に上陸をはじめたら、部隊を急速輸送するという、本土輸送任務なんですね。「梨」は司令駆逐艦で、「萩」と二艦だけなんです。じつは五十二駆逐隊には、ほかにまだフネがあるんですけど、燃料がないので、船体をカモフラージュしてあちこちに停泊していましたね。

それから、訓練の中に「回天」戦がありましたね。艦尾に「回天」を一基だけつんでいました。それを敵艦に発進させて突っこんでいこうというわけですね。

六月の中旬ごろになると爆撃がひどくなってきましてね、たまたま私は呉の岸壁にいたところ、昼間、B29が百二十機ほどきたんです。そのとき、「伊勢」が三式弾を発砲して、初弾で先頭の指揮官機を撃ち落としちゃったんですよ。すると、後続機が、ほとんど持ってる爆弾を海の中に落として逃げ出しましてね。おかげで、呉工廠のほとんどがぶじだったんですよ。

それ以来、ますます空襲が激しくなって、毎日、対空戦闘ばかりやってましたね。とにかく駆逐艦は対空戦闘に生き残らねばというので、機銃をうんとつみましてね、単装、連装、三連装あわせて四十八門ありましたよ。ですから、定員百八十人なんですが、機銃員がふえて二百五十人ぐらいになっていました。機銃が多いと、さすがに強いですね。敵機をけっこう落としましたよ。七月二十五日に牛島泊地にいたとき、十数機と交戦したんです。そのとき二機撃墜したんですが、夕方になって島の村長さんが魚や果物をいっぱいもって漁船でやってきたんですよ。「どうしたんですか?」と聞いたら、本当の戦争を目の前で見て感激しました、と言うんですね。そして、六機も落としたから、と言う。二機でしょう、と言ったら、いや、山の向こうにさらに四機が落ちていったと言うんですね。こっちからは見えなかったんです。敵編隊の約半数を打ち落としたわけで、このころになると、機銃員もじつにうまくなっていましたね。

これだけ落とすと、仇うちにやって来ると思いましたよ。それで司令の大佐が、こんどは畑尻鼻泊地に停泊して対空戦闘をやる、と言い出したんです。というのは、その泊地は両側に山が迫っていて、敵機が攻撃する場合、一箇所しか進入路が開いていないわけです。ですから、その間隙を一機ずつ突入しなければならないという地の利があったわけですね。

しかし、停泊していたら、かならずやられますよ、と言ったんですが、どうしても聞いてくれない。本当は広いところで高速で走り回っているほうが助かるんだが、と思いましたけど、司令がそう言うから従わなければならんわけです。けれど結果的には、どちらがよかったのかはわかりませんね。かえって停泊していてよかったのかもしれません。

七月二十八日の午前八時ごろから、一時間おきに三十機ずつ五回来襲しましてね、そのころはロケット弾にかわっていましたね。はじめの三回までは、ぜんぜんこっちに当たらないんですよ。これはうまくいったと思いましたね。ところが、機銃員が疲労してきましてね。疲れると、やはり当たりだすんですよ。十一時ごろになって二、三発命中して、機銃員が吹き飛ばされたんです。そうすると、対空射撃がそれだけ稀薄になるわけで、弾幕が少ないから命中精度が上がってくるんですね。結局、二十数発の命中弾があったのですが、致命的だったのは、最後の第五波がきたとき、一発のロケット弾が後部弾庫に命中したんです。

誘爆すると大変ですから、「注水弁を開け」と命じたんですが、軸をやられて開かない。しかたがないから、ポンプのホースで注水しろといったら、掌水雷長が、「とても近づけません、機銃弾が炸裂しています」と言う。なるほど弾庫の中の機銃弾が、ポンポン跳ねていて、ホースの口をそこまで持っていくこともできない。そのうち、爆発もだんだん大きくなってくるし、もうこれまで、と思いましたね。

結局、総員退去を命じて、乗員がみんな海の中に入ったところで爆発しましたね。このとき生存者は百八十六人いたので、戦死者は約六十人、ところが、陸に上がったら百五十五人しかいない。途中で溺れた人がいたんですね――』

「梨」はその後、昭和二十九年に引き揚げられて修理され、海上自衛隊の護衛艦「わかば」となってふたたび任務についた。しかし、四十六年、老朽のため廃艦となり、栄光の幕を閉じたのである。（昭和五十六年八月十一日インタビュー）

〈軍歴〉大正五年一月一日、熊本市に生まる。昭和八年、海軍兵学校生徒、同十二年三月卒、六十四期。「磐手」「五十鈴」に乗り組む。十三年、「阿武隈」「如月」「朝風」乗り組み。十四年、掃海艇「一〇号」「一一号」に乗り組む。十五年、「望月」水雷長。十六年四月、「初雪」水雷長の配置で開戦を迎える。十七年五月、「陽炎」水雷長。十八年七月、「能代」水雷長。十九年十月、任少佐。レイテ沖海戦に参加後、同年十二月、水雷学校高等科学生。二十年二月、「梨」艤装員長をへて三月、同艦長。瀬戸内海で対空戦闘中に爆沈。同年八月十日、第四十二突撃隊特攻長として「震洋」を指揮するうち終戦を迎える。

戦場の錯誤

〈駆逐艦「椿」艦長・田中一郎少佐の証言〉

〃傑物〃有賀司令のこと

緒戦の日本軍は勇猛果敢、戦う前から敵を飲んでいたのでやることに無駄がなく、しかも正確だった。日ごろの訓練がモノを言った暴れ方だった。各員の戦技が頂点にあったと見てよいだろう。その間のようすを田中氏は、つぎのように語っている。まず、開戦のときの模様から聞いてみた。

『——開戦のとき私は、第四駆逐隊の司令駆逐艦だった「嵐」の水雷長をしていましてね。十一月末に呉を出港して第二艦隊旗艦の「鳥海」を、「嵐」「萩風」「野分」「舞風」で直衛しながら、ひそかにボルネオの南西海域に進出して遊弋《ゆうよく》しとったんですよ。そして「ニイタカヤマノボレ」の電令を待っとったんです。シンガポールのイギリス東洋艦隊を牽制するのが目的だったわけですが、最大の目的はプリンス・オブ・ウェールズとレパルスがシンガポールから出てきたら、たたくということだったんです。そこで南方攻略作戦の準備としてジャワのロンボク海峡などに機雷を投下したりして、イギリス艦隊の出現を待っていたんですよ。

そこへ、十二月八日のハワイ空襲成功のニュースが入ってきたあと、いよいよイギリス艦隊がシンガポールを出港したという情報が入りましてね。それッというわけで、二艦隊が集結したわけです。ところが、こっちは一万トン級の重巡が主体の艦隊ですし、相手は「長門」「陸奥」級の四十センチ砲を持つ戦艦ですから緊張したもんです。みんな自然に白鉢巻なんぞしましてね。鍛え抜いた戦技で、九三魚雷を敵艦のドテッ腹にぶちこむんだと、ひじように士気が上がったもんです。

集結が終わって、いよいよ敵に向かおうと行動を起こしたところへ、「やっちゃった」というわけですよ。「何でやったんだ」「飛行機がやっちゃった」というんでしょ。ハワイ空襲のときは双手を上げて喝采しましたけど、こんどばかりはシュンとしましてね。

田中元少佐。錯誤は冷静さを欠いたことの証拠だという。

この調子でいくと、獲物はぜんぶ飛行機が食っちゃうぞと、やせがまんかもしれんけど、そんな冗談を言ってたもんです。

緒戦は、すさまじい勢いで、連戦連勝だったわけですが、「嵐」もかなり暴れ回ったんです。

陸軍がジャワ攻略をはじめると、敵はどんどん豪州に逃げ出したんです。それをつかまえろという命令が出ましてね。そこで第四駆逐隊はジャワ島南方のインド洋に進出したんです。このときは獲物がたくさんありましてね。ありすぎて困ったくらいです。

最初に出遭ったのは、アメリカの駆逐艦一隻でした。こっちは、「嵐」と「萩風」の二隻です。ただちに追跡にうつったところ、敵は煙幕を張りながら、ジグザグに逃走する。そこで、「萩風」に退路を断つように行動させ、「嵐」は一直線に敵に向かったんですよ。敵は蛇行してますから、どんどん近づく。やがて距離一万一千メートルになったとき、私と同期の松浦砲術長が、

「自信ありまーすッ!」

と怒鳴ったんですよ。そのころ、私と砲術長との間でとりきめがありましてね。砲戦になったら、水雷長も弾着観測をやってくれというんで、特別に二人の間に伝声管を設けてあったんです。だから、私も双眼鏡で観測しとった。砲術長は、日ごろから一万一千なら敵に命中させることができる、夜間なら六千だと言ってましたからね。

すると、有賀幸作司令が、

「撃つなーッ、まだまだ撃つなよーッ」

と大きな声で怒鳴りましてねえ。有賀司令はご存知のとおり沖縄特攻に出撃した「大和」の艦長になられた方です。

じつは、有賀司令はひどい水虫なんですよ。水虫がかゆくてしようがないと言い出して、

「看護兵を呼べ」と言う。敵を前にして水虫の手入れがはじまったんですよ。足をあげて看護兵に水虫の治療をさせながら、「まだ撃つんじゃないぞーッ」と怒鳴るんですから、なかなかの豪傑でしたよ。

そのうち測距が「六〇《ろくまる》！」と言ったとたん、司令が、「撃ち方はじめッ！」と、とてつもない大声で叫びましてね。とたんにドドーッと一斉射撃です。敵はこっちが発砲した瞬間、グッと艦首をめぐらして「嵐」と同航する形になった。明らかに、砲戦態勢にうつったわけです。そこへ初弾の網をかぶせた。ところが、敵艦のごく手前に水柱が上がったんです。

「至近の近ッ！」と、私は伝声管に怒鳴ったですよ。

「近」というのは、六百メートル以内を言うんですが、もっと近いぞというわけです。砲術長は、すぐに「高目六」と命じて、第二斉射にうつったとき、敵方からパッパッパッと発砲するのが見えましてね。

ところが、弾がてんでばらばらで艦首前方にポーン、艦尾後方にポーンと水柱が上がる。明らかに下手な撃ち方です。これなら大丈夫だと思いましたね。

そこへ第二斉射の弾着が見えた。ところが、こんどは敵艦のむこう側に水柱が立つ。私はすかさず「遠！」と怒鳴ったんですが、そのとき、敵艦のマストに上がっていた星条旗がヒラヒラと落ちるのが見えた。「星条旗が落ちたぞッ」と叫んでやりましたよ。こっちの弾丸が、敵の戦闘旗の綱をプツリと切ったんですね。

つづいて第三斉射、これが命中です。しかも後部砲塔の弾火薬庫に命中したからたまらない。大火柱が上がって、アレヨ、アレヨという間に沈没しちゃったですね。
敵駆逐艦を仕とめた直後、こんどは近くに商船がいるという情報が飛びこんできたわけです。そこですぐに現場へ直行です。貨物船でしたね。ところが、商船というやつは苦手なんですよ。いくら大砲を撃ってもプツンプツン穴があくだけで沈まない、傾きもしないんですよ。そのうち有賀司令が、

「ダメだッ！　水雷長、こんなものにいつまでもモタモタしておれん、魚雷を射とう」

と言うんです。しかし、私も魚雷は、戦艦や空母をやっつけるためのものでもったいないですからね、爆雷でやりましょうと言ったんですよ。司令も、それもそうだな、ということで、艦を商船に並行して走らせたんです。距離百メートルぐらいのところから、投射機で爆雷をポーンと射ち出したところ、第一発は船尾やや後方に落下した。

こりゃ失敗だ、やり直し、というわけで、反転してまたやった。今度は船首やや前方に落ちてまたも失敗。ところが、前後に爆雷をうけて船は激しくピッチングしたんです。そのために、船腹の被弾したところが、ねじれて大きな穴があいたんです。三度目に投射したところ、その穴にスポーンと爆雷がみごとに飛びこみましてね、しばらくしてドカーン。船はまっぷたつになって沈みましたよ。

爆雷で商船を撃沈したということは、日本海軍のながい歴史のなかでも皆無でしょうな。だから、全軍に電報を打ちましたよ。われ爆雷で商船を撃沈す、とね。それから休む間もなく、今度はオーストラリアの砲艦です。これは大きな艦でしたけど、旧式のものでしたね。

これも難なく主砲を撃ちこんで撃沈しましたが、このとき敵兵を一人だけ救助しましたね。たくさん泳いでいましたけど、もうそのときには、大型商船発見の報がはいっていたので、そっちへ向かわなければならん。司令が、「かしこそうな顔をしたやつをひとりだけ救助しろ」と言われましてね。

一人救助して、商船を追っかけていってみると、一万トン級の大きなやつで、どうも兵隊が乗っているようなんです。そこで、停船命令を出したところ、逃げるので、船首方向に一発、威嚇砲撃して止めて、すぐに臨検したところ、部隊が乗っていたんです。この船はそのまま拿捕して、セレベスのマカッサルへ引っ張っていったんです。

そんな具合で、緒戦はかなり士気が上がっていたもんですよ。戦果も想像以上のものがありましたね──』

友軍機誤射事件の真相

田中氏は重巡「筑摩」の水雷長だったとき、サイパンに進攻してきた米機動部隊を攻撃したマリアナ沖海戦に参加している。このとき、空母から発進した味方機を、前方に進出していた遊撃部隊の艦艇が、敵機と間違えて誤射するという事件があった。

十九年六月十八日、第一機動部隊は、翌日のサイパン沖決戦を期して西太平洋を東進していた。このときの陣形は、前衛部隊と本隊の二つのグループに分かれていた。

前衛部隊は「大和」に座乗する栗田健男中将指揮の下に、第三航空戦隊の「千歳」「瑞鳳」「千代田」の各空母を中心とした三群の輪型陣よりなり、戦艦など大型艦の大部分がこの前衛部隊に集められていた。そして本隊のはるか前方百六十キロを先行していた。

後方の小沢中将直率の本隊は、二群の輪型陣を形成して続航していた。各群は、第一航空戦隊の「大鳳」「瑞鶴」「翔鶴」の三隻と、第二航空戦隊の「隼鷹」「飛鷹」「龍鳳」の三隻の空母を中心において巡洋艦、駆逐艦が護衛していた。

『——そういう事実がありましたね。あのときは、「筑摩」は前衛部隊にいたんです。後方の本隊からは、発進機が何時何分ごろ、前衛上空を通過するという知らせがあったんですがねえ。

そのときの前衛部隊は、横一線の横隊を敷いていたんです。各艦の間隔は七～八千メートルもありましたかね。とにかく、いちばんはしの艦は見えませんでしたから。これは攻撃機が帰ってきたとき、味方艦を発見しやすくするための誘導隊形なんです。

ところが、「鈴谷」だったと思うんですが、突然、敵機発見の信号を上げたんです。こっちでは、ちょうど味方機が通過する時刻だし、おかしいな、と思っていたんですが、とたんに、「鈴谷」が対空砲火を撃ちだしたんですよ。すると、「大和」も、撃ち出したんです。四十六センチ砲でね。しかし、「筑摩」の艦長則満宰次大佐は、

「待て待て、まだ撃つな、味方機かもしれんぞ。味方機を撃っちゃいかん。見張長、自分でよく見てみろ」

と言うんです。そのときの見張長は特務中尉でしたがね、彼は眼鏡にとりついてじっと見

ていましたが、

「こういう機種は、わがほうにありません」

と言うんです。よほど考えて言ったんですね。味方機とも敵機とも言わないんですよ。そのころは他のほとんどの艦が発砲していて、撃ľたないのは「筑摩」だけなんですよ。それでも艦長は発砲を許さず、指揮所の天蓋をあけて外に身を乗り出して眺めていましたね。そこで私も眼鏡で見てみると、中翼巣葉の飛行機に見えるんですよ。

なるほど、おかしな飛行機だと思って見ていたんですよ。なにしろケシ粒ほどの小ささですからね。ところが、なんとなくバンクしているような気がするんですね。一方、海上からはどんどん砲撃している。そのうち近づいてきた先頭の一番機が、反転しはじめたんです。胴体には明らかに日の丸がついている。

「日の丸だッ！」

と私は大声で叫んで、艦長に味方機であることを知らせたんです。ただちに無電や艦内電話で、味方機だと全軍に知らせたんですよ。そうしたら指揮艦の「大和」から、「撃ち方やめ」ときたもんです。そのとき二機が、ひらひらと墜落していきましたね。

ちょうどこの飛行機に、私と同期の男が乗っていましてね。よほど腹を立てたとみえて、

「国賊〝大和〟に突っこめェー」

と下令したというんですよ。先頭集団は、いっせいに反転して、ひとまわりぐるっと回って、それから進撃していきましたけど、私はなにやら不吉な予感がしましたねえ。

どうしてこのような錯誤が起きたのか。やはり戦場心理というものは、冷静さを欠いていることの証拠ですね。つまり魚雷を抱いているでしょ。魚雷を抱いていないときは低翼巣葉ですよ。魚雷をもっていると、遠くから見れば丸い胴のまん中から翼が出ているように見えるわけです。だから、攻撃に行くんだから魚雷を抱いているんだと思えば、誤ることはないんですが、だれもそうとは思わなかったんですね。真上を飛んでいくとき、はじめてそれがわかったんですよ――』

「椿」の対空戦闘

昭和十九年十一月末になってから、田中氏は待望の駆逐艦長になった。しかし、戦争も末期であり、太平洋を疾駆するというわけにはいかなかった。もっぱら内海で、米艦上機との対空戦闘が日課となっていた。

『――二十年七月二十四日の夕方のことです。その日は神戸から呉へ行く途中、播磨灘で敵機の空襲に遭い、夕刻までに七回も対空戦闘をやって、すべて撃退したわけですが、そろそろ日没にもなるので、もう来ないだろうと思ったのが間違いでした。とにかく乗員を休ませようと、小豆島の西どなりの豊島《てしま》の水道に進入して錨を下ろしたんですよ。岡山県の玉野市の沖です。

そのとき、グラマン三機が飛んできた。ただちに対空戦闘を準備して、高角砲や機銃を敵機に向けたんですが、どうも襲ってくる気配がないんです。そのまま敵機は、かなりの高度

で通過していったんです。すると見張りが、

「新たな敵機、艦首、わがほうに向かいつつあり」

　と叫ぶ。そこで私は、目標を新たな敵機に向けるよう命じたんですよ。砲も機銃も全部、艦首方向に向けて、敵機をにらんでいたら、突然、見張りが、

「敵機、突っこみます、艦尾ッ！」

　と叫ぶ。私は一瞬、面くらったわけですよ。てっきり、さらに新たな敵機が、突如としてあらわれたんだと思いましたね。ふり返ってみたけど見えない。

「どこか、どこか」

　と叫んでいるうちに、艦尾方向の水面から、機銃弾の水しぶきがツツツーと走ってくる。ハッとする間もなく艦上をバリバリバリと舐《な》めて、一瞬のうちに、機銃員がばたばたやられてしまったんです。ふり返ったとき、ちょうどマストが私の視界をさえぎって、そのかげに敵機がかくれた形になったんです。

　新たな敵機ではなかったんですよ。さっき航過していった三機が、反転して突っ込んできたんですね。後部の機銃員が敵機の機銃掃射で壊滅状態となり、残っているのは艦橋前の三連装機銃だけです。しかも、後続の敵機二機がつづいて襲ってこようとしている。

　そこで、とっさに私は、艦橋前の機銃員の鉄帽を指揮棒でたたいて、機銃を真上に向けて撃ちつづけろといったんですよ。つまり、狙えないから弾幕を張らせたんです。すると、突っこんできた敵機が、艦橋すれすれに通過したとき、つぎつぎと、二機とも被弾して墜落し

ていった。あれはうまくいきましたよ。これを見て、前方からきた敵機は逃げていきましたね。そのとき私も負傷しました――』（昭和五十六年九月九日インタビュー）

〈軍歴〉大正三年、米沢市に生まる。昭和八年、海軍兵学校生徒。同十二年卒、六十四期。「八雲」に乗り組み、遠洋航海中に上海事変が起こり、日中戦争がはじまる。その後、「五十鈴」「阿武隈」に乗り組む。十三年三月、任少尉。同年六月、「朝霧」通信士。同八月、呉鎮第四特別陸戦隊小隊長として、漢口攻略戦に参加。以後、第四防備隊として漢口に駐留する。十四年五月、「鬼怒」甲板士官。六月、任中尉。十一月、「疾風」航海長。十五年「秋風」水雷長。十六年一月、「嵐」水雷長。五月、任大尉で開戦を迎える。十七年四月、兵学校教官兼幹事。十八年五月、「筑摩」水雷長。十九年九月、水雷学校高等科学生。十月、「椿」艤装員長をへて、十一月三十日、同艦長、任少佐。二十年七月、特攻長の辞令を受領したが、戦傷のため着任できず終戦を迎える。

押し問答

〈駆逐艦「梱」艦長・本多敏治少佐の証言〉

恐怖のレーダー射撃

南極観測支援の砕氷艦「ふじ」の艦長として、二回連続、昭和基地への輸送任務についたベテランが、かつてガダルカナルをめぐるソロモン海域を縦横に疾駆した戦歴の持ち主であることを知る人は少ない。

開戦時に本多氏が乗り組んでいたのは「叢雲《むらくも》」だが、駆逐艦「叢雲」といえば、ガダルカナル島をめぐる多くの海戦の中で、十七年十月十一日のサボ島沖夜戦が思い起こされる。この海戦では、「古鷹」と「吹雪」が沈没し、「青葉」が大破するというさんざんな目にあった戦いだ。米軍がはじめてレーダー射撃をしたという歴史的な戦闘でもあるわけだが、なぜか「叢雲」のことがほとんど記録に出ていない。

『──あのときは十日にショートランドの泊地から六戦隊の「青葉」「古鷹」「衣笠」と三水戦の「吹雪」「叢雲」の五隻が出撃したわけですが、その少し前に水上機母艦「日進」を中心とした輸送艦隊が、戦車や大口径の榴弾砲、野砲、高射砲、それに弾薬や糧食などをつんで、ガ島のタサファロングに揚陸するために先行していたんです。

これを支援するのが目的で出かけたんですが、ガ島沖のサボ島の手前まで行ったとき、五藤存知司令官から、「叢雲」は「日進」の援護に先行せよ、という命令がきたんです。輸送隊は、われわれより二時間ぐらい先行していたので、そのころはすでにガ島に到着しているわけで、周辺海域を護衛させようというわけなんですね。そこでこっちは増速して、一艦だけ隊列から離れて、どんどん先行したんです。そうしたら、うしろではじまったんですよ。

そのときの米軍は、ノーマン・スコット少将の率いる重巡二、軽巡二、駆逐艦五の艦隊で、これは、輸送隊を攻撃するために出てきたようですね。

ところが、六戦隊を発見しちゃったというわけです。

われわれのちょうど真うしろで、砲戦の火花が見えたんですが、一方から一万五千メートルぐらい離れていましたかねえ。ところが、本隊から何の連絡もないんです。こっちは、どうしたらいいかわからない。とにかく命令は「日進」の護衛ですから、やむなくそのまま突っ走っていたわけです。

ハラハラしながら、うしろの砲戦を見ていたんですが、米軍の発砲がものすごいんだね。砲弾がどんどん、とぎれもなしに連続して撃ち出している。ところが、日本軍側からは、間をおいてドカーンと斉射です。両軍の撃ち方がまったく違うから、どっちが撃ったかよくわかるんだなァ。

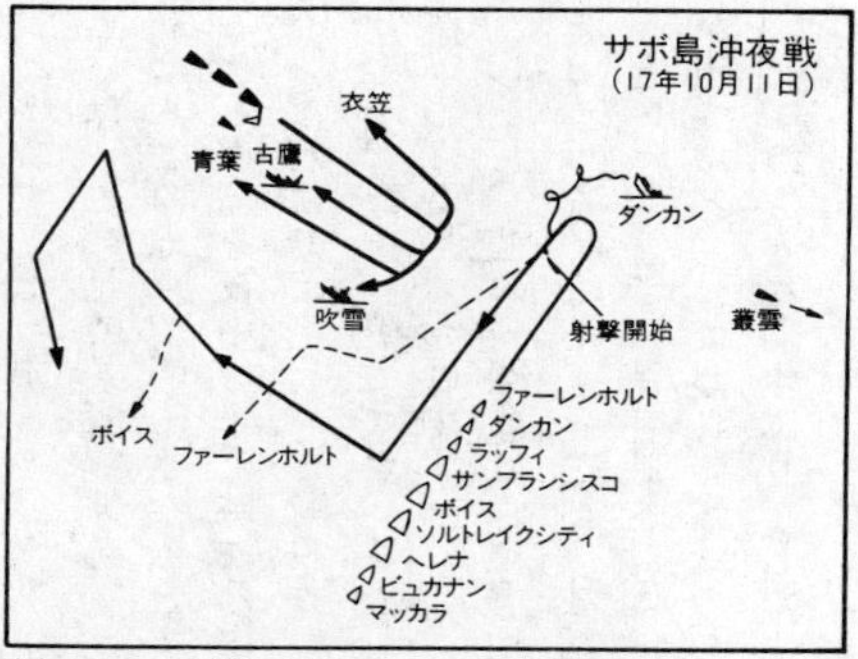

レーダー射撃なんて、知らないから、あの発砲のしかたはいったいなんだ、というわけでね。五分くらいで砲戦は終わったんですが、ようやく連絡がはいって、「古鷹」の乗員を救助せよという命令なんです。それで、ああ、やられたなということがわかったんですが、戦闘がどうなったのか皆目わからない。

すぐに反転して救助に向かったんだが、行けども行けども海面に人がいないんだ。それに不思議なことに浮遊物ひとつない。場所を間違えたのかもしれないと思って、付近海面をぐるぐる回って捜したんだが、まったく見つからない。とんでもない方向をさがしていたのかもしれませんね。なにしろあの日は曇っていて、海上は真っ暗でしたからね。

「青葉」と「衣笠」は、すでに反転してしまったのか艦影もありません。なおも捜索を続行しているうちに明るくなってきた。あのへんは夜明けが早いんですよ。三時ごろにはもう明るくなるんです。明るくなると危険なんです。ガ島から敵機が飛んできますからね。いわゆる定期便というやつですよ。

ガ島に増援に行くときは、夜の十時ごろ到着するように行くんです。そして、二時間ぐらいで揚陸してすぐ引き返すわけです。そうすると、ガ島から百マイル地点がいつも危険なところとなるわけです。行きには、この地点を通過するのが夕方でまだ明るい。だから、敵機の攻撃をうけるわけ。帰りは、この地点で明るくなるとまたやられるから、なんとか飛行圏外に出ようとする。となると、ガ島を夜中の十二時ごろに出なけりゃいけない。
いずれにせよ、行きか帰りか、一度はかならず空襲に遭うことを覚悟しなければならんかったわけです。そこでこっちは、輸送隊が行くときには、上空援護のために戦闘機を五、六機、つけてやるわけです。
しかし、この戦闘機は、空襲地点で空戦をやると、帰りの燃料がなくなって、基地までたどりつけなくなる。そこで、支援艦艇の付近に着水して搭乗員だけ助け、機体は捨ててしまうという、まさに消耗戦を計画的にやったんですよ。ですから、このときも、夕方ごろ零戦が四機ほど、われわれの艦隊のちかくに着水しましてね。彼らの技術はじつにうまかったですね。みごとな着水ぶりでした――」

戦力ゼロとなった「叢雲」

『――ついに「古鷹」の生存者を発見することができず、夜明けも近づいてきたので、とにかく避退しなければ、こんどはこっちがやられる番です。全速で避退を開始したんですが、案の定、明るくなると同時にやってきましたよ。最初はグラマンの艦爆が、七機か八機、なにしろ敵の飛行場は目の前ですからね。彼らはこっちを狙って一機ずつ突っこんでくるんです。それを右へ左へ回避して、ぐるぐる逃げ回っていたんです。ところが、相手は入れかわり立ちかわり、つねに五、六機ずつ間断なく襲ってくる。飛行場が近いから、ピストン攻撃をくり返すわけですよ。

飛行圏外に逃げ出すなんてことができないんだ。つねに頭上に敵機がいるから、同一海面をのたうち回っているだけですね。艦爆のすべてを回避することができたけど、至近弾で舷側は穴だらけになった。そのうち、敵は雷撃機を飛ばしてきてね、爆弾と魚雷で攻撃してきたんです。

それをまた回避しているうち、突然、後部でドカーンと大音響がしたとたん、艦が前後にガタガタと激しく揺れてスーッと速力が落ちていく。罐室がやられたなと思って、私は艦橋の伝声管で、

「罐室、異常ないかッ！」

と聞いたところ、

「異常ありません」

という。それなら速力を出せ、と命じたんだが、罐はどんどん焚くのにいっこうに走らない。おかしいと思って調べたら、魚雷が艦尾に当たって、スクリューを吹っ飛ばしちゃったんですね。艦尾には人はいないので死傷者はいない。そのかわり、艦のお尻がペロリとまくれあがっているんです。

そのうちに、また至近弾が落ちて、その破片が第一砲塔の揚弾筒に飛びこんで、揚弾して

いた砲弾の一つに命中、これが爆発しちゃった。そのために、第一砲塔が破壊されて沈黙してしまった。動かない艦に、敵機はなおも攻撃をくり返してね。こんどは至近弾が落ちたと同時に、第一発射管が爆発です。ドカーンと大音響とともに、発射管が魚雷もろとも空中に飛び上がって、バラバラになって落下してくるんです。そりゃあ凄いものでした。

ところが、魚雷の炸薬の誘爆なのかどうか、それがわからんのです。爆弾が命中したのなら、艦に穴があくわけだし、魚雷の誘爆だったら、艦に致命傷をあたえるはずです。ところが、艦体にはまったく異常がなくて、発射管だけが空中に飛ばされてバラバラになったんですからね。何が爆発したのかいまだにわからない。

ああいう情況になったら、装塡されている魚雷は、安全のために発射して捨ててしまうんですが、あのときは捨てる暇がなかったんですよ。それほど素早く敵機が攻撃してきたんですね。そのうち至近弾がドカドカ落ちてきて、その破片が発射管のあちこちに当たって破壊するもんだから、装置が動かなくなってしまった。だから、魚雷を捨てようにも捨てられなくなったんですね。

艦は止まったままだし、艦橋は至近弾の破片と爆風でベコベコになって、ちょうど、傘がおチョコになったように圧縮されて、すぼまってましたね。艦の上部構造はめちゃめちゃだし、戦力はもうゼロです。そういうことが上空から見てわかったんでしょうね。ようやく敵機がこなくなったんです。

ところが、幸いなことに、艦尾に魚雷が命中しただけだったのと、艦首部が至近弾で穴だらけになったことをのぞけば、あとはまったく無傷なんです。いちばん大事な艦の中央部は健在なので、傾きもせず浮いている。そのときの乗員の戦死は、二十名ぐらいでしたかな。意外に、人員の損害が少ないんですよ――」

覚悟を決めた東艦長

『――その後も攻撃はちょいちょいありましてね。ところが、どれもこれも間の抜けた攻撃なんですよ。まず飛行機が来ましてね。それも日本軍基地を攻撃に行って帰ってくるやつです。まだ残弾を持ってるものだから、帰りの駄賃《だちん》に落としていくんだね。止まってる目標に落とすんだから、当たりそうなものだけれど、これが当たらない。帰りで気がゆるんでるから、あまり真剣にやらないんだろうね。みんな弾着がそれるんですよ。

そのうち雷撃機が来ましてね。真横から魚雷を投射してきた。これが一直線にこっちに向かってくる。私は舷側にいて見ていたんですが、どう見ても真ん中に命中するんですよ。ところが、いつまでたっても爆発がおきない。変だなあと思ってのぞいてみると、五十メートルほど近づいた魚雷が、そこで駛走力を失ったんだね。ポカッと浮き上がって、そのままブクブクと沈んでいっちゃった。発射するのが遠すぎたんですねえ。

もう一回ありましたよ。やはり魚雷を投射したやつが、これも命中間違いなしと思っていたやつが、直前まで走ってきて、いきなり、アサッテの方へ向きを変えて走っていっちゃった。あれは針路装置が、何かの拍子に故障したんでしょうね。そういうことで、直撃弾がなかった。じつに幸運でした。

そのうちスコールがありまして、その間に、「初雪」が来てくれたので、乗員をすべて移乗したんです。艦長の東日出夫少佐が、この艦を最後まで見とどけるからと言って、残られたので、それじゃ、水雷長の私もと、二人だけ残ったんですよ。

そのうちに、今度は「夏雲」が救助に来てくれたんですが、これが運わるく、敵機に発見されて、急降下爆撃で直撃弾をうけちゃった。大爆発がおこって、アッという間に轟沈ですよ。たった一発の爆弾で、あれは弾薬庫が誘爆したのかもしれませんね。

そのあとは東艦長と二人きりでね。もう、しようがないから流れに身をゆだねていようといってね。覚悟をきめたら、とたんに腹が減ってきてねえ。昨夜から何も食べていないんですから。そこで私は、艦内の酒保の倉庫に行ってみたら、補給したばかりのビールやら羊かんが一杯ありましてねえ。なにしろ、艦長は酒が大好きですから、このまま捨ててしまうのはもったいないから飲もうじゃないかってね。艦長はビール、私は羊かんをむしゃむしゃやっていましたよ。夜になると安全ですから、流れにまかせていたわけです。

あとで聞いたんですが、ショートランドにいた旗艦の「川内」では、橋本司令官が、東と本多の二人を救助するんだと言って、フネを出したというんですね。しかし、図体の大きい軽巡がソロモン水道を走るのは自殺行為だから、駆逐艦が行くからやめてくれと言って、やめさせたらしいんです。それで「初雪」がふたたびやってきたんですよ。

ところが、東艦長が、ガンとして「叢雲」から動かんのです。杉野司令と二人で押し問答がつづきましてね。司令は、「お前が動かんのならオレも動かん、そのうち敵機がきて、共倒れになるかもしれんがしようがない」と言ったら、とうとう艦長も折れましてね。

そのころになって、急に「叢雲」の燃料に火がついて、燃え出したんです。どこかでくすぶっていた火が、ひろがったんでしょうね。みるみるうちに火勢が強まって、アカアカと燃え出しちゃった。その火勢で、あたりは昼間のようになったので、これでは目標になるからと、「初雪」から魚雷を一発発射して自沈させたんです。これが「叢雲」の最後なんですよ――』

三艦の兼務艦長となる

『――十九年の十月に艦長養成所でもある水雷学校の高等科学生になったんですが、学生といっても、何もしませんでしたね。すぐに「楢」の艤装員長を命じられて大阪の藤永田造船所へ行ったわけです。当時は資材がなくて粗悪な材料でつくったわりには、じつに操艦しやすい、いいフネでしたね。

例の沖縄特攻のとき、「大和」を護衛して大隅半島まで出撃せよと命令されたんですが、いかんせん燃料がなくて行けなかったんですよ。

本多元少佐。記録されていない「叢雲」の奮戦を語った。

この丁型は〝雑木林〟といって、樹木の名がつけられていたんですが、船団護衛を任務とする予定だったんですね。ところが、実際にはそれもできなかったわけで、結局、護衛はしたけれど、朝鮮から中国付近まで行って、あとはおっ放して帰るという程度しかできませんでしたね。

そのころは〝機雷警戒〟といって、機雷を投下する敵機の警戒をもっぱらやらされていました。私の艦も宇部沖で警戒していたところ、北へ行けといわれましてね。萩方面へ行こうとして、六月三十日に関門海峡を通り抜けて彦島造船所の西に出たところで、艦尾をドーンとやられちゃった。

磁気機雷だったか、音響機雷だったかわかりませんが、艦尾の軸がくの字に曲がっていましてね。べつに浸水もなく、死傷者も出なかったんですが、その衝撃で、艦が前後にひどく揺れて操艦ができないんです。

ちょうど目の前が彦島の三菱造船所だったので、すぐに曳き船で引っ張ってもらって、船渠に入れたんです。修理をするにしても予算はない、資材はないで、それに大修理になりますからね。どうなおすか、といろいろ検討はしていたようですが、なかなかなおしてくれない。それに油もありませんからねえ。

それから七月二十四日に、「椿」が玉島沖で敵機にやられて、艦長がケガをしたというので、私が兼務の配置になったんです。

ところが、同時に「楡」の艦長もいなくなったんですね。それで、こんどは「楡」の艦長も兼務で、同時に三つの艦をもたされてね、どうしようもなかったね。それで終戦を迎えるわけですが、敗けるときというものは、そんな具合になるんですねえ――』（昭和五十七年四月十五日インタビュー）

〈軍歴〉大正五年二月四日、群馬県富岡市に生まる。昭和八年、海軍兵学校生徒。同十二年卒、六十四期。「加賀」に乗り組み、折りからの日中戦争に従軍。その後、「山風」乗り組みをへて、水雷艇「初雁」の先任将校となり、北支警備の任務で旅順、青島を巡る。十六年九月、「叢雲」の水雷長で開戦を迎える。シンゴラ、マレー上陸作戦を支援。ボルネオ作戦、ジャワ作戦をへてガダルカナルをめぐる攻防戦で苦戦。十八年十一月、「青葉」水雷長。十九年十月、水雷学校高等科学生。同年十一月二十六日、「楢」の艤装員長から艦長。同艦長のまま二十年七月、「椿」「榆」と三艦の兼務艦長で終戦を迎える。海軍少佐。戦後、海上自衛隊入隊、南極観測船「ふじ」の艦長となる。

攻撃の死角

〈海防艦「崎戸」艦長・小林恒次少佐の証言〉

「武蔵」の砲塔運送艦

日本の海上戦力は、開戦から中期までは、もっぱら空母と駆逐艦中心の戦いであったが、昭和十九年以降の後期では、水上部隊の艦艇の激減と、戦闘海域の本土接近にともなって、船団護衛を主任務とする海防艦の戦いが熾烈をきわめるようになった。

太平洋戦争での海上戦闘は、そのはなばなしさにおいて、戦艦、空母、巡洋艦、駆逐艦、潜水艦などの艦艇がクローズアップされがちだが、その裏方ともいうべき海防艦の戦いを忘れてはならない。

戦争中に活躍した海防艦の総数は百七十隻で、しかも乗組士官は、艦長以下ほとんどが高等商船学校出身者、または一般大学出身の予備士官、あるいは特務士官であった。ここに海防艦の特殊性がみられる。

『――当時、高等商船学校を卒業すると同時に、海軍少尉の資格があたえられたんです。民間の船舶会社に勤めても、その資格はついて回って、いざ召集となったとき、そのときの実績年数に応じて、中尉になったり、大尉になったりして軍務についたわけです。私は約六年間、国際汽船で貨物船の船長をしていて、昭和十六年に召集されたわけですが、そのときは大尉の階級でしたね。

私が最初に乗ったのは海防艦ではなく、特殊特務艦で、砲塔運搬艦の「樫野」です。このフネは、戦艦「武蔵」が長崎の三菱造船所でつくられているとき、呉から砲塔を運ぶためにわざわざ建造されたというイワクつきのフネでしてね。その構造も、ちょっと変わったものでしたよ。

「樫野」の常備排水量は一万三百六十トンですが、変わっているのは艦橋がやや後方にあって、艦橋前方の上甲板に三つのハッチ、艦橋後部に一つの合計四つありましてね。艦首の一番ハッチは砲塔属具用、そのうしろの二番ハッチは長さ二十・七メートルの主砲三本を収納するもの、そしてその後方に三番ハッチがあるんですが、これが直径十六メートルほどの円い穴なんです。つまり砲塔の旋回盤をおさめるハッチなわけです。四番ハッチも砲塔の属具をおさめるもの。こういう運送艦なんですよ。

小林元少佐。作戦中、戦死者をださず幸運だったと語る。

なにしろ、一回に砲塔一基分しか運べないんですからね。それだけでも約三千五百トンもある。ですから、三回運びましたよ。最後に運び終わったとき、開戦だったのを覚えています。おもしろいのは、砲身を陸上げするときなんです。一本ずつ木の枠に入れて、その上から黒い布でおおって、それをクレーンで持ち上げるんですが、いくら防諜上といっても、見れば一目で砲身だということがわかるし、専門家なら、その大きさから、どの程度の砲身かということが推測できるはずです。無駄な隠蔽工作でしたね。

砲塔を運ぶためのフネですから、運び終わると、お役ご免というわけです。それで輸送艦として使われましてね、北海道の釧路から原木を積んで運んだり、海南島から鉄鉱石を運んだり、三、四回、輸送任務についていますよ。

そして、十七年八月に、ボルネオのバリックパパンからニッケル鉱をつんできたのが、「樫野」の最後の航海になったわけです。その最後の日が九月四日で、台湾の高雄を出発して東シナ海に入り、沖縄の方に向かっているとき、米潜に襲撃されましてねえ。

そのとき、「樫野」は、十二ノットぐらいで走っていました。右舷から雷跡が見えたのでオモ舵をとったのですが、時すでに遅く、船体中央部に、つぎつぎと三本の魚雷が命中しちゃった。それでも艦は、二十分ぐらい浮いていましたかねえ。艦は、そのまま傾きもせずにだんだん沈んで、いよいよ上甲板に水が上がったところで、総員退艦の命令が出たんです。

その間に艦上では、大急ぎでイカダをつくってね。

艦には便乗者もたくさんいて、ぜんぶで七百人ぐらいいましたね。結局、このときの沈没で半数以上が死亡しました。私が最後までフネにとどまっていて、いよいよ沈むとき外に出たんですが、沈没のときの渦に巻きこまれて、海中深く沈んだんです。真っ暗なところまで引きずりこまれて、これで死ぬな、と思ったとき、急に体が浮上しはじめてね。頭上が明るく見えるところまで浮き上がるまで、四回、水を飲みましたよ。

ようやくポッと海面に浮いたとき、目の前に内火艇がいましてね。運よく助かったわけです。それから一週間ぐらい漂流しました。

沈むとき電報を打ったというんですが、どこにもとどいていなかったんですね。内火艇には、イザというときのために乾パンをつんであったのでよかったのですが、水がない。ところが、おりよく猛烈なスコールがたびたびあったので、それで助かったわけです。

一週間ほどして、台湾航路を定期便で走っている高千穂丸が、とおりかかりましてね。全員で、手を振ったり、シーツなどを打ち振ってね。運よく気がついてくれて、救助されたんです――』

敵の裏をかく一斉回頭

九死に一生を得た小林氏が、内地に帰還したところ、十月十一日に展開されたガダルカナルをめぐるサボ島沖海戦で大破した重巡「青葉」が呉に入港、修理されることになった。この「青葉」に乗艦を命じられたが、「樫野」沈没のときのショックからか、肺浸潤と診断され、練習巡洋艦「八雲」の航海長として転出、兵学校生徒の教官を兼ねて瀬戸内海を巡航していた。

『——海防艦「崎戸」が日立桜島造船所で竣工したのは二十年一月十日ですが、その前に艤装員長として着任したわけです。たしか、十九年の十二月だったと思います。竣工と同時に艦長になって、「崎戸」は、呉防備戦隊に編入されたわけです。それから約一ヵ月あまり対潜訓練をして、第一護衛艦隊に編入、まもなく出撃です。

台湾方面からくる船団を護衛するのが任務で、三月三日に門司を出港し、台湾の基隆《キールン》に向かったのです。基隆には五隻の輸送船がいて陸兵を満載している。これを沖縄まで護衛して行けという命令です。

そこで三月十七日に基隆を出港したところ、沖縄付近に敵機動部隊が進出してきたという通報があったので、いったん中国沿岸まで避退して、ようすを見ていたんです。そして、十九日にふたたび沖縄に向けて航行してると、またまた緊急電が入って、敵機動部隊沖縄来襲の公算大なりというわけです。

やむなく船団を誘導して、上海の南方に浮かぶ舟山列島まで避退していきましてね、島の間を縫いながら進んでいくと、一機のB29が飛んできて、船団をつけ狙いはじめたんです。これは来るな、と思ったので、あらかじめ主砲に、敵機が距離二千メートルにたっして爆撃態勢に入った瞬間、発砲するように苗頭《びょうとう》を定めておいたのです。

すると案の定、敵機はスーッと旋回して正面からやってきましたよ。いよいよ爆撃態勢に入ろうとしたとき、撃ったんですがね。それが、もののみごとに命中して、敵機はバラバラに飛び散ってしまいましたな。

海防艦「崎戸」の初の戦果というわけです。それにしてもよく命中したものですが、こういうケースは海防艦ではよくあったようですよ。敵機にたいする撃ち方として聞いていたものですから、そのとおりやったところ、図に当たったわけです。

このあと、沖縄方面は米軍の重囲下にあるし、三月二十四日には慶良間列島に上陸するしで、とても行けたもんじゃない。やむなく船団を南鮮方面につれていったんです。その途中で、敵の潜水艦の待ち伏せにあったんですが、これもマンマと巻いてやりましてねえ。

そのころ、黄海に防潜網が張られていましてね、中国から朝鮮に渡るフネは、防潜網の北側を通って横断することになっていたんですよ。その防潜網のはずれ付近に、たいてい敵潜がいるんです。それも二隻で共同作戦をしている。その二隻が無線電話で話をしているのをキャッチしたんです。ナマ放送なんですよ。ところが、彼らの話し方は、ストレートの会話ではなく、単語の頭文字だけで話しあっているんです。その頭文字を書きとっていくと、比較的簡単に、一連の文章をつくることができるわけです。

彼らのナマ放送を解読してみると、防潜網の転換地点に、船団が何時何分に到達するから三番目の大きなヤツを狙え、ということを言っているのがわかったんです。

たしかに船団の三番目のフネが、一番大きかったですからね。そこで私は、よしそれならと、彼らが打ち合わせた時間の三十分前に、九十度の左一斉回頭をして、そのまま船団をぶじに青島に避退させちゃった。計算からいくと、待ち伏せしている敵潜の約十キロ手前で体をかわしたことになるんですがね。おそらく、敵潜は口惜しがったと思いますよ。そのいきさつを、青島の陸戦隊司令官に報告したところ絶賛されましてね、その夜は、エラい御馳走をしてくれましたよ――」

爆雷による敵潜攻撃

『――敵潜を攻撃したこともありました。二十年の五月二十八日のことです。当時、南鮮の麗水を基地として、南鮮と済州島間の警戒に従事していたんです。夕刻、出撃して済州島の近くを哨戒していると、夜半になってから、電探で敵潜を捕捉したんです。それもうしろから来たやつです。

その当時の電探というのはラッパ型のもの（二十二号水上見張りレーダー）で、発信と受信の二つのラッパがついていましてね。これを回転させているけれど、真うしろの三十度の範囲が死角になるんです。そこで之字運動をして、死角になる範囲をカバーするわけです。

その之字運動をしているときに、うしろに発見したわけです。すぐに艦を回頭して、敵潜のほうに向けて全速で突っ走っていったんですが、その夜は真っ暗でよくわからない。しかし、眼鏡でよく見ていると、A型の敵潜が浮上している黒い影を発見したんです。そこで二千メートルの射程距離で発砲するように、レーダーで照準しながら追跡していったんです。敵はどうやら気がついていないようでしたね。いよいよ射程に入ったところで、レーダーを見ながら、

「撃てッ！」

と号令したんですが、発砲しないんだなあ。

「目標が見えませーん」

と言うんだ。そのころの砲手の訓練というのは、目標を見て、引鉄を弾くという訓練をうけていたんですね。レーダー射撃というものを知らないんだね。しかし、砲には距離苗頭はセットされているんだから、砲手は目標が見えなくても、引鉄を引けばいいんだ。

「そのままでいいから撃てッ！」

と怒鳴りかえしてねえ。砲員にたいして、ちょっと抵抗を感じましたなあ、すぐ反応しなかったので。しかし、二十発ぐらい砲撃しましたかね。ところが、なかなか当たらんのです。そのうち、フーッとレーダーのブラウン管から敵の映像が消えてしまった。急速潜航したんでしょうね。そこで付近海面まで走っていって、こんどは爆雷攻撃です。

結局、夜明けを待って調査したところ、大量の油が浮いていましてね。多分、撃沈したんだろうということで、そのむね総司令部に打電報告したんですが、かりに撃沈してなかったとしても、かなりの打撃をあたえていると思います。

もう戦争も末期となって、敵機の空襲も激しかったんですが、とくに朝鮮海峡や済州海峡などには、相当量の機雷が投下されましたね。六月に入ってから、B29がよく機雷を投下していました。それも磁気機雷が多かったですね。「崎戸」は、六月一日に基地を南鮮西端の所《ソ》安《アン》群島にうつしていましたが、この付近も、たえずB29が飛来して、機雷を投下していました。

六月二十七日のことです。午後になってから、「南方から米を満載した慶城丸がB29の攻撃をうけている」との電報が入ったので、海防艦「鵜来《うくる》」が、ただちに救助に出撃したんです。そこで「崎戸」も、ちょっと遅れて午後六時に応援に出撃したわけです。

現地に向かう途中、長竹《ちょうちく》水道を真西に針路をとって十四ノットで航進していたときです。いきなり左舷五十メートルぐらいの至近で大爆発が起こり、船体がグラグラッと揺れましてね。見ると、大水柱が水面に吹き上がっている。

やられたッ！　と思いましたね。ところが、船体はどこもなんともない、裂け目もない。浸水もしていないんです。ところが、この爆発の衝撃で、機関が両舷とも故障して、航行不能になってしまったんです。

磁気機雷の爆発なんですね。磁気機雷というのは、近くをフネが通ると感応して、海底に沈座したまま水中で爆発するんです。幸い船体の直下ではなく、ちょっとズレていたので沈没はまぬがれましたけど、動かなくなったのは困りましたねえ。ただ不幸中の幸いだったのは、人員に死者が出なかったことです。しかし、機関長の増田大尉が、そのとき頭でも打ったのでしょうね。戦後、復員してから後遺症が発症して、とうとう亡くなりました。

航行できなくなったものですから、ただ救助を待つしかないわけです。ところが、運よくそこへ、陸軍の機帆船が通りかかったので、艇長を説得して、基地まで曳いてもらったのです。しかし、小さな機帆船が、千トンもの海防艦を曳航することはできません。そこで潮流を利用したわけです。

朝鮮海峡というところは、潮の干満の激しいところで、満ち潮のときは西から東へ急潮流が生じ、退き潮のときには逆に東から西へ流れるんです。そのときはちょうど満ち潮だったので、推進力は潮流にまかせて、機帆船には艦の針路を維持する程度にロープで艦首を曳いてもらったわけです。

所安群島で応急修理をして、そのあと鎮海から釜山に行って、船渠に入ったところで終戦というわけです。ただ私としては、「崎戸」の乗員二百二十名のうち、作戦中に、ただ一人として戦死者を出さなかったということが、まことに幸運だったと思いますね――』（昭和五十七年八月六日インタビュー）

〈軍歴〉明治三十六年四月二十五日、山梨県日川村（現山梨市）に生まる。大正十五年十二月十五日、東京高等商船学校卒。国際汽船株式会社に入社。船長として勤務。昭和十六年召集、特殊特務艦「樫野」運用長として、戦艦「武蔵」の建造にたずさわる。十七年十月、「青葉」乗り組み。十八年二月、「八雲」航海長兼兵学校教官。十九年十二月、「崎戸」艤装員長で、二十年一月、同艦長。主として輸送船団の護衛に任じ終戦を迎える。海軍少佐。現在、東京湾海難防止協会副会長。「千葉の港をよくする会」会長。

実戦即訓練

〈海防艦「第四号」艦長・水谷勝二少佐の証言〉

〝対潜用艦〟で対空戦闘

戦争中期ごろから、日本の輸送船の被害は激増の一途となり、戦争遂行に甚大な影響が出はじめてきた。そこで、対潜警戒艦としての海防艦の急速量産が叫ばれ、昭和十九年から二十年にかけて、基準排水量八百トン前後の海防艦が、ぞくぞくと生産された。

低速、小型の艦ではあったが兵装は最新で性能よく、第二次大戦の彼我対潜護衛艦の中では最強力のものだったといえよう。

海防艦には大きく分けて、甲型、丙型、丁型の三種類があるが、そのうちもっとも大量につくられたのが丁型で六十三隻にのぼる。

丙型の艦名が奇数であるのにたいして、丁型の艦名は偶数で、「第二号」を筆頭に「二〇四号」まであった(うち五隻は戦後に竣工)。

この丁型海防艦のうちで、目をみはるような大活躍をした艦がある。二番艦の「第四号」

がそれだが、昭和十九年三月七日に横須賀海軍工廠で竣工したとき、初代艦長として着任されたのが水谷勝二少佐である。

水谷氏は、現在、氷川丸マリンタワー株式会社の顧問をつとめ、横浜・山下公園に係留されている「氷川丸」を職場として健在だ。いまなおフネと関わりを持つ人生を歩んでおられる。

戦時急造型の海防艦とはいえ、当時は非常なスピードで建造された。もっとも早くできたのは、起工から引き渡しまで七十五日間という記録をもつ艦（「第一九八号」）があった。このタイプの艦の要目を見ると、最大速力が十七・五ノットだが、この程度の速力で支障はなかったのだろうか。

『――まず敵の潜水艦の場合、いまとは違って当時の潜航速力は八～十ノットで、それほど速いものではなかったということが一つあげられますね。それから護衛する船団にしても、優速貨物船でも十六ノット程度です。これが船団を組むと、せいぜい十三～四ノットしか出ません。したがって、十七・五ノットの速力でも十分だったわけですね。

この丁型というのは、丙型とほとんど同一の設計で、外観だけでは見わけがつきませんが、丙型は機関がジーゼルなんです。こっちは蒸気タービンを採

実戦即訓練という命がけの出撃だったと語る水谷元少佐。

用しているんです。そのために丁型のほうが一ノット速いんです。騒音もタービンのほうが小さいですから、対潜警戒のための水中聴音が、それだけ有効性が高かったわけですね。駆潜艇などもジーゼルですから、自分の音が大きく入ってくるので、なかなか聴音機で敵を捕捉しにくいということがありましたね。

それにもまして「第四号」が優秀だったのは、水測員がすべて現役の兵員だったということです。なにしろ新しい艦ですから、最初から優秀な、練度の高い水測員を配備してくれたわけで、補充兵がいなかったですからね。

「第四号」の乗員数は、はじめのうちは百七十名ぐらいでしたが、その後、サイパン沖での戦闘があって以来、機銃をうんと増設したので、三百三十名ぐらいに増えました。

十九年五月十四日に東松八号船団を護衛して館山を出撃、サイパンに向かったのです。この船団は、東山丸、能登丸、さんとす丸の三隻を、駆逐艦「皐月」、海防艦「天草」、同「四号」「六号」の四隻で護衛するという異例の厳重さでした。というのは、名古屋の第四十五師団を送りこむという任務だったからです。この師団は、サイパン防衛の主力ですから、海軍もとくに力を入れたわけです。

このときは敵潜にも遭わず、ぶじサイパンに到着したわけです。私の艦は、それからさらにグアム、ヤップ、パラオと巡《めぐ》って、ふたたびサイパンにもどったのが六月九日です。

ご存知のとおり、サイパンに敵機動部隊の艦載機約百九十機が来襲して大空襲をかけてきたのが十一日、そして米軍が上陸してきたのが十五日です。まさに切迫した時期だったわけです。

そのとき私の艦に、十一日の午前零時を期して、単艦で父島へ向けて出航せよという命令が出たんです。そこで私は、中部太平洋艦隊司令長官の南雲忠一中将と、第六艦隊司令長官の高木武雄中将のところへ出発の挨拶に行ったんです。そのとき南雲長官が、

「硫黄島には飛行機はいないし、トラックやペリリューの飛行機は、豪北に移動しているので、いまこっちに敵が来たら完全にお手上げだよ」

と語っておられたのが、非常に印象ぶかかったですね。長官は敵の来襲を予感されていたのか、当時サイパンにいた中小輸送船十二隻、小型船舶艦艇など二十一隻を急いで東京に回航するようにと、水雷艇の「鴻《おおとり》」を旗艦として緊急出航するよう命じていたんです。

それより一足先に「四号」海防艦は出発し、つづいて船団も出発したんですが、その日の午後一時ごろからサイパンは大空襲に見舞われたわけです。間一髪だったわけですよ。

翌十二日の午前四時三十分に、「〝四号〟海防艦は、ただちに〝鴻〟のひきいる船団に合流せよ」との電信をうけたので、急遽《きゅうきょ》、反転して南下し、八時四十五分ごろ、船団に合同したんです。そして「鴻」の信号にもとづき、二列縦隊の船団の右四十五度、三百メートルに占位したとたん、見張員の報告です。

「敵飛行機三十機、左六十度！」

ただちに、「総員配置につけ」が発令されて対空戦闘に入ったわけですが、敵機はまず、旗艦の「鴻」と私の艦に攻撃をかけてきましてね。敵機はじつに勇敢で、高度三百メートル

ぐらいの低空まで降下して爆弾を投下するんです。私は敵機が爆弾投下の態勢に入ったのを見ては、「面舵一杯ッ！」と回避するわけです。丁型海防艦というフネは、じつに小回りのきくフネで、舵を切ったとたんに、クルッと回頭するので、みな至近弾になりましたね。ところが、「鴻」はこのときに直撃弾をうけて、弾薬庫に命中したのか、一瞬のうちに轟沈でした。

約一時間ぐらい、十数回におよぶ投弾と機銃掃射をうけて、被弾数百発、船体は穴だらけで若干の浸水もありましたね。その間、敵機を二機、落としました。しかし、一番砲、機銃台、電信室のほか、艦橋や第二兵員室、士官室前通路の弾薬運搬中の兵員など、戦死八名、重傷七名、軽傷二十二名を出してしまったのは残念でした。

一方、他の船は速力がありませんからね。飛行機から見ると、止まっているようなものです。バラバラになって回避していましたが、ふたたび第二波二十八機が来ましてね。この時点で、船団の大部分は沈没して、残ったのは護衛艦二隻と輸送艦二隻だけです。さらに第三波二十機が来たときは、スコールと日没になったので助かったというわけです。

この対空戦闘が、はじめての体験でしてね、もう無我夢中で、なにをどうやったのか覚えていないほどです。

しかし、この戦訓から、海防艦にも対空機銃を装備しなくてはいけないということになって、「四号」艦にはじめて二十五ミリ三連装二基、連装二基、単装八基、十三ミリ単装二基を装備したわけです。この機銃装備は、爾後の作戦に非常に貢献しましたね――』

敵味方刺し違えの激戦

『――対潜用につくられた海防艦に、防空海防艦の任務がくわえられたわけです。とくに対空訓練をしたわけではないんですよ。数十回にわたって護衛作戦に出撃しましたが、その一つ一つが、実戦即訓練という次第です。文字どおり命がけの訓練です。ですから、非常に腕が上がって、みな自信をもって戦闘していました。

一日じゅう戦闘したとしても、敵の攻撃はだいたい三波です。第三波攻撃が終了するころ日が暮れますから、夜になるともう敵機は来ません。夜のうちに敵の飛行圏外に脱出することができますから、とにかく一日もたせろ、というわけです。一日もてばなんとかなる、という自信でしたね。

波状攻撃をかけられるたびに戦闘員に損害が出るわけで、そこが問題なんです。第一波攻撃で、約半数やられますね。直撃されなくても、至近弾の破片、機銃掃射などで死傷者が出る。とくに機銃員の死傷は致命的です。応射が少なくなると、敵機はそれを見すかして攻撃してきますからね。それでやられたフネが非常に多いんですよ。幸い、私の艦は、機銃配備が他のフネより多かったので、やられないですんだと思います。

それから、敵の水上艦艇との交戦が一度ありました。八月のはじめ、硫黄島に行った帰りに、父島から船団を護衛して帰路についていたときです。護衛艦は、高橋長松少将を司令官として旗艦「松」のほかに「旗風」、「四号」「一二号」、それに駆潜艇二隻でした。十時半ごろ、父島北西二十カイリ付近で、敵機約三十機が来襲して対空戦闘です。このとき、右艦首と艦尾に至近弾で穴があきまして若干の浸水。それに後部十三ミリ機銃員二名戦死、一名重傷の損害をうけたんです。

それから一時に第二波約三十機、つづいて四時に第三波約五十機の来襲です。このために船団はつぎつぎに沈没です。「四号」艦は、その間に敵機四機を撃墜しましたが、さらに戦死二名、重軽傷二十名を出してしまった。

そこへ、六時ごろ、敵の重巡、駆逐艦など十隻内外の水上艦艇の出現です。視界にのこっているわが方は、「松」「四号」、利根川丸の三隻だけです。すると、「松」から入電があって、「〃四号〃海防艦は、利根川丸を護衛し戦場を離脱せよ」といってきたんです。そこで避退行動にうつったら、十九時四十分に「松」から、「四海防、四海防」と呼び出し符号のあと、

「われ、敵巡洋艦と交戦中、ただいまより反転、これに突撃す……」

と打電して、敵艦群に単艦で突入していったんです。全艦火だるまとなりながら、ついに沈没していきましたねえ。高橋少将が身を挺して援護してくれたんですが、二十時ごろ、利根川丸は、照明弾による艦砲射撃と、大型機の爆撃で撃沈されてしまいました。結局、「四号」海防艦だけがぶじで、横須賀に帰ることができたんです。

ここで強調しておきたいのは、海防艦の対潜能力が抜群だったということです。海防艦の対潜攻撃能力は、他の艦に比して格段の力を持っていましたね。とくに爆雷は百二十個保有

しており、三式投射器を艦尾に十二基、それに投下器をくわえて、一斉射二十四発という、他の艦艇の数倍の威力がありました。しかし、水中測的兵器については、九三式二型水中聴音機はまず役に立たず、九三式一型水中探信儀もきわめて精度がわるくて不安でしたね。そこへ登場したのが三式探信儀です。

これは、〝故障三式〟というニックネームがつくほど故障続出で頭痛のタネだったものですが、まだ一部の潜水艦にのみ採用されていたのを、とくに進言して、「四号」海防艦に装備してもらったんです。

幸い、優秀な水測員が日夜努力して、これをみごとに使いこなして戦果をあげることができましてね、艦政本部の担当員も非常に喜んだものでした。三式探信儀を交換してから何航海目だったか、十一月十一日のことです。父島から船団を護衛しての帰途、八丈島北方を航行中に、右三十度方向、三千メートル以上に、ブラウン管に反射波が現われたんです。当日は晴天で波は静かでした。

水測室の緊張した報告に、「捕捉探知」を命じ、レシーバーをかぶり、同じく艦橋のブラウン管を見ていると、スーッと横に流れるブラウン管の中の緑の線が、カーンというレシーバーからの音とともに、一瞬、直立線となる。これはまさに金属体をとらえた姿です。

しかし、当時の探信儀の有効距離から考えて、とうてい信じられないような遠距離です。しかし、付近には何もないし、海図を見ても、海底障害の岩もない深さです。どう見ても、敵潜水艦の可能性が大きい。そこで、

「戦闘爆雷戦」の号令を下し、船団を退避させて、攻撃に移ったわけです。まさに絶好の先制攻撃です。二千メートル、千五百メートルと近づくが、目標物はあまり動かない。千メートルまで近き、いよいよ増速態勢にはいったとき、

「艦首方向、雷跡ッ！」

と見張員の声です。見ると、二本の真っ白い雷跡がこっちに向かってくる。

「第二戦速急げ」「発射用意」「用意、テーッ」

と矢つぎばやの号令。まさに敵味方刺し違えての一騎打ちです。敵の魚雷は難なくかわして、敵潜の頭上にのしかかったところで、二十四発の爆雷を一斉投下です。投網を投げたように散布した爆雷の爆発で、海面は小山のように盛り上がります。その地点に発煙筒と信号竿を投げこんでおいて反転回頭、その間に次発装塡完了、ふたたびとって返して攻撃をくりかえすわけです。

するると、海面に真っ黒な重油とともに、十数メートルの大気泡が、数個、湧出してきました。撃沈確実と判断されましたが、なお念のために制圧をつづけましてね、ブラウン管、聴音器とも反応がまったくなくなったところで、引き揚げたわけです。

これは間違いなく撃沈したと確信して報告したところ、館山入港と同時に、海上護衛司令部の参謀、艦政本部の部員などが乗艦してきて祝福されましてね。とくに艦政本部部員の喜び方は大変なものでした。

敵潜を捕捉、撃沈するということが、きわめて困難なことだっただけに、こんどの三式探信儀による成功は、彼らにとっても大きなエポックだったわけですね。この敵潜撃沈によって、海防艦として、はじめての単艦感状を授与されたんですよ――』

昭和二十年四月二日、艦長交替の辞令をうけて水谷艦長は、「第四号」海防艦を下りた。その後、「第四号」艦は、第四特攻戦隊に編入されて、水上特攻隊の「回天」「震洋」「伏龍」などをもって編成された楠部隊の旗艦となった。以後、沿岸護衛に任じていたが、七月二十八日、鳥羽沖で敵艦上機約五十機と交戦、ロケット弾三発の直撃をうけ、沈没した。

（昭和五十七年五月十四日インタビュー）

〈軍歴〉明治三十八年五月二十七日、静岡市に生まる。昭和二年、神戸高等商船学校卒業。同年、日本郵船に入社。十五年応召。駆潜艇「第三号」艇長。開戦とともにフィリピン方面作戦に参加。十七年三月、スラバヤの第二十一根拠地隊に属し、駆潜活動に任ずる。十八年、対潜学校学生。同年、任少佐。十九年、海防艦「第四号」初代艦長。二十年、潜水母艦「駒橋」艦長、第一二九駆潜隊司令、第二十四掃海隊司令の一人三役のまま終戦を迎える。現在は「氷川丸」マリンタワー株式会社顧問。

月下の戦慄

〈海防艦「第八一号」艦長・坂元正信少佐の証言〉

暗号「テイコクバンザイ」

太平洋戦争で、海軍軍人として従軍した中で、商船学校出身の士官の大活躍は見逃せないものがある。

戦時中、海軍予備士官として高等商船学校出身者が召集された数は約二千七百名。大部分のものが、商船改装の特設軍艦や特設艦艇および海防艦や水雷艇など補助艦艇を指揮して、敵潜掃討や船団護衛に従事していた。

ことに昭和十九年の後半から終戦まで、連合艦隊の主力艦艇が払底した最悪期に、第一線に躍りでて戦局を支えたのが商船学校の出身者たちだったと極言してもよいだろう。

その中の一人、海防艦「第八一号」の艦長として活躍された坂元正信氏に、往時を回想していただいた。

『——商船学校を出ますとね。そのままで予備少尉の階級がつくんです。学校では軍事教練をうけていますから、いわば兵学校とやや同列に見られていたんです。この制度はかなり古くからありましてね、おそらく明治からじゃないかと思いますよ。もっとも昭和に入ってからは、軍事訓練がさらに厳しく課せられましたがね。商船学校の出身者は兵学校出よりは船の扱い方がうまかったですね。操艦をやらせたら問題なくうまいですよ。それだけ訓練時間が多かったですからね。

昭和十六年二月に召集をうけたんですが、どうせ二年もすれば除隊になると思って、気らくに出かけたんですが、それが開戦ということになってしまい、とうとう終戦まで延長されちゃったわけです。開戦のとき、私は水雷艇の「雁《かり》」の先任将校で、砲術長をしていましてね。そのときは「鳩」「雉《きじ》」「鷺《さぎ》」と、四艇で第十一水雷隊を編成して南支方面の哨戒を担当していたんです。

開戦の一ヵ月ほど前です。そろそろ雲行きがあやしくなってきたころ、ホンコン方面に派遣されましてね。そのとき、ホンコンには英駆逐艦二隻、米砲艦一隻がいたので、その動静を監視していたのです。

連合艦隊が、全軍に開戦を下令する符牒として一般に知られているのは、「ニイタカヤマノボレ」ですが、これはハワイ作戦の場合であって、われわれ南支方面は違うんです。それは、「テイコクバンザイ」でした。それにくわえて、「士官十名、下士官二名、兵八名」というのがつくんです。つまり十二月八日の暗号なんです。

それっ、とばかりホンコン攻略作戦を展開したんですが、敵も察知したとみえて、湾内の敵艦は、すでに姿がありませんでしたね。事前に遁走していたんですね。

その後、マレーの上陸作戦の援護をしたあと、十七年三月に日本軍がビルマのラングーンに突入したので、インド洋のアンダマン諸島を基地として、もっぱら、ベンガル湾とインド洋の哨戒が任務でした。

スマトラ最北端にサバンという小さな島がありますが、ここに海軍の中攻と水偵がいて、よく協同哨戒作戦をやったものです。哨戒のないときは船団の護衛ですね。そのころからB24がよく飛んできていましたね。ところが、高度が高いもんだから、こっちの高角砲がとどかないんですよ。もっとも水平爆撃ばっかりだったですがね。米軍機は、中国の昆明から飛んできていたようですね。

十八年五月に、海軍航海学校の教官として赴任したのですが、ここでは、たとえば兵学校出の大尉クラスの人が来るわけですが、彼らに小艦艇の訓練をするわけです。ブイにつけるとか、桟橋につけるとか、練習艦の「楡《にれ》」を使ってやるわけです。私は指揮官で、彼らに操艦をさせるんですが、ぶっつけそうになるわけです。それを見ていて、危ないときは私が舵をとってやるんですが、要するにセーフティ・オフィサーというわけですね。

しかし、この教官の任務というのは、じつは艦艇長になるための講習みたいなものだったんですね。わずか五ヵ月でお役ご免になって、こんどは「第一四号」駆潜艇の艇長を命じられたんです。

これは小笠原部隊でしてね、小笠原付近および南鳥島、サイパン方面の哨戒、船団護衛が任務でしたね。十九年に入ってからは、米軍の機動部隊がたびたび出没してね。よく艦載機に攻撃されたもんです。

ところが、駆潜艇の主砲は四十ミリ機銃が一門で、ほかに十三ミリ連装機銃が一基あるだけなんです。対空火器が不十分なんですよ。敵はそれを見抜いていましてね、突っ込んできたり、周りを乱舞するんです。こうなると、高角砲は撃てないし、機銃の俯仰旋回が間にあわんのですよ。これには往生しましたね。戦争にならんのですよ。なにしろ機銃を旋回させるのに、人力でやるわけですからね。だから、速力の速い飛行機に照準できないんですよ。

ですから私は、駆潜艇には連装機銃はいらんから、単装機銃につけかえてくれと進言したんですが、機銃の生産が間にあわないのか、そのままになってしまいましたがね。つまり小艦艇の対空火器については、そういう欠点があったんですよ。おそらく中央では、そういう現場の状況をよく把握していなかったんではないかと思いますね――』

海兵と予備士官との違い

『――ここで典型的な話をしますとね、兵学校出の士官と予備士官とは、考え方が違うということなんです。兵学校出身の指揮官は、概して戦果を重視するんですね。

潜水艦に襲撃されると、こいつを追いかけていって制圧するわけですが、彼らはとにかく撃沈してやろうと、戦果をあげることに全力を傾注するんです。

しかし、われわれは、〝深入りするな〟と言っていましたね。もちろん爆雷攻撃をするわけですが、ある程度制圧したら、さっさと引き揚げて、船団を安全なところへ誘導して、その場から逃げ出すことが本命だ、と考えていたんです。

というのは、敵潜はたいてい、二隻か三隻が一隊となっていますから、一隻だけ追いかけていると、他の敵潜が狙ってくるおそれがあるわけです。護衛艦艇の数が絶対的に不足しているんですから、一隻でも船団から離れると、そこに穴ができますし、手薄になる。そのために、第二撃、第三撃をうけて撃沈された船がずいぶんあるんですよ。

海防艦の速力は十六〜十七ノットですから、優速船の護衛が問題でしたね。海防艦の性能はきわめて優秀で、とくにエンジンの故障というものがなく、操艦もしやすくてよかったのですが、ただ速力の遅いのが欠点でした。優速船は之字運動をしながら行くのに、こっちは直進してちょうどバランスがとれるんですからね。

ですから、敵潜を一時間制圧していると、船団に追いつくまで三時間も四時間もかかる。だから、いつまでも制圧に時間をとっているわけにはいかないという悩みがありましたね。

船団護衛で思い出ふかいものといいますとね、海防艦「第八一号」ができて間もなく、「南号作戦」というのがありましてね。これはシンガポールから油を輸送しようというやつです。油槽船は富士山丸、アマド丸、光島丸の三隻で、これを「八一号」「六六号」「稲木」の海防艦三隻が護衛したわけです。これを「ヒ九五船団」と称しまして、昭和二十年一月三十日に門司を出撃したんです。

結局、二月十四日に、ぶじにシンガポールに入港したんですが、その間、B24と対空戦闘一回、対潜戦闘を一回やりましたが、敵もカラ船だとわかっているもんですから、あまりしつこく攻撃はしてきませんでしたね。

で、問題は帰路です。原油と航空燃料をたっぷりつみこんで、二月二十三日にシンガポールを出港したんですが、帰路についたとたん、敵の無電が飛びかいましてね。本艦のレーダーにも、敵機が五十キロ付近で触接しているのが入っている。最初からつけられているんです。そのうち大本営から、「昆明とマニラで貴船団の行動を通報しあっているから警戒を厳にせよ」という忠告の電報がきましてね。

われわれは、敵潜を警戒してマレー半島の沿岸ぞいに北上してシャム湾を横断、仏印南岸に沿って二十七日の未明、カムラン湾沖にきたときです。午前三時ごろでした。突然、アマド丸が雷撃されて轟沈ですわ。

坂元元少佐。終戦になってから出撃という体験を語った。

じつは帰路につくとき、艦長や船長が集まって、もし攻撃された場合、被雷したフネにはかまわず避退するという申し合わせをしていたんです。救助に手間どっているうち、全滅しないともかぎりませんからね。ですから、悲愴な覚悟をしての航海だったわけです。

しかし、実際には、「第六六号」が若干名を救助したようです。各船がそうだったんですが、シンガポールで、民間人五十〜六十名が便乗していましてね、私は、燃え上がる船の船尾から、モンペをはいた婦人が海に飛びこむのを目撃しましたよ。結局、ほとんどが海没したと思います。

とにかく現場から逃げ出すのが精一杯でね。しかし、午後になってから、基地航空隊が水偵一機を派遣してくれましてね。このとき海空協同で、敵潜を攻撃したんです。水偵が飛んできて、本艦の上でバンクすると、沖のほうへ飛んでいったんです。それを見て司令の橘大佐が、「敵潜を発見したんじゃないか、行ってみよう」とおっしゃる。そこで艦首をめぐらすと、また水偵が帰ってきてバンクし、沖へ飛んでいって、輪を描きながら白煙の発煙筒を海面に落としたんです。

あそこにいるぞ、とばかり急行して、付近海面に爆雷を連続投射したんです。二十〜三十発は落としたと思います。航過して、ふたたびもどってみると、おびただしい油が浮いていましたよ。すると、飛行機から赤い発煙筒が投下されて、そのまま去っていきました。撃沈確実とみて、すぐ司令部に打電しましたが、飛行機と協同作戦がとれると、潜水艦の制圧はじつに簡単なんです。

さらに北上して、三月一日に海南島の西方にきたとき、こんどはB24二機が来ましてね。このとき、光島丸の船首に爆弾が貫通したんです。爆発はしませんでしたが、船首がぐしゃぐしゃにつぶれちゃった。そのために、速力が出なくなった。そこでやむなく、「第六六号」をつけて、いちじホンコンに避退させたんです。

ところが、運わるく、ホンコン入港直前の三月六日に米軍機に襲撃されて、「第六六号」が轟沈してしまったんです。結局、私の「八一号」と「稲木」の二隻が、富士山丸を両側から抱きかかえるように護衛しながら、辛うじて三月十三日に門司にたどりついたわけです。光島丸はホンコンで応急修理をして、二週間後の三月末に、ぶじに徳山に入港しましてね。じつはこのときの光島丸の重油が、沖縄特攻で出撃した「大和」の燃料になったということです。

油不足でこまっていたときですから、ずいぶん喜ばれました。軍令部の参謀がわざわざやってきて、「ご苦労でした」と私に頭を下げたほどです。司令官も喜んで、門司の料亭でご馳走してくれるという破天荒の歓待ぶりでしたよ。結局、南方から油をもってくるのは、われわれの輸送が最後になったようで――』

終戦後にでた出撃命令

『――それからはもっぱら日本海、朝鮮南岸から東シナ海の哨戒にうつって、本土周辺しか行動できなくなったわけです。とくに、朝鮮南岸の哨戒ですね。五月十八日に、麗水と済州島を結ぶ連絡船の燕京丸が、B24に爆撃されて、これを救援に行ったことがあるんです。三千トンぐらいの船で、乗客はほとんど朝鮮の人なんですが、二千四百人ぐらい乗っていた。燃え上がる船から、乗客がどんどん海の中に飛びこんでいるのです。そこで私は、強引に燕京丸に接舷して乗客を移乗させたんですが、六百人ほど収容すると、いっぱいになってしまいましてね。やむなく応援を頼んで引き揚げたことがありました。このことはあとで現地の人から大変、感謝されましてね。「八一号」が済州島に寄ると、盛んに歓迎されたものでした。

それから現地の漁師のために、漁船を援護するということもやりましたよ。私の艦が哨戒していると、周りに五～六百隻の漁船が集まってきて漁をするんです。彼らにとっては、たのもしい味方だったんですね。

その間、対空戦闘はよくやりました。一度、こんなことがありました。四月二十二日の午前一時半ごろ、揚子江の河口にいたときです。月明の夜でしたが、月と反対の暗い方から、エンジンを止めたPBY一機が、滑空しながら無音接近してきましてね。

発見したときは、すでに爆弾の投下態勢に入っているんです。私はあわてて、「取り舵一杯、前進一杯！」と叫んで緊急回避したんですが、艦首がまわりはじめたとたん、舷側に至近弾がドカドカ落下しましてね、危ないところでした。もし回避号令より先に、「対空戦闘はじめ」なんて射撃号令を先行していたら、確実に被爆していたでしょう。

投下された爆弾のうち一発が、艦尾に命中したんですが、じつに幸運なことに、その爆弾は、デリックか、なにかに横腹をこすったらしく、横倒しになって甲板上に転がり、ゴロゴロと音をたてて転がりながら海中に落ちていったというんです。あとで話を聞いて、冷や汗をかきましたよ。

結局、終戦までぶじだったわけですが、戦争の全期を通じて、私は、一度も海の中を泳いだことがなかったわけですから、幸運なほうだったと思います。

ただ、終戦になってから出撃するという、不思議なことがありましてね。というのは、八月十三日に輸送船三隻を率いて、七尾から釜山へ行って食糧や物資を搭載輸送せよ、という命令が出たんです。準備をしているうちに十五日になり、終戦の詔勅が出た。ヤレよかったと思っていたところ、命令は生きているわけです。

つまり、詔勅はあったけれど、大本営からの停戦命令がまだないわけです。司令部では出撃せよという。もし会敵したらどうすればいいかと聞いたら、攻撃をうけたら反撃せよ、という。これには困りましたねえ。

結局、十八日に輸送船三隻を率いて出撃しましたよ。ところが、松江付近まで来たら電報がきまして、「戦闘行為停止時機は二十二日午前零時と定める。海防艦〝八一号〟は、船団を一番船長指揮の下に釜山に向かわしめ、〝海八一〟は至急、舞鶴に帰投せよ」といってきたわけです。

そこで、船団をひとまず付近の湾に仮泊させまして、各船の船長を集めて状況を説明したんです。みんな困った顔をしていました。しかし、いちおう終戦になったのだから、攻撃されることはないだろうと、一抹の不安は抱きながら、船団は釜山に向かったわけです。とにかく、終戦になってから出撃したのは、私のフネぐらいなものでしょう。釜山に行った船団は、ぶじ食糧の米や雑穀をつんで帰国することができたということです――』

「第八一号」海防艦は、その後、名称を第八一号特別輸送船と改め、主としてマニラ――宇

品間の復員輸送に従事したのち、賠償として、中国（現・台湾）に引き渡された。（昭和五十七年九月十三日インタビュー）

〈軍歴〉明治四十四年一月四日、東京市四谷区に生まる。昭和三年、東京高等商船学校入学。同六年、海軍砲術学校派遣、海軍予備生徒。八年、商船学校卒業。九年、日本郵船入社。同年六ヵ月間の勤務で「高雄」乗り組み、高角砲砲術士、任予備少尉。十六年二月、充員召集。水雷艇「雁」砲術長で開戦を迎える。十八年五月、航海学校教官、「楡」指揮官。同年十月、駆潜艇「第一四号」艇長。十九年十二月、海防艦「第八一号」艦長、任少佐。海上護衛作戦をへて終戦を迎える。二十一年一月、召集解除、日本郵船に復帰。

文庫版のあとがき

人の肉声をありのままに伝え、真実を記録することは、そうたやすいことではない。なぜなら、人にはそれぞれ個性があり、自我があり、さらに癖《へき》というものがあって、常住坐臥、つねに周囲に悪臭を放っているのが人間存在であるからである。そのうえ、そういう存在が発する気分に左右される言語を、正確に理解しやすい文章に置き換えていくとなると、未知の山々に登攀するにも似て、かぎりない集中と洞察とが要求される。いうならば、それを行なうためには、一皮一皮剝ぐがごとき犠牲を、自らの肉体に課さなければならない。著者はその苦行を負い、それを果たし、ひとすじの光明をそこに見つつ艦長たちを訪ね、それぞれていねいにそのお話をうかがい、記録にとどめた。

著者がインタビューした艦長たちの数は、第一期が三十四人、第二期が十七人。期間は、昭和五十四年十二月から五十八年十二月までのまるまる四年間。著者はその間、テープレコーダーとカメラを肩に全国行脚をつづけた。つねに同行者なし、たった一人の旅であった。救いは、訪ねた先の艦長のお宅で、いつも心のこもる暖かい扱いを受けたことだけであったが、それが彼の孤独をささえ、四年にもわたる行脚を終えさせたのであった。初対面の艦長は、ときに慈父のごとく、ときに長兄のごとく、感じられること、度々であったと、後年、彼は述懐している。さもありなん、そのひとすじの恩愛こそが、彼に最後までの行脚をつづけさせたのであろう。

にもかかわらず、それを方丈の仕事場で、一文字、一文字、正しく記録することは、さらに深く孤独に沈澱することであった。人は何かの代償を払わなければ何物をも得られないとは、わが母の教えであるが、もしもその通りだとするならば、彼はその孤独の中で、自らの命を削り落としていたのかもしれない。そして得たものが、本書を代表作とする多くの著作ということになろうか。人の命ははかりしれず、肉体は神のおめぐみ給もうた仮の宿であるとするならば、わが身を削ってでも、地上に何かの足跡を残さんとするは未練であろうか。

著者・佐藤和正は、身長一メートル八十余、体重九十キロをこえなんとする偉丈夫であって、斗酒なお辞せず、それでいて細やかな振る舞いを見せる好漢であり、だれからも好かれた。彼は、未だだれも果たし得なかったほど多くの艦長たちの面貌に接し、そこから、人間のもつ運命をふかぶかと悟り、人生のさまざまな機微について啓発されるところ大であったとしるし、自分なりにひとつの人生観をもつことができたと述べている。それこそが大悟の境地ではなかったのか。

著者は、単行本『艦長たちの太平洋戦争』の「あとがき」に次のように記している。

『――今日、艦長たちが、往時を回想して証言することのほとんどが、艦長個人の確信によるものだけではなく、戦後、艦長たちをとりまく戦友会の人びととの間で語り合い、確認されたものであるだけに、その信憑性はきわめて高いものがあるといってよいだろう。
戦史の事実誤認は、これまでに多くの人によって指摘されてもきているが、それらはまだ氷山の一角で、真実が、いまなお埋没されているものが多いようだ。（中略）
本書の中でも、松田少将の証言の例の如きは、戦史をひっくり返すほどの重さがあるが、ここに登場する他の艦長たちもまた、これに劣らぬ重要な発言をしている。
戦史上の多くの事実誤認が、このまま放置されていたのでは、おおげさに言えば、日本史の歪曲にもなりかねない。本書は、そうした事実の発掘を目的としたものではないが、必然的にそうならざるを得なくなる部分が生じてくることが多い。
私が艦長たちの“I was there”を聞くことになったのは、そういう意味で、ただひとつの真実が欲しかったからであり、そのために私は、昭和五十四年の十二月から、全国行脚をつづけることになった。
私がお会いできた三十四人と、十七人の艦長たちは、例外なく私を歓待してくれ、かなり不躾な質問にも快く応答してくれた。しかも、自らの責任による失敗も糊塗することなく、「じつは、これが真実なんですよ」と生々しく語ってくれた。貴重な話であった。（中略）
艦長たちの証言は、戦闘の局面を中心に展開されているが、ただ単純に戦闘の推移だけにとどまっていない。そこには艦長自身の、コトに当たっての決断が随所に表明されている。判断を一歩まちがうと、確実に死地に陥ることになるだけに、その決断は、部下にとっては神の声にも、地獄の声にもなる。研ぎ澄まされた全神経と、万全の気くばり、そして何よりも情況の的確な把握からくる判断力と、牢固たる確信が必要である。

これは容易なことではない。しかも彼らが、あの敗戦の死地から抜け出し得たのは、偶然や幸運といった月並みな言葉で表現することはできないと思う。そこには生き残るべくして生き残った理由が、艦長たちの発言の中にふくまれているのを見逃すわけにはいかない。といって、戦死した多くの艦長たちが、細心さに欠けていたなどとは、毛頭、考えていない。彼我の戦力の差で、不運にも海没していった勇敢な人たちを、私はあまりにも多く知っているからである。(中略)

これら艦長たちの証言は、そのまま、今日の私たちの人生の指針となる教訓であり、その行動と決断力は、戦争という特異な場でのことではあるが、ひるがえってそのことを、現代の社会に生きる我々の立場に置き換えてみると、きわめて類似するところが多いことに気づかれるであろうし、また、そのように読まれて欲しいと願ってやまない。

本書は、月刊雑誌「丸」に連載したものに、さらに追加補筆したものだが、艦長たちの並べ方の順序は、海軍兵学校の卒業期の早い順とした。したがって、冒頭部には大艦が並び、順次、補助艦がつづく構成となってしまった。そして最後に、商船学校出身者が艦長となった海防艦を加えた。海防艦は、戦争末期に大活躍した艦でありながら、その存在は、今日、あまり知られていない。民間船の船長であった彼らの活躍ぶりは、兵学校出身者にも劣らない注目すべきものがあった。——』

著者は本書につづいて、『艦と乗員たちの太平洋戦争』を光人社より上梓し、さらに月刊雑誌「丸」誌上に、昭和五十九年八月から六十二年十二月まで、四十一回にわたって、『レイテ沖の日米決戦』——日本人的発想VS欧米人的発想——を連載して、後日、光人社より上梓し、それでも情熱のとどまるところを知らぬげに、平成二年六月より、同じく「丸」誌上に、『日本陸軍の栄光と最期』の執筆を開始し、その間、病魔に倒れ、癌と診断されるも屈せず、なおかつ病の小康をみて執筆をつづけ、三年十月号まで、その著作を発表しつづけたが、未完・絶筆となって、平成三年十月一日、ついに不帰の人となった。かえすがえすも痛恨のきわみであった。そのとき佐藤和正の肉体は、はげしい病魔に苛《さいな》まれて半ばに萎《な》えていたというが、烈々の闘魂は気高く、佐藤和正の「仕事」は不滅である。

最後になったが、本書に登場する三十四人の艦長のうち、すでに鬼籍に入られたかたが、二十二名おられる。著者と共に彼岸にて往時を語られているかもしれない。以下にそのお名前をしるして、哀悼の意を表する。敬称を省く。鶴岡信道、野元為輝、今和泉喜次郎、渋谷清見、中瀬泝、兄部勇次、野村留吉、黛治夫、田口正一、作間英邇、緒方友兄、吉田正一、大島一太郎、西野繁、田辺彌八、古要桂次、折田善次、長倉義春、島田喜与三、高田敏夫、水谷勝二、坂元正信の各艦長たちである。

平成五年三月　彼岸中日の日に、亡き友に代わって

高城　肇

単行本　昭和五十八年五月　光人社刊

光人社ＮＦ文庫

艦長たちの太平洋戦争
一九九三年五月六日　印刷
一九九三年五月十二日　発行
著者　佐藤和正
発行者　川島裕
発行所　株式会社光人社
東京都千代田区九段北一-九-十一
振替番号／東京七-五四六九三
電話番号／三二六五-一八六四㈹
印刷所　慶昌堂印刷株式会社
製本所　有限会社松栄堂製本所
定価はカバーに表示してあります
乱丁・落丁のものはお取りかえ
致します。本文は中性紙を使用
ISBN4-7698-2009-7　C0195

光人社NF文庫

刊行のことば

第二次世界大戦の戦火が熄《や》んで五〇年——その間、小社は夥しい数の戦争の記録を渉猟し、発掘し、常に公正なる立場を貫いて書誌とし、大方の絶讃を博して今日に及ぶが、その源は、散華された世代への熱き思い入れであり、同時に、その記録を誌して平和の礎とし、後世に伝えんとするにある。

小社の出版物は、戦記、伝記、文学、エッセイ、写真集、その他、すでに一、〇〇〇点を越え、加えて戦後五〇年になんなんとするを契機として、「光人社NF（ノンフィクション）文庫」を創刊して、読者諸賢の熱烈要望におこたえする次第である。人生のバイブルとして、心弱きときの活性の糧《かて》として、散華の世代からの感動の肉声に、あなたもぜひ、耳を傾けて下さい。